IL CAPOLAVORO PERDUTO

PETER RÖMER

IL CAPOLAVORO PERDUTO

Traduzione di
LAURA RESCIO

PIEMME

Questo libro è un'opera di fantasia. Personaggi e situazioni sono frutto dell'immaginazione dell'autore e hanno lo scopo di conferire veridicità alla narrazione. Qualsiasi somiglianza con eventi o luoghi o persone, vive o scomparse, è del tutto casuale.

Pubblicato per

PIEMME

da Mondadori Libri S.p.A.

ISBN 978-88-566-8713-2

I Edizione novembre 2024

Anno 2024-2025-2026 - Edizione 1 2 3 4 5 6 7 8 9 10

L'arte che si tiene nascosta non ha alcun senso.

LUCIANO DI SAMOSATA

PARTE PRIMA

Una giornata perfetta per un funerale

1

Suicidio.

Anton Hiemstra era rimasto allibito quando l'aveva saputo. Non solo perché l'aveva scoperto soltanto il giorno del funerale, ma proprio per il fatto in sé. Jacques non era certo il tipo da suicidarsi. A più di settant'anni, era sempre allegro e pieno di energie. Quando l'anno precedente aveva accettato di unirsi a lui in quella caccia al tesoro non sembrava certo stanco di vivere. A quanto pareva, però, gli capitavano dei momenti di depressione. Le sofferenze patite durante la guerra l'avevano perseguitato fino all'ultimo giorno della sua vita, la figlia Desirée aveva raccontato ad Anton. Continui incubi sul periodo che aveva trascorso a Dachau. Anton sapeva che Jacques era stato un fautore del comunismo e che aveva fatto parte dei movimenti di resistenza, ma non aveva idea di cosa gli fosse successo di preciso all'epoca. Jacques non ne parlava mai e lui non gliel'aveva mai chiesto.

Con un sospiro, appoggiò le chiavi di casa sul tavolino accanto alla porta d'ingresso. Vide le due nipotine sedute al tavolo nel salotto. La più grande, Alice, stava pettinando la criniera di un cavallo giocattolo e la piccola Katja era china, come sempre, sul suo blocco da disegno. Vide che, con la punta della lingua che le spuntava tra le labbra, teneva la manina sospesa sopra la scatola di matite colorate Caran d'Ache ricevute in regalo a Natale. Per un momento alzò gli occhi verso di lui e gli sorrise. Lui la ricambiò con un cenno rassicurante del capo e proseguì verso la stanza sul retro.

Gli cadde l'occhio sull'*Haagsche Courant* aperto e pronto vicino alla sedia accanto al caminetto. Il titolo nella pagina interna riportava che il giorno prima, domenica 14 aprile 1991, venti opere di Van Gogh erano state rubate dall'omonimo museo di Amsterdam. Erano state ritrovate nei dintorni mezz'ora dopo, in un furgoncino. Strano. I signori ladri dovevano avere scoperto che non era così semplice liberarsi di venti Van Gogh. Senz'altro Jacques avrebbe riso moltissimo alla notizia, era il genere di storia che amava. Spesso l'aveva fatto divertire con racconti di questo tipo durante la ricerca che negli ultimi mesi avevano intrapreso insieme con tanta passione. Se l'erano goduta, come anche la loro scoperta sensazionale, e persino il dubbio che vi era seguito.

Abbozzò un sorriso triste e andò verso la porta. Teddy, il border collie, guardò speranzoso il padrone, ma lui non gli prestò la minima attenzione. Non fece nemmeno lo sforzo di togliersi il cappotto nero, preso dall'armadio apposta per le esequie, ma salì a fatica al piano di sopra nel suo ufficio. Si lasciò cadere sulla sedia e fissò fuori dalla finestra, dove il ritorno della primavera era preannunciato solo timidamente dagli alberi. Era stata una giornata grigia, nuvolosa, ma non aveva piovuto. Una giornata perfetta per un funerale, aveva anche pensato.

Suicidio.

Anton scosse la testa e guardò il suo «libretto dei dipinti» aperto sulla scrivania davanti a lui. Il libretto dove annotava l'esito delle indagini sull'origine dei suoi quadri, un hobby a cui si era dedicato appassionatamente da quando era andato in pensione. Era stato anche questo a legarlo a Jacques, che aveva lavorato sulle opere di molti antichi maestri come restauratore. Jacques, oltre ad avere una gran quantità di conoscenze pratiche, si era dedicato alla ricerca con altrettanto entusiasmo di Anton. La loro ultima impresa – quella che si sarebbe rivelata la più spettacolare – si era concentrata sull'opera di Isaac Pietersz, un pittore dell'inizio del diciottesimo secolo. Anton si era aggiudicato tre suoi ritratti a un'asta. Li aveva acquistati a un ottimo prezzo e, anche se non erano un granché, per qualche motivo se ne sentiva attratto. Era un trittico che raffigurava un'unica famiglia. Scavando negli archivi aveva scoperto che si trattava della famiglia Van Wees; il figlio di un facoltoso commerciante di lenzuola, sposato con la figlia di un capitano di marina, era rappresentato sulle tre tele con lei e i loro due bambini. Ritratto di una giovane famiglia.

Gli cadde lo sguardo sulla foto incorniciata che la moglie gli aveva messo da poco sulla scrivania, che mostrava il figlio e la nuora con la piccola Alice che teneva per mano il padre e Katja, appena nata, in braccio alla madre. Una felicità che sbocciava, proprio come nel dipinto. E ora le ragazze erano già così grandi; era incredibile, come se la vita reale gli fosse passata accanto a velocità accelerata mentre era preso dalla sua ricerca. E del tutto incompreso da sua moglie, che in quei quadri non aveva mai visto niente, per cui tutta la sua collezione era un «gabinetto delle curiosità». Riusciva anche a capirla, in un certo senso, ma quando era preso da qualcosa non era capace di smettere. Scavare negli archivi con calma e concentrazione e raccogliere i fatti che riusciva a ricostruire gli dava un grande appagamento. Anche se nessun altro ne vedeva l'utilità. Quello che contava per lui era la ricerca, non tanto l'oggetto. Il pittore Isaac Pietersz non si era rivelato un grande artista, nel tempo la maggior parte delle sue opere erano andate perdute. Durante la sua epoca, però, era stato un rispettato autore di ritratti, che lavorava soprattutto per il ceto medio benestante. Anton era andato a frugare negli archivi di Stato del tempo e aveva trovato più volte il nome di Pietersz. A quanto pareva era stato un membro influente della gilda dei pittori di Amsterdam e aveva frequentato l'alta società cittadina. Un suo dipinto era stato appeso persino nel nuovo municipio sul Dam. Un luogo prestigioso già allora.

Per riuscire a comprendere meglio come lavoravano i pittori all'epoca, Anton aveva approfondito le tecniche che utilizzavano. Jacques si era occupato invece della parte tecnica e aveva analizzato campioni degli strati di vernice. E poi, quel giovedì pomeriggio, mentre il vento forte sbatteva la pioggia contro le finestre e l'archivio era illuminato dai neon, avevano messo insieme le loro conclusioni. Riassaporò la sensazione che aveva provato allora. Girò la sedia e guardò la lunga parete del suo ufficio, interamente occupata dai tre dipinti. Due, quelli che rappresentavano la coppia, erano appesi e il terzo, quello dei due bambini con il cavallo a dondolo, l'oggetto della loro ricerca, era ancora solo appoggiato al muro. L'aveva preso dallo studio di Jacques il giorno dopo la sua morte. Aveva pensato che proprio quello avesse fatto fermare il cuore del suo amico, e invece no: quella mattina, quando aveva parlato con Desirée, era venuto a sapere la vera ragione della sua dipartita. Non riusciva ancora a capacitarsene. In effetti negli ultimi tempi il comportamento di Jacques era stato un po' strano, ma l'aveva attribuito al gioco emozionante in cui erano coinvolti. Soprattutto dopo la loro scoperta sensazionale. «La scoperta del secolo» aveva esclamato Jacques. I documenti nell'archivio confermavano con esattezza la ricerca tecnica che aveva fatto.

«Dobbiamo fare una radiografia del dipinto» aveva detto.

Però era più facile a dirsi che a farsi. Dove si faceva una cosa del genere? Per Jacques non c'erano problemi, ci avrebbe pensato lui, ma non dovevano parlarne con nessuno, aveva aggiunto.

«Conosco il mondo dell'arte, Anton. Sembrano tutti educatissimi, ma sono una banda di delinquenti. Sono pronti a tagliarti la gola per un posticino al museo. Credimi, li conosco.»

Si sarebbe cautamente informato da alcune persone che conosceva dai tempi in cui aveva un laboratorio. Si era preso il dipinto e per un po' di tempo non si era più fatto sentire. Non era la prima volta che capitava, entrava «in clandestinità». Anton aveva il sospetto che fossero i momenti in cui i demoni del tempo di guerra gli facevano brutti scherzi lasciandosi scacciare solo con adeguati quantitativi di *jenever*. Nella maggior parte dei casi dopo un paio di giorni riappariva fresco come una rosa.

L'ultima volta però era stato diverso. Non era passato a trovarlo, ma si era messo a mandargli cartoline con messaggi che preferiva non comunicare al telefono. Anton lo trovava ridicolo, ma Jacques era convinto che il suo telefono fosse sorvegliato. Ridendo, Anton gli aveva detto che la sua era pura «paranoia da guerra fredda» da comunisti incalliti come lui.

Aprì un cassetto della scrivania e ne tirò fuori un pacchetto di cartoline tenute insieme da un elastico piatto. Erano soprattutto riproduzioni a colori di dipinti oppure mulini con tulipani e vedute dei canali di Amsterdam. E un paio di foto in bianco e nero degli anni Venti che raffiguravano signore poco vestite in situazioni piccanti.

Anton si era vergognato davanti al postino. Dall'altra parte c'erano le zampe di gallina di Jacques. Messaggi brevi, come *Ci abbiamo preso, loro non sono contenti!*, con molte sottolineature e punti esclamativi. Loro? Loro chi? Non era riuscito a chiederglielo. *Guardati le spalle, sta' attento!!* A chi? A cosa?

L'ultima volta che aveva parlato con Jacques si erano incontrati alla Bodega De Posthoorn. Gli aveva fatto una brutta impressione, ma poteva anche essere un'interpretazione a posteriori: Jacques non era mai stato il tipico olandese dalle guance rosse. Aveva parlato della scoperta che avevano fatto, la cui portata era molto maggiore di quanto Anton potesse immaginare. Aveva disegnato su un sottobicchiere tre rettangoli uguali con accanto le misure, e l'aveva spinto verso di lui senza ulteriori spiegazioni. Anton l'aveva guardato con un po' di compatimento, ma Jacques si era rifiutato di dare delucidazioni. «Non ora, non qui» aveva detto. *Feind hört mit!*[1] Secondo lui erano in gioco delle forze più grandi di loro. Aveva parlato di grosse somme di denaro e di come la classe dirigente allungasse gli artigli verso gli uomini comuni. Retorica di guerra. Anton si sentiva soffocare. Temeva che Jacques stesse dando i numeri e non vedeva l'ora di tornarsene a casa.

Ma il suo amico l'aveva preso per un braccio e l'aveva guardato con uno sguardo imperioso negli occhietti torbidi. «È la quinta colonna, Ton. Sono i più pericolosi.»

Poi era sparito dalla faccia della terra e aveva ripreso a farsi vivo solo con le sue cartoline infantili. Pareva convinto che ci fosse una cospirazione organizzata. Anton non sapeva cosa pensare, ci aveva riso su. Non l'aveva preso sul serio.

E ora era morto.

[1] Dal tedesco: Il nemico ascolta!

Ruotò le spalle per alleggerire la tensione nel collo. Aveva bisogno di bere qualcosa. E a dire la verità anche di un sigaro, ma aveva smesso di fumare già da tempo.

Conosco il mondo dell'arte, Anton. Sono pronti a tagliarti la gola per un posticino al museo.

Certo, a Jacques piaceva drammatizzare, eppure non si poteva escludere che ci fosse qualcosa di vero. Era stato un uomo pratico. Forse cercare di essere cauto con la sua scoperta non era poi così da folli.

Anton continuò per un po' a fissare davanti a sé immerso nei suoi pensieri, poi prese una decisione. Si alzò e andò in bagno. Aprì l'armadietto dei medicinali sopra al lavabo e prese una lametta dal pacchetto che era accanto al sapone da barba. Una volta tornato nello studio, sfogliò il libretto dei dipinti finché non trovò la pagina dove aveva annotato il resoconto di ciò che aveva scoperto sul quadro di Isaac Pietersz e, con grande cautela, la tagliò via.

2

Quirine Hiemstra aveva continuato a guardare inquieta l'orologio sulla grande mensola sopra il camino. Suo marito era uscito già da più di due ore. Questo di solito non la impensieriva, Anton spesso passeggiava a lungo con il cane, o restava giornate intere nell'archivio a leggere. Ma negli ultimi tempi era diverso, gli era passata la voglia di andare fuori. Un quarto d'ora, al massimo un paio di volte al giorno, perché bisognava portare fuori Teddy. Si comportava in maniera strana, si era chiuso in sé stesso, stava giorni interi in ufficio e rispondeva a malapena alle sue domande.

All'inizio aveva pensato che si trattasse un problema di soldi, che fosse preoccupato. Ma non era così. L'eredità dei suoi genitori era solidamente investita in banca e la pensione di Anton era più che sufficiente per tutti e due. C'era però qualcosa che non gli andava giù. Per la precisione, era stato cupo e avvilito dalla morte del suo amico Jacques, tre mesi prima. Faceva fatica a venire a patti con la propria imminente fine, si chiedeva lei? Erano anni che aveva problemi di cuore, ma il cardiologo gli aveva assicurato che con il suo disturbo poteva arrivare fino a cent'anni. Bastava che prendesse le sue pillole. Tuttavia, l'improvvisa scomparsa di qualcuno che ti è vicino è una cosa che dà da pensare.

Aveva continuato a guardare l'orologio ancora per un'oretta e poi era scesa in strada agitata. Aveva trovato il marito in un piccolo parco dietro l'angolo. Era seduto su una panchina con Teddy sdraiato ai suoi piedi. Quando si avvicinò, il cane alzò la testa e uggiolò piano.

Suo marito, il suo amato Anton, era morto. Probabilmente il cuore, le aveva detto il medico.

PARTE SECONDA

Qual è dunque il segreto di questo dipinto?

3

Trent'anni dopo

La foschia di aprile che dall'alba era adagiata sulla Neva si stava lentamente alzando e Aleksej Mazarov poté rivedere in lontananza la cattedrale dei Santi Pietro e Paolo sull'Isola delle Lepri. Le alte vetrate gli offrivano una vista maestosa sulla città, che all'epoca della sua nascita e della sua infanzia portava ancora il nome di Leningrado. Erano gli anni turbolenti della dissoluzione dell'impero sovietico, quando in città regnavano la criminalità e la corruzione e si potevano fare buoni affari sul mercato nero. Ideali per ragazzi intraprendenti come lui. Aveva alzato lo sguardo innumerevoli volte in questo punto del fiume verso i maestosi palazzi dove abitavano i potenti. Non avrebbe mai potuto immaginare che un giorno sarebbe stato così importante da riuscire a permettersi una casa come quella.

Suo padre era stato un impiegato del Ministerstvo Vnutrennich Del, il ministero degli Affari Interni, ma non era mai riuscito a raggiungere una posizione di rilievo. Troppo sottomesso, troppo poca iniziativa, troppa vodka. Grazie al cielo lui era più ambizioso. Aveva avuto un lavoro in Municipio grazie a Vladimir Putin, che all'epoca era il capo delle Relazioni Esterne e aveva messo una parolina buona per lui. Putin praticava il judo con il fratello maggiore di Aleksej. Erano stati entrambi allievi di Anatolij Rachlin e suo fratello ne era straordinariamente orgoglioso. E anche i suoi genitori. Konstantin era il loro eroe, Konstantin non faceva niente di sbagliato. Konstantin era il fratello grande, quello forte, circondato dalle ragazze. Da adolescente ne era stato geloso, se doveva essere onesto. «Il bel ragazzo» lo chiamavano. Ucciso in Cecenia su un carrarmato che era stato fatto saltare in aria dai terroristi. Il bel ragazzo era bello che morto. Questo aveva accelerato la fine della madre, inconsolabile, ne era convinto.

Si avvicinò al tavolino e si versò un'altra tazza di caffè dalla caffettiera d'argento. La scommessa che aveva fatto attaccandosi al culo di Putin aveva pagato. Aveva avuto i suoi dubbi, non poteva negarlo. Vladimir non sembrava furbissimo e a prima vista pareva più che altro puntuale e diligente. Non un grande elogio da ritrovarsi scritto sulla lapide. Ma aveva fatto la scelta giusta e alla fine Putin gli aveva spianato la strada per l'impresa di importazione che aveva fondato, con cui aveva potuto rifornire Mosca e dintorni degli ambitissimi Levi's che faceva fabbricare per una manciata di spiccioli in Romania. Ci si era riempito allegramente le tasche, benché naturalmente i veri soldi fossero arrivati solo dopo che aveva investito nella Trojka Bank negli anni Novanta. In quel periodo c'era da fare soldi a palate, se sapevi dove guardare e avevi i contatti giusti. Di colpo aveva avuto abbastanza denaro per comprare il complesso di appartamenti che da bambino aveva guardato con occhi sognanti.

Da allora c'erano stati pochi giorni in cui non si fosse goduto il panorama, ma oggi non era dell'umore giusto. Le cose non andavano come voleva. Il tempo non gli piaceva, il caffè non sapeva di niente e provava persino un certo fastidio per l'appartamento in cui si trovava. Certo, non dipendeva dallo spazio, ma dall'arredamento, di cui si era occupata sua moglie. Tra poco ex moglie. La seconda. Velluto rosso, tendaggi dorati, mobiletti in stile Luigi XV. Ricci e capricci, bah, ormai il rococò gli usciva dalle orecchie. Lei aveva sempre avuto cattivo gusto. Aveva arredato la casa come i poveri pensano che facciano i ricchi. E quando aveva finito con la casa, aveva cominciato con sé stessa. Sospirò. Le cose non erano affatto migliorate. Della giovane donna ingenua dal corpo splendido – che l'ammirava, che l'adorava, per cui lui aveva lasciato tutto – dopo tanti anni non era rimasto un granché. Trasformata in un falso pacchiano come l'appartamento, di cui dopo il divorzio avrebbe preferito liberarsi.

Sapeva che non l'avrebbe fatto, naturalmente, era troppo legato al posto, alla vista. Forse avrebbe fatto demolire tutto, poi avrebbe chiesto all'architetto che aveva ristrutturato anche la sua casa di Mosca di rinnovare lo stile dell'appartamento. Severo, bianco, qua e là un audace accento di colore, un arredamento moderno italiano. Se gli fossero rimasti ancora un po' di soldi dopo il divorzio da quella strega, perlomeno.

Girò le spalle alla finestra e andò a sedersi dietro al fragile *secretaire* sul quale c'era il suo portatile. Guardò le foto della sua dacia, che facevano da salvaschermo. Nonostante il cattivo umore non poté fare a meno di sorridere, la dacia era proprio il suo posto preferito. Lo riportava indietro nel tempo, ai giorni in cui si trascinava con il padre attraverso una neve incessante, con il vento tagliente che penetrava attraverso i vestiti. In cerca delle trappole messe da suo padre. La dacia che si era fatto costruire all'inizio di questo secolo era molto più grande di quella dei suoi genitori, ma si era astenuto dal lusso superfluo. La casa era scaldata da una grossa stufa a legna e l'illuminazione consisteva in gran parte di lampade a olio e candele.

Come concessione alla modernità aveva fatto installare il wi-fi, perché insomma, non si poteva mica restare completamente isolati dal mondo. Sua moglie lo aveva accompagnato una sola volta ed era stata anche l'ultima. Per lei era tutto troppo primitivo, troppo freddo e troppo vuoto. Tutti aggettivi che in fondo si adattavano anche a lei, pensò lui con un sogghigno.

Accanto al suo portatile era posata la foto che era la causa del suo cattivo umore. Mostrava la faccia paffuta circondata da capelli grigi e corti di Hubert Vreeman, lo pseudo mercante d'arte, in piedi con occhi acquosi da ubriaco e un sogghigno sul viso accanto al dipinto di Pieter de Hooch. Quando era ancora autentico. Quel quadro. Dio, come ne era stato felice. Perché, anche se non amava tutti quei vecchi mobili e ammenicoli davanti alla finestra, andava pazzo per la pittura del diciassettesimo secolo. Inestimabile, e così intrigante. Aveva letto libri che ne parlavano, aveva fatto ricerche in merito e vi aveva investito un bel po' del suo patrimonio. E poi, con la morte nel cuore, aveva dovuto portare una parte della sua collezione da Sotheby's per poter pagare quella *šljucha*. Purtroppo il capitale che più facilmente si poteva convertire in contanti era proprio quello. Le sue amate opere. E i creditori volevano soltanto moneta sonante, preferibilmente dollari.

Aveva smesso di chiedersi come aveva potuto farsi fregare in quel modo. Il giorno prima dell'asta aveva ricevuto una telefonata da Sotheby's, volevano parlare del Pieter de Hooch. Come mai? Cos'aveva quel dipinto che non andava? Be'... i signori non erano convinti della sua provenienza. Banda di parassiti ipocriti, criminali dal colletto bianco con i loro accenti di Oxford. Secondo loro il certificato di autenticità non era valido. Da notare che era stato rilasciato da uno dei maggiori esperti nel ramo! E invece no, era necessario fare ricerche più approfondite sulla tela prima che potesse essere messa all'asta come un Pieter de Hooch. Cristo!

L'aveva tolta dall'asta. Se si fosse sparsa la voce che c'erano dubbi sull'origine di quel De Hooch, forse avrebbero dubitato anche del resto della sua collezione e a quel punto si sarebbe trovato ancor più sprofondato nella merda. Aveva chiamato Vreeman e gli aveva detto di venire pure a riprendersi il quadro, perché rivoleva i suoi soldi. Ma lui aveva replicato che non c'entrava niente, che la colpa era tutta dell'esperto. Era stato Louis Post a rilasciare il certificato di autenticità, lui era responsabile di questo dramma, quindi era lui che doveva pagarne le conseguenze.

Mazarov diede un colpo con la mano al ripiano della fragile scrivanietta, facendo sobbalzare un po' il portatile e traballare il *secretaire* sulle zampette sottili.

4

L'uomo si spalmò la schiuma da barba sulle guance incavate e guardò il degrado nei suoi occhi nello specchio sopra il lavabo. Era questo a unire gli uomini tra loro, pensò, la decadenza del corpo. Da questo punto di vista la natura non faceva eccezioni per nessuno, e il processo entrava irrevocabilmente in azione dopo il tuo ventesimo anno di vita. *Sic transit gloria mundi.* Anche se per alcuni era un po' più lento che per altri. C'erano uomini che alla sua età erano ancora considerati attraenti e frequentavano ancora abbastanza gente. Non era il suo caso, del resto attraente e fascinoso non lo era mai stato, ma negli ultimi tempi gli sembrava che lo evitassero di proposito, che la gente, quando entrava in un luogo pubblico, si allontanasse da lui. L'ultima volta che si era portato a casa qualcuno alla fine gli era costato cento euro. In teoria per pagare un taxi: sì, come no. Fece scorrere con perizia la lama sulle mascelle e poi si riempì le mani di acqua tiepida, con cui si lavò via dal viso le ultime tracce di sapone. Aprì il rubinetto della doccia a filo pavimento e con un passo si piazzò sotto l'acqua calda. Cinque minuti sarebbero bastati per lavare via i postumi della sbornia.

La colazione non la fece, non l'aveva mai fatta, per quanto un tempo sua madre insistesse per obbligarlo a mangiare un panino. Non riusciva proprio a mandar giù niente di solido. Il caffè nero sì, era una questione di vita o di morte. Passò accanto al grande globo appoggiato su un treppiede nell'angolo del salotto, dove teneva la sua scorta di alcolici. Oggi scelse il Calvados. Un piccolo sorso nel caffè, *un petit goût*, non poteva certo fare male. Scese con il caffè la scala che collegava la cucina al primo piano con la galleria d'arte al piano terra. O con la «bottega» come lui stesso era solito dire in tono di sufficienza. La galleria d'arte Louis Post non possedeva più il carisma glorioso di un tempo. Il proprietario aveva perso interesse nel commercio da quando il mercato era diventato così gonfiato da far salire i prezzi a livelli ridicoli. Nel corso del tempo aveva venduto i pezzi migliori, perché aveva bisogno di soldi. Le opere mediocri che erano ancora appese ai muri erano più decorative che vendibili. Il suo reddito gli veniva soprattutto da quotazioni e consulenze. Era specializzato nella pittura olandese del diciassettesimo secolo e lì c'era ancora abbastanza lavoro. Gli richiedevano consulenze in patria e all'estero e ogni tanto scriveva qualche articolo sul giornale. Aveva anche valutato la possibilità di chiudere la galleria e di vendere lo stabile, ma alla fine aveva rinunciato al progetto; da un punto di vista emotivo era ancora troppo difficile.

La galleria d'arte Post era stato il lavoro della vita dei suoi genitori. Sua madre, una giovane donna ebrea, era sopravvissuta alla guerra nella quale aveva perso quasi tutta la famiglia. Durante quegli anni spaventosi si era salvata rimanendo in clandestinità. Nel 1948 aveva incontrato a un corso di disegno suo padre, un rigido calvinista, e dopo un breve fidanzamento avevano deciso di proseguire insieme il loro percorso sulla strada dell'arte. L'unica parte della vita, gli aveva spiegato una volta, in cui l'essere umano riusciva a elevarsi al di sopra del suo io miserabile.

Negli anni Cinquanta, con sacrifici e con tenacia, avevano avviato la galleria e l'avevano fatta prosperare. Avevano conosciuto anni relativamente felici, finché di colpo negli anni Novanta per sua madre le cose avevano cominciato ad andare di male in peggio. Soffriva di forti depressioni – di cui tutti conoscevano l'origine, ma di cui lei non riusciva a parlare – e aveva finito per togliersi la vita. Lui ne era rimasto distrutto, affranto dal dolore; l'aveva vissuta come una forma di tradimento, proprio perché era sempre stato molto attaccato a sua madre. Alla fine il suo amore era stato abbastanza grande da concederle il riposo da lei tanto desiderato, ma suo padre invece non era riuscito a darsi pace per la morte della moglie. Aveva perso la voglia di vivere, sprofondando per giorni interi nella Bibbia, come se potesse trovarvi la spiegazione del destino che gli era capitato. Come figlio unico, Louis si era visto costretto a subentrare ai suoi genitori nella galleria e a portarla avanti. Chiuderla adesso e vendere lo stabile sarebbe stato un vero schiaffo. Non all'azienda, di cui nel frattempo non gli importava più nulla, ma a sua madre.

Poiché la vetrina lasciava entrare solo poca luce diurna aumentò un po' l'intensità del lampadario e poi sistemò i libri sul grande tavolo rotondo nel retro del negozio. Si guardò intorno per controllare se ci fosse in giro qualcosa che sembrasse fuori posto in una galleria d'arte, ma non notò nulla. Il negozio era rimasto identico negli ultimi vent'anni, cosa che gli causava un discreto disagio quando entrava nella «bottega» ma oggi era diverso; oggi sentiva addirittura una certa eccitazione al pensiero che stesse per accadere qualcosa che avrebbe potuto cambiargli la vita. Aspettava un visitatore, Arjen Hageveld, un ragazzo simpatico, una delle poche persone giovani con cui sentisse una certa affinità. Arjen era professore di storia dell'arte e qualche volta aveva invitato Louis a tenere una lezione come ospite. Da allora era nata una sorta di amicizia e andavano regolarmente a mangiare insieme. In quelle occasioni Arjen lo divertiva con gli ultimi pettegolezzi sui colleghi dell'università e il giovane professore poteva abbeverarsi del senso dell'umorismo cinico e dell'erudizione di quell'uomo che lavorava sul campo. Un paio di giorni prima avevano mangiato insieme e Arjen si era infervorato parlando di una ricerca che aveva sottomano e che aveva a che fare con l'opera di un oscuro pittore del diciottesimo secolo. Poi gli aveva fatto vedere un'immagine sul suo portatile. Due bambini e un cavallo di legno, un lavoretto effettivamente insignificante di inizio Settecento. Ma il motivo dell'eccitazione che ancora sentiva era l'immagine ai raggi X del dipinto che gli era stata mostrata dopo. Quello che aveva visto sul portatile l'aveva fatto rimanere davvero frastornato e aveva fatto fatica a credere ai suoi occhi. Aveva rapidamente scattato una foto con il telefono all'immagine sul computer e per il momento aveva deciso di non informare Arjen di ciò che sospettava. Se oggi il professore l'avesse convinto con i risultati della ricerca di laboratorio e le loro basi scientifiche, sarebbe stato ancora in tempo e la cosa avrebbe potuto segnare lo spettacolare inizio della fine dei suoi problemi. E non solo dei suoi.

5

Un uomo fumava un sigaro sulla terrazza del suo attico in Quai Gustave-Ador. La sua figura tozza era avvolta da un ampio accappatoio bianco, da cui la testa carnosa dai grigi capelli corti spuntava come un goffo monumento. Il suo viso aveva un'espressione preoccupata. Fissava l'orizzonte, dove il lago di Ginevra mormorava dolcemente. Solo il Jet d'eau, uno zampillo d'acqua alto decine di metri, formava qualche increspatura sull'acqua. Per un paio di giorni la fontana era stata messa fuori uso da un vento burrascoso e gelido proveniente da est, che aveva annunciato l'addio dell'inverno. Ora un fresco solicello primaverile brillava sulla superficie dell'acqua con uno scintillio argenteo. Lì sotto, sul boulevard che si snodava accanto alle barche, i primi turisti si incamminavano già a passo lento verso la città vecchia.

Hubertus Maria Vreeman non riusciva a ricordare l'ultima volta che aveva passeggiato tranquillo per strada. Così, senza pensieri, senza doversi guardare continuamente le spalle. Sdraiarsi sulla spiaggia e leggere un libro, ecco un'altra cosa che apparteneva ormai al secolo scorso. Rabbrividì e si avvolse più strettamente nell'accappatoio. In effetti sarebbe dovuto rientrare, ma non voleva. Non aveva ancora voglia di parlare. Guardò le montagne oltre le case dall'altra parte del lago. Non amava le montagne, amava il mare, per esempio l'oceano Atlantico, in confronto al quale questo lago non era che una pisciatina. Odiava Ginevra. Molly no, Molly adorava la città. E l'English Club, dove poteva chiacchierare all'infinito con le sue amiche e preparare biscotti per i bambini in Africa e altre stronzate del genere. Ma lui la lasciava fare, lei qui si sentiva a suo agio e in fondo per lui, dato il suo campo di lavoro, risiedere in Svizzera era la cosa migliore. La gente lo invidiava per questo, erano gelosi del suo attico e della sua Porsche, era una persona che aveva realizzato i suoi sogni. Ma che ne sapevano? Proprio niente e, se invece avessero saputo ciò che sapeva lui, sarebbero scappati a gambe levate. Nessuno avrebbe voluto trovarsi nella sua posizione. Rischiava di finire in mano ai russi e lì c'era poco da invidiare. Maledetti russi. Un popolo che era stato oppresso troppo a lungo e che non era capace di usare bene la sua libertà. Lui la pensava così. Non avrebbe mai dovuto mettersi a fare affari con loro. Era un altro mondo, un'altra cultura. Però, quando in Europa occidentale il mercato era crollato, a Est si erano aperte tutte le cateratte. I russi andavano pazzi per gli antichi maestri, adoravano riempirsene i palazzi. Inoltre non stavano lì a far caso a un rublo. Era stato troppo allettante e bisognava dire che aveva anche fatto buoni affari. Persino con Aleksej Mazarov, con cui ora aveva una questione complicata da risolvere. Anche se in realtà non era poi così complicata, questo ormai era chiaro. Aveva saputo che sul mercato sarebbe arrivato un Pieter de Hooch del primo periodo. Si diceva che venisse da una collezione privata, da una famiglia inglese che aveva posseduto la tela per secoli ma che non voleva fosse fatto il suo nome. Era un pezzo oscuro e cercando informazioni pareva che nessuno ne avesse mai sentito parlare. Be', nel caso di De Hooch non voleva dire molto, si sapeva che nel suo primo periodo dipingeva soprattutto scene di soldati e locande in colori scuri e non era molto meticoloso nel firmare e datare le sue opere.

Gli avevano chiesto di fare da intermediario e lui aveva offerto il pezzo a Mazarov. Un russo straricco, molto attivo sul mercato. Da giovane era stato pappa e ciccia con Putin a San Pietroburgo o qualcosa del genere. Qualcuno a cui stare attenti, era evidente. Mazarov aveva voluto essere sicuro e aveva preteso un certificato di autenticità. Giusto, naturalmente, e così aveva coinvolto Louis Post, un esperto dell'arte del diciassettesimo secolo. Ma aveva fretta, non poteva permettersi una ricerca che durasse mesi. Quando quei russi volevano una cosa, la volevano subito, prima che qualcos'altro attirasse la loro attenzione. Forse aveva fatto un po' troppa pressione su Post, ma lui aveva acconsentito a una procedura accelerata. Sarebbe costata un po' di più. Vecchio furbone. Naturale, come sempre aveva bisogno di soldi. Alla fine aveva tirato fuori un certificato di autenticità; ora il dipinto era un autentico Pieter de Hooch e Mazarov l'aveva pagato un paio di milioni. Tutti contenti e l'opera sarebbe stata di nuovo al sicuro per decenni.

E chi avrebbe potuto immaginare invece che Mazarov si sarebbe fatto intrappolare da una cacciatrice di soldi, una moglie-trofeo da esibire davanti al jet set di San Pietroburgo, e che sarebbe stato così stupido da sposarla? La signora non era stata scema come quel russo assillante e pareva si fosse fatta stabilire i termini del regime patrimoniale da un affidabile avvocato americano. Quando si era stufata delle sue dissolutezze e aveva scoperto che alzava anche le mani, aveva deciso che voleva il divorzio.

Ragion per cui ora il russo doveva sbarazzarsi di una parte della sua collezione d'arte, tra cui il Pieter de Hooch, che per lui comunque a guardare bene era troppo tetro. Solo che a quel punto all'improvviso erano spuntati dei dubbi sull'autenticità dell'opera e ora Mazarov rivoleva indietro i suoi soldi. Doveva pensarci Vreeman a rifarsi con chi gliel'aveva venduto, aveva gridato Mazarov. Facile a dirsi. L'aveva comprato per il russo tramite altri e naturalmente dei proprietari originari, quelli che avevano venduto la tela «in buona fede», non c'era traccia. Vreeman non era mai riuscito a scoprire l'identità di quella famiglia. Con i cosiddetti «world deals» funzionava così. Aveva indirizzato Mazarov da Louis Post, l'esperto che aveva emesso il certificato. Senza la sua benedizione la vendita non sarebbe mai andata in porto. Il russo non aveva voluto neanche ascoltarlo, mentre in realtà tutto quel casino era iniziato proprio a causa di quell'inaffidabile Post. Se non l'avesse fottuto lui, ora non si sarebbe trovato nei casini. E gliel'aveva anche fatto sapere. Gli aveva chiesto se aveva idea di quanti soldi gli sarebbe costato e come pensava di risolvere la cosa. Era per questo che quella mattina gli aveva telefonato così presto, ovviamente.

«Hubert? Sono Louis.»

Vreeman aveva sospirato, non sentiva proprio il bisogno di un'altra conversazione con Post, a meno che non scucisse i soldi, e anche tanti.

«Lou, vecchio mio.» Vreeman si era sempre rifiutato di chiamarlo Louis, con grande irritazione del titolare del nome che però stavolta, com'era comprensibile, represse la sua irritazione. «*What's up?*»

«Vorrei metterti a parte di una scoperta sensazionale.»

Vreeman aveva risposto con una mezza risata che non era interessato alla sua vita sentimentale e stava quasi per riattaccare quando Post lo aveva messo al corrente della sensazionale notizia ed era rimasto frastornato per un momento. La storia gli sembrava incredibile, nel senso proprio che la trovava difficile da credere.

«Ho una foto, uno screenshot della scansione del dipinto. E se la confronti con il materiale...»

«Mandami quella foto.»

Sentì un'esitazione dall'altra parte.

«Volevo solo informarti di qualcosa che presto potrebbe portarci dei vantaggi.»

«Mandami quella foto.»

«Il dipinto non è mio»

«Di chi allora?»

«Non posso dirlo.»

«Adesso riattacco.»

«Okay, okay, ti mando lo screenshot. Ma di per sé non vuol dire ancora niente.»

E su questo aveva ragione. La foto non era molto nitida, aveva dovuto ingrandirla per poter vedere bene cosa rappresentasse. Tuttavia, quando l'aveva confrontata con l'immagine trovata nei suoi libri, si era trovato a concordare con Louis. Sembrava senz'altro qualcosa di sensazionale. E se il ritrovamento era autentico, era il ritrovamento del secolo. Era una scoperta che avrebbe fatto il giro del mondo. In quel caso, i suoi problemi erano finiti. Ma poteva fidarsi di Louis Post? Non aveva voluto dirgli il nome del proprietario del dipinto. Da soli però i discorsi del vecchio mercante d'arte non servivano a niente. Questa volta doveva essere sicuro, quindi era molto importante che parlasse con il proprietario del dipinto, e anche in fretta, prima che Post riuscisse a guastare anche questa faccenda.

Guardò il suo smartphone per vedere che ore erano e di colpo gli venne in mente come poteva fare per scoprire il nome del proprietario. Ma certo! Bastava fare una telefonata! Quel pensiero gli instillò un po' più di fiducia nel futuro. E ci voleva, perché in una stanza dalla tappezzeria pacchiana, dentro un palazzo di San Pietroburgo, qualcuno in quel momento stava strappando in due una sua foto.

6

Christiaan Müller non amava la violenza. Cioè, non era una cosa che lo esaltava. Era solo il suo modo di guadagnarsi da vivere. L'uomo lo guardava con un occhio ammaccato. Aveva il naso spostato di traverso e la sua bocca era una massa insanguinata. Aveva appena vomitato e in mezzo a quello schifo sanguinolento c'erano due denti di una bianchezza innaturale. Era stato inutile sbiancarli, pensò Christiaan osservando l'uomo con aria interrogativa. Quello, apparentemente impassibile, gli restituì lo sguardo e avrebbe senz'altro riso, se solo fosse stato ancora in grado. Ora riuscì soltanto ad alzare la mano a fatica per mostrare il dito medio al suo aggressore. Christiaan lo colpì di nuovo e la testa dell'uomo sbatté contro lo schienale della sedia, rimbalzò all'indietro e restò sospesa esanime con il mento sul petto. La bava che sgocciolava dalla bocca gli striava di rosso la camicia bianca.

Christian gli si piazzò dietro, gli prese la testa con due mani e con un rapido strattone mise fine alla sua vita.

Nel momento in cui lo chiamò Hubert Vreeman, Christiaan aveva appena portato il corpo del suo target, avvolto con cura nella plastica, al suo luogo di riposo definitivo, un profondo canalone non lontano dalla sua casa nel paese svizzero di Grimentz. Prima di rispondere alla chiamata aspettò di sentire il tonfo sordo.

7

Il litigio era cominciato quasi inavvertitamente, in sordina, come un fuoco di torba che ogni tanto si ravvivava. Ma ora Katja ne aveva le tasche piene.

«Quanto dobbiamo restare ancora?»

«Ho preso la casa per tutta la settimana.»

«Dio santo, Michiel, quasi un'intera settimana da passare ancora segregata qui.»

Buttò la bici sul ciglio della stradina di sabbia e si girò ostentatamente dall'altra parte.

«E questa la chiami segregazione?!» Lui fece un ampio movimento del braccio, come se volesse venderle il paesaggio delle dune di Schiermonnikoog.

«Abbiamo esplorato l'isola davanti, di dietro, di sopra e di sotto, Michiel. Ormai la conosco.»

«Lo sai qual è il tuo problema? Sei drogata e basta.»

«Vaffanculo.»

«Sei una tossica, e la tua droga è quel maledetto studio!»

«Sì! E non voglio essere costretta a disintossicarmi per forza qui. Cazzone.»

Raccolse di nuovo la bicicletta. Avevano mangiato un panino da De Marlijn e quando per l'ennesima volta lui aveva cercato di mettersi a parlare della sua squadra, era arrivata al limite. Non voleva più far parte solo del mondo di Michiel, rivoleva indietro il suo mondo, ma quello era dall'altra parte del mare. Aveva dovuto lasciare il telefono e il portatile nell'auto di Michiel sulla terraferma e ora se n'era enormemente pentita. Si sentiva tagliata fuori da tutto e da tutti e, per quanto lui continuasse a insistere che l'idea era proprio quella, iniziava a trovare la cosa claustrofobica. Da andare fuori di testa. Si sentiva davvero soffocare.

«Voglio andare a casa!»

«Quando finisce la settimana.»

«Ora.» Katja salì sulla bici.

«Certo, per tornare dal tuo professore.» Michiel parlò con un tono volutamente infantile. «Per tornare a quelle stronzate così importanti!»

Katja, con molta maturità, decise di non rispondere affatto e se ne andò pedalando a testa alta sulla stradina di sabbia. Ma dentro di sé sapeva che lui aveva ragione.

Il Rottum, uno dei traghetti che facevano la spola tra Schiermonnikoog e la terraferma, emise due brevi suoni ed entrò nel porto di Lauwersoog mentre Katja girava la testa verso il sole e inspirava profondamente l'aria fresca.

Quella mattina si era alzata molto presto, dopo che la sera precedente aveva deciso di andarsene alla chetichella da Schiermonnikoog. Aveva lasciato un biglietto a Michiel.

Me ne vado per un po'.

Quando lui si fosse reso conto che questo significava che aveva ripreso il battello per tornare a casa, sperava di essere già ad Amsterdam. Voleva bene a Michiel, ma una settimana abbondante da soli a Schiermonnikoog, senza né portatile né telefono, era stata un po' troppo. Lui l'aveva fatto con buone intenzioni e oltretutto durante l'ultimo anno non si erano quasi visti. Lei era stata così impegnata con la tesi, ci si era buttata talmente anima e corpo che i contatti con il resto del mondo erano rimasti in secondo piano.

«Passi più tempo in braccio a quel tizio che a me!» aveva esclamato più volte Michiel. Un'esagerazione drammatica, ma non aveva del tutto torto. Il «tizio» era Arjen Hageveld, il professore che le faceva da supervisore per la laurea e che piano piano aveva iniziato a essere coinvolto quanto lei nel suo progetto di ricerca. Avevano passato insieme molte serate e anche qualche fine settimana. Avevano camminato, parlato, mangiato, e in quel periodo il loro rapporto si era approfondito moltissimo, ma era rimasto del tutto platonico. Arjen le aveva sempre dimostrato un interesse puramente legato al lavoro e questo per Katja era molto chiaro. Faccende private e lavoro erano decisamente separati e le erano state risparmiate situazioni complicate. Tuttavia si rendeva conto che Michiel era geloso di Arjen. E così, una settimana prima, quando lei aveva portato a termine la sua ricerca e avrebbe potuto finalmente iniziare a scrivere la tesi, Michiel era andato all'Università Tecnica di Delft a prenderla, «a rapirla» – testuali parole – per passare un po' di tempo su una delle Isole Frisone, e lei aveva accettato senza brontolare.

E ad essere onesti era stato splendido, per un paio di giorni. Aveva dormito qualcosa come ventiquattr'ore di seguito e poi si era goduta la pace che regnava sull'isola, malgrado fossero le vacanze di Pasqua. Avevano mangiato, camminato, fatto l'amore, mangiato e fatto di nuovo l'amore, e aveva sentito che la sua testa si svuotava e il suo corpo si liberava dalla stanchezza. Aveva ripreso un po' di colore in viso e, dopo uno sguardo critico allo specchio, si era promessa che una volta a casa avrebbe ripreso ad andare un po' più spesso in palestra e a correre nel Vondelpark, perché era quello che preferiva fare.

Ma dopo un paio di giorni la cosa aveva cominciato a starle stretta e il senso di insoddisfazione era sbocciato in un litigio tra lei e Michiel. La sera prima avevano fatto di nuovo la pace, avevano fatto l'amore e poi avevano bevuto qualcosa ma, mentre stava sdraiata sul letto a fissare il soffitto della soffocante cameretta, aveva deciso di tornarsene a casa. Da sola e senza affrontare Michiel. Ci sarebbe stato modo di farlo ad Amsterdam.

8

La contrapposizione non avrebbe potuto essere maggiore. La ripida scala mobile che si arrampicava lungo le pareti di vetro satinato portando l'imponente uomo dall'avveniristico binario sotterraneo della nuova stazione della metropolitana Vijzelgracht all'uscita, creava un notevole contrasto con le case antiche del centro storico di Amsterdam. In superficie il quartiere aveva tremato durante la costruzione della metro, ma perlopiù le case erano rimaste fieramente in piedi e avevano fatto poco caso allo spettacolo che si svolgeva nelle profondità sotto di loro. Erano abituate a sfidare i secoli.

Christiaan Müller era il figlio indesiderato di un padre svizzero che aveva abbandonato lui e la madre olandese ad Amsterdam due mesi dopo la sua nascita. Sua madre non era mai riuscita a riprendersi dal colpo e si era data all'alcol, per cui molto presto Christiaan aveva imparato a cavarsela da solo e si era fatto strada per conto suo. Una strada che aveva finito per portarlo in Svizzera. Comprendeva l'ironia della cosa. Ma tornava sempre volentieri ad Amsterdam, amava l'intrepida eleganza dei palazzi del diciassettesimo secolo; durante il suo primo matrimonio aveva abitato sul Prinsengracht e sua figlia era nata lì. Ricordava il senso di beatitudine di quel primo anno, con le foglioline verdi che scacciavano l'inverno dagli alberi mentre lui e la sua bimba piccola, un passo dietro l'altro, andavano incontro alla primavera. Una primavera come questa.

Inspirò profondamente l'aria primaverile e attraversò il ponte sul Prinsengracht. Malgrado la folla sul canale e la fatica che fece per superare sul marciapiede un gruppo di giapponesi che seguivano docilmente un ombrellino giallo, si godette la breve passeggiata al sole verso la Nieuwe Spiegelstraat. Aveva preso un volo al mattino presto da Ginevra, dove ancora la primavera non aveva portato altro che pioggia e vento, e aveva fatto in taxi il tragitto da Schiphol alla stazione Zuid. Da lì aveva preso la metro fino al Vijzelgracht. Lanciò un'occhiata al suo orologio, un Patek Philippe Calatrava che gli era stato regalato da un committente molto soddisfatto, e constatò che era ampiamente in orario per il suo appuntamento. Si guardò intorno e vide un caffè di fronte alla galleria d'arte dove lo attendevano. Non aveva ancora fatto colazione – aveva educatamente rifiutato il pastone che gli era stato propinato durante il volo – e decise di prendere posto a un tavolo da cui si godeva di una buona vista sulla strada.

Dato che il locale era piccolo e i tavolini vicini tra loro, con il suo corpo ingombrante fece un po' di fatica ad accomodarsi. Christiaan era più alto di un metro e novanta e l'ampiezza della sua cassa toracica indicava regolari visite in palestra. Nonostante la testa calva e abbronzata, aveva un'aria amichevole. Inoffensiva. Non avresti detto che, in passato, fosse stato arruolato come marinaio nei corpi speciali, né che per anni avesse servito nello squadrone C del Marsof, le Forze Speciali Marittime Olandesi. Era esperto nella raccolta di informazioni dietro le linee nemiche ed era stato presente – pur rimanendo invisibile – durante molti dei grandi conflitti mondiali. Era andato tutto bene per anni, finché nel corso di un'operazione non era rimasto letteralmente preso tra due fuochi e i suoi colleghi erano riusciti con molta fatica a salvarlo da un inferno di fiamme. Gli avevano tolto due pallottole dal corpo e avevano curato meglio che potevano le ustioni di secondo grado. Era stata la fine della sua missione e, non molto dopo, anche del suo matrimonio. Dopo essere tornato a casa, non era più riuscito ad ambientarsi ed era tormentato da sbalzi d'umore che, secondo lo psicologo che aveva consultato, doveva alla sua brillante carriera. Aveva lasciato la moglie e la figlia e, dopo un deprimente periodo di autocommiserazione e ubriachezza, aveva dovuto ritrovare sé stesso. Da solo. Soprattutto per questo ce l'aveva con il talebano; non perché sparandogli l'avesse fatto rimanere disoccupato – faceva parte del lavoro, era il rischio che correvi come militare – ma perché gli aveva portato via la sua vita, sua moglie e la sua bambina, e quello non glielo avrebbe mai perdonato.

Arrivò la ragazza con il menù e gli chiese cosa voleva bere.

«Un tè, per favore.»

Lei si grattò con la penna nella crocchia bionda e iniziò a elencare a memoria una sfilza di infusioni esotiche.

«Tè con foglie di menta fresca, zenzero fresco con limone, zenzero con arancia, zenzero con...»

Christiaan alzò una mano. «Un tè semplice.»

«Allora un Earl Grey?»

«Perfetto.»

Mentre la ragazza si allontanava, Christiaan osservò la strada. La Nieuwe Spiegelstraat era nota da tempo immemorabile per i suoi molti negozi di antiquariato, i mercanti d'arte e le gallerie, ma di fatto non si vedevano persone intente a fare acquisti. A differenza delle normali vie dello shopping, la maggior parte dei negozi erano chiusi e i clienti dovevano telefonare per prendere un appuntamento. Come il posto dove era diretto oggi, poco più avanti dall'altra parte della strada. C'era un dipinto in vetrina, ma non dava l'impressione che qualcuno avesse davvero voluto impegnarsi per valorizzare quello spazio espositivo. Invece che essere invitante, dava un'impressione di squallore.

Aprì il menù e gettò uno sguardo alle infinite opzioni per la colazione, da green smoothie salutisti e yogurt con le noci fino a torreggianti sandwich ricolmi di pancetta e salse. Sospirò, desiderando in realtà un panino integrale con del formaggio stagionato, purtroppo non previsto dall'ampio menù. Si girò irritato per intercettare lo sguardo della cameriera e fu così che non si accorse dell'uomo dall'aria giovanile con la giacca rossa e lo zaino gettato con noncuranza su una spalla che era entrato dall'altra parte della strada.

9

Nella galleria d'arte Post iniziava a imbrunire. I dipinti più grandi, alcuni dei quali illuminati da applique in rame fissate al muro, erano appesi alle pareti. I quadri più piccoli, ritratti e nature morte, erano disseminati in tutto il negozio su tavoli e antichi mobiletti. Nel retro della galleria, accanto a un elegante specchio da terra, c'era il tavolo rotondo dove a quanto pareva Louis Post conservava i documenti. Non era un negozio con un grande giro d'affari, ma era chiaro che non era quella l'intenzione del proprietario. Non aveva bisogno di gente che entrava a curiosare per un quarto d'ora e poi se ne andava. La galleria d'arte gli faceva da base operativa, da lì gestiva la sua rete nazionale e internazionale. Era la sua enclave del diciassettesimo secolo in un mondo dell'arte ormai impazzito.

Il professor Arjen Hageveld si era tolto la giacca rossa e l'aveva appesa allo schienale della sedia con lo zaino. Seduto con Louis Post al tavolo rotondo, guardava con lui lo schermo del portatile da sopra la sua spalla.

Louis lesse i risultati della ricerca di Katja che Arjen gli aveva portato su una chiavetta e annuì piano con la testa. «Incredibile» borbottò.

«Te l'avevo detto!» Arjen dominava a fatica il suo entusiasmo.

«Incredibile. Voglio dire, naturalmente capita spesso di trovare un dipinto sottostante, tuttavia...» Louis spinse il portatile un po' più in là. Si tolse gli occhiali dorati dal naso e si mise a guardare in silenzio nel vuoto.

Arjen, teso, osservata quel sessantenne concentrato dallo sguardo fisso, con una testa straordinariamente piccola, guance scavate e naso pronunciato: somigliava un po' a un avvoltoio. Aveva i capelli tinti di nero, un po' troppo lunghi. Nell'insieme aveva un che di ridicolo, ma nel suo ambito di specializzazione lo prendevano tutti straordinariamente sul serio. A quanto aveva sentito Arjen, era rispettato in patria e all'estero e veniva consultato con una certa regolarità.

Louis si alzò e andò verso un angolo della bottega, dove c'era la scala che portava al piano superiore. Nel corso della sua lunga carriera aveva visto e fatto parecchie cose, ma la scoperta del suo giovane amico Hageveld le batteva davvero tutte. Accanto alle scale c'era un mobiletto con sopra una macchina Nespresso. Mise pensieroso un bicchierino nella macchina e per un po' non si sentì altro che lo strepito dell'acqua che passava attraverso la capsula di caffè.

«E innegabilmente... la pittura sottostante risale al diciassettesimo secolo» disse infine, prendendo dall'apparecchio la tazzina di caffè. «Ma, come capisci bene, il mio parere, e naturalmente anche il tuo, da soli non bastano. È... è...» Non sapeva dire di preciso cosa fosse e fu il campanello a toglierlo d'impaccio: davanti alla porta c'era qualcuno. «Il mio appuntamento!»

Svuotò d'un fiato la tazzina e la mise via. «Ieri sera mi ha telefonato un cliente che aveva un affare interessante da propormi. Così ha detto. Nella maggior parte dei casi non è vero. Aveva fretta, mi ha spiegato che era qui solo per un giorno, quindi gli ho concesso un quarto d'ora oggi. Ti dispiacerebbe...?»

Fece un gesto con la mano verso la scala.

«Certo che no, vado di sopra ad aspettare.»

Arjen prese dalla sedia la giacca e lo zaino, estrasse con cura la chiavetta dal portatile e andò verso la scala.

«Sul tavolo di cucina c'è il giornale del mattino.»

Louis andò verso la porta d'entrata e, mentre Arjen saliva gli scalini di legno scricchiolanti, la aprì.

10

Christiaan era stato mandato da Hubert Vreeman, il mercante d'arte di Ginevra che spesso negli ultimi anni gli aveva dato degli incarichi. A quanto pareva Vreeman aveva ricevuto delle informazioni interessanti a proposito di un dipinto dal suo obiettivo di oggi e voleva sapere da chi le avesse avute. Gli sembrava che la faccenda si potesse risolvere con una chiacchierata, forse un po' intensa, ma a parte quello non si aspettava nessun problema.

Louis Post l'aveva fatto entrare e Christiaan aveva provato subito repulsione per l'uomo. Quell'atroce testolina da ratto dai capelli tinti. E poi la giacca di lino macchiata che aveva conosciuto tempi migliori. Non aveva l'aria di un professionista del mondo dell'arte. Christiaan amava l'arte, i musei lo calmavano, con i loro oggetti esposti in maniera ordinata e ragionata, che si lasciavano contemplare con tutta calma. Era capace di vagare per ore tra le sale, perdendosi in mondi molto lontani dal suo. In quei momenti si dissolvevano le altre immagini, quelle che si portava sempre dentro, immagini di fuoco, di occhi spalancati, occhi che esplodevano, e si sentiva pervadere da una calma benefica. Il guazzabuglio che circondava quest'uomo e l'atmosfera crepuscolare nel negozio, invece, non lo avevano affatto calmato. Poteva sapere tante cose – a sentire il suo committente, questo Post nel suo campo era un fenomeno – ma di gusto non ne aveva.

«Aveva qualcosa per me?»

Post gli aveva offerto una sedia a un antico tavolo rotondo pieno di libri vecchi e brochure, in mezzo ai quali il portatile argenteo spiccava come un'icona smarrita del tempo moderno.

«No, è lei che ha qualcosa per me» lo corresse garbato Christiaan.

Post ne rimase sgradevolmente sorpreso. «È stato lei a telefonarmi, aveva qualcosa di interessante che voleva farmi vedere.»

«Volevo risvegliare il suo interesse.»

«Il mio interesse per qualcosa che *io* avrei per lei? Ho poco tempo per gli indovinelli, temo.»

«Le porto i saluti del signor Vreeman.»

Vide che l'uomo si irrigidiva, come se gli avesse fatto scivolare un cubetto di ghiaccio nel colletto.

«Molto gentile da parte sua» riuscì a tirar fuori a fatica.

«Volevo essere sicuro che l'avrei trovata qui e che mi avrebbe fatto entrare. In effetti ho da farle una domanda semplice a cui il signor Vreeman vorrebbe una risposta.»

Vide che Post sapeva qual era la domanda e anche che stava cercando disperatamente di decidere l'atteggiamento da tenere. Gli era capitato molto spesso di trovarsi davanti persone che avevano delle informazioni che gli interessavano e che cercavano di sottrarsi alla conversazione.

«Vuole un nome.»

«Un nome?»

«Sa benissimo quale.»

«È davvero certo che io lo sappia?»

«Ne è certo il signor Vreeman.»

«E se lui dice che è così, deve per forza essere vero?»
«Sì.»
Tutti giochetti, tentativi di sviare l'altro, di guadagnare tempo. Christiaan taceva e guardava Post, non senza benevolenza. Ma a lui il suo sguardo sembrava minaccioso e nascose le mani sotto il tavolo, perché iniziavano a tremare.
Christiaan si piegò in avanti, mise i gomiti sul tavolo e intrecciò le mani sotto il mento. Più calmo rimaneva, più minaccioso sembrava, ne era consapevole. «Non so i dettagli dell'affare, il signor Vreeman non mi ha messo al corrente di tutta la faccenda, ma ha detto che lei sapeva di cosa si trattava. Lei gli ha dato una dritta. Vero o no?»
Era vero e ora Louis se ne stava pentendo amaramente.

Nella stanza sopra la galleria d'arte Arjen sedeva al tavolo della cucina, altrettanto caotico rispetto a quello rotondo al piano di sotto: non c'era soltanto il giornale di quel mattino, ma anche pile di vecchi quotidiani e riviste, un piattino della colazione, tazzine da caffè e una bottiglia di Calvados mezza piena. Deprimente, come tutto il piano, stretto e buio e dall'aria soffocante, benché fossero stati rimossi i muri divisori in modo che il soggiorno e la cucina formassero un unico spazio. Il soffitto basso, con le travi di legno originali, accentuava il carattere claustrofobico della stanza. Louis non aveva investito molto tempo e fatica nel rendere quel posto più piacevole da abitare, era evidente. I colori che dominavano erano il marrone e il verde scuro. Davanti a un tavolo basso fatto di traversine, carico di libri d'arte, c'era un vecchio divano Chesterfield. Nell'angolo accanto al divano c'era un grande mappamondo su un treppiede. La parte superiore del globo era aperta e lasciava intravedere le bottiglie di superalcolici sistemate nell'emisfero meridionale, da cui senza dubbio veniva anche la bottiglia di Calvados. Ai muri erano appesi quadri che forse, presi uno alla volta, erano straordinari, ma le cui immagini tetre e sepolcrali facevano solo risaltare la cupezza della stanza.

Arjen non si sentiva molto a suo agio e sfogliava coraggiosamente il giornale, sperando che l'incontro al piano di sotto non durasse troppo a lungo. Lo chiuse di scatto, lo ripiegò e andò verso la tromba delle scale. Aguzzando le orecchie tentò di venire a capo di ciò che si diceva laggiù. Parlavano in tono sommesso, ma in quel tono c'era qualcosa che lo sconcertava. Non assomigliava molto a una conversazione amichevole su una vendita, a un cortese scambio di parole tra due persone interessate. No, parlavano a voce bassa ma in modo enfatico. C'era tensione nell'aria.

Louis Post aveva sempre sofferto per le sue paure. Già quando era alle medie a volte non osava uscire di casa per ragioni impossibili da spiegare, prendendo una malattia come pretesto per saltare le lezioni. Aveva la sensazione che la sua vita fosse cominciata solo nel momento in cui aveva iniziato a studiare storia dell'arte. Era stato uno studente eccellente e poi, con l'aiuto economico dei suoi genitori, aveva potuto fare un master negli Stati Uniti, seguito da un periodo di stage al Brooklyn Museum. Lì era stato davvero felice per la prima volta. Era riuscito a liberarsi dal soffocante giogo olandese e aveva potuto assecondare le sue inclinazioni omosessuali, che aveva sempre tenuto nascoste ai suoi genitori.

Sarebbe dovuto rimanere in America. Non sarebbe mai dovuto ritornare in questa desolante palude, ma dopo la morte della madre il suo rientro nei Paesi Bassi era stato ineluttabile; ci si aspettava che subentrasse ai suoi genitori nella bottega d'arte. Suo padre si era ritirato in un mondo tutto suo e non molto tempo dopo era morto. In quel momento avrebbe dovuto essere abbastanza saggio da liberarsi della bottega d'arte, ma per ragioni emotive aveva deciso di no. Un errore, con il senno di poi. All'inizio la galleria aveva ancora funzionato, ma Louis non era un imprenditore. Era un teorico, un esperto nel suo campo che godeva di una certa fama a livello internazionale, ma come mercante inanellava un fiasco dopo l'altro.

Seguì un periodo in cui per la prima volta in vita sua Louis si ritrovò ad avere bisogno di soldi. Ragion per cui ogni tanto si vedeva costretto ad aggirare un pochino l'aspetto etico della sua professione. Era sempre stato attento, aveva costruito accuratamente la sua reputazione con l'idea che nel suo mondo la reputazione fosse tutto; ci voleva molto tempo per guadagnarsela e si faceva molto presto a perderla. Naturalmente aveva visto intorno a sé un gran numero di raggiri, gli imbrogli con i certificati e le attribuzioni falsificate. L'arte era commercio, l'arte era un mezzo di pagamento, anche nel circuito dei trafficanti di droga. Le opere d'arte sparivano misteriosamente dai musei per poi rispuntare altrove, come merce di scambio in un affare nebuloso o nell'altro. Sentiva i colleghi raccontare di pittori gonfiati a Londra per ottenere prezzi altissimi a un'asta a Tokyo, dopodiché il commerciante d'arte incassava e il pittore veniva ringraziato per i suoi servigi e messo alla porta. Non aveva mai voluto collaborare a queste pratiche, a casa sua non si faceva così. Ma, come aveva detto una volta un suo buon amico: da una parte hai i tuoi principi, dall'altra le tue spese fisse.

E, una volta oltrepassata la linea, non c'è più modo di tornare indietro.

«Il nome della persona che ha dato la dritta, è l'unica cosa che voglio sentire. Poi scompaio di nuovo.»

«La persona che ha dato la dritta desidera rimanere anonima.»

«Perché?»

«Glielo chieda lei.»

Christiaan sorrise, ma i suoi occhi rimasero freddi. «Lo farei volentieri, se sapessi chi è!» Lo sussurrò quasi, ma poi sbatté forte la mano sul tavolo, che era già in equilibrio precario su una gamba centrale, e fece una pericolosa picchiata verso il basso. Post spaventato tenne fermo il tavolo con due mani.

Christiaan si alzò, prese dal tavolo un libro sulle porcellane del diciassettesimo secolo e lo usò per colpire alla testa il mercante d'arte. Poi rimise con cura il libro in cima alla pila. «Ora preferirei che tu mi dicessi spontaneamente il nome della persona da cui viene la dritta e dove posso trovarla. Altrimenti sarò costretto a tagliarti via un dito alla volta, finché non finirai per dirmelo comunque.» Guardò il commerciante d'arte. «Credimi, me lo dirai. Lo so per esperienza.»

Tirò fuori dalla tasca interna della giacca di pelle una tenaglia color argento grande come una cesoia. Ora il tremito delle mani di Post era così violento da far sussultare anche il piano del tavolo.

«Allora?»

«Hageveld» farfugliò con voce appena udibile l'uomo, spaventato a morte.

«Più forte.»

«Hageveld. Arjen Hageveld!!» L'ultima parola fu come un urlo diretto verso il soffitto.

Christiaan alzò lo sguardo verso l'alto e si mise in ascolto. «C'è qualcuno lì?»

Post abbassò la testa.

«C'è qualcuno di sopra?»

Post continuò a tacere.

«Ti ho fatto una domanda!» Christiaan fece partire un destro e colpì alla tempia il mercante d'arte. Il colpo fu così forte da fargli dare una testata contro lo specchio antico, che finì sul muro mentre il vetro, crepitando come ghiaccio fresco, andava in mille pezzi. Di colpo ci fu un silenzio totale.

Post penzolava afflosciato sulla sedia, con il naso che sgocciolava sangue sul parquet vecchio e logoro. Da un lato della testa, all'altezza dell'orecchio, gli spuntava un pezzo di vetro triangolare.

«Cazzo» borbottò Christiaan.

11

La Citroën Berlingo bianca se ne stava buona buona ad aspettarla nel parcheggio. L'avevano comprata due anni prima perché volevano usarla per andare in campeggio in Francia. Quel progetto non si era mai concretizzato, ma il furgoncino era tornato utile per i traslochi di amici che sempre più di frequente lasciavano il loro buco da studenti per trasferirsi in una vera e propria casa.

Katja provò le portiere, ma erano chiuse ermeticamente – ci aveva pensato Michiel – e la chiave di riserva naturalmente era a casa. La mattina era andata a cercare la chiave di Michiel, aveva tastato le tasche del suo giubbotto ma non aveva trovato niente, e aveva pensato che fosse troppo pericoloso sgattaiolare un'altra volta in camera da letto per pescare la chiave fuori dalla tasca dei suoi pantaloni. Scrutò attraverso il finestrino della portiera posteriore e vide la borsa della spesa di plastica blu dove si trovava il portatile con i risultati della sua ricerca, su cui avrebbe lavorato tanto volentieri. Alzò le spalle. A casa aveva un backup. Ma come faceva a tornare a casa? Avrebbe potuto telefonare a Nina, forse? Lei aveva un'auto. Ma come faceva a chiamare la sua amica se il suo telefono era ancora in macchina? Forse nell'edificio dove vendevano i biglietti avevano ancora un telefono fisso. Solo che... che cavolo di numero aveva Nina? Una volta tanto maledisse la comodità dello smartphone, che immagazzinava tutte le informazioni di cui avevi bisogno, così che non dovevi ricordarti di niente. Comodo sì. Se ce l'avevi.

Si guardò intorno e vide la fermata dell'autobus in lontananza. Non c'era nient'altro da fare, prima doveva trovare un modo di arrivare a Groningen e poi prendere il treno fino a casa. Per fortuna aveva il portafoglio.

Mentre attraversavano il paesaggio ampio e vuoto di Groningen era l'unica passeggera. Passarono Menneweer, Ulrum e Leens. Paesi nascosti tra il verde incolto che luccicava fresco e fiducioso nella dolce luce primaverile. Una gita piacevole a un ritmo piacevole, ma Katja sospettava che, se il tempo fosse stato cupo, per una ragazza di città come lei lo stesso paesaggio sarebbe bastato per farla scappare via urlando dall'autobus. In cerca di una corda e di un albero alto, cosa per niente semplice da quelle parti. Si vide sorridere a quel pensiero, riflessa nel finestrino.

Nei primi minuti della corsa in autobus, mentre guardava il porto di Lauwersoog che spariva alle sue spalle, si era pentita di aver deciso di partire così all'improvviso. Non perché avrebbe voluto rimanere, ma perché aveva messo Michiel in una situazione davvero difficile. Si sarebbe preoccupato da morire non vedendola tornare alla casetta e non riuscendo a trovarla sull'isola. D'altra parte anche lui l'aveva messa in una situazione difficile, prendendo l'iniziativa di portarla laggiù e sequestrandole il portatile e il telefono. L'avrebbe chiamato dalla stazione di Groningen. Il suo numero lo sapeva ancora a memoria.

12

Arjen stava per tornare al tavolo di cucina quando all'improvviso sentì un colpo forte, come se qualcuno avesse dato una botta sul tavolo con un pezzo di legno. S'irrigidì in piedi sopra la scala e si mise in ascolto trattenendo il respiro. Per un po' non successe niente e poi gli sembrò di aver sentito il proprio nome, piano, seguito da un molto più forte: «Arjen Hageveld!!» Era la voce di Louis. Sembrava... spaventato? Poi sentì di nuovo un colpo forte, un grido e un tintinnio di vetri. Cristo, di sotto si stavano picchiando. Cosa stava succedendo? Doveva scendere? O era meglio chiamare la polizia? Ascoltò attentamente, ma all'improvviso ci fu silenzio. Un silenzio mortale. Cosa era capitato, in nome di Dio?

«C'è qualcuno?» sentì dire da una voce amichevole in fondo alle scale.

Arjen conosceva questo modo di dire solo dai libri, ma ora sentì proprio il cuore battergli in gola. Letteralmente. Non era una bella cosa. Qualcosa al piano di sotto era andato terribilmente storto, questo era chiaro. Doveva trovare un modo per andarsene da lì, e in fretta. Recuperò le sue cose e sgattaiolò verso la scala che portava alla camera da letto di Louis. Pregò Dio che il pavimento scricchiolante non lo tradisse.

«Ehi!»

Salì rapidamente e si ritrovò nella stanza da letto. In preda al panico girò la testa di qua e di là, in cerca di un posto per potersi nascondere. Sulle pareti c'erano foto stilizzate in bianco e nero di giovanotti muscolosi, poi dei mobiletti bassi e una porta che conduceva nel bagno. Non si sentiva tranquillo, lì. Andò verso la porta da cui si accedeva a un piccolo terrazzo sul retro e vide assicurata alla ringhiera una scala antincendio che dal secondo piano portava al giardino interno. Esitò, ma sentì sotto di sé lo scricchiolio delle scale. Qualcuno stava salendo, non aveva scelta. Aprì la porta, tolse la chiave dalla serratura, la chiuse dall'esterno e buttò la chiave nel giardino. Si mise lo zaino in spalla, scavalcò la ringhiera con una gamba e con il piede cercò il gradino della scala antincendio, continuando a tenere d'occhio la porta. Poi passò anche l'altra gamba sopra la ringhiera e si accorse che gli tremavano le ginocchia, gli facevano giacomo giacomo. Scese più in fretta che poteva, ma la scala finiva due metri sopra al terreno infestato di erbacce, così dovette lasciarsi cadere per l'ultimo pezzo.

Atterrando cadde male e si storse la caviglia. Riuscì a malapena a impedirsi di gridare. Guardò in alto, ma non vide nessuno. Sarebbe stato possibile raggiungere la strada passando per la porta sul retro del negozio? Ma se l'uomo, chiunque fosse, era tornato di sotto, allora era lì dentro ad aspettarlo. Si guardò intorno. Il giardino era tutto circondato da muri, come la maggior parte dei cortili delle gallerie d'arte e dei negozi di antiquariato, e dalla parte superiore del muro sporgevano cocci di vetro conficcati nel cemento. Era preferibile che dalla porta sul retro non entrassero ospiti indesiderati, ma una volta dentro era impossibile uscire. Nell'angolo in fondo c'era un minuscolo capanno di legno. Non vedeva nessun'altra via d'uscita, era l'unico posto dove poteva nascondersi. Aprì la porta e s'intrufolò dentro. Riuscì a ricavarsi a fatica uno spazio tra il tosaerba, gli attrezzi da giardino e i sacchi di terriccio. C'era un odore stantio di legno marcio. Chiuse bene la porta e ficcò un manico di scopa tra la maniglia e la porta. In un vecchio vaso da fiori trovò una cesoia che dopo qualche prova riuscì ad aprire e chiudere. Ora aveva un'arma in mano anche lui.

Sentiva il bisogno di fare la pipì e valutò la possibilità di uscire di nuovo, ma respinse il pensiero. Troppo pericoloso. Benché non avesse intenzione di arrendersi senza lottare, teneva la cesoia ben stretta. Strofinò la manica sul finestrino appannato della porta e guardò verso la scala antincendio, ma non vide scendere nessuno. Finché d'un tratto la porta del terrazzino non si spalancò.

Christiaan non era sicuro di aver sentito cigolare il pavimento o no. Le case vecchie scricchiolavano sempre e forse era troppo sospettoso. Guardò ancora una volta il corpo esanime che aveva davanti. Ora il sangue sgocciolava anche dalla bocca di Post, la cosa non prometteva bene. Perché quell'idiota aveva fatto tante storie per rispondere a una semplice domanda? Se lo avesse fatto subito, in questo momento lui sarebbe stato già sulla strada per Schiphol. Rifletté sul da farsi e decise di andare comunque a dare un'occhiata di sopra per sicurezza.

«C'è qualcuno?»

Post non gli avrebbe dato più problemi, era probabile che non sarebbe sopravvissuto, se non avesse chiamato l'ambulanza. E non aveva certo intenzione di farlo.

«Ehi!»

Prese la scala che portava al piano di sopra e si ritrovò

nel soggiorno. Gusto zero, quel tizio ne è totalmente privo, pensò di nuovo. Che situazione deprimente. Il piano era tutto un unico open space e non c'era nessuno. E non c'era neppure un oggetto che potesse far pensare alla presenza di un'altra persona. C'era un'altra scala che andava di sopra, che lo portò nella stanza da letto. Un casino. Foto di nudi sul muro. Penoso. Andò verso il bagno e sbirciò dietro l'angolo. Nessuno. Il letto consisteva in due materassi impilati l'uno sull'altro, lì sotto potevano nascondersi solo le cimici. Andò verso la porta che si apriva sul retro e guardò fuori attraverso il vetro. Un piccolo terrazzo. Alzò gli occhi verso il sole. Esposizione a sud est, non male. Provò ad aprire la porta, ma non cedette. Era bloccata o chiusa a chiave? Nel buco della serratura non c'era nessuna chiave. Diede una spallata non molto forte e la porta si spalancò. Attese e si mise in ascolto, ma non sentì altro che il rumore soffocato della grande città.

Uscì con cautela sul terrazzino e guardò verso il basso. Giardini sul retro delle case, separati fra loro da muretti e recinti. Il cortile sotto di lui era una landa desolata in attesa di una bella sistemata. Era ovvio che quel tizio dai capelli tinti non era affatto interessato a farlo. C'era una scala assicurata alla ringhiera. Aveva l'aria abbastanza solida. In fondo al giardino c'era un casottino, un piccolo capanno di legno che serviva per le attrezzature da giardinaggio. Per un momento valutò la possibilità di scendere lungo la scala antincendio, ma vide che si fermava un paio di metri sopra la terra. Questo di per sé non costituiva un ostacolo alla discesa, ma avrebbe potuto costituire un problema per tornare su e gli sembrava meglio non farsi notare nel giardino della galleria d'arte. Non sapevi mai chi stava a guardare dalle altre case.

Arjen Hageveld. Aveva sentito chiaramente il nome.

Era lui l'intruso misterioso in casa? Si ritrasse dalla porta e rimase ancora un momento in attesa. Arjen Hageveld. In ogni caso aveva un nome. E il più delle volte era sufficiente, lo sapeva per esperienza.

Eccolo! Era un uomo alto, grosso come uno sportivo, con una testa calva che brillava alla luce del sole. Perlustrava con lo sguardo il giardino. Arjen sentì la vescica contrarsi, si coprì di sudore. Sarebbe venuto giù? L'uomo saggiò la scala antincendio per vedere se era abbastanza resistente. Santo Dio, certo che sarebbe sceso, e allora non avrebbe più avuto via d'uscita. Arjen si strinse contro i manici di scopa appoggiati alla parete di fondo e guardò il telefono. Doveva continuare a respirare, a respirare con calma, non farsi prendere dal panico. Poteva chiamare qualcuno? La polizia? Ma cosa poteva dire? Non aveva idea di chi fosse l'uomo e di cosa fosse successo nel negozio. Per scoprirlo doveva entrare dentro, ma ora non era proprio possibile. Che cos'era successo a Louis, per Dio? Gli aveva sentito urlare il suo nome in tono disperato. E poi quel colpo e quel tintinnio di vetri. Forse si era trattato di una semplice rapina? Ma allora perché quell'uomo aveva voluto sapere il suo nome? E chi era poi quel tale che gli era venuto dietro? Aveva sfondato la porta della terrazza! Perché? Cosa voleva?

Sentiva l'agitazione nello stomaco. Aveva udito chiaramente il proprio nome e quel tizio lo stava cercando. Di questo era certo. Ma perché, perché? Chiuse gli occhi e si concentrò sulla respirazione, con calma, dentro, con calma, fuori, partendo dal diaframma, finché non riuscì a controllare il panico. E fu in quel momento di tranquillità che gli venne il pensiero, un pensiero troppo idiota per esprimerlo a parole, il pensiero che... il pensiero che tutto questo avesse qualcosa a che fare con la sua scoperta. Con le immagini della scansione. Ma com'era possibile? Non ne sapeva niente nessuno, nemmeno Katja.

Doveva fare la pipì, doveva farla a tutti i costi e più si rendeva conto di non poter uscire più lo stimolo diventava forte. Pensa se quel tizio fosse stato ancora lì, nascosto dietro a una finestra, aspettando che uscisse. Si girò nello stretto capanno, spinse da parte un po' di scope e altri utensili da giardino e schiacciò più che poteva il corpo nell'angolo. Posò la cesoia su un sacchetto di terriccio, allargò al massimo i piedi e, dopo aver lanciato un'occhiata al finestrino incastonato nella porta, si aprì la patta. Chiuse gli occhi e con un sospiro di sollievo lasciò che la natura facesse il suo corso. E per un momento, mentre si svuotava la vescica, gli scorsero via dalla testa anche tutti i pensieri lasciando spazio a un'intuizione chiarificatrice.

Il libro.

Il libro che durante la cena Louis aveva tirato fuori dallo scaffale mentre guardava l'immagine della scansione. A fine serata Arjen l'aveva preso dal tavolo e l'aveva rimesso a posto nella libreria. Non ci aveva più pensato – dopo una bottiglia di chablis, un rosso toscano e una serie di liquori con il caffè era quasi arrivato al capolinea – ma ora vedeva davanti a sé quel volume e lentamente, ma con certezza, gli divenne chiaro cosa Louis pensava che avessero scoperto sotto il dipinto di Isaac Pietersz. Ma non poteva essere vero. Era una cosa... impossibile.

13

Per un paio di giorni era riuscita a respingere in secondo piano il pensiero del dipinto. Con il telefono e il portatile sulla terraferma, non aveva più potuto mettersi in contatto con Arjen e forse era stato meglio così. Un po' di distanza non poteva fare male. Si era davvero goduta la pace, la primavera in fiore e il sole intenso che faceva risplendere l'isola di nuova luce. C'era anche freddo e vento, ma questo l'aveva aiutata ancor di più a rimettersi in sesto.

L'intenzione era stata carina. Michiel aveva voluto dare una ventata di freschezza alla loro relazione che forse ne aveva anche bisogno. Ma avrebbe dovuto capire che tutti nella vita hanno periodi in cui ci può essere qualcosa di più importante di una relazione e che quando si presentavano certe occasioni bisognava prenderle al volo. Katja non vedeva l'ora di portare a termine i suoi studi di storia dell'arte e di entrare nel mondo reale. Non perché fosse ansiosa di iniziare a lavorare, ma perché sentiva di essere sulla soglia di una grande avventura. L'arte l'aveva sempre interessata e negli ultimi anni il suo interesse non aveva fatto che aumentare, crescendo fino a diventare una passione per un mondo in cui c'era ancora così tanto da scoprire che il solo pensiero la elettrizzava. Si era buttata anima e corpo nelle ricerche per la sua tesi di laurea e in effetti le era rimasto poco tempo per quella che Michiel chiamava «la vera vita.» La vera vita. Per lei, se doveva essere onesta, era vera la vita che aveva fatto nei mesi precedenti. Intensa e appassionante. Ma come farlo capire al suo ragazzo?

Tutto era iniziato con il dipinto che era sempre stato nella stanza degli ospiti a casa dei nonni. Da piccola ammirava incantata il ritratto dei due bambini che tanto sembrava piacere a suo nonno. Parevano felici e stavano seduti su un panchetto, con ai loro piedi un cavallo a dondolo e una bambola vestita proprio come la bimba. Il nonno senza dubbio avrebbe potuto dirle molte altre cose sui bambini nel dipinto, ma purtroppo era mancato troppo presto. Nella seconda casa in Francia c'erano altri due quadri, che secondo la nonna raffiguravano il padre e la madre. Katja li trovava molto più tristi. Preferiva guardare i due fratellini e fantasticare sulla loro vita. Non sapeva di preciso come fosse questa vita, ma era sicura che si divertissero moltissimo.

Poi aveva iniziato a interessarsi ad altre cose e a poco a poco il dipinto era scomparso dai suoi pensieri. Dopo la morte di sua nonna era rimasto ancora per qualche tempo nel corridoio della loro casa all'Aia, finché sua madre non ne aveva avuto abbastanza e aveva relegato il dipinto in soffitta. Ma quando si era messa a cercare un soggetto per la sua tesi di laurea magistrale, a un tratto le era tornata in mente l'opera che un tempo aveva risvegliato in lei l'interesse per l'arte. I due bambini felici sul panchetto. Dipinta da un certo I. Pietersz, il cui nome era riuscita a decifrare nell'angolo inferiore destro, dopo essersi un po' scervellata. Le venne l'idea di andare in cerca della storia del quadro e di ricostruirne le origini e il pedigree. Voleva fare di quella ricerca la sua tesi di laurea.

Si era avvicinata all'impresa con entusiasmo, ma l'inizio della ricerca non era stato troppo positivo. Sembrava che durante la sua epoca, all'inizio del diciottesimo secolo, I. – che corrispondeva a Isaac – Pietersz fosse stato noto come pittore di ritratti. Era stato a capo di un atelier di pittura di un certo successo. Secondo gli archivi era conosciuto anche come restauratore, ma il suo lavoro non aveva resistito al passare del tempo e, se suo nonno non si fosse aggiudicato il dipinto da qualche parte a un'asta, Katja non avrebbe mai sentito nominare quel pittore settecentesco. Quando suo padre l'aveva sentita parlare della tesi, si era ricordato del «libretto dei dipinti» di suo padre, in cui lui aveva descritto la sua collezione di quadri. Dopo la morte della nonna l'aveva ritrovato nel vecchio studio del nonno, insieme a una serie di diari. Benché non sapesse bene che farsene, si era reso conto del valore sentimentale dei quaderni e non era riuscito a buttarli via. Quando Katja era venuta a prendere il libretto dei dipinti, le aveva regalato anche i diari del nonno. Dopo averne letto un paio di pagine, lei li aveva ficcati in una vecchia borsa da palestra che aveva infilato sotto al letto.

Il libretto all'inizio le era sembrato un segno promettente e conteneva in effetti una descrizione del dipinto di Pietersz. Dalla calligrafia minuta ma ben leggibile del nonno aveva potuto anche dedurre che non era riuscito a reperire molte informazioni. Le sue accurate ricerche negli archivi non avevano prodotto che una quantità di fatterelli privi d'interesse. *Qual è dunque il segreto di questo dipinto?* erano le ultime parole che aveva dedicato al quadro. Era decisa a rispondere per lui.

Dopo aver sgobbato per settimane, però, aveva pensato di lasciar perdere. Era riuscita a scovare ben poche informazioni più di suo nonno. Peccato aver sprecato del tempo; sulla vita di Isaac Pietersz non c'era niente da scoprire e niente da risolvere. Si era rivelato un lavoraccio noioso e faticoso e alla fine aveva letto negli archivi di Stato, dove era andata a rovistare più che altro per senso del dovere, che era morto di dissenteria in età piuttosto giovane. Tutto qui. La ricerca sembrava finita ancora prima di essere davvero iniziata. Che cosa c'era da raccontare sull'opera irrilevante di un pittore irrilevante che era vissuto solo per poco tempo? Qual era il segreto del ritratto? Il segreto era che non aveva alcun significato e che lei aveva sprecato quasi due mesi della sua vita. Benché fosse in condizioni relativamente buone, anche se il tempo aveva intaccato la vernice e qua e là l'immagine era scolorita, per lei la tela aveva perso ogni interesse. Sarebbe rimasta in debito con il nonno di una risposta alla domanda sul segreto del ritratto.

Arjen, il professore che la seguiva nella ricerca, l'aveva presa da parte e le aveva fatto un predicozzo. «Un quadro non è solo il lavoro di un artista sconosciuto» le aveva fatto notare. «È uno specchio dell'epoca in cui è vissuto. Non solo per quello che raffigura, ma anche per la composizione dei materiali e per l'uso che ne è stato fatto. Grazie al confronto delle materie prime e delle tecniche utilizzate con altre tele dello stesso periodo, un dipinto può dire molto di più su un pittore sconosciuto di ciò che si può ricavare da qualche libro impolverato.»

Lei l'aveva ringraziato gentilmente per il consiglio ed era andata a rifugiarsi al caffè con Nina. Ma alla fine si era lasciata convincere e quando, sotto la guida di Arjen, si era dedicata al dipinto come immagine del suo tempo, era iniziata un'interessante caccia al tesoro. Aveva fatto ricerche sulla tecnica pittorica, scoperto setole di un pennello rimaste nel colore, fatto analizzare la pittura e cercato di scoprire da quanti strati fosse composto il quadro. Avevano prelevato campioni e li avevano studiati in sezione trasversale sotto il microscopio e poi... poi aveva scoperto che il ritratto dei bambini non era l'unica immagine. Sotto c'era un altro dipinto. Isaac Pietersz aveva dipinto il suo ritratto su una tela già esistente!

Ricordava ancora la sensazione che l'aveva travolta quando aveva fatto quella scoperta, una sensazione calda e luminosa, una sorta di estasi che si ricordava di aver provato per l'ultima volta da bambina, quando aveva trovato come dono di san Nicola il regalo che aveva tanto tanto desiderato. Da quel momento in poi Katja e Arjen avevano dedicato tutto il tempo che potevano al progetto. L'analisi del fondo, il primo strato di pittura che si usava per coprire la tela nuda, e delle scaglie più vecchie di colore diede un risultato sorprendente: il dipinto sottostante era del diciassettesimo secolo. La ricerca rivelò che a un certo punto la tela era stata tagliata via dalla cornice originaria ed era stata fissata su un nuovo supporto. Arjen era euforico; era del tutto assorbito dalla ricerca di Katja e continuava instancabile a darle indicazioni. Avevano fatto esaminare il quadro ai raggi X, ma la radiografia non aveva svelato altro che vaghi contorni e piano piano Katja si era resa conto che erano arrivati ai limiti delle loro possibilità. Non c'erano i soldi e il tempo per rimuovere gli strati superiori di pittura e raggiungere quelli più vecchi, un lavoro meticoloso e molto specialistico. Sarebbe stata costretta a portare a termine la sua ricerca senza scoprire cosa rappresentasse il dipinto originale e chi ne fosse l'autore.

Arjen però non voleva lasciare le cose in sospeso. E ad essere onesti, era stato lui ad avere l'idea di far fare una spettrometria Xrf della tela. Gliel'aveva proposta con molto entusiasmo, ma Katja non aveva la minima idea di che cosa si trattasse. Era rimasta piuttosto delusa dai risultati della prima radiografia e non vedeva quale potesse essere il valore aggiunto di un'altra scansione, ma secondo Arjen questa nuova tecnica aveva causato una rivoluzione nel mondo dei musei. Avrebbe prodotto un'immagine molto migliore rispetto a una comune analisi ai raggi X e dunque il valore aggiunto per la sua ricerca avrebbe potuto essere enorme.

Ora che era sull'autobus, diretta alla stazione per prendere il treno che l'avrebbe riportata ai suoi studi, sentiva di nuovo aumentare la tensione e non vedeva l'ora di avere sotto gli occhi il risultato della spettrometria commissionata appena prima della sua vacanza forzata.

Un risultato di cui senza dubbio Arjen era già a conoscenza.

14

Arjen si era lasciato cadere in ginocchio e stava appoggiato con la schiena alla porta del capanno. Sudava. Non osava ancora uscire. Si stava comportando da vigliacco. Lo sapeva, era un vigliacco. Era già stato un vigliacco quando... la sua mente lo portò a Linda. No! Non doveva pensare a sua moglie a nessun costo. Altrimenti l'avrebbe vista sdraiata, intubata, il viso bianco, bianchissimo e... Strizzò gli occhi e si premette le mani sulle tempie. No! Doveva concentrarsi, riflettere su come aveva fatto a ritrovarsi in quella situazione. L'inizio... l'inizio era chiaro come il sole. Louis era andato a mangiare da lui due giorni prima. Lo facevano una volta ogni tanto. Il professore giovane ed entusiasta metteva sempre di buon umore Louis e Arjen non smetteva mai di meravigliarsi dell'erudizione del vecchio mercante d'arte. Le lezioni extra che teneva occasionalmente, poi, erano state un supplemento prezioso ai suoi corsi.

«Cocktail?»

«No! Mi ubriaco troppo in fretta, come aperitivo preferisco uno *jenever* giovane, se ce l'hai.»

Louis ne era notoriamente un grande «estimatore» ma Arjen era convinto che fosse in realtà un alcolista capace di coprire i suoi eccessi come fossero un vezzo. Avevano bevuto un bicchiere e parlato del più e del meno, ripassato gli ultimi pettegolezzi dell'università e riso di un collega che si lamentava perché in quel momento era così difficile intrattenere relazioni con gli studenti. Prima che te ne rendessi conto, ti mettevano di mezzo con il #MeToo sul giornale e perdevi il lavoro.

La cena era stata piacevole come al solito, ma Arjen era esaltato, più entusiasta del normale, e a Louis non era sfuggito. Arjen a un certo punto non era più riuscito a trattenersi e l'aveva messo al corrente della ricerca di Katja, spiegandogli che avevano fatto eseguire a Delft una spettrometria Xrf del dipinto e che l'esito della scansione mostrava che la pittura sottostante risaliva in effetti al diciassettesimo secolo. Louis era ovviamente interessato – il diciassettesimo secolo era pur sempre il suo settore di specializzazione – e Arjen gli aveva mostrato la scansione sul suo computer. Un'immagine in bianco e nero che somigliava un po' a un'ecografia, in cui si vedevano due piccole figure in posizione orizzontale. Louis si era seduto davanti al pc, aveva messo gli occhiali dorati e aveva esaminato a fondo l'immagine. Arjen era andato in cucina perché era suonato un timer e doveva andare in soccorso del suo cosciotto d'agnello. Quando era tornato nella stanza Louis stava ancora fissando intensamente lo schermo. Aveva girato l'immagine e stava borbottando qualcosa. Arjen vide che aveva preso un libro dallo scaffale.

«Non è girato nel verso giusto» aveva detto ancora Arjen.

«No, no, va bene così. È una cosa da non credersi.» Louis aveva guardato Arjen emozionato e si era tolto gli occhiali dorati. «Davvero da non credersi.»

Arjen non aveva capito bene cosa avesse causato così all'improvviso l'emozione di Louis. Certo, era diventato visibile lo strato sottostante, non c'era dubbio che sotto al ritratto dei bambini si trovasse un dipinto del diciassettesimo secolo. Ma era evidente che il vecchio mercante d'arte ci aveva visto qualcosa di più.

«Qualche idea su cosa possa essere?»

Louis l'aveva guardato con occhi penetranti, come se stesse riflettendo sulla domanda. «Non sono sicuro.»

«Di cosa?»

Ma Louis non aveva risposto alla domanda. «Ho bisogno di più informazioni. Sul fondo, sulla struttura degli strati di colore. È stata fatta una ricerca approfondita?»

«Il massimo che consente la tecnica. Più di così è quasi impossibile.»

«Hai gli esiti delle analisi della pittura?»

«Naturalmente non qui. È la ricerca di una mia studentessa, Katja. Io la sto solo assistendo.»

«Mi servono, se vogliamo avere la certezza.»

«Allora dovrò telefonarle.»

«Non mi sembra una buona idea. Più persone...»

«La ricerca è sua, quindi è l'unica via.»

Arjen era stato irremovibile e Louis aveva ceduto. Aveva chiamato Katja, ma lei non aveva risposto. Il giorno dopo l'aveva richiamata, le aveva lasciato un messaggio in segreteria, le aveva mandato segnali su WhatsApp e sms, ma Katja non si era fatta viva. Louis, esasperandolo, aveva continuato a chiamarlo quasi ogni ora e alla fine Arjen non ne aveva potuto più, aveva messo insieme i risultati delle ricerche di Katja su una chiavetta e aveva promesso a Louis di passare da lui quella mattina.

E quindi ora se ne stava rintanato nel capanno da giardino.

Chi altro era al corrente della ricerca? Se ciò che era successo la mattina aveva a che fare con i loro studi, Louis doveva averne parlato con qualcun altro. Qualcuno che voleva saperne di più, qualcuno che voleva sapere di chi era il dipinto. Altrimenti Arjen non poteva spiegarsi come mai fosse stato fatto il suo nome. Ma cosa aveva detto Louis a quest'altra persona, allora?

Guardò l'orologio. Erano le due passate. Si sentiva tirare i muscoli delle cosce e si alzò. Stese le gambe con un gemito e agitò i piedi per far passare il formicolio. Scrutò attraverso la finestrella nella porta e di colpo si sentì ridicolo. Quanto aveva ancora intenzione di stare lì dentro? Tutto il giorno? Si rese conto che la situazione era grottesca e decise di darci un taglio. Tolse il manico di scopa e aprì con cautela la porta di legno.

I capelli neri di Louis ricadevano come un sudario lungo il suo viso, ormai di un pallore cadaverico. Su un lato della testa era visibile una ferita da cui sporgeva un pezzo di vetro. Arjen si sentì mancare. Si era appena issato a fatica dal giardino passando per la scala antincendio e ora non riusciva a decidere cosa fare. Allungò una mano e toccò cautamente la testa, ma sapeva già che sarebbe stata fredda e inanimata. Per terra, in una pozza di sangue coagulato, c'erano gli occhiali dorati di Louis.

Nella stanza in penombra c'era un penetrante odore di alcol e Arjen vide sul tavolo una bottiglia di Calvados che al mattino non c'era. Ne era certo. Salì di nuovo in fretta la scala fino al primo piano e ispezionò il tavolo della cucina, dove due ore prima – quando era seduto lì a leggere il giornale – aveva notato una bottiglia come quella. E ora non c'era più. Che l'uomo pelato l'avesse portata dal piano di sopra per inscenare la morte di Louis? Voleva dare l'impressione che il mercante d'arte, noto alcolista, si fosse messo a bere il Calvados di mattina presto e che con un'infelice caduta dalla sedia avesse sbattuto la testa contro l'antico specchio, così che una scheggia di vetro vi si fosse conficcata mettendo fine alla sua vita? Quindi si trattava di un omicidio a sangue freddo! Dio, in che guaio si era cacciato?

Arjen scese di nuovo e si mise a riflettere febbrilmente sulla sua situazione. Era del tutto disorientato, finora non gli era mai capitato niente di simile. Louis... Louis a cui poco prima aveva stretto la mano, ancora in vita e in buona salute, e ora... Doveva chiamare la polizia. Ma avrebbero voluto sapere... Qualcuno l'aveva visto entrare? Era lì dentro da ore. Come sarebbe riuscito a dimostrare che non aveva niente a che fare con l'omicidio? Si rese conto che tremava, tentennava. Voleva andarsene di lì, scappare, come aveva fatto prima. Chiuse gli occhi e tentò di nuovo di controllare il respiro. Niente panico ora, bisognava riflettere con chiarezza.

Si guardò intorno e si accorse che il portatile non c'era più. Era ovvio che il tipo l'aveva portato via. Si avvicinò d'istinto la mano alla tasca dei pantaloni dove aveva messo la chiavetta. Louis aveva copiato il contenuto della chiavetta sul suo computer? Sarebbe stato un gioco da ragazzi. Così come senz'altro aveva fatto uno screenshot dei risultati della spettrometria. Ora Arjen iniziava a rendersi conto della portata della situazione in cui era finito. Era il dipinto? Louis era stato ucciso per questo? Solo perché Arjen non era riuscito a tener chiusa la sua boccaccia e gli aveva raccontato tutto. Aveva voluto farsi bello con le penne del pavone! In uno momento di esaltazione si era messo a parlare della ricerca di una delle sue studentesse e il risultato era stato un omicidio. Doveva telefonare a Katja.

«Ciao, sono Katja. Parlate dopo il segnale.»

Ragazza mia, rispondi al telefono una buona volta, insomma! Arjen aveva un gran bisogno di raccontare a qualcuno cosa gli era successo, a qualcuno in grado di capire. Ma quello che voleva ancora di più era andarsene via, via dalla deprimente bottega d'arte il cui proprietario, che lui aveva conosciuto tanto bene, giaceva morto ai suoi piedi. Ucciso da quel tizio dalla testa pelata che ora naturalmente se ne sarebbe stato nascosto, aspettando una chance di... fotterlo, maledizione! Come faceva ad andarsene da lì, santo cielo?

Dall'esterno uno strombazzamento accompagnato da grida disturbò il corso sovreccitato dei suoi pensieri. Arjen si avvicinò alla vetrina e vide un taxi che aveva imboccato contromano la strada a senso unico. Si era bloccato davanti a un camioncino che non voleva saperne di fare marcia indietro. L'autista del taxi era sceso imprecando contro l'autista del furgone che invece stava affacciato al finestrino e si limitava a mostrargli il dito medio. Il tassista diede un calcio alla ruota del camioncino e a quel punto scese anche l'autista. Gli astanti cominciarono a intromettersi. Da dietro la vetrina Arjen esaminò la strada meglio che poteva e constatò che il suo calvo assalitore non era da quelle parti. Ora o mai più. Aprì la porta del negozio e si dileguò inosservato nella bolgia di gente che litigava.

15

Post era morto e per Müller si era trattato di un piccolo incidente. Vreeman aveva la sensazione che negli ultimi tempi il suo mondo fosse governato dalla legge di Murphy: tutto quello che poteva andare storto lo faceva. C'era stato un tempo in cui aveva anche pensato che la cosa fosse eccitante: intralci sulla strada, vento contrario, ostacoli contro cui lottare. Lo trovava stimolante. Ora le complicazioni di questo tipo lo facevano sentire stanco, terribilmente stanco. Non aveva più ambizioni, non desiderava più mettere a segno un colpo grosso.

Quando viveva ancora a Lisse, in mezzo ai tulipani, voleva andare all'Accademia del Cinema di Amsterdam e poi dritto a Los Angeles. Mulholland Drive, Venice Beach, Hollywood. Finì per andare a Baghdad nel momento in cui stava scoppiando la Seconda guerra del Golfo. Tempismo sbagliato, si potrebbe dire. Ci era andato con una troupe che girava un documentario sulle religioni dell'antichità ed era iniziato tutto così. La troupe era tornata in fretta e furia nei Paesi Bassi, ma lui era rimasto. Era stato allora che era nato il suo amore per le antiche opere d'arte religiosa. Di contatto in contatto si era ritrovato su una rotta di contrabbando clandestino e, nel caos e nel panico che regnavano nel Paese, era stato possibile trasportare all'estero preziose opere d'arte per metterle al sicuro. In un primo momento era stato per una buona causa, prevenire l'annientamento del patrimonio culturale, ma in questo modo aveva scoperto come fare. Si era ritrovato nel commercio d'arte senza preparazione, ma si era accorto di avere talento e di saper imparare in fretta. La vita da contrabbandiere si era dimostrata non priva di pericoli, ma i guadagni erano così ingenti che valeva la pena di rischiare. Inoltre gli era piaciuto vivere nell'ombra. La sua vita era un film scritto e diretto da lui stesso, che sembrava uscito da Hollywood e che generava tanti soldi quanto un blockbuster. Quindi nel suo caso non si poteva parlare veramente di tempismo sbagliato. Era iniziata così la sua carriera nel commercio d'arte.

Era diventato un mercante d'arte noto a livello internazionale. La sua collaborazione era richiesta da grandi collezionisti che lo ripagavano profumatamente quando trovava ciò che cercavano. Perché tutto era in vendita, se conoscevi i canali giusti e i soldi erano tanti. Non che fosse sempre stato disposto a fare proprio qualsiasi cosa. Negli ultimi anni si era rifiutato di finanziare il terrorismo distruttivo dell'Isis immettendo sul mercato mondiale opere d'arte per conto degli uomini che avevano devastato Palmira. Che lo facessero altri colleghi con meno rimorsi di coscienza. Lui pensava ai suoi figli e ai suoi nipoti, a cui avrebbe voluto lasciare un mondo migliore, anche se con il passare del tempo aveva iniziato a capire che era un'illusione. Ma a tutto c'era un limite.

Qui sopra, sulla terrazza dell'attico, non c'era traccia di quel mondo corrotto. Qui, benché fosse freddo, c'era pace. Qui regnavano la regolarità e la calma. La ricchezza. In ogni caso, quello che avrebbe preferito sarebbe stato abitare su una barca e viaggiare per mare. Da solo sull'acqua, lontano dal mondo e dai suoi insopportabili abitanti. Stronzate romantiche, lo sapeva, ma gli piaceva fantasticarci su. «E allora smettila» gli aveva detto Molly «chiudi bottega.» Sì, era facile dirlo, chiudi bottega... Molly era più o meno al corrente di quello che faceva, ma solo quanto bastava per non fare domande importune. Era stato così per tutta la loro vita: lui si occupava del commercio, lei della famiglia. Il posto dove tornava sempre, dove si sentiva accolto e al sicuro. Senza Molly se ne sarebbe andato in malora, nel corso degli anni l'aveva capito bene.

Sentì la porta scorrevole che si apriva dietro di lui. Molly sporse fuori la testa. Una testa perfettamente in ordine, come sempre, con piccoli rubini alle orecchie. «*Darling*, resti lì? Ti congelerai.»

«Mi è arrivata una telefonata e non volevo disturbarti.»

«Tra poco esco e non pranzo a casa.»

Si girò per darle un bacio, contento di avere di nuovo per un po' la casa tutta per sé. Amava Molly, non l'avrebbe mai lasciata, mai. Ma a volte gli capitava di desiderare la solitudine. Come uno skipper che porta la sua barca tra le onde con mano sicura.

«Non ti dimenticherai di prenotare per stasera?»

Aveva promesso a sua moglie di prenotare un tavolo da Izumi, il suo ristorante preferito.

Lui sospirò e chinò dimesso la testa. «Mi dispiace, tesoro, mi sono dimenticato di dirtelo ma oggi pomeriggio prendo un volo per Amsterdam e non so di preciso quando torno.»

Molly lo guardò delusa. «*Business?*»

«*As usual.*»

Tirò di nuovo indietro la testa e chiuse la porta della terrazza.

Non era stata esattamente sua intenzione andare ad Amsterdam. Aveva richiamato Post, ma lui si era rifiutato di lasciar trapelare alcunché. Doveva avere pazienza. Be', non ce l'aveva, e in particolare non con qualcuno come Lou Post. E ora, maledizione, era morto! Un piccolo incidente. Sì, come no. Christiaan Müller era un'arma eccezionale, ma con il suo passato in guerra era terribilmente instabile. Mortalmente pericoloso. Era un uomo che camminava su un filo molto sottile e benché il più delle volte fosse capace di controllarsi molto bene, a un certo punto quel filo si sarebbe spezzato. Gliel'aveva visto negli occhi, quegli occhi di un azzurro intenso dove si leggeva la morte. L'espressione di un uomo che aveva visto troppo sui campi di battaglia del mondo.

Grazie a Dio, Müller era riuscito a far sputare un nome a Post. Arjen Hageveld. Sperava che fosse lui l'uomo che aveva fatto ricerche sul dipinto. Di per sé il nome non gli diceva nulla, ma poteva googlarlo e una volta che Müller avesse trovato l'indirizzo avrebbe potuto fargli una visitina e convincerlo a condividere ciò che sapeva. Ma gli aveva raccomandato di lasciarlo in vita. Non aveva bisogno di una scia di cadaveri nella capitale. Era un'operazione che doveva svolgersi nella maniera più riservata possibile. Prima doveva avere la certezza, poi il resto sarebbe venuto da sé. E se tutto fosse andato bene e questo prodigio fosse diventato realtà, sarebbe stato il suo colpo più grosso e senz'altro anche l'ultimo.

16

Più di due ore dopo essere partita da Groningen, Katja arrivò alla stazione centrale di Amsterdam. Decise di andare a piedi e venti minuti dopo era davanti alla porta dell'appartamento al piano terra che condivideva con la sua amica Nina, in una piazzetta nella Spaarndammerstraat. Anni prima, al «momento buono» il padre di Nina aveva comprato la casetta per il figlio maggiore, che all'epoca era andato a studiare ad Amsterdam. Nel frattempo lui aveva finito gli studi e nella casa si erano sistemate sua sorella e Katja.

Nina Vreeken era la migliore amica di Katja, ma era il suo contrario sotto ogni punto di vista. Katja voleva avere successo nello studio, Nina voleva avere successo nella vita, e si dedicava a questo ventiquattr'ore al giorno. Bionda ed esuberante e sempre in cerca di qualche festicciola. Gli studi andavano a rotoli, ma non sembrava che questo le desse fastidio. Lavorava come barista in un caffè e passava la maggior parte del suo tempo libero davanti al bancone di vari altri caffè e locali dove si poteva ballare. Katja aveva smesso di mettere Nina davanti alle sue responsabilità, non era sua madre. La vita era sua, anche se era una vita caotica, e comunque quella ragazza aveva un cuore d'oro. Nina era un'amica profondamente leale ed era pronta a gettarsi nel fuoco per Katja.

Cercò invano la chiave di casa nella borsetta e sospirò irritata. Perché diavolo perdeva sempre le cose? Si palpò le tasche. Niente. Fu presa da un leggero panico. Aveva lasciato le chiavi sull'isola? Perché tutte a lei? Voleva entrare, voleva farsi una doccia. Si lasciò cadere in ginocchio e svuotò la borsetta. Infine trovò la chiave che era finita in uno strappo della fodera, ma il sollievo durò poco.

«Dio, Nina, ma cosa succede?!» Katja si fermò nella cucina condivisa e si trovò davanti a un incredibile casino. Cartoni di pizza vuoti, piatti con avanzi di cibo, una porcheria che era sgocciolata lungo il muro per poi seccarcisi sopra e bottiglie vuote dappertutto, letteralmente dappertutto. C'era una puzza di spazzatura e di fumo stantio.

La porta della camera da letto di Nina si aprì e una testa assonnata dai capelli biondi tutti dritti sbirciò in cucina con aria sorpresa. «Cristo, Kat, non dovevi tornare prima di domenica.»

«Che casino di merda!»

«Volevo mettere a posto oggi.»

«Un po' tardi, non trovi?»

«Cretina...»

Katja voleva tirarle in testa qualcosa, ma si trattenne. Andò verso la porta della sua camera da letto.

«Sì, domenica torno e spero che questo sfacelo sia stato davvero tolto di mezzo.»

«Kat...» Nina indicò la porta della stanza da letto di Katja.

«Cosa?»

La porta si aprì e ne uscì un ragazzo completamente nudo che entrò in cucina. Si grattò l'inguine senza il minimo imbarazzo e attraversò la cucina diretto verso la porta del bagno.

«Chi è quello?»

«Rogier.»

«E quello lì ha dormito nel mio letto?

«Non si poteva fare altrimenti.»

«Non poteva dormire con te nel tuo letto?»

Nina tossicchiò e rispose con voce rauca: «C'è già qualcuno».

«Ma porca merda, nel mio letto.»

Si sentì tirare l'acqua del gabinetto e il ragazzo nudo spuntò di nuovo. Katja s'infilò in fretta nella sua stanza – anche lì c'era un caos indescrivibile – arraffò un po' di biancheria da un cassetto e la ficcò nella borsa dove c'erano anche i suoi appunti.

Prima che facesse in tempo a lasciare la stanza, il ragazzo era di nuovo nel suo letto. Diede qualche colpetto invitante accanto a sé. «Puoi anche venire a sdraiarti un po' qui.»

Lei decise di non accettare l'invito e lasciò la stanza più in fretta che poté, non senza agguantare da un cassettino la chiave di riserva della Berlingo. Si sbatté la porta alle spalle e si diresse verso la sua amica, che si era messa una vestaglia ed era andata a sedersi al tavolo.

«Domenica torno e dev'essere sparito.» Indicò la sua stanza. «Altrimenti sparisco io!»

«Katja...»

Ma Katja non l'ascoltava più.

«Kaatje!»

Stava già uscendo e sbatté la porta più forte che poteva.

Forse aveva reagito in maniera un po' esagerata al casino in cucina, ma quando era venuto fuori che quel tizio aveva dormito nel suo letto – Dio solo sapeva cos'altro aveva potuto combinarci – per lei era stata la goccia che aveva fatto traboccare il vaso. Forse stava diventando troppo vecchia per quel tipo di coabitazione, di certo, ora che la fine dei suoi studi era in vista, doveva cominciare a cercare una casa per conto suo. O poteva andare a vivere con Michiel... Lui stesso aveva accennato alla cosa un paio di volte, anche se ora dubitava che ne fosse ancora così entusiasta.

Gli aveva telefonato dalla stazione di Groningen e lui aveva sbroccato. Le aveva dato della «troia inaffidabile» le aveva detto che se l'era fatta sotto per la paura e che era andato a cercarla in lungo e in largo per tutta l'isola. Era fuori di sé per la rabbia e onestamente lo capiva benissimo. Ma non le aveva dato la minima occasione di spiegare perché se n'era andata così presto dall'isola. Michiel non sentiva il bisogno di spiegazioni razionali e quindi lo aveva lasciato sfogare e alla fine aveva riattaccato. In fondo era stata colpa sua. Come gli era venuto in mente di sequestrarla e di portarle via tutti i suoi effetti personali? Non erano mica nel medioevo!

17

Il professor Arjen P. Hageveld abitava al secondo piano di un edificio all'angolo tra la Nassaukade e la Van Oldenbarneveldtplein. Christiaan aveva scovato il nome di Hageveld nel telefono che aveva trovato nella tasca interna della giacca di lino del vecchio mercante d'arte. Era un modello piuttosto primitivo, il che non lo sorprese, perché tutto intorno a quell'uomo sembrava piuttosto primitivo. Aveva scorso i contatti e aveva trovato il numero di cellulare di Arjen H. Impresa semplicissima. Se l'era scritto su un foglietto, forse anche questo era primitivo, ma la carta lasciava meno tracce di un appunto digitale. Poi aveva pulito il telefonino e l'aveva rimesso nella giacca; avrebbero potuto notarne la mancanza quando fosse stato ritrovato il cadavere. Aveva deciso invece di prendere il portatile che aveva visto sul tavolo. Forse si sarebbero accorti che mancava anche quello, ma era pronto a correre il rischio. L'aveva infilato in una borsa della spesa, poi si era guardato bene intorno ancora una volta ed era uscito dal negozio.

Aveva cercato il nome di Arjen Hageveld su Google, che l'aveva portato subito a una pagina di Wikipedia dove aveva trovato un suo breve curriculum. Da lì risultava che l'uomo era legato alla facoltà di Discipline Umanistiche, dipartimento di Storia dell'Arte. Gli bastò quel dato, incrociato con il suo nome e il suo numero di telefono, per rintracciare il suo indirizzo nella Nassaukade.

Christiaan scese dalla macchina e attraversò la strada. Premette il campanello accanto alla targhetta con il nome di Hageveld, ma non successe nulla. Poi schiacciò il campanello più alto e dopo qualche momento gli aprirono la porta.

«Chi è?» si sentì una voce femminile dall'alto della scala.

«Mi scusi, ho sbagliato a suonare» gridò di rimando Christiaan, al che la porta del terzo piano si richiuse con un colpo.

Non era sicuro se entrare o no. Era probabile che Hageveld fosse al lavoro, ma non era impossibile che la signora Hageveld tornasse dopo aver fatto la spesa o essere stata in palestra, naturalmente. Tuttavia decise di correre il rischio. Non ebbe problemi con la semplice serratura della porta al secondo piano e in un minuto fu nel soggiorno. Al contrario del bugigattolo del mercante d'arte, lo spazio era luminoso e ordinato. Pareti di un bianco essenziale, un tavolo ovale di quercia con sopra un vaso con un mazzo di fiori, circondato da moderne sedie grigie. Sulla parete più lunga, che andava dalla porta alla finestra, c'era una libreria che, per quanto riusciva a vedere Christiaan, era piena soprattutto di libri d'arte. Tutto l'arredamento della casa parlava di cultura e buon gusto. Davanti alla cappa del camino stuccata di bianco c'era una piccola stufa a legna e sulla mensola c'era uno specchio con infilate alcune foto che mostravano un uomo con un ciuffo di capelli biondi dall'aspetto giovanile in compagnia di varie persone. Anche nella cucina, che formava uno spazio unico con il soggiorno, regnavano ordine e pulizia. Come se chi ci abitava avesse una fobia dei germi piuttosto spiccata.

Christiaan proseguì nella stanza da letto. Il letto matrimoniale era sfatto, unica macchia all'interno di questo ambiente per il resto incontaminato, pensò divertito. Aprì un armadio e vide solo abiti da uomo. Quindi a quanto pareva non c'era nessuna signora Hageveld che potesse piombare in casa all'improvviso. Ripensò per un momento alle foto che aveva visto appese ai muri della stanza da letto di Louis Post e si chiese se quel professore dall'aria giovanile avesse avuto una relazione con il vecchio antiquario. Non riusciva a immaginarselo. Anzi, non voleva. Controllò rapidamente gli abiti e constatò che erano tutti della stessa taglia. Dunque Hageveld abitava da solo. Felicemente single. Accanto all'armadio c'era un antico tavolino da boudoir che formava un piacevole contrasto con la severità dell'arredamento. Sul tavolino c'era una foto che gli diede un'idea più chiara delle preferenze sessuali del professore. Raffigurava due persone giovani che si guardavano appassionatamente negli occhi. Prese la foto per poterla guardare meglio. L'uomo doveva essere Arjen Hageveld, lo riconobbe dal ritratto che aveva visto nel soggiorno. La giovane donna era una bellezza, con una testa selvaggia di riccioli rossi e un mazzolino di fiori in mano. L'immagine lo turbò, gli ricordò la sua foto con Karien, che il padre di lei aveva scattato subito dopo che erano scesi dalla barca dove si erano appena sposati. Ai tempi erano felici come i due giovani nella foto. La rimise nel punto dove l'aveva presa, accanto a una candela mezza consumata.

La ricerca non fu molto efficace. L'appartamento gli faceva pensare alla stanza di un hotel di lusso, arredata con gusto ma in maniera impersonale. Non trovò nessun portatile, nessun appunto e in realtà nessuna indicazione su cosa facesse nello specifico Hageveld. Stava ispezionando gli armadietti della cucina quando sentì suonare due volte il campanello. Per un momento trattenne il respiro. Andò verso la parte anteriore della casa e si addossò al muro accanto alla finestra. Sbirciò fuori, ma non vide nessuno, perché il campanello era nella rientranza della porta d'ingresso. Suonarono ancora una volta. Dopo un po' vide uscire qualcuno dal vano della porta. Era una giovane donna dai lunghi capelli neri e con uno zaino in spalla. Lanciò uno sguardo verso l'alto e poi se ne andò in fretta.

18

Katja aveva comprato un telefono senza SIM lock da pochi soldi in un negozio di telefonia della Kinkerstraat e aveva cercato il numero di Arjen nella rubrica dell'Università. Si aspettava di sentire la voce spensierata e allegra del suo supervisore. Arjen non si preoccupava mai di niente, trovava sempre una soluzione a tutto e amava vedere il lato positivo delle cose. Fu invece accolta da un brusco e diffidente: «Sì?»

«Arjen, sono Katja.»

«Katja! Dove diavolo ti eri cacciata?!»

«Ero a Schiermonnikoog con Michiel.»

«Potevi comunque rispondere al telefono, no?» Il tono di Arjen era agitato e frettoloso, molto diverso da quello rilassato che assumeva nella maggior parte dei casi.

«Avevo lasciato il telefono e il portatile in macchina sulla terraferma.»

Ci fu un momento di silenzio dall'altra parte del telefono. «E ora dove sei?»

«Sono tornata ad Amsterdam. Speravo che...»

«Ascolta» la interruppe lui. «Dobbiamo parlare. Adesso.»

«Okay, ma sono passata proprio adesso da casa tua e...»

«No! Non a casa mia.»

Tagliò corto, non voleva parlarle al telefono, ma le propose di incontrarsi sul Koekjesbrug, che collegava la Nassaukade con la Marnixstraat. Poi interruppe la comunicazione, lasciando Katja confusa. Cosa stava succedendo?

A quanto pareva, tornando in anticipo non aveva colto di sorpresa solo Nina. Ma perché tutta questa segretezza? Be', lo avrebbe scoperto tra poco.

Si infilò in un panificio turco e comprò un fagottino di pasta sfoglia con spinaci e feta. Prima doveva mangiare qualcosa, perché a parte un toast trangugiato in fretta quella mattina alla stazione di Groningen non aveva ingerito nient'altro.

Arjen era appoggiato al parapetto del ponte e fissava l'acqua. Aveva un berretto in testa e si era tirato su il colletto della giacca. Sembrava che non volesse farsi riconoscere, pensò Katja ironica.

Gli si avvicinò furtivamente finché non fu proprio dietro di lui. «Buuu!»

L'intenzione era scherzosa, ma ebbe un effetto del tutto inaspettato. Arjen fece un salto di quasi un metro e si girò spaventato. La paura si trasformò in rabbia quando vide chi aveva alle spalle. «Maledizione, non farlo mai più!» le abbaiò contro.

«Ehi, Arjen, calmati, era solo uno scherzo.»

Lui fece un respiro profondo cercando di riprendersi. «Scusa, hai ragione. Ho un po' esagerato. Seguimi.»

«Dove andiamo?»

«Da quella parte.» Indicò verso la Leidseplein.

«Arjen, cosa ti succede?»

«Tra poco, Katja. Tra poco.»

Si guardò intorno a sinistra e a destra, si tuffò di nuovo nel collo del suo giubbotto e attraversò la Nassaukade.

Si trovavano in una stanza al secondo piano di un hotel nella Tweede Helmersstraat. Era una bella stanza, non molto grande, ma arredata in maniera confortevole. La camera era dominata dal grande letto matrimoniale con il copriletto beige, ma rimaneva abbastanza spazio per una piccola scrivania, con sopra appesa una tv a schermo piatto, e una poltrona piccola ma comoda. Dalla finestra avevano una buona visuale sulla strada tranquilla sotto di loro. Arjen si era seduto sul letto e Katja si era accomodata nella sedia imbottita accanto alla finestra.

«Cosa ci facciamo qui?»

Arjen aveva i nervi a fior di pelle. Il colore gli era scomparso dal viso e aveva borse scure sotto gli occhi velati. Della sua aria giovanile non restava molto. Era un uomo che aveva paura. Arjen era nato in un paesino del cuore verde dell'Olanda e, benché non si lasciasse sfuggire molto sulla sua vita personale, aveva spesso assicurato a Katja di aver avuto un'infanzia felice, a cui era seguita un'ottima carriera. Le sembrava che facesse una vita da scapolo, senza essere mai entrato in contatto con i lati oscuri della vita. Fino a oggi, a quanto pareva.

«Ho assistito a un omicidio.»

«No!»

Arjen annuì con gli occhi chiusi.

«Dove? Per strada?»

Lui aprì gli occhi. «Louis Post è morto.»

«Cosa?» Katja ci mise un po' ad assorbire l'informazione. «E pensi che sia stato... ucciso?»

«Ne sono certo. Secondo me ha ricevuto un colpo forte in testa che l'ha fatto cadere contro uno specchio. Aveva un vetro che gli spuntava dal cranio.»

Lei cercò di immaginarselo. «E di cosa si è trattato...? Una rapina?»

Qui Arjen esitò.

«E com'è possibile allora che tu fossi presente?»

Lui alzò una mano per impedirle di fare ulteriori domande.

«Sono andato a trovare Louis e poi è passato da lui un cliente e io sono andato al piano di sopra. E mentre ero lì l'ho sentito succedere.»

«Quindi non eri in quella stanza quando è capitato?»

«No, ma poi l'ho visto a terra e non ci sono dubbi. Inoltre...» Qui si fermò di nuovo.

«Sì?»

«L'uomo, il cliente insomma, stava cercando di costringere Louis a dargli un nome e probabilmente la cosa è sfuggita di mano.»

«Quale nome?»

«Il mio nome.»

Katja lo guardò strabiliata. «Sei matto.»

«L'ho pensato anch'io, ma Louis ha detto il mio nome. Due volte, la seconda a voce molto alta, penso per avvertirmi. E poi ho sentito quel colpo e l'urlo e il tintinnio del vetro. E poi è venuto a cercarmi.»

«Quel tizio?»

«Non sapevo cosa voleva, ho dovuto andarmene.» Le raccontò della sua fuga, prima al piano di sopra e poi giù lungo la scala antincendio, e del suo nascondiglio nel capanno in giardino. «Alla fine se n'è andato per davvero.»

Katja assimilava lentamente la storia. «Perché non hai chiamato la polizia?»

«Cos'avrei potuto dire? Che avevo paura di avere qualcuno alle calcagna? Che forse c'era stato un omicidio e un tizio ne era il responsabile? Non ho assistito alla scena. Ho visto il corpo di Louis solo molto dopo. Ed era chiaro che l'assassino aveva fatto di tutto per dare l'impressione che fosse stato un incidente. Non avrei fatto altro che attirare sospetti su di me e a quel punto avrei avuto a inseguirmi anche la polizia.»

«E quindi hai paura che quel tizio ti stia cercando?»

«Ne sono sicuro. Di certo voleva il mio nome. E ora che lo conosce, sicuramente sa anche cosa faccio e dove abito.»

«Ah, è per questo.»

«Per questo cosa?»

«L'hotel.»

Rimasero a guardare nel vuoto per un po', poi Katja riprese a parlare. «Ma come fai a essere sicuro che stesse cercando il tuo nome? Cosa vuole quel tizio da te?»

Arjen la guardò con sguardo penetrante, così a lungo che lei iniziò a sentirsi a disagio.

«Cosa?»

«Temo che abbia a che fare anche con te.»

19

Il volo era partito in perfetto orario. Dopo aver declinato il pasto, Vreeman si appoggiò all'indietro nella sua poltrona in business class con in mano un whisky e soda e rifletté sulla sua situazione. Si era già trovato in circostanze peggiori – di tanto in tanto il mondo dell'arte era una giungla – ma la posizione in cui si trovava adesso non gli piaceva per niente.

Soprattutto ora che Post era morto.

Quel Post gli aveva telefonato convinto di offrirgli la soluzione al loro problema. Testuali parole. Che poi, era più che altro una soluzione ai problemi di Post, perché Vreeman gli aveva promesso di spezzargli personalmente entrambe le gambe se non tirava fuori una proposta che gli consentisse di togliersi di dosso i russi. E poi Post aveva proseguito spiegandogli di quale dipinto si era messo sulle tracce. All'inizio Vreeman non aveva capito di che parlasse quel beccamorto e gli aveva riso in faccia. Non gli aveva creduto. Come avrebbe potuto credergli?

«Ma vaffanculo, amico. Non penserai mica che Mazarov caschi in queste tue storielle» gli aveva detto. Aveva voluto vedere lo screenshot, le prove.

Finì di bere e fece un cenno alla hostess. Con un sorriso le porse il bicchiere vuoto.

Post gli aveva mandato la foto della scansione e gli aveva giurato che la sua teoria era basata su una ricerca fatta l'anno precedente da un professore dell'Università di Amsterdam. Vreeman aveva studiato la scansione e aveva fatto ricerche online. Le corrispondenze erano notevoli, ma questo non significava ancora niente, ovvio. Avrebbe dovuto vedere tutto lo studio, i test effettuati sul dipinto, per avere qualche certezza sul quadro. Voleva sapere il nome del professore, ma Post non aveva voluto dirglielo. Era logico, naturalmente voleva tenersi qualcosa per sé.

Stupido idiota. Se gli avesse dato il nome, sarebbe stato ancora vivo.

20

«Insomma, Arjen, forza, dimmi una buona volta di cosa si tratta.»

Katja sospirò contrariata, detestava quando la gente menava il can per l'aia e non arrivava al nocciolo della questione.

«Ha a che fare con la tua ricerca, con il ritratto dei due bambini e precisamente con qualcosa che sta sotto a quel ritratto.»

Lei scattò in piedi. «L'esito della scansione?»

Arjen annuì.

All'Università Tecnica di Delft erano riusciti a sviluppare un apparecchio mobile per spettrometria Xrf più piccolo e maneggevole degli scanner usati fino a quel momento. L'apparecchiatura effettuava una scansione della tela con un raggio Röntgen molto sottile e il raggio riflettuto conteneva informazioni sugli elementi metallici nascosti sotto la pittura. I metalli presenti nei pigmenti usati dai pittori per produrre i colori permettevano di creare una riproduzione più definita della pittura sottostante. Così non si fissavano solo dei vaghi contorni, ma si otteneva anche un'impressione realistica della sottopittura originaria sulla tela.

Katja era contenta di quel nuovo esame ma allo stesso tempo si era subito resa conto di un problema enorme: lo scanner Xrf di Delft veniva utilizzato a livello nazionale e internazionale per fare ricerche sull'origine di tele grandi e preziose, come sarebbe stato possibile dunque convincere qualcuno a fare una cosa così pazzesca come analizzare il suo insignificante ritratto di bambini? Anche qui era stato il suo professore a trovare la soluzione. Dopo il weekend di Pasqua lo scanner sarebbe stato trasferito al Rijksmuseum di Amsterdam per essere utilizzato durante alcuni lavori di restauro nell'Atelier. Arjen era venuto a sapere da un conoscente che durante il periodo di Pasqua l'apparecchio sarebbe rimasto inutilizzato in una stanza all'Università ed era riuscito a trovare il modo di potersene servire per la ricerca di Katja nel weekend lungo. L'apparecchio scansionava un pixel alla volta, che poi veniva salvato in un'immagine su un computer, quindi Arjen aveva stimato che per l'analisi del ritratto, una tela di un metro e venti per cinquanta centimetri, sarebbe stato necessario l'intero periodo.

Il Venerdì Santo avevano portato la tela a Delft con la Citroën Berlingo bianca. Lo scanner si trovava in una stanza per gli esami e aveva un aspetto ingannevolmente semplice. Un basso mobiletto su rotelle con sopra un telaio metallico a cui era fissato lo scanner, a sua volta collegato da un sacco di cavi allo schermo di un computer. Avevano messo il dipinto su un cavalletto davanti allo scanner e un impiegato della facoltà aveva azionato l'apparecchio. Katja sarebbe rimasta molto volentieri a fissare lo schermo per ventiquattr'ore, guardando lo scanner che progrediva con lenta sicurezza, pixel dopo pixel, e svelava ciò che si nascondeva sotto l'innocente dipinto dei bambini, ma naturalmente non le era stato concesso.

E poi Michiel l'aveva rapita...

Arjen prese il portatile e aprì il documento che conteneva l'immagine risultante dalla spettrometria Xrf del ritratto dei bambini. Per la maggior parte la pittura sottostante non aveva niente di eccezionale, c'era solo una specie di linea o di ramo nell'angolo in alto a destra. Ma la loro attenzione si concentrò soprattutto sull'angolo inferiore sinistro del dipinto, dove erano visibili due mezze figure sdraiate sulla schiena una accanto all'altra.

«Secondo me la stiamo guardando girata nel senso sbagliato» spiegò Arjen e fece ruotare l'immagine di novanta gradi, facendo in modo che i due uomini si trovassero nella parte alta della tela.

«Era questa l'immagine che stava guardando Louis. Si era emozionato. Evidentemente aveva visto qualcosa che io non avevo notato, ma in fondo era lui l'esperto di quest'epoca in particolare.»

Lo disse in tono difensivo, ma Katja non ci fece caso perché era concentrata a studiare l'immagine. «E quindi cos'aveva visto?»

«Non lo so...»

«Non te l'ha detto?»

Arjen alzò le mani in un gesto di scuse. «Stava per dirmelo appena prima di essere ucciso. Era per questo che ero andato da lui. Voleva le analisi degli strati di colore per dare una base concreta ai suoi sospetti.»

«Con gli esiti della mia ricerca?»

«Ti avrei chiesto il permesso, ma non eri raggiungibile. Mi dispiace.»

Infilò nel portatile la chiavetta e cliccò sui risultati della ricerca. Katja aveva fatto un lavoro approfondito e Arjen l'aveva assistita dove poteva, ma la ricerca era sua e lo restava. Erano andati da un vecchio restauratore, che si era occupato della tela. Era stato proprio studiando l'imprimitura, lo strato che si stendeva sul lino prima che il pittore potesse dipingervi sopra, che erano arrivati al diciassettesimo secolo. A scoprire che la tela doveva risalire a un'epoca precedente alla datazione del dipinto. Avevano prelevato un infinitesimale campione di pittura, l'avevano fuso in una resina dura e smerigliato da un lato, così da poterlo analizzare con uno stereomicroscopio. Esaminare le varie pellicole di pittura era stato come guardare indietro nel tempo. Dai sottili strati di vernice e di sporcizia presenti tra le mani di colore si deduceva che era stato dipinto sopra un'opera precedente. In seguito sarebbe stato possibile datare gli strati stessi in base ai pigmenti presenti nel colore.

«Quella base, uno strato primario a base di terra rossa o argilla, era caratteristica del modo di lavorare di una serie di pittori dell'epoca.»

Arjen aveva assunto quasi involontariamente il suo tono da docente e, per quanto in genere non le piacesse, in questo momento non le diede fastidio. Si strofinò le guance.

«Quindi possiamo avere la certezza che il dipinto originario risale al diciassettesimo secolo. Ma perché sono tutti così eccitati? Com'è che di colpo ora abbiamo qualcuno alle calcagna?»

«Perché... Guarda, pensavo di aver fatto bene.»

«Facendo cosa?»

«A coinvolgere Louis. Mi sembrava una bella cosa, era un esperto di arte del Seicento. Avrei voluto sapere qualcosa di più sulla pittura sottostante, non mi sarei certo aspettato nulla di tutto ciò.»

«Pensi che ti stiano alle calcagna perché sei andato da Louis Post?»

«Gli ho mostrato l'immagine della scansione sul mio portatile. Deve averne fatto rapidamente una foto mentre ero in cucina. E quella foto deve averla mostrata a qualcun altro, sono quasi certo che sia andata così.»

«Ma a chi?»

«Non ne ho idea, ma era qualcuno che ci teneva molto a sapere da dove aveva preso le sue informazioni Louis.»

«Quindi l'uomo che ti stava cercando... Insomma, che cosa voleva da te?» Arjen si passò una mano tra i capelli e sembrò esitare.

«Forza, a cosa pensi?» lo incalzò Katja.

«Quando ho fatto vedere per la prima volta la scansione a Louis, è andato a cercare qualcosa in un libro. Quel libro era...» Tacque di nuovo.

«Di chi? Ma insomma, Arjen, piantala una buona volta con tutti questi misteri.»

«Quel libro era *Rembrandt in una nuova luce.*»

Rimasero per un momento in silenzio e poi Katja scoppiò in una risata nervosa.

«Cosa c'è?»

«Non parlerai mica sul serio, no?»

«Sì, penso che ci troviamo davanti a un Rembrandt.»

«È quasi buffo.»

Arjen si girò verso Katja e la guardò serissimo negli occhi. «Buffo? Ma piantala, è una cosa mortalmente pericolosa.»

«Arjen...»

«Non sto scherzando. So quello che ho visto. Louis Post in una pozza di sangue. A quanto pare, per alcune persone quello che hai trovato ha molto valore. Abbastanza da commettere un omicidio, in ogni caso!»

«Ma un Rembrandt?»

«Dopo aver visto la scansione, Post si era messo a sfogliare quel libro di riproduzioni di Rembrandt. Era rimasto senza parole.»

«E tu non gli hai chiesto niente?»

«Sì, ma... Be', lui la tirava per le lunghe e poi dovevamo mangiare, io avevo bevuto e... Santo cielo, Katja, ma chi va a pensare a un Rembrandt?»

Lei si alzò dal letto. «Non hai un minibar in camera?»

«No, vuoi bere qualcosa?»

«Speravo piuttosto in un Twix o un Mars o qualcosa del genere.» Si sentiva invadere da un'irrequietezza strisciante. «Zucchero.»

«No, mi dispiace.»

Katja si mise davanti alla finestra e guardò fuori. Non riusciva a capire bene in che situazione era finita. Che dipinto era quello nascosto sotto al ritratto? Qual era il segreto... Il segreto! Di colpo fu costretta a pensare al libretto dei dipinti di suo nonno. Lui aveva scritto proprio così, era l'ultima frase su Isaac Pietersz. *Qual è dunque il segreto di questo dipinto?* Aveva forse trascurato qualcosa? Non aveva interpretato bene ciò che aveva letto?

Non lo sapeva neanche più, aveva bisogno di prendere un po' d'aria. «Scusami ma devo andare. Ti richiamo domani, o giù di lì.»

Dopo nemmeno cinque secondi la porta della stanza d'albergo si chiuse con un colpo alle sue spalle, lasciando il professor Arjen Hageveld disorientato.

21

I negozi della P.C. Hooftstraat esibivano sfacciatamente i loro beni di lusso, ma Katja non li vedeva neanche. In realtà aveva sempre detestato quella via. Che senso aveva bighellonare davanti a negozi dove già sapevi di non avere i soldi per entrare? Anche se presto, dato che a quanto pare possedeva un Rembrandt, le cose avrebbero potuto mettersi molto diversamente.

Rembrandt.

Non si era ancora ripresa dallo stupore, non riusciva nemmeno a rendersene ben conto. Aveva un legame affettivo con il ritratto dei bambini e già il fatto che nascondesse un dipinto del diciassettesimo secolo era stato abbastanza sensazionale per la sua tesi, sarebbe stato più che sufficiente per laurearsi. Ma se era davvero un Rembrandt la sua ricerca prendeva tutta un'altra piega. Cos'era capitato in quei pochi giorni? Niente di cui rallegrarsi, in ogni caso, se ripensava alla figura dell'uomo spaventato sul letto dell'albergo. Arjen, per cui non esistevano mai problemi, che vedeva sempre il bicchiere mezzo pieno, che sapeva trovare una soluzione a tutto, ora stava cercando di nascondersi da un tizio dalla testa pelata che aveva sulla coscienza la morte di Louis Post.

Era colpa del suo dipinto? Non riusciva a crederci, non riusciva proprio a immaginarselo. Un omicidio. Ma perché Arjen non aveva chiamato la polizia? Perché si era nascosto in un hotel con delle fragili scuse? Le nascondeva qualcosa o stava forse mentendo? Non ne aveva proprio idea, ma sapeva che ora un'ombra incombeva sulla sua ricerca e per il momento non aveva idea di come affrontare la cosa.

Senza rendersene conto aveva preso la strada verso la casa di Michiel. Finché non sapeva se quel tizio se n'era andato dalla sua stanza, non aveva voglia di tornare a casa sua. L'indomani il libretto dei dipinti sarebbe stato ancora là. Inoltre, a essere sincera, dubitava che le avrebbe fornito molte altre informazioni. In quel momento le sembrava più importante recuperare il telefono e il portatile. E naturalmente doveva parlare con Michiel. La sua partenza improvvisa l'aveva ferito, era ovvio. Le avrebbe tenuto il muso, si sarebbe rifiutato di parlare, ma non poteva lasciare così le cose. Doveva affrontare lo scontro, anche con sé stessa; doveva dare spazio alla sensazione che le aleggiava dentro già da tempo. La sensazione che fosse finita, che il loro rapporto fosse arrivato al capolinea. In realtà l'aveva percepita già da qualche mese, ma non aveva voluto darle retta, non aveva voluto ammettere di non riuscire più a stare con lui, di avere fallito. Non dipendeva da Michiel, ma da lei, e si vergognava di averlo tenuto in sospeso, perché la situazione tutto sommato le andava bene così e le aveva permesso di dedicarsi totalmente alla sua ricerca posticipando lo scontro con lui. Quel paio di giorni a Schiermonnikoog le avevano fatto capire che non poteva più continuare. Doveva tagliare la testa al toro, scegliere lei per tutti e due, e aveva scelto sé stessa. Voleva essere di nuovo lei a decidere come progettare la sua vita, senza doverne rendere conto di continuo. Senza dover fare piani per due.

A essere onesta, preferiva stare da sola. Già in passato era stata molto da sola. Suo padre era un dirigente della Philips e viaggiava per tutto il mondo. Per un periodo avevano abitato in Kenya, poi in India, ma quando Katja e sua sorella erano state abbastanza grandi da andare a scuola erano state sistemate all'Aia dai nonni. La famiglia si era riunita qualche anno dopo, quando suo padre e sua madre erano tornati nei Paesi Bassi. All'inizio aveva accolto la cosa con sollievo, perché per lei il mondo della nonna cominciava a essere troppo soffocante. Ma dopo tutti quegli anni non era stata più una vera vita di famiglia. Suo padre si seppelliva nel lavoro e sua madre faceva fatica a tirare su due adolescenti, di cui Katja era la più giovane ma anche la più ribelle. C'erano molti litigi e questo non contribuiva a creare una buona atmosfera in casa. La sua mente fuggiva lontano e si isolava il più possibile dall'ambiente circostante. Erano stati anni di solitudine, ma non l'avevano distrutta; era convinta che quel periodo l'avesse resa forte e combattiva.

Dopo il diploma, con suo sollievo, era riuscita ad andare a studiare ad Amsterdam e aveva accettato al volo la proposta di Nina di condividere la casa. Nina era l'unica cosa bella che le rimaneva dell'Aia. La sua amica roccia, il suo salvagente, che la difendeva sempre quando si ritrovava per l'ennesima volta sotto attacco. Con Nina gli accordi erano chiari, condividevano l'appartamento, non la vita. Dopo aver preso la laurea breve, Katja per un periodo aveva lavorato e viaggiato ed era stato allora che aveva incontrato Michiel. Era stato un amore privo di complicazioni, gratificante, lo amava davvero, però aveva sempre continuato a tenersi la sua stanza. Lui l'aveva incoraggiata a tornare all'università e a fare anche il biennio magistrale, ma quando aveva iniziato a parlare di convivenza e di stare insieme per tutta la vita, lei aveva esitato e aveva dato priorità alla sua ricerca. E l'argomento era interessante, certo, ma si rendeva conto che immergersi negli studi era stato anche un modo di fuggire. Di fuggire dall'altro, come quella mattina era scappata dall'isola. Una scelta per sé.

Era davanti alla porta di casa. Michiel era in casa; la Berlingo bianca era lì di fronte. Aveva visto dal finestrino laterale che la borsa blu della spesa era ancora lì dietro. Tirò fuori la chiave di riserva e aprì la portiera posteriore. Constatò sollevata che il portatile e il telefono erano ancora nella borsa, ma il cellulare era morto stecchito. Doveva ricaricarlo un po'. Guardò in alto verso la finestra della stanza dove senza dubbio Michiel era impegnatissimo ad essere arrabbiato. Doveva suonare? Aveva una chiave della porta d'ingresso, ovvio, ma se fosse entrata così forse lui si sarebbe sentito aggredito. Respinse il pensiero. Che assurdità. Dovevano poter parlare come degli adulti. Infilò la chiave nella serratura.

Christiaan Müller aveva noleggiato un'auto ed era andato a prendere Vreeman a Schiphol. Aveva fatto anche un breve resoconto di quello che era successo al mattino da Louis Post e Vreeman aveva sospirato.

«Post mi sarebbe servito di più da vivo.»

«È stato un incidente.»

«Lo dico tanto per dire.»

«Capisco.»

Nella macchina c'era silenzio, mentre Müller si concentrava sull'intenso traffico della tangenziale. Di solito Vreeman si sentiva sempre sollevato quando arrivava nei pressi di Amsterdam, come se finalmente fosse arrivato a casa, ma questa volta neanche a parlarne. Si sentiva braccato.

«E quel professore… quel… Come si chiama?»

«Hageveld. So dove abita. Sono stato a fargli la posta, ma oggi non era a casa.»

«Forse ha lezione all'università?»

«Niente lezioni questa settimana.»

«Qualche idea di dove sia finito?»

«No.»

Vreeman sapeva che Müller non era tipo da fare conversazione, ma ora lo preoccupavano le risposte secche del suo autista. Aveva bisogno di informazioni. Voleva farsi un'idea chiara della situazione in cui si trovava.

«E come possiamo scoprirlo?»

Müller alzò le spalle. «Uscirà fuori da solo.»

«Quando? Domani, la settimana prossima, tra un mese?»

Il silenzio continuava. Vreeman sapeva che la sua domanda era assurda.

«Sei entrato in casa sua?» chiese ancora.

«Sì.»

«E allora?»

Müller inarcò un sopracciglio. «Gli piace fare le pulizie.»

«Niente portatile? Appunti?»

«Solo libri, nient'altro.»

Vreeman fissò lo sguardo sul parabrezza e sprofondò di nuovo nei suoi pensieri.

«Post non aveva un computer?» chiese infine.

Müller indicò la borsa sul sedile posteriore. «Un portatile.»

Vreeman si girò e allungò una mano verso la borsa. Gemette per la fatica, la pancia lo ostacolava. Aveva promesso a Molly di perdere dieci chili, ma non c'era ancora riuscito.

Si mise il portatile in grembo e premette la barra spazio. Niente password, lo schermo s'illuminò e Vreeman si trovò davanti un documento dalla terminologia tecnica. Non del tutto incomprensibile ma comunque non gli diceva molto. Era troppo specialistico.

Dovevano riuscire ad acciuffare quel professore, e anche in fretta!

22

Era andata esattamente come pensava. Michiel era arrabbiato, le aveva tenuto il muso, aveva aspettato che si profondesse in scuse. Katja aveva tentato di spiegargli che lui non c'entrava, che a volte si lasciava trasportare, che era più forte di lei, ma alla fine aveva detto che le dispiaceva e basta. Era evidente che non capiva qual era stato davvero il suo impulso. Oppure non voleva proprio capire, era la parte offesa e cercava solo soddisfazione. Quando lei si fu cosparsa abbastanza il capo di cenere lui aprì una bottiglia. Per fare la pace. Da quel momento in poi non le lasciò quasi più aprire bocca. Le spiegò come doveva andare il mondo secondo lui e bevve più del dovuto. Avevano ordinato delle pizze e bevuto ancora del vino. Più tardi nel corso della serata aveva fatto finta di avere mal di testa ed era andata in camera da letto. Michiel era rimasto davanti alla tv.

Non riusciva a dormire, le girava la testa. Il suo mondo, fino a qualche giorno prima ancora così ordinato, si era trasformato in una sorta di campo minato e le sembrava di dover stare attenta a ogni passo per non saltare in aria. Aveva considerato la possibilità di raccontare del Rembrandt a Michiel, ma aveva subito scartato l'idea.

Avrebbe voluto suscitare una sua reazione, ma che senso aveva? Difficile pensare di riuscire a penetrare il suo monologo e poi, anche se ce l'avesse fatta, senza dubbio lui avrebbe liquidato la sua storia come «stronzate assurde, puttanate inverosimili». E non lo erano, in fondo?

Le si era infilato accanto, ma Katja aveva fatto finta di dormire. Aveva fatto un vago tentativo di strusciarsi contro di lei, ma lei non aveva reagito.

Non ce la faceva più.

Arjen, sdraiato sul letto della sua stanza d'albergo, fissava il soffitto. Cosa stava facendo lì? Da chi stava scappando? Che accidenti era successo quel giorno? Si alzò e si mise a fissare la strada buia. Tutto solo in una stanza d'albergo, a meno di cinquecento metri da casa sua. Chi credeva di prendere in giro? Non aveva né vestiti né le cose per lavarsi e si sentiva enormemente a disagio. In imbarazzo. La camera lo soffocava, lo irritava, di colpo la situazione gli sembrò del tutto ridicola. Aveva agito in preda al panico, alla cieca, come una vecchietta che aveva paura che ci fosse qualcuno sotto il letto. Vigliacco. Era questa la parola. Fu costretto a ripensare a Linda, doveva sempre pensare a Linda, e quando pensava a lei sentiva sempre l'amore, ma questa volta sentì solo la vergogna. Vigliacco. Avevano festeggiato il loro primo anniversario di matrimonio a Texel, con un semplice weekend di vacanza. La sera erano andati a prendere delle patatine in uno snack bar e lui aveva scontrato un ragazzo, sfiorandolo appena. Un ragazzo arrabbiato, ben piazzato, con una maglietta stinta, che si era girato con fare aggressivo. «Cerchi rogne?» Occhi vuoti, imprevedibili, dalle pupille innaturalmente dilatate. «No» aveva risposto lui scusandosi. Ma al ragazzo non era bastato ed era stato aizzato dai due che erano con lui. «Ah, allora ti lasci spintonare così?» Lui aveva lanciato uno sputo disgustoso e gli si era gettato addosso. Ma Arjen non voleva litigare e aveva tentato di evitare il confronto, non amava le risse. Il ragazzo sì, era deciso a non lasciarsi sfuggire quell'occasione. Il proprietario dello snack bar gli aveva urlato di togliersi dai coglioni, ma quel tizio aveva già messo Arjen con le spalle al muro. E a quel punto si era messa di mezzo Linda. «Ehi, piantala. Lasciaci in pace.» L'aveva guardato senza la minima paura. Il ragazzo non ci aveva pensato neanche un secondo. «Troia!» Le aveva mollato un pugno nello stomaco, lei era caduta in ginocchio vomitando e quando era quasi a terra le aveva dato un calcio in faccia, un calcio violento con uno scarpone da lavoro che le aveva fatto rimbalzare la testa all'indietro. Poi il ragazzo aveva sputato di nuovo verso di lui e se n'era andato. Con i suoi due amici, tranquilli come se avessero appena finito l'aperitivo. Arjen non era riuscito a fare niente. Era rimasto di sasso, aspettando qualcosa che non sarebbe successo. Che lei si rialzasse. E quando non ebbe più senso continuare ad aspettare, si lasciò cadere accanto a lei.

Il ragazzo poi era stato fermato sul battello per Den Helder, c'erano dei testimoni. Era un pivello di diciassette anni che viveva a Den Helder e che quel fine settimana era andato a fare baldoria a Oudeschild. Arjen non aveva assistito al processo, non ce l'aveva fatta. Poi gli dissero che il ragazzo aveva avuto una vita difficile, problemi a casa e a scuola. La sera fatale aveva preso delle droghe e si era ubriacato per dimenticare le sue sventure. Non era in sé. Gli dispiaceva.

Gli dispiaceva.

Era stato dentro meno di quanto fosse rimasta in coma Linda. Arjen era stato accanto al suo letto ogni giorno. Le aveva letto i suoi libri preferiti. Le aveva raccontato dei viaggi che non avrebbero mai fatto. Dei musei che non avrebbero mai visitato. Dei bambini che non avrebbero mai avuto. Alla fine avevano deciso che non aveva più senso mantenere artificialmente in vita il suo grande amore. Era durata abbastanza.

Aveva sofferto per anni di vergogna e senso di colpa, anche se sapeva benissimo che non era lui il responsabile della morte della sua amata. Ma a volte si sentiva sopraffatto dalla tristezza e in certi giorni si ritrovava in un mondo in cui l'oscurità aveva il sopravvento. Lui aveva continuato a ripetersi che doveva farsi coraggio, finché non aveva capito che da solo non ce l'avrebbe fatta a uscirne. Era andato da un terapeuta e lui l'aveva convinto che non poteva cambiare nulla di quello che era successo e che non aveva senso restare a crogiolarsi in quell'oscuro senso di colpa. Doveva andare in cerca del lato positivo della vita, era l'unico modo per poter sopravvivere. E quindi era quello che aveva fatto, che aveva tentato di fare e che in fondo negli ultimi anni gli era riuscito bene, ma trovarsi davanti alla violenza da Louis Post l'aveva riportato brutalmente al passato. Si vergognava nel ripensare alle ore passate nel capanno senza trovare il coraggio di uscire. A quando era entrato tremando nella casa dove Louis Post era morto dissanguato e se n'era andato senza dire niente a nessuno.

Ora era lì sdraiato in una stanza d'albergo, spaventato dai fantasmi sotto al letto e dalle facce nella tappezzeria. Disgustato di sé stesso. Si mise in moto.

Era durata abbastanza.

Andò verso casa camminando lungo la riva del canale. La via era tranquilla; non c'era traffico, a parte un ciclista che andava un po' a zigzag per la sua strada. Era quella rara ora notturna in cui Amsterdam si fermava e si permetteva un breve momento di calma per tirare un profondo respiro prima che gli abitanti fossero del tutto svegli e che la follia scoppiasse di nuovo. Un velo di luce filtrata dall'aria umida circondava le lanterne dei lampioni. Bello per chi era sensibile al romanticismo della notte, ma Arjen non lo vedeva neanche.

Si fermò davanti a casa sua a osservare se si vedeva qualcosa di anomalo, benché non avesse idea di ciò che avrebbe dovuto notare. Rimase per cinque minuti dietro un albero, ma non accadde nulla. Passò un taxi e poi uno scooter. Da qualche parte un cane si mise ad abbaiare e poi ci fu di nuovo silenzio. Arjen attraversò la strada e s'infilò nel suo portico. Aprì la porta d'ingresso e salì le scale in punta di piedi. Non si sentiva nulla oltre al battito forte del suo cuore; dormivano tutti. Calma, si faceva coraggio, calma. Infilò la chiave nella serratura ed entrò. Chiuse di nuovo piano la porta e tirò un sospiro di sollievo. Dio, come si stava bene a casa propria.

«Signor Hageveld?»

La voce penetrò la quiete notturna come un punteruolo e si piantò nel collo di Arjen. Sentì una fitta di dolore in tutto il corpo e si addossò come paralizzato alla porta. Nella stanza si accese una lampada da tavolo. Per un momento il cuore gli si fermò.

«Arjen Hageveld?» Dall'ombra della stanza si fece avanti un uomo. Non era molto alto, ma ben piazzato, con una peculiare testa quadrata e capelli grigi tagliati corti. Un soprabito scuro sopra un vestito grigio chiaro. «Mi dispiace se l'ho spaventata.»

Arjen continuava a deglutire e tentava di ritrovare la favella nella sua bocca secca. «Chi… Chi è lei? Cosa ci fa in casa mia?»

«La sua vicina è stata così gentile da aprirmi il portone di sotto. E da dirmi che la chiave della sua porta si trovava sotto il Buddha di pietra.» Sorrise. «Farebbe meglio a trovarle un altro posto.»

«Cosa... cosa significa?» Arjen era riuscito a controllare di nuovo il respiro e fece un passo indietro. «Lei si è introdotto in casa mia. Cosa vuole da me?»

«Lo so, è tardi e la cosa è un po' inusuale, ma volevo parlarle a tutti i costi.»

La paura iniziale di Arjen fu sostituita dall'ira, una furia cieca per via delle umiliazioni che aveva dovuto sopportare.

«Parlarmi? Lei non ci sta con la testa, amico! Voglio che se ne vada, che se ne vada adesso, altrimenti chiamo la polizia!» Si guardò intorno per vedere se c'era qualcosa da poter usare come arma.

Questo non sfuggì all'uomo. «La prego, mi lasci spiegare. Dovevo parlarle stasera a tutti i costi. Nel suo stesso interesse. Avevo sperato di trovarla a casa, ma dato che non è stato così sono entrato per aspettarla. Una brutale aggressione, ha ragione. Le porgo le mie scuse.» Parlava con voce gentile ed educata, una voce insistente, priva della minima incertezza, benché si fosse introdotto senza autorizzazione nella casa di un'altra persona. «Stavo per andarmene quando l'ho sentita entrare.»

«Ora chiamo la polizia.»

L'uomo allargò le mani. «Per favore, mi dia cinque minuti e me ne vado. E mi creda, quello che ho da dirle è molto importante per lei, signor Hageveld.»

Conosceva il suo nome. Chi era quest'uomo? Arjen era riuscito a spostarsi verso la cucina e si appoggiò al piano di lavoro, dove c'era il ceppo con i coltelli.

«Non poteva aspettare fino a domani?»

«Certo, in quel caso non mi sarei ritrovato a compiere questa "aggressione".» L'uomo lo guardava con aria sincera, senza la minima tensione.

«Chi è lei e cosa vuole da me?»

La mano dell'uomo scivolò nella tasca interna del suo soprabito di cachemire e ne estrasse un biglietto da visita che gli porse con un gesto plateale. «Mi chiamo Vreeman.» Sul biglietto c'era scritto: HUBERT M. VREEMAN, PROFESSIONAL ART ADVISOR. «Possiamo sederci?»

Arjen valutò le sue possibilità. Certo, poteva chiamare la polizia, la polizia era sempre una possibilità, ma qualcosa lo tratteneva dal farlo. Cos'aveva da dirgli di così importante quel Vreeman? Andò all'interruttore sopra al piano di lavoro e accese la luce sul tavolo. Vreeman tirò fuori una sedia e si accomodò.

«Ha diritto a una spiegazione.»

«Penso proprio di sì.» Arjen decise di non sbottonarsi, di tenere sotto controllo la situazione e di rimanere in piedi. Si appoggiò con la schiena al piano di lavoro e incrociò le braccia, aspettando quello che sarebbe arrivato.

«Oggi avevo un appuntamento con Louis Post» iniziò a raccontare Vreeman. «Una persona che conosciamo entrambi. Giusto?»

Arjen si sentì percorrere da un brivido freddo.

«È molto tempo che faccio affari con Post. Sono un mercante d'arte e non ho un negozio nella splendida Nieuwe Spiegelstraat come Louis, ma lavoro da Ginevra, dove abito. Il mio mercato è il mondo, per così dire. A volte lavoro su contratto, vado sul mercato per trovare un'opera d'arte specifica per un cliente, e a volte lavoro per conto mio.» Raccontava quello che aveva da dire in modo tranquillo, garbato. Non per vantarsi, ma solo per spiegarsi.

Arjen si schiarì la voce e si girò verso il piano di lavoro per versarsi un bicchier d'acqua. Esitò un momento. «Vuole anche lei un po' d'acqua, forse?»

«Mi farebbe un grande piacere.»

Mentre prendeva un altro bicchiere, ebbe tempo di riflettere. Ora sapeva dove stava andando la conversazione. Non era un incontro qualunque. Ma cosa voleva esattamente quell'uomo? Che appuntamento aveva con Louis? E soprattutto, aveva qualcosa a che fare con l'uomo calvo della mattina precedente nella galleria d'arte?

«Di cosa ha parlato con Louis?» La voce gli tremava un po' e gli scocciava.

«Parlato? Ieri sera, cioè...» guardò l'orologio «ieri l'altro sera gli ho parlato al telefono. Mi aveva chiamato perché voleva vedermi e ci eravamo accordati per incontrarci ieri pomeriggio alle cinque. Ma quando a quell'ora sono andato lì, non c'era nessuno. Ho pensato che forse mi ero sbagliato e sono ripassato alle sette, ma non c'era neanche a quell'ora.»

No, è logico, pensò Arjen, era lì morto sul pavimento del suo negozio.

«E tuttavia avevo urgenza di parlargli. Ebbene, durante la nostra conversazione telefonica Louis aveva fatto il suo nome, quindi...» fece un gesto di scusa con la mano.

Arjen gli mise il bicchiere davanti sul tavolo. «Non pensava di trovarlo qui, vero?»

«No, certo che no.» Vreeman sorrise. «Ma quando mi aveva chiamato, mi aveva raccontato una storia alquanto strana e diciamo pure... inverosimile.»

I loro sguardi si incrociarono. Arjen tentò di mantenere un'aria più neutrale possibile, ma i furbi occhietti luccicanti di Vreeman notarono che era a disagio.

«Quale storia?»

«Io penso che lei lo sappia, professore. Mi ha raccontato della sua ricerca sulla storia di un insignificante dipinto del diciottesimo secolo che è risultato contenere uno spettacolare dipinto sottostante.»

«Che pare contenere» lo corresse Arjen. «Potrebbe.»
«È plausibile.»
«È oggetto di ricerca. Gliel'ha detto Louis?»
«Certamente.»
«Perché?»
Era una domanda semplice, ma pareva che non fosse così semplice rispondere, perché Vreeman si prese del tempo per finire di bere il suo bicchiere e riflettere.
«Lei è professore. La sua tesi di dottorato era uno studio sulla relazione tra l'arte e la sopravvivenza dell'umanità.»
Arjen alzò una mano. «Questa è una grossolana semplificazione.»
«*A Search for the Similarity Between Art and Happiness.*»
Era proprio il titolo della sua tesi di dottorato.
«L'ho letta.»
Arjen ne dubitava. Nessuno aveva letto quella roba dopo che lui aveva preso il dottorato. Ma l'uomo si era preparato.
«Lei è competente in quell'ambito. Louis è competente nell'ambito della pittura del diciassettesimo secolo, per questo l'ha consultato per la sua ricerca. E io sono competente nell'ambito del mercato. Louis mi ha chiamato per chiedermi informazioni. Voleva sapere cosa sarebbe successo se il risultato della sua ricerca fosse diventato di pubblico dominio. È un commerciante, non può avercela con lui per questo.»
«Stava cercando di vendere il quadro?» Arjen sentiva sorgere dentro di sé un vago senso di disagio. Che conversazione era questa? E che intenzioni aveva avuto Louis?
«Oh no, certamente no.» Senza dubbio Vreeman aveva sentito la diffidenza nella voce di Arjen. «Come ho

detto, voleva informazioni. Anzi no, voleva un consiglio. La scoperta di una tela di Rembrandt, o anche solo il sospetto di una cosa del genere, sarebbe stata considerata sensazionale in tutto il mondo. E a quel punto che cosa ci fai?»

«Rembrandt? È questo che le ha detto Louis?»

«Altrimenti perché sarei qui?»

«Se è un Rembrandt, e questo è ancora da vedere, allora deve stare in un museo.»

«Non tutti saranno d'accordo. Si tratta di un'opera unica, unica al mondo, il che ha un valore notevole.»

«Un pezzo dal valore storico culturale così importante dovrebbe andare al migliore offerente? Mi sembra poco etico.»

«Poco cosa?»

«Etico.»

«Non se la prenda con me se mi permetto un sorriso ironico.» Vreeman in realtà non stava affatto sorridendo. Al contrario, era mortalmente serio. «Nel mondo dell'arte, dei patrimoni culturali, dei tesori artistici, come ha già detto lei stesso, di etica ce n'è poca, purtroppo. L'arte è denaro e il denaro è potere. È bello avere un Van Gogh appeso alla parete, ma è bello anche poterlo usare per fare riciclaggio di denaro sporco. O pagarci un carico di droga. O usarlo per acquisire una posizione. L'arte è una lingua che parlano tutti, professore, l'arte non conosce tassi di cambio né confini.»

Arjen aveva incrociato di nuovo le braccia. «È il proprietario a decidere il destino della tela.»

«E supponiamo che quello scelga un museo. E allora la domanda è: quale museo? Certo, tutti i musei del mondo eserciteranno la loro influenza, ma nessun museo vorrà correre il rischio di prendere una cantonata.»

«Il Rijksmuseum.»

«Qui ha ragione. Da un punto di vista storico loro si riterranno il candidato migliore.»

«E non hanno forse ragione?»

«Questione di etica» rispose Vreeman con una certa ironia. «Ma non avranno abbastanza soldi.»

«Per Katja non ha importanza.» Arjen si morse la lingua. Non avrebbe voluto fare il suo nome, ma Vreeman continuò a parlare e non sembrò essersene accorto.

«Ma come ho detto, la mia visita non ha niente a che fare con un'eventuale vendita. Lei ha ragione, non parlo di questo. La preoccupazione di Louis, e io la condivido, sta nel percorso per arrivarci. Nel momento in cui si verrà a sapere che ha in suo possesso qualcosa di Rembrandt, lei si ritroverà addosso tutto il mondo artistico. E non è tutta gente che va per il sottile.» Lasciò in sospeso per un momento l'allusione. «A quel punto fa comodo sapersi circondato da persone che capiscono quel mondo. E io non la sottovaluto di certo, nel suo campo lei è un asso, ma il mercato dell'arte... Quella è tutta un'altra storia.»

Ci fu silenzio.

«Vuole ancora un po' d'acqua?»

«Molto volentieri.»

Arjen prese il bicchiere dal tavolo e lo riempì di nuovo, mentre Vreeman si alzava e andava verso la finestra.

Fissò la banchina deserta al di là del vetro. «Oggi avevo un appuntamento con Louis per decidere ulteriori approfondimenti.»

«Sono già stati fatti.»

«Louis me l'ha detto e per il momento è sufficiente. Ma naturalmente devono succedere ancora molte altre cose prima che la tela possa essere considerata un Rembrandt. Dev'essere pulita, gli strati di colore più recenti devono essere rimossi e anche quello sarà un bel lavorone. Un lavoro certosino, specialistico, molto costoso. La ringrazio.» Vreeman prese il bicchiere e bevve cautamente un sorso. «Poi un esperto potrà dare la sua benedizione e riconoscere la tela come un'opera di Rembrandt. Noi conosciamo le persone giuste. Professionisti discreti, cosa molto importante in questo caso. Conosciamo il percorso che va fatto e abbiamo le possibilità economiche per farlo.» Guardò Arjen al di sopra del bordo del bicchiere. «Anche questo non privo di importanza.»

«Capisco cosa intende.» Arjen appoggiò il suo bicchiere sul piano di lavoro. Per lui la conversazione era finita. Era confuso e voleva avere il tempo e la calma necessaria per riflettere. «E apprezzo che sia venuto, davvero. Ma come ho già detto, la tela non è mia.»

«Questo non toglie niente all'importanza delle mie parole, quindi le sarò grato se vorrà dirmi chi è il proprietario.»

Lo sguardo compassionevole era diventato accorto.

«Il ritratto dei bambini, il... il dipinto di cui parliamo, è un cimelio della famiglia di uno dei miei studenti. La ricerca è la sua tesi di laurea.»

«Ah sì. Che cosa buffa.» Il tono era di nuovo compassionevole.

«Come buffa?»

«Per anni quella famiglia ha guardato un dipinto senza sapere che sotto c'era un Rembrandt. È buffo, no?»

«Più che altro lo trovo bizzarro.»

«Vuole condividere con me il nome dello studente?»

Arjen esitò. Aveva già condiviso il nome, ma sembrava che l'uomo non se ne fosse accorto. «Mi dispiace. Penso che sia meglio prima consultarmi con questa persona e poi tornare da lei.»

«Splendido.» Vreeman mise il bicchiere sul tavolo. «Domani mattina proverò ancora a parlare con Louis. Sarebbe bello se lei potesse chiamarmi nel pomeriggio.»

«Vedrò cosa posso fare per lei.»

Vreeman fece un sorriso affascinante, ma i suoi occhi raccontavano un'altra storia. «Non aspetti troppo, *good news travel fast.*[2]»

[2] Le buone notizie viaggiano veloci.

23

Katja si addormentò poco dopo che Michiel era entrato nel letto e la mattina dopo si svegliò presto. Michiel dormiva ancora e quindi scivolò fuori piano piano. Aveva deciso che la doccia poteva anche farla più tardi a casa. Aveva raccolto i capelli in una coda di cavallo e si era vestita di corsa per poter uscire di lì il più silenziosamente possibile. E non tornarci mai più, questo l'aveva già deciso la sera prima. Sgusciò fuori e pescò dalla borsa la chiave di riserva dell'auto.

Controllò il telefono, che nel frattempo si era caricato, ma quando vide la quantità esagerata di messaggi e di WhatsApp che si erano accumulati nei giorni precedenti, si affrettò a rimetterlo via. Ci avrebbe pensato più tardi. *Procediamo con ordine.*

La Citroën Berlingo bianca avanzava sobbalzando piano sulla Nassaukade e approfittò di un piccolo spazio nel traffico che procedeva in senso opposto per svoltare rapidamente in un parcheggio lungo la riva.

Christiaan aveva aperto un occhio solo e vide una ragazza con una lunga coda di cavallo nera scendere dall'auto, attraversare la strada e sparire nell'entrata che stava tenendo d'occhio. Era la stessa donna che il giorno prima aveva suonato il campanello mentre lui era di sopra nell'appartamento. Katja? Quando la sera prima era andato nello stesso posto a prendere Vreeman per portarlo al suo hotel, il committente gli aveva raccontato la conversazione che aveva avuto con il professore. Gli aveva detto che avevano parlato del dipinto che interessava a Vreeman, che a quanto pareva apparteneva a una ragazza. In un momento di distrazione il professore si era lasciato sfuggire il nome Katja.

«Domani telefono all'università per avere più informazioni su questa Katja. Tu nel frattempo tieni d'occhio Hageveld. Credo che alla fine sarà lui a portarci al dipinto.»

Era dunque tornato sulla Nassaukade e aveva ripreso la sua posizione proprio davanti alla porta d'ingresso. La porta si aprì e la donna entrò. Christiaan scese rapidamente e raggiunse il furgoncino bianco parcheggiato un paio di posteggi più in là. Girò intorno all'auto e guardò dentro. Nella Berlingo non c'era altro. Si chinò come per allacciarsi le scarpe e attaccò svelto sotto l'auto un tracciatore GPS. Non un modellino particolarmente avanzato, gli era costato un paio di biglietti da dieci, ma sufficiente per questa limitata missione. Si rialzò e tornò alla sua auto in tutta calma.

Non molto dopo la donna uscì nuovamente, seguita dal professore. Nel frattempo Christiaan aveva il telefono pronto per fare una serie di foto alla coppia, che mandò subito a Vreeman. Poi mise in moto e attese di poter dare inizio al pedinamento.

L'esperto d'arte Louis Post è deceduto nel suo luogo di residenza, ad Amsterdam. Post, che gestiva una galleria d'arte ad Amsterdam nella Nieuwe Spiegelstraat, era noto come un'autorità nel campo della pittura del diciassettesimo secolo. È stato...

Arjen spense l'autoradio. Katja, che guidava la Citroën bianca sulla A4, gli gettò un'occhiata di traverso. Lui sentì le labbra stringersi fin quasi a scomparire. Lei riaccese la radio.

...ritrovato, secondo persone informate, per un attacco di cuore. E ora le previsioni...

Lei spense di nuovo la radio. «Non parlano di omicidio.»

Arjen fece una risatina cinica.

«Non dovresti chiamare la polizia?» gli chiese allora.

Lui la guardò spaventato. «E poi?»

«Tu sai quello che è successo.»

«Non so assolutamente nulla.» Ora guardava dritto davanti a sé, la mano incollata alla maniglia della portiera. «E poi mi chiederanno perché mi faccio vivo solo adesso con questa informazione e cosa ho visto esattamente e perché ero in quell'edificio e perché non li ho chiamati subito.» Il petto gli si sollevava e abbassava con forza, come se avesse corso su per le scale. «Tutte domande a cui non so dare una risposta.»

«Ma non ha senso! Racconta semplicemente la verità.»

«E qual è la verità?»

Katja diede una manata al volante. «In che pasticcio ci siamo cacciati, Arjen?»

«Non ne ho idea.»

Non le aveva raccontato del suo incontro notturno con il «professional art advisor». Non sapeva cosa pensare. In che pasticcio si erano cacciati? Già, bella domanda. Un dipinto sotto al quale era possibile che si trovasse un Rembrandt. Louis si era lasciato scappare quell'enorme scoperta e si era attirato addosso una catastrofe. Ma con chi avevano a che fare? Non ne avevano idea. Dovevano tirarsene fuori. Bisognava al più presto portare il quadro da qualche parte, prima che ci fossero altri morti. Per Dio, l'euforia provata quando aveva capito cosa si nascondeva sotto quel piccolo dipinto insignificante era sparita. Si era trasformata in una paura raggelante che sfociava in una struggente nostalgia per il periodo precedente alla scoperta.

«Dimmi di nuovo, dove dobbiamo andare?»

Il furgoncino bianco aveva raggiunto il campus dell'Università Tecnica di Delft.

«Facoltà 3mE.»

«Sì, voglio dire, qual è il numero dell'edificio?»

«Edificio 34.» Indicò attraverso il parabrezza. «Puoi entrare in quella via, da lì arrivi direttamente al parcheggio.»

Era agitato, si pentiva di essere venuto. Avrebbero preso la tela e l'avrebbero portata via. Aveva telefonato al suo conoscente e lui gli aveva promesso di fare in modo che il dipinto fosse pronto alla reception. Erano solo loro a sapere cosa erano andati a fare lì?

Christiaan era felice di aver messo il tracker per sicurezza. A causa dell'intenso traffico di Amsterdam e le inevitabili interruzioni e le deviazioni obbligate sul percorso, sarebbe stato impossibile seguire tranquillamente l'auto bianca attraverso la città. Ma grazie all'app sul telefono l'avevano ritrovata sulla A4, diretta a L'Aia. Era L'Aia la loro destinazione finale? O Rotterdam? L'A4 diventò l'A13 e risultò che stavano andando a Delft, perché all'uscita Delft Sud lasciarono l'autostrada per poi girare subito verso l'Università Tecnica di Delft e il Delftechpark.

Li vide parcheggiare la macchina ed entrare in un edificio su cui era segnato un grande numero 34. Non molto dopo uscirono di nuovo reggendo in mezzo a loro un pacco avvolto in una coperta grigia. Il dipinto, gli balenò in mente. Pensò alla conversazione con Vreeman e si rese conto che era venuto ad Amsterdam per questo. Ed era a portata di mano, a meno di cinquanta metri da lui. Vide l'uomo e la donna raggiungere il furgone e appoggiare cautamente la tela a terra, dopodiché lei aprì la portiera posteriore dell'auto. Lui considerò le possibilità. Poteva saltare fuori dal proprio mezzo e andare verso il furgone, dove la tela era a portata di mano. L'uomo non sarebbe stato un problema, ma la donna avrebbe potuto mettersi a urlare, le donne erano imprevedibili. Si guardò intorno e vide gruppetti di studenti che stavano lì a fumare e a parlare o che andavano a prendere le biciclette. Loro costituivano un rischio. Esitò, finché non ebbe più il tempo per decidere. La donna chiuse la portiera e andò verso la parte anteriore dell'auto. L'uomo era già salito. Troppo tardi. Andava bene anche così, non era un problema, sarebbe arrivato il suo momento.

Le notizie erano arrivate anche a San Pietroburgo. Aleksej Mazarov guardò il display del suo telefono. Aveva appena parlato di nuovo con uno dei suoi fedeli collaboratori, che aveva voluto mandare ad Amsterdam per mettere sotto pressione il mercante d'arte. Per assicurarsi di essere pagato, che gli avrebbe rimborsato il prezzo d'acquisto di quel falso quadro di merda, soldi a cui aveva diritto. E ora lo *stary ubljudok* era morto!

Prese la parte della foto strappata dove si vedeva Vreeman sorridere. «Ora sta a te, amico mio.» La buttò nel cestino che stava accanto al *secretaire*. «E pagherai!»

24

Si erano incrociati una volta al caffè e Michiel si era sentito attratto da lei fin dal primo momento, al punto da superare la sua timidezza e attaccare discorso. La prima sera avevano riso e bevuto così tanto che poi non era successo niente. Non ricordava più come si erano lasciati, ma la mattina dopo si era svegliato da solo nel suo letto, immensamente dispiaciuto per non aver chiesto il numero di telefono a quella strana ragazza. Era già sicuro che sarebbe finita con quell'unica serata divertente, ma quella sera stessa l'aveva ritrovata al caffè. Era seduta sullo sgabello all'inizio del bancone ad aspettarlo. Da quel momento in poi erano stati inseparabili. Katja era piena di energia e di progetti e lo aveva tirato fuori dalla sua piccola vita noiosa da studente. Non più solo pub e videogiochi con gli amici. Lei lo portava a teatro, a visitare musei. Anche il sesso era stato bello fin da subito. Katja prendeva l'iniziativa, gli spiegava cosa le piaceva e gli chiedeva cosa voleva lui, cosa che non gli era mai capitata con le sue ragazze precedenti. Lui era capace di ciarlare per ore e ore su come andava il mondo, lei tagliava la testa al toro. Lei dava alla sua vita una forma che lui ancora non era stato in grado di trovare. Era chiaro che tutto doveva andare come diceva Katja e lui doveva adeguarsi e, con il senno di poi, pensava ora amaramente Michiel, ogni tanto avrebbe potuto impuntarsi e insistere per fare quello che voleva lui. Non lasciarsi portare supinamente di qua e di là. A lui sarebbe piaciuto andare in vacanza in Scandinavia, ma ogni anno si andava sempre in Italia o in Francia. E si passava un weekend lungo a Madrid per visitare il Prado. Quando era in vista la fine dei suoi studi e Katja aveva iniziato a lavorare su quel dipinto da quattro soldi, l'aveva messo completamente da parte. E ora, di colpo, aveva di nuovo un sacco di tempo per andare al pub e giocare con gli amici.

Schiermonnikoog era stato un gesto disperato, un ultimo tentativo di prendere in mano la regia e di salvare la loro relazione. La sua iniziativa sembrava persino riuscita, ma la cosa era durata poco. Avevano litigato e la mattina dopo lei era sparita. Di soppiatto, senza farsi notare, proprio come se n'era andata di casa quella mattina. Forse non avrebbe dovuto toglierle il telefono e il portatile, però, be', se li avesse avuti lui sarebbe anche potuto restarsene a casa. No, era finita, per lui ora era chiaro. Forse andava anche bene così, forse tutta questa storia con Katja era un campanello d'allarme, una lezione di vita, doveva imparare a non annullarsi sempre per un'altra persona. Da quel momento in poi doveva far sapere al mondo che anche lui aveva un'opinione e che quell'opinione contava.

Gli suonò il telefono. Era Jim. Aveva promesso al suo amico di aiutarlo con un mobiletto che bisognava andare a prendere dai suoi genitori a Doetinchem.

«*Hey dude*, a che ora avevamo detto?» si sentì chiedere da una voce sonnacchiosa.

«Tra una mezz'oretta.»

«Aggiungiamoci un'altra oretta.»

E Jim aveva riattaccato. Certo, era ancora a letto con il doposbronza. Un'altra oretta. Porca troia, quel tizio decideva del suo tempo come niente fosse! Avrebbe dovuto lasciare che si arrangiasse da solo, chissà come avrebbe fatto a portare via quel cazzo di mobiletto da Doetinchem. Ma sì, d'altra parte sapeva bene com'era fatto il suo amico. Di mattina Jim non era mai al top.

Michiel si vestì e trangugiò un panino. Lanciò un'occhiata all'orologio. C'era tutto il tempo, prima doveva fare un po' di benzina. Quando uscì cercò con lo sguardo il posto dove aveva messo l'auto il giorno prima, solo che... non c'era. Il parcheggio era vuoto e la sua auto... si guardò intorno confuso, ma era sicuro di averla lasciata sotto il lampione.

Allora capì cosa era successo. «Dio, che stronza!» Era un grido di impotenza e la signora anziana che stava passando proprio in quel momento accelerò il passo e si tirò dietro con uno strattone il cagnolino.

Michiel emise ancora un grido sconnesso e diede un calcio al lampione, come se la sparizione dell'auto fosse colpa sua. Si era presa la Citroën senza dire niente. La disgraziata. Senza nessuna spiegazione.

Katja aveva accelerato parecchio.

«Stai andando troppo veloce.»

«La multa arriva a Michiel.» Lo guardò in tralice sorridendo, ma Arjen era di nuovo sprofondato nella cupa fantasticheria di cui era in preda già da tutto il viaggio. Con quell'aria preoccupata aveva un che di vecchio. Avrebbe dovuto farglielo notare, perché sapeva quanto era importante per lui apparire giovane. Sospirò irritata.

Arjen alzò lo sguardo. «Dobbiamo portarlo da qualche parte.»

«Cosa?»

Lui fece un cenno all'indietro con la testa. «Il quadro. Dobbiamo portarlo al Rijksmuseum.»

Per un po' Katja non seppe cosa dire, ma poi scoppiò a ridere. «Stanno proprio lì ad aspettarci!»

Arjen rispose con irritazione. «Dico sul serio!»

«Ma tu pensi davvero che vedano qualcosa nel ritratto dei bambini? Ci rideranno dietro.»

«Qui non si tratta dell'opera di Isaac Pietersz, naturalmente.»

«No, certo che no, si tratta del Rembrandt che sicuramente c'è sotto.»

«E cos'è questo tono sarcastico?»

«Piantala, Arjen.»

«Non credi nella tua stessa ricerca.»

«Oh, sì che ci credo. Mi rende davvero felice e credo anche che sotto a quel Pietersz ci sia davvero un dipinto del diciassettesimo secolo, ma un Rembrandt...» Scosse la testa.

«Louis Post ci credeva.»

«Louis Post è morto.»

«È proprio questo che intendo. C'è un motivo se è successo.»

Lei girò la testa verso il suo mentore e si accorse che aveva un tic nervoso all'occhio. Era chiaro che non stava bene, evidentemente la morte di Post era stata un duro colpo per lui. «Forse è tutto un equivoco. Forse quel Post era coinvolto in qualche altra faccenda poco pulita. È stato solo un caso che tu abbia trovato quel tizio pelato da lui. Come fai a essere sicuro di avere qualcuno alle calcagna?»

E a quel punto lui le raccontò della visita notturna di Hubert Vreeman.

«A casa tua?»

«Sì.»

«Un mercante d'arte olandese che vive in Svizzera? E sapeva del... del Rembrandt?»

«Sì.»

«Come faceva quel tizio a sapere dove abitavi?»

Arjen tacque, ma la domanda conteneva già la risposta. «Forse tu dubiti del Rembrandt» disse infine lui rompendo il silenzio «ma ci sono altri che invece ci credono, e questa non è una bella notizia.»

«Perché no?»

«Il solo pensiero che sotto a quel dipinto possa esserci un Rembrandt evoca un mucchio di soldi, più di quanti ne vedremo io e te in tutta la vita.»

Katja rifletté per un momento. «A meno che non decida di venderlo. In quel caso io naturalmente quei soldi li vedrò.»

«Eh… sì.»

«E a quel punto ce l'avrà qualche sceicco pieno di soldi. Come status symbol.»

«È probabile.»

Lei lo guardò indignata. «Sì, ma questo sarebbe sbagliato, no? Non può andare a finire così, vero?»

«No, ovviamente sono d'accordo con te, ma il dipinto è tuo.»

«Il valore di una cosa come questa… di una cosa speciale come questa non si può quantificare in un paio di euro del cazzo.»

«Eh già, un paio di euro del cazzo» protestò Arjen. «Si tratta di somme per cui qualcuno è disposto ad uccidere.» La guardò. «Letteralmente.»

Rimasero in silenzio.

«E quindi pensi che dobbiamo portarlo al sicuro?»

«Il Rijksmuseum è l'unico posto che ci può far stare tranquilli. Lì ad ogni modo il quadro è al sicuro e così ci liberiamo di quella gente.»

«Conosci qualcuno al museo?»

«Sì.»

«Ottimo.» Katja aveva deciso. «Allora dobbiamo portarlo lì.»
«Intendi subito?»
«No?»
«Non possiamo certo lasciarlo al portiere. "Prego, veda un po' lei cosa farci." Mi serve del tempo.»
«Okay. Ma, se ho capito bene, dobbiamo liberarcene al più presto.»

La giovane donna dai capelli neri andava veloce, superando di molto il limite. Christiaan si atteneva alla velocità prescritta. Una stupida infrazione del codice stradale avrebbe potuto avere gravi conseguenze. In una situazione come la sua era sempre consigliabile passare inosservato. Il tracker GPS gli permetteva di tenere d'occhio la piccola auto bianca. Andavano verso Amsterdam, quindi una volta là avrebbe potuto riprenderli senza problemi. Si sentiva assonnato, quella notte aveva dormito a malapena e inoltre in una posizione poco invidiabile. La Mercedes che aveva preso a noleggio era comoda, ma non era fatta per dormire. Quella notte Vreeman avrebbe anche potuto prendergli una stanza al Pulitzer, così magari... Di colpo vide davanti a sé la luce rossa degli stop; frenò per riflesso e si risvegliò dal torpore, controllando nello specchietto il traffico che arrivava da dietro. I display a led sopra l'autostrada avvisavano le persone di moderare la velocità e lentamente il traffico sulle tre corsie si fermò. Coda. Si accasciò all'indietro con un sospiro.

Katja era riuscita a evitare la lunga coda sulla A4 prendendo l'uscita per la A5 prima di Schiphol ed entrando ad Amsterdam da ovest. Aveva lasciato Arjen a casa, dopo essersi accordata per andarlo a prendere all'una e mezzo. Aveva un enorme bisogno di andare a casa a farsi una doccia e di indossare abiti puliti. Si sentiva come se avesse passato una settimana ad attraversare il deserto del Kalahari su un dromedario. Inoltre aveva un urgente bisogno di andare in bagno.

Nella sua via non c'erano parcheggi liberi e, dopo l'ennesimo giro, ormai non più in grado di trattenere il suo bisogno, parcheggiò l'auto nel posto per invalidi davanti alla porta. Per sicurezza controllò che fosse ben chiusa e aveva così tanta fretta di entrare in casa che non si accorse di Michiel che stava arrivando da dietro l'angolo in bicicletta.

25

Katja era rimasta più tempo sotto la doccia di quanto fosse accettabile da un punto di vista ambientale, ma se l'era goduta. Ora era in cucina e si stava facendo un caffè. Nina era uscita di casa poco dopo il suo ritorno, ma non prima di averle spiegato nei dettagli con quanta cura avesse messo in ordine la casa. Le aveva persino cambiato il letto. E lustrato a fondo il bagno.

«E ora me ne vado. Ciao ciao!»

Katja aveva tirato un sospiro di sollievo, felice di essere finalmente di nuovo da sola.

Si era avvolta un asciugamano intorno ai capelli bagnati, si era versata una tazza di caffè e stava proprio per mettersi a sfogliare il giornale quando le venne in mente il quadernetto di suo nonno. Ce l'aveva sul comodino accanto al letto. Aveva attaccato un post-it arancione sulla pagina dove il nonno aveva annotato le sue conclusioni sul dipinto di Pietersz. Era stato l'ultimo che aveva esaminato, perché le altre pagine del quadernetto erano vuote. *Qual è dunque il segreto di questo dipinto?* Erano queste le ultime parole. Sotto c'era una riga. A quanto pareva non era andato avanti, in ogni caso non avanti quanto lei, e aveva interrotto la sua ricerca. Quindi era ovvio che non sapesse nemmeno che sotto c'era un Rembrandt.

Stava per chiudere il quadernetto quando notò che, dopo l'ultimo foglio scritto, lungo la pagina era rimasta una sottilissima striscia di carta. Doveva esserci stata una pagina successiva, che suo nonno doveva aver strappato via dal quadernetto. Anzi no, non era stata strappata, si vedeva dal margine dritto che era stata accuratamente tagliata via con una forbice o un cutter. Cosa c'era scritto su quella pagina? Guardò ancora una volta il tratto di penna sotto le ultime parole. Era proprio una riga? Avrebbe potuto anche essere una freccetta. Suo nonno aveva usato più volte nel quadernetto frecce e linee tratteggiate per mettere in relazione tra loro le varie conclusioni. Cosa aveva voluto collegare alla freccetta che stava sotto *il segreto di questo dipinto*? Sfogliò il quadernetto per vedere se erano state tagliate via altre pagine. Forse era una sua abitudine? Ma no, l'ultima pagina era l'unica.

Si alzò e andò alla finestra, dove si mise a guardare fuori riflettendo. Quella pagina aveva contenuto qualcosa che per lei ora era importante, ma che nessuno doveva sapere? Che in realtà il nonno avesse saputo di più su quello che si nascondeva sotto la pittura di Isaac Pietersz? Tornò in camera e tirò fuori da sotto il letto la vecchia borsa da palestra dove aveva infilato i diari di suo nonno. Svuotò la borsa rovesciandola ed esaminò i quadernetti. Ce n'erano quindici, tutti provvisti di un numero e di una data. Suo nonno aveva cominciato a scrivere diari durante la guerra. Nel primo raccontava nei dettagli tutte le voci che correvano sull'invasione imminente, per poi sfatarle nelle pagine seguenti. Katja capiva che in quel periodo non doveva avere avuto molto altro da fare, ma trovava la sua prosa soporifera. Il nonno aveva mirato a essere esauriente, registrando meticolosamente di volta in volta in ognuno dei quadernetti le sue esperienze di tre anni nella sua caratteristica calligrafia minuta.

Trovò il quaderno con sopra scritto *1990/91*, l'anno della sua morte. Lo aprì al 1° gennaio.

01-01-91
Anno concluso come si deve. Fuori era freddo e nuvoloso, dentro con la famiglia intorno al caminetto. Tirato fuori le bambine dal letto per un po' a mezzanotte. È stato un annetto non da poco, chi avrebbe mai pensato di poter assistere al crollo dell'Unione Sovietica, un tempo così potente?

Per Katja erano cose carine da leggere, ma anche un po' banali. Che senso aveva scrivere dei pensieri isolati in un quaderno in quel modo? O era stato un rituale di ogni sera, per concludere la giornata? Andò avanti a sfogliare e arrivò agli ultimi frammenti del diario. Tra il penultimo e l'ultimo brano era passata quasi una settimana.

09-04-91
È già un paio di giorni che non sento Jacques. Ha portato via il Pietersz per fare ulteriori ricerche. Le cose non vanno in fretta come aveva sperato, ma non so bene i dettagli. L'unico contatto che ho con lui sono delle cartoline che mi scrive ogni giorno, perché oltretutto non osa telefonare. C'è un pericolo che incombe, a quanto pare! Ma dove? Non ho la minima idea di cosa intenda il mio vecchio amico. Ho paura che i suoi anni di guerra gli stiano di nuovo giocando degli scherzi.
Questa settimana dovremmo andare a Crain, ma per fortuna non lo faremo. Quirine non si sente bene.

Quirine era sua nonna, anche se Katja non l'aveva mai chiamata così. «Nonna» era l'appellativo che aveva portato fieramente fino alla morte. Chi fosse Jacques non lo sapeva. A quanto pare aveva svolto quella ricerca insieme a suo nonno e aveva visto chissà quali pericoli. E da dove venivano quindi?

15-04-91

Oggi c'è stato il funerale di Jacques. Non riesco ancora a capacitarmene. Con chi aveva condiviso il nostro segreto? Non riesco a credere al suo suicidio. No, non riesco a crederci e basta. Ma non mi piace nemmeno pensare alle conseguenze. C'era del vero nelle sue cartoline? Abbiamo alle calcagna dei poteri forti? La vedo nera, molto nera. Addio, amico fedele.

Dopo il 15 aprile 1991 non aveva scritto più niente. Quando era morto suo nonno? Non era stato quella estate? Subito dopo il suo amico Jacques, che si era suicidato...

Che cosa stava facendo suo nonno, santo cielo? Lui e il suo amico condividevano un segreto che a quanto pareva aveva a che fare con il dipinto di Pietersz. Era questo il motivo per cui quei «poteri forti» si erano messi alle calcagna di suo nonno? Suo nonno e quel Jacques sapevano già allora che si trattava di un Rembrandt?

Continuavano a spuntare nuove domande e lei non aveva nessuna risposta.

Addio, amico fedele.

Per un momento si sentì profondamente legata a quel nonno che aveva conosciuto a malapena. Raccolse di nuovo i quadernetti e li rimise nella borsa sportiva nera. Sul letto era rimasto solo un foglietto piegato in due, che probabilmente era caduto fuori da uno dei volumetti. Lo aprì. Aveva un'aria sgualcita, come se qualcuno lo avesse prima appallottolato e poi spianato di nuovo. C'erano dei piccoli disegni, tre rettangoli uno sotto l'altro, con accanto delle misure e un'unica frase.

Non riesco a crederci. Che Jacques abbia ragione?

Sopra ai disegni c'era una freccetta blu. Katja portò in cucina il foglietto e aprì il libretto dei dipinti. Mise il foglietto spianato accanto all'ultima pagina e constatò che aveva trovato la pagina che era stata tagliata via dal libretto. La freccetta sotto le ultime parole puntava verso i rettangoli delle stesse dimensioni sulla pagina che era stata strappata. Lungo i lati dei rettangoli c'erano scritte le misure: *120 x 50*. Tre volte le stesse misure per tre rettangoli uno sopra l'altro, con sotto un'ultima frase.

Potrebbe essere. Jacques è sicuro della pittura sottostante. Potrebbe anche essere possibile. Mio Dio!

La pittura sottostante. Quindi era vero! Anche il nonno doveva aver scoperto che sotto il ritratto di Pietersz si nascondeva un altro dipinto. Era dunque quello il segreto? Ma con chi aveva parlato il suo amico? Anche il nonno se l'era chiesto. Aveva avuto dubbi sul suo suicidio. Chi è che gli stava alle calcagna?

L'assalì l'incertezza. Stava assecondando Arjen nel vedere complotti ovunque? Si arrabbiò con sé stessa. Da quanto era tornata da Schiermonnikoog? Un giorno? Sembrava una settimana. Aveva la sensazione di aver perso il controllo sul suo lavoro di ricerca e questo in gran parte a causa di Arjen, che a quanto pare era perseguitato da un gruppo di criminali. Non è che quel tizio era andato un po' fuori di testa? Tutto quel casino su Rembrandt... Non riusciva a crederci e basta. E d'altra parte... rimaneva il dubbio. La morte di Louis Post. E il diario del nonno, il dipinto...

Merda, il dipinto!
Si infilò in fretta un paio di pantaloni e un maglioncino e si tolse l'asciugamano dai capelli. Li avrebbe asciugati in un altro momento. Forse ora avrebbe trovato un parcheggio libero regolare, ci mancava solo un'altra multa. Quando uscì dalla porta vide che la macchina non era più nel posto dove l'aveva lasciata quella mattina.
Eh?
Ma l'aveva parcheggiata proprio lì? Guardò le altre auto intorno. Ma sì, ne era certa, l'aveva messa lì, nel posto per disabili. Era stata rimossa dai vigili o… Oh merda, Michiel!
Corse dentro e agguantò il suo telefono dal tavolo.
«Pronto, sono Michiel.» Dal rumore di sottofondo sentì che era in macchina.
«Dio santo, mi hai fregato la macchina davanti alla porta di casa!»
«Era nel parcheggio dei disabili.»
«Vaffanculo, amico, hai la mia macchina.»
«È anche la mia macchina!»
«Non avresti potuto chiedermela o qualcosa del genere?»
«Ascolta, Katja...»
«No, tu ascolta me. Hai...»
«No! No! No! Ora per una volta tocca a me parlare e tu stammi a sentire finché non ho finito.»
«Michiel, lì dietro…» tentò lei.
«L'auto è anche mia e oggi ho promesso a Jim…»
«Michiel, ascoltami!»
«No, porca puttana! Ascoltami! Ho promesso a Jim… Oh, merda!» Interruppe bruscamente la conversazione.
Katja si lasciò cadere avvilita sul divano sformato. Cercò di richiamarlo, ma lui non rispose più. Lanciò il telefono nell'angolo del divano. «Cazzo! Perché dev'essere tutto così difficile?»

Aveva perso più di un'ora. Un camion ribaltato prima del tunnel di Schiphol aveva bloccato il traffico in tutte le direzioni. Non si poteva andare né avanti né indietro. All'inizio la sua impazienza si era trasformata in rabbia, ma oltre a dare colpi frustrati al volante non c'era niente da fare, quindi si era rassegnato alla situazione ed era sprofondato in una calma quasi zen. Pensava alla sua bambina e al viaggio che aveva progettato. In primavera avrebbero passato qualche giorno insieme a Disneyland Paris. Non che si rallegrasse delle moltitudini di turisti che si lasciavano spingere in docili branchi nelle lunghe file per poi finire sballottati per trenta secondi attraverso una scenografia di cartone, ma sapeva già che per sua figlia sarebbero stati i giorni più belli della sua vita. Vedeva il suo viso che rideva, gli occhi azzurri di sua madre...

Un breve colpo di clacson lo riportò alla realtà. La fila di auto davanti a lui si era messa in movimento e l'uomo dietro di lui voleva a tutti i costi spingersi avanti di un paio di metri. Christiaan sospirò e seguì lentamente il gregge.

Una volta tornato ad Amsterdam all'inizio aveva fatto fatica a rintracciare il furgoncino bianco. Tuttavia, proprio quando temeva che il tracker avesse tirato le cuoia, l'app sul suo telefono ritrovò il segnale. Percorse un pezzo della Stadhouderskade e poi girò a destra nella Gerard Doustraat. Era lì, secondo il suo telefono, che si trovava l'auto bianca. Parcheggiò la Mercedes nel primo posto libero che gli capitò, si mise un cappellino da baseball e un paio di occhiali da sole e scese. Non ebbe più bisogno di consultare il telefono, perché vide la Berlingo parcheggiata in mezzo alla strada cinquanta metri più in là, con le quattro frecce inserite e il motore in folle. Si avvicinò lentamente, attraversò la strada dietro l'auto e nel farlo lanciò con nonchalance uno sguardo nel vano di carico. Vide sul pavimento la coperta grigia. Con la coda dell'occhio notò che il conducente era ancora nell'auto e che stava leccando una cartina per farsi una sigaretta; evidentemente stava aspettando qualcuno.

Christiaan non esitò. Veloce come un fulmine si girò verso l'auto e spalancò la portiera dal lato del guidatore. Prima che l'uomo si rendesse conto di quello che stava succedendo, lo prese per il bavero sbattendolo fuori dall'auto. Quello si mise a gridare come un pazzo mentre Christiaan saliva sull'auto e chiudeva di scatto la portiera. Attraverso il finestrino laterale vide il guidatore rialzarsi e attaccarsi alla maniglia della portiera. Riuscì ad aprirla un pochino, ma Christiaan si girò di lato e gli piantò un destro in faccia, mentre il cappellino da baseball gli scivolava via dalla testa sudata. Imprecò, diede uno strattone alla portiera e la richiuse. Poi mise la prima e diede gas, il che fece fare un balzo in avanti all'auto costringendo così il ragazzo a mollare la presa. Nello specchietto retrovisore Christiaan vide arrivare a tutta birra uno scooter che non fece in tempo a evitarlo e lo prese in pieno.

Andava troppo veloce per quella strada stretta e sperò che non spuntasse fuori nessuno in mezzo alle auto. Alla prima occasione girò a destra nella Tweede Jacob van Campenstraat, un'altra strada angusta e sporca. In fondo alla via poteva andare solo a sinistra, oppure doveva entrare nell'autorimessa che si trovava dall'altra parte della strada. Decise di fare così. Doveva togliersi da lì, chissà chi aveva assistito al suo furto d'auto, e forse qualcuno poteva anche averlo fotografato. Al giorno d'oggi tutti avevano il loro telefonino e giocavano a fare i poliziotti del cazzo.

Si alzò gli occhiali da sole sulla fronte, entrò nel garage e cercò il posticino più buio che c'era. Lì parcheggiò l'auto e spense il motore. Santo cielo, per essere uno che preferiva passare inosservato di casino ne aveva fatto parecchio.

Si passò la mano sulla testa sudata. Perché quel tizio non aveva mollato subito la presa tentando invece di fare l'eroe? E poi ci mancava quel motorino a passargli sopra... La maggior parte degli incidenti capitano perché la gente non è capace di stare ferma e di aspettare che finisca la tempesta. Sfigati. Lui era bravissimo a stare fermo, per ore, per giorni se necessario. Aspettando che arrivasse il momento, il momento esatto in cui doveva entrare in azione. Agire per sopravvivere. In un fosso, sotto una duna di sabbia. Sapendo che i suoi compagni erano nei paraggi, ma non dove si trovavano di preciso. Nessuno osava muoversi, figuriamoci chiamare. Non sapevi chi c'era ancora accanto a te. Il nemico. La prima auto della loro colonna era passata su un ordigno esplosivo improvvisato ed era esplosa. Si erano dispersi alla velocità della luce. Un agguato. In cerca di riparo dal fuoco assassino che li circondava da tutte le parti. Aspettare, non c'era stato nient'altro da fare. Aspettare e sperare...

Chiuse gli occhi e si costrinse a concentrarsi. Doveva tornare all'auto che aveva noleggiato, ma era in dubbio se uscire in strada con il dipinto in mano. Guardò dietro di sé e vide nella penombra la coperta grigia. Era un carico bizzarro e probabilmente lo avrebbero notato, anche perché non sarebbe stato comodo da trasportare. No, era meglio andare prima a prendere la sua auto e poi prelevare il dipinto dal garage.

Sfilò il portafoglio e le chiavi dal giubbotto di pelle, se lo tolse e lo ficcò sotto il sedile anteriore. Raccolse il berretto da terra e scese dall'auto.

Concentrazione, non doveva farsi sfuggire nessun dettaglio.

Quando entrò nella Gerard Doustraat, gli passò accanto un'ambulanza. Il tizio era lì dentro? Girò d'istinto la testa, come se il tipo nell'ambulanza fosse in grado di guardare fuori dal finestrino. Nella strada, a parte una macchia d'olio fresca, non sembravano essere rimaste molte tracce dell'incidente. Passò accanto a due signore anziane che stavano commentando indignate l'accaduto.

«È colpa di quei marocchini con gli scooter.»

«L'ha quasi tagliato in due. Hai visto com'era conciato? Aveva tutta la faccia aperta. Il ragazzo, lui non si è fatto niente.»

«Sono quei dannati ragazzetti in motorino.»

Di lui non parlavano. Era stato di nuovo fortunato, allora. Si affrettò a infilarsi nella Mercedes e ad andarsene. Avrebbe voluto parcheggiare l'auto fuori dalla rimessa, perché forse la targa veniva registrata all'ingresso, ma non riuscì a trovare posto, così finì comunque per entrare. In ogni caso nessuno sarebbe riuscito a stabilire un legame tra la Mercedes e il furgoncino. Una volta arrivato alla Citroën tolse il giubbotto di pelle da sotto il sedile anteriore e controllò di non aver lasciato niente che potesse collegarlo all'auto. Quando se ne fu assicurato, aprì la portiera posteriore e sollevò la coperta grigia che copriva il quadro.

Sotto non c'era niente.

26

Arjen non aveva perso tempo. Aveva telefonato e la persona che conosceva al Rijksmuseum aveva accettato di sacrificare la pausa pranzo per discutere di «un affare della più grande importanza» con lui e Katja. Sembrava quasi esaltato, ma l'entusiasmo gli era passato di colpo quando Katja aveva dovuto spiegargli che Michiel si era preso l'auto senza chiederle il permesso e quindi anche il dipinto.

Arjen, chiaramente spaventato, aveva iniziato subito a lamentarsi che tutto andava storto e via dicendo, il che non l'aveva aiutata a tirarsi su. Cominciava ad averne abbastanza di quelle lagne meschine. O di quei bronci drammatici. Non era più l'uomo che conosceva. In un paio di giorni si era trasformato in un altro. Pauroso e diffidente. Ma insomma, chi sarebbe andato a trasferirsi in un hotel per paura di un tizio calvo che aveva a malapena visto? Si chiese se Arjen avesse anche qualche altro problema. Forse soffriva di stress eccessivo, negli ultimi tempi ce n'erano stati parecchi casi all'università. Quanto lo conosceva davvero? Per niente. Aveva seguito le sue lezioni e negli ultimi mesi avevano collaborato strettamente, ma avevano parlato solo di tecnica pittorica e delle indagini sull'origine del ritratto dei bambini. E quando mangiavano insieme in genere spettegolava su altre persone. Gli piaceva spettegolare. Ma poi... Tutta quella faccenda del pedinamento? Non c'era nessuna prova. Okay, quel Louis Post era morto, ma secondo la radio, e quindi secondo la polizia, la causa della morte era stata naturale. Tutta quella storia dell'omicidio era farina del suo sacco. E anche ammettendo che fosse vero, perché non andava a raccontarlo alla polizia? Perché non gli avrebbe creduto nessuno? Be', lei li capiva benissimo, perché ora anche lei iniziava a dubitare della sua storia.

Il dipinto era davvero un Rembrandt sconosciuto? Aveva solo la sua parola, la sua interpretazione dei fatti. Lei non aveva ancora avuto il tempo di dedicarsi personalmente agli esiti della ricerca. Che Arjen desiderasse disperatamente fare una scoperta speciale? Voleva entrare a far parte della storia dell'arte nel ruolo immortale dell'eroe che da solo aveva scoperto un nuovo Rembrandt sotto un dipinto insignificante? Un eroe grande quasi come lo stesso Rembrandt? Bello che avesse scelto di coinvolgerla nei suoi giochetti. Oltretutto non riusciva proprio a credere che il professore avesse deciso di rischiare la sua reputazione di studioso per una leggenda metropolitana qualunque.

Katja sospirò, le mancava la visione d'insieme e per l'ennesima volta aveva la sensazione di non capire niente della situazione. Quanto lo odiava! Dipendere dagli altri non era mai stato il suo forte, ma pian piano si stava rendendo conto che in quel caso non avrebbe potuto fare a meno dell'aiuto altrui.

Come sempre quando si trovava davanti al monumentale Rijksmuseum, la prese un senso di eccitazione. Da bambina le sembrava un castello delle favole, in cui girava insieme al nonno che la sollevava da terra per farle vedere bene i quadri. Alice non aveva mai voluto andare con loro, lei preferiva stare con la nonna e giocare con i suoi My Little Pony, così qualche volta Katja e il nonno uscivano da soli. In macchina fino ad Amsterdam, al museo e poi a mangiare il gelato da uno dei carretti sulla Museumplein. Era troppo piccola per rendersi conto dell'importanza delle opere d'arte, ma la magia di quei dipinti tutti pieni di immagini che venivano da un altro mondo l'aveva catturata fin da allora e non l'aveva mai più abbandonata.

Incontrò Arjen davanti alla porta di quello che si chiamava l'Atelier, un edificio imponente accanto alla piscina Zuiderbad sulla Hobbemastraat, proprio di fronte al Rijksmuseum. Aveva un'aria trafelata, non era rasato e aveva negli occhi uno sguardo insicuro.

«Hai richiamato Michiel?»

«Non risponde al telefono.»

«Chiamalo di nuovo.»

Presero la strada che portava alla porta principale.

«L'ho fatto, Arjen, più volte, ma come ti ho detto: non risponde. Abbiamo litigato» spiegò esasperata.

Lui non si sforzò molto di nascondere la sua irritazione. «Quando crescerete?»

Non aveva nessuna voglia di affrontare quella discussione, tantomeno con il suo professore. «A volte anche gli adulti litigano. Il dipinto è nell'auto e la riavrò stasera. Io entro.»

Entrò attraverso le grandi porte e arrivò a un piccolo atrio dove c'era un custode dietro una parete di vetro.

«Abbiamo un appuntamento con il signor Goedemond.»

«Robin Goedemond» aggiunse inutilmente Arjen.

«Katja Hiemstra e Arjen Hageveld.»

L'uomo consultò una lista e annuì lentamente. «Documento?»

Arjen fece scivolare la patente sotto la parete di vetro, mentre Katja cercava nella borsa.

«Il documento» insistette Arjen. «Te l'ho detto che dovevi poterti identificare.»

«Sì, Arjen, me l'hai detto!» Ora aveva un tono apertamente sgarbato. Dov'era quella cazzo di carta d'identità, era sicura di averla presa. Infine la trovò in un taccuino dove evidentemente era andata a infilarsi e la mostrò al custode. Quello annuì bonariamente, come a voler spezzare la tensione tra i due visitatori, e fece scivolare sotto il vetro due badge per gli ospiti.

«Potete passare da quella porta.» Indicò un ingresso alla sua destra. «Funziona solo con il badge. Robin vi riceverà lì.»

Si ritrovarono in un grande atrio dove i visitatori dovevano aspettare che qualcuno venisse a prenderli. Si accedeva ai vari reparti dell'Atelier tramite una porta girevole in una grande parete di vetro, che lasciava vedere lo spazio retrostante.

Katja era impressionata. «Un palazzo straordinario.»

«Aspetta di aver visto il resto» bofonchiò Arjen.

L'espressione cupa dal suo viso si dissipò solo quando un uomo gioviale sui quarant'anni entrò dalla porta girevole allargando le braccia. «Arjen! Porca troia, amico, ne è passato di tempo!» Lo abbracciò per un momento e poi si rivolse a Katja. «Tu devi essere Katja.»

«Certo.»

«Sono Robin. Venite avanti, ragazzi. Passiamo dalla porta girevole, tenete pronti i badge.»

Dietro la porta girevole c'era l'ascensore che li portò all'ultimo piano, uno stanzone lungo dai soffitti alti con una parete interamente di vetro.

«È studiata per permettere ai restauratori di lavorare nelle stesse condizioni di luce dei nostri grandi maestri.»

Indicò i cavalletti di legno schierati nello stanzone, con

sopra dipinti che evidentemente erano stati portati lì per essere restaurati. Al soffitto erano fissate imponenti lampade nere che potevano fornire un'illuminazione supplementare ai restauratori in caso mancasse la luce esterna.

«Andiamo là dietro, così potremo stare tranquilli.»

Katja attraversò la sezione come una bambina in un negozio di caramelle. Come Alice nel Paese delle Meraviglie, caduta nel buco e arrivata in un mondo conosciuto solo nei sogni. Dove i dipinti non erano esposti solennemente in un museo, in attesa di venir onorati dal pubblico, ma aspettavano su un semplice cavalletto il loro turno per essere restaurati come pazienti in una sala d'attesa. Anzi no, come attori rilassati dietro le quinte, pronti per il momento di tornare in scena, prima di entrare nella parte.

«Quello è un Israëls» sussurrò indicando una scena ambientata su una spiaggia dove delle bambine con cuffiette rosse sui capelli biondi, dipinte in colori tenui, stavano a cavalcioni di un asinello. Davanti alla tela una ragazza concentrata, con un paio di occhiali speciali sul naso, applicava un minuscolo punto sulla gonna di una delle bambine con un pennello. Katja, incantata, si era fermata a guardare al di sopra della spalla della restauratrice.

Arjen la tirò per un braccio. «Vieni, Robin sta aspettando.»

«Spara.» Avevano preso posto a un tavolino. Robin aveva infilato nel suo portatile la chiavetta che gli aveva dato Katja e fissava trepidante i suoi ospiti.

«È una storia un po' strana» cominciò esitante Arjen.

«Le adoro.» Robin si chinò in avanti e mise le braccia sul tavolo.

«Okay, allora andiamo.»

Arjen raccontò tutta la storia, iniziando dalla scelta della tesi di laurea di Katja fino alla spettrometria Xrf che aveva portato alla grande scoperta. A poco a poco l'esitazione di Arjen lasciava il posto all'entusiasmo che aveva dimostrato per il progetto fino a poco prima. Intanto Katja teneva d'occhio l'espressione sul viso di Robin, che era passata dall'ironia all'interesse finendo poi per diventare incredula.

«Quindi mi stai dicendo che hai scoperto un nuovo Rembrandt?» Robin si lasciò andare all'indietro nella sedia.

Arjen annuì cauto.

«È la storia più assurda che abbia mai sentito. E Arjen...» Chiuse gli occhi. «Ti conosco come un tipo entusiasta e uno studioso serio. Ma hai idea di quante inestimabili opere d'arte che si presumevano perdute, trovate in soffitta o comprate per quattro soldi in mercatini delle pulci, ci vengono offerte, ogni anno?»

Ad Arjen non piacque affatto il tono derisorio che aveva assunto il suo amico. «Non penserai mica che sarei venuto qui, se avessi avuto da raccontarti soltanto una storiella cretina!»

Robin aprì gli occhi.

«Posso mostrarti la scansione, lo sai bene quanto me che nell'ultimo paio d'anni quello spettrometro Xrf ha fatto venire alla luce parecchie sorprese. Lo usate anche voi!»

Katja notò con preoccupazione che Arjen iniziava a sudare.

«Abbiamo i risultati della ricerca che abbiamo effettuato. Una ricerca davvero meticolosa, Robin. Abbiamo confrontato l'imprimitura e i pigmenti utilizzati con dipinti del diciassettesimo secolo. Abbiamo ricercato quello che è stato possibile in questa fase. Non sono venuto a portarti una pagina di calendario incorniciata.»

Robin cercò di sorridere, ma Katja vide che faceva fatica. «Arjen, io voglio davvero credere che tu abbia scoperto un dipinto del diciassettesimo secolo, ma perché pensare subito a un Rembrandt?»

La conversazione minacciava di degenerare in un conflitto di competenze tra i due galletti esperti d'arte. Perché Arjen era così nervoso?

«L'abbiamo fatto esaminare a Louis Post.» Arjen buttò sul tavolo il nome come ultima carta, ma il curatore non si lasciò molto impressionare.

«Ah, Louis! Certo. Dei morti non si parla altro che bene, ma diciamocelo onestamente, Arjen, negli ultimi anni intorno a quell'uomo c'era un po' di puzza.»

«Questo non toglie niente alla sua competenza» replicò Arjen in tono compassato.

Robin alzò le mani in un gesto di scuse.

Katja, nel tentativo di dare una svolta positiva alla conversazione, indicò il portatile che aveva davanti a sé sul tavolo. «Forse prima di giudicare dovresti dare un'occhiata alla scansione.»

Robin si girò verso il suo portatile con un sorriso di commiserazione e aprì il documento.

«Devi girare l'immagine di novanta gradi.»

Robin guardò Arjen meravigliato.

«Secondo Louis Post...»

Robin annuì, osservò l'immagine e non disse nulla. Katja gli consegnò una cartellina di plastica che conteneva i risultati della ricerca che aveva stampato. Il curatore aprì di scatto la cartellina e ne scorse il contenuto.

«Mi rendo conto che il livello della nostra ricerca non può certo essere alto come il vostro, ma abbiamo esaminato approfonditamente il dipinto. E se guardi i risultati...»

«Vedo qui che il vostro dipinto fa parte di un trittico.»

«Sì, sono i ritratti dei genitori e dei loro due bambini.»

«Anche le altre due tele originariamente sono di... Rembrandt?» Lo disse con l'ombra di un sorriso sulle labbra.

Katja fissò Robin. Era così stupido... Ma non ci aveva mai pensato. Per tutto quel tempo il quadro dei bambini era stato a casa loro all'Aia, ma gli altri due erano stati portati nella loro seconda casa, l'ex *hôtel de ville* del paesino francese di Crain, dove c'erano parecchie altre tele provenienti dalla camera delle meraviglie del nonno, come la definiva sempre la nonna. «In effetti i dipinti sono tre» disse esitante. «Dello stesso pittore e delle stesse dimensioni, a quanto ricordo. A suo tempo mio nonno li aveva comprati in un lotto unico.» Vide mentalmente il foglietto che aveva trovato la mattina, con il disegno dei tre rettangoli.

Arjen la guardò sbalordito e poi girò la testa.

«E sono stati esaminati anche gli altri dipinti?» chiese Robin.

Lei guardò Arjen, ma lui sembrava troppo concentrato sui suoi pensieri. «No.»

Robin sospirò e spinse di nuovo il portatile verso Katja. «Posso immaginarmi che possa esservi venuta l'idea dell'opera sconosciuta di un maestro...»

«Ma?»

«Tra il sospetto e la certezza c'è molta strada da fare. Una strada lunga e costosa. Come vi ho detto, ogni anno vengono qui tante persone convinte di possedere un capolavoro.»

«E quindi?»

Robin esitò. «Con tutta probabilità è un falso allarme. Non metto in dubbio la tua ricerca e forse il dipinto sottostante è del diciassettesimo secolo, ma comunque all'epoca si facevano molti studi e tutte quelle tele si riutilizzavano per dipingerci sopra. Era un metodo comune. È semplicemente troppo costoso, in un caso come questo» e indicò il portatile «fare ricerche mirate.»

Katja chiuse il computer, delusa, e lo mise via.

Arjen si alzò. «Robin, è chiaro che non credi affatto alle nostre ricerche. È evidente. Troveremo di sicuro un'istituzione interessata.» Gli strizzò l'occhio con aria distaccata. «Ci sono parecchi altri musei.»

Robin si alzò, ignorando il suo tono astioso. «Katja, non è che voglia mandarti via, voglio solo aggiungere una nota di buonsenso a margine del vostro entusiasmo. Come ho appena detto, capisco che vi sia venuto il pensiero e se quel pensiero si rivelasse fondato sarebbe una scoperta spettacolare.»

«E quindi?» chiese di nuovo Katja.

«Vorrei dare un'occhiata ai risultati e vedere il dipinto. E poi possiamo sentirci al telefono.» Lanciò un'occhiata ironica ad Arjen. «In onore dei vecchi tempi.»

Avevano ordinato entrambi un cappuccino in un baretto davanti al Rijksmuseum. Katja scuoteva la testa, disorientata.

«Semplicemente non ci ho riflettuto. Ero già sbalordita per le novità che mi avevi portato.»

«Altri due quadri...» Arjen faceva ancora fatica a crederci. «E dove sono?»

«Credo in Francia, nella seconda casa dei miei. Mio Dio, Arjen, pensa se sotto a tutti c'è lo stesso dipinto...»

«Sì.»

«Sarebbe così... incredibile.»

«Sì. E quel Robin è solo uno stronzo arrogante, mi dispiace.»

«In effetti è una storia inverosimile. Nemmeno io so cosa pensare.»

Arjen fissava tetro la sua tazza e scuoteva la testa avvilito.

Katja, cercando di attirare la sua attenzione, si allungò sul tavolino, verso di lui. «Vale la pena di fare la ricerca. Sei d'accordo anche tu?»

Lui non rispose e prese in mano la tazza.
«No?»
«Sì... sì, certo.»
Bevvero in silenzio il loro caffè.
«Io me ne tiro fuori.» Arjen riappoggiò cautamente la tazza sul piattino.
«Come?»
«Per me quest'avventura finisce con il Rijksmuseum, non voglio più averci niente a che fare. Sparisco per un paio di settimane.»
Katja lo guardò stupefatta. «Dove vai?»
«Vado via per un paio di settimane» evitò la sua domanda. «Qui ci sono in gioco dei poteri forti che non posso controllare.»
«Dio santo, Arjen, ma di cosa parli?»
«Parlo di Louis, parlo di quel tizio che sta ad aspettarmi nel cuore della notte a casa mia. Stanno dando la caccia al quadro.»
«Chi?»
«Non ne ho idea. Sono stato così stupido da dirlo a Louis e da quel momento sento che sono sulle mie tracce. Mi sento braccato.»
Si tastò nella tasca della giacca e ne tirò fuori un biglietto da visita. HUBERT M. VREEMAN, PROFESSIONAL ART ADVISOR, lesse lei.
«Era questo l'uomo che era a casa mia.»
«Cosa devo farci?»
«Cosa pensi? Louis gli ha telefonato per parlare del dipinto e lui ha fiutato i soldi. Quest'uomo verrà a cercare anche te, quindi sta' attenta, è gente che pensa a una cosa sola.» Finì di bere il suo caffè. «Consegna il dipinto a Robin al più presto e tiratene fuori, Katja. Comportati in maniera sensata, come me.» Mise una banconota da dieci sul tavolo e si alzò.

«Ma Arjen, lunedì hai lezione.»

«Mi darò malato. Prenditi cura di te.»

Emise un suono che nelle intenzioni doveva assomigliare a una risata e se ne andò.

Robin Goedemond era in piedi nell'entrata dell'Atelier, dove si era congedato con garbo dai suoi visitatori. Aveva in mano la cartellina di plastica con gli appunti che gli aveva dato Katja; aveva ancora sulla retina quell'immagine, l'immagine di due uomini che guardavano qualcosa che sembrava una schiena. Gli ricordava... Ma no, era troppo inverosimile. Annusò la fresca aria primaverile e rimpianse i tempi in cui ancora fumava. Uscì, tirò fuori il cellulare e cercò un numero nella rubrica. C'era qualcuno a cui doveva raccontare questa storia.

Parte terza

Che sono mai sette verste per un cane pazzo?

27

Aleksej Mazarov non amava allontanarsi da San Pietroburgo. La città era il suo mondo, là si sentiva a suo agio e soprattutto anche intoccabile. Conosceva tutti e lo conoscevano tutti quelli che contavano. Non c'era posto dove si mangiasse meglio che da Mr. Bo o da Nevesomost e sapeva quali erano i migliori indirizzi per le puttane di classe, una cosa che gli era rimasta da quando procurava le donne ai personaggi di alto livello che doveva tenersi amici. Non era più necessario, ora a San Pietroburgo erano gli altri che dovevano tenerselo amico. Ed era una gran bella sensazione.

Ma la sua esigente ex, e anche sua figlia, doveva ammettere, d'inverno volevano andare a sciare a Courchevel, che per fortuna poteva raggiungere con il suo aereo privato, senza trovarsi in balia delle orde che usavano l'aereo come un autobus. E d'estate doveva andare in Costa Azzurra e affittare una barca esageratamente cara per starsene a galleggiare davanti alla costa. Dopo due giorni si stufava sempre. «Tesoro, perché non te la compri una barchetta come questa?» gli aveva chiesto quella *šljucha*. Perché lo annoiava a morte, ecco perché. Era contento come un bambino quando tornava di nuovo nella sua città.

Oleg aveva messo una valigetta nel bagagliaio della Bentley.

«È tutto?»

«Non resteremo a lungo.»

No, non sarebbero restati a lungo, ma abbastanza da mettere sotto torchio quell'olandese. La faccenda non doveva durare troppo, era ora di prendere misure drastiche.

Katja vide che aveva tre chiamate senza risposta. Mentre parlavano con Robin aveva spento il telefono e come al solito aveva dimenticato di riaccenderlo. Tre volte lo stesso numero, che non conosceva. Evidentemente era qualcosa di urgente, quindi decise di richiamare.

«Sono Jim.»

Jim? Non conosceva nessun Jim.

«Ciao...» disse esitante.

«Katja?»

Oh, merda, era quel Jim. Quel balordo dell'amico di Michiel.

«Sì. È successo qualcosa?»

«Dio, sì, certo che è successo qualcosa. Perché ti chiamerei, altrimenti? Ma porca troia, tu non rispondevi.» Sembrava agitato e Katja non aveva il tempo di stargli dietro.

«Dimmi, forza! Ero impegnata in una trattativa, se non ti dispiace.»

«Sì, no, certo, cazzo, lo capisco, ma è successo qualcosa.»

«A Michiel?» Le spuntò dentro un senso di inquietudine. Era caduto da una scala durante il trasloco?

«È all'ospedale. All'Olvg. Sono qui adesso, hai capito?»

«No, non capisco niente. Allora, cosa è successo?»

«Io non c'ero. Cioè, sì, naturalmente c'ero ma, be', mi è successo proprio sotto al naso.»

Katja sentì che l'irritazione per l'incoerenza del suo interlocutore aveva la meglio sulla preoccupazione per il suo ragazzo.

«Ora vengo da te, aspettami nell'atrio.»

«No, aspetta...» Ma era troppo tardi. Katja mise via il telefono e tolse il lucchetto alla bici.

Nell'entrata spaziosa e luminosa dell'ospedale Onze Lieve Vrouwe Gasthuis dominavano i colori chiari ed era pieno zeppo di piante, come a voler dire: la vita va presa alla leggera, cosa che veniva smentita dal fiume di pazienti che avanzavano a piccoli passi, ansando o sulle rotelle. Un uomo anziano in vestaglia, spingendo avanti una sbarra su ruote a cui era appesa una sacca di liquido che gli veniva somministrato per via endovenosa, si stava dirigendo verso l'uscita per andare a fumare una sigaretta fuori. Katja si meravigliò dell'andirivieni nell'atrio, tutta quella gente diretta verso... Già, verso dove? L'illuminazione? La guarigione? La fine?

Trovò Jim al punto d'incontro e lui, balbettando concitato, la mise al corrente dell'incidente di Michiel. «Quel tizio era andato a sedersi nella vostra macchina e cazzo è partito e se n'è andato, così. Michiel era ancora attaccato alla portiera quando il tipo ha accelerato.»

«Com'era?»

«Chi?»

«L'uomo che era nella nostra macchina.»

Jim tacque, come se Katja avesse fatto una domanda inopportuna.

«L'hai visto, no?» Doveva mettercela tutta per non lasciar trapelare la sua irritazione. «L'hai appena detto tu stesso.»

«Sì, merda, com'era? Aveva un cappellino, credo, e, e...»

«Lascia perdere. Poi cos'è successo?»

«Allora, lui ha accelerato e Michiel è caduto in strada e a quel punto è arrivato il motorino.»

Katja chiuse gli occhi e vide cosa doveva essere successo.

«Quello gli è passato sopra, gli ha preso la testa. Non ha potuto evitarlo, naturalmente. Michiel è caduto mentre stava passando, e quel tizio se n'è andato. Puoi crederci?! Un coglione così su un motorino che investe una persona e poi se ne va via così.»

«E Michiel?»

«Sanguinava come un maiale scannato. Qualcuno ha chiamato il 112.»

Erano arrivati al reparto di Medicina d'Urgenza. Katja si presentò alla reception e le dissero dove si trovava Michiel.

«Può dare un'occhiata, ma stanno per portarlo a fare un esame per vedere le lesioni che ha subìto.»

Quando entrarono nella stanza Michiel dormiva. Aveva la testa ferita adagiata sul cuscino bianco, con applicata una grossa fasciatura e un taglio suturato sulla mandibola.

Katja fermò un'infermiera. «Ha ripreso conoscenza?»

L'infermiera guardò Michiel e poi fece passare uno sguardo di routine sugli apparecchi a cui lui era collegato. «Certo. Ma era ancora molto confuso. Ora lo teniamo un po' tranquillo, così possiamo fare qualche esame. Domani sapremo di più. È una parente?»

«Sono la sua...» Esitò.

Jim completò la frase: «È la sua ragazza».

«Forse allora la cosa migliore è se lascia il suo numero alla reception. Così possiamo raggiungerla in caso di bisogno. E anche lei può sempre telefonare.» Diede una stretta bonaria al braccio di Katja e poi continuò a occuparsi delle sue cose.

Jim stava accanto al letto del suo amico, abbattuto. «Tieni duro, vecchia roccia.»

Aveva un che di commovente, ma a Katja veniva anche da ridere. «Sopravvivera, Jim, non preoccuparti.»

Jim aveva fatto un po' resistenza, ma Katja si era imposta perché andasse con lei a fare denuncia per lesioni e furto d'auto.

All'agente di turno persino una denuncia sembrava una faccenda impegnativa. «Potete farla anche su internet.»

«Qui si tratta di un'aggressione in cui è stata rubata un'auto e la vittima delle lesioni è in ospedale.»

L'agente si tolse gli occhiali e si alzò. «Non può fare denuncia per le lesioni. Deve farlo la vittima stessa.» In questo modo pensava di essere riuscito a liberarsi definitivamente della faccenda.

«E l'auto rubata allora?»

«Ah sì, l'auto rubata.» Il poliziotto si lasciò cadere di nuovo dietro al suo computer con un sospiro.

Dopo aver finito Katja era andata in bici al Vondelpark. Aveva bisogno di calma, anche se era difficile trovarla al parco. I viottoli erano affollati da ciclisti, skater e runner e la maggior parte delle panchine era occupata; o da madri che tenevano d'occhio la prole intenta a giocare, o da uomini intenti a fissare il vuoto davanti a sé e a prendere con una certa regolarità sorsate da lattine di birra da mezzo litro. Continuò a pedalare lungo la Groot Melkhuis, passò il ponticello, finché non trovò un posto lungo il canale dove poter ripensare in tutta calma agli eventi dei giorni precedenti.

Tentò di concentrarsi sulla respirazione diaframmatica, come aveva imparato a yoga. Con una certa difficoltà incrociò le gambe nella posizione del loto, poi chiuse gli occhi e inalò l'ossigeno, trattenendo il respiro e poi lasciandolo andare. Ma l'esercizio non scacciò l'inquietudine che sentiva dentro. La perseguitavano continue domande: in che pasticcio si era messa, chi stava dando la caccia al dipinto e come sarebbe andata a finire, per amor del cielo? Aprì gli occhi e restituì la libertà ai suoi piedi incastrati e addormentati. Era finita in una situazione che non avrebbe potuto prevedere e che di certo non aveva mai desiderato. Anzi, avrebbe voluto non aver mai iniziato quel progetto, così nel giro di qualche anno il dipinto sarebbe stato consegnato a un netturbino da qualcuno che non aveva alcun legame affettivo con quell'oggetto e non se ne sarebbe mai più sentito parlare. Ma si scrollò di dosso quest'ultimo pensiero, non era produttivo, non risolveva i suoi problemi. E senza dubbio non era quello che avrebbe voluto suo nonno.

Si rendeva conto che erano arrivati allo stesso punto. *Qual è dunque il segreto di questo dipinto?* Il nonno, insomma, sapeva o no che nascondeva un Rembrandt? Era questo il segreto che era andato a cercare? Fece un respiro profondo e cercò di rivedere davanti agli occhi la sua foto. Povero nonno, non aveva vissuto abbastanza a lungo da scoprirlo, quindi lei poteva forse sottrarsi, adesso? No. Ora era lei che aveva il dipinto – be', non proprio in quel momento – e i risultati della sua ricerca avevano convinto Arjen e quel Louis Post che sotto il ritratto dei bambini si trovasse un Rembrandt. Forse cervellotico, ma non impossibile. La sua ricerca era stata molto meticolosa e per giunta aveva suscitato l'interesse di qualcuno che sembrava disposto a tutto pur di mettere le mani sul dipinto. Hubert M. Vreeman. «Quest'uomo verrà a cercare anche te» aveva detto Arjen. Ma quindi questo Vreeman la conosceva? Come faceva a sapere il suo nome? Da Louis Post? Inverosimile. Ne aveva sentito parlare, ma non l'aveva mai incontrato. Da Arjen, allora? Arjen che tutt'a un tratto si era tirato indietro, proprio ora che il dipinto era sparito, insieme con l'auto, la stessa auto con cui quella mattina erano andati a prendere il quadro... Che per caso ci fosse dietro lui? Arjen? No, non poteva crederci, non voleva credere che fosse stato lui a far rubare il furgoncino.

Si ritrovò a pensare per un momento al povero Michiel, vittima involontaria di quella ricerca che aveva tanto detestato. E che ora era anche finita. Non se n'era ancora resa conto, ma era chiaro come il sole: senza dipinto non aveva più senso lavorare alla sua tesi. Senza dubbio un giorno avrebbe letto sul giornale una notizia sensazionale: SCOPERTO UN REMBRANDT SCONOSCIUTO! E i Rembrandt potevano essere addirittura tre! Era un'idea balzana che i dipinti appesi nella loro seconda casa in Francia potessero nascondere altri due capolavori di quel calibro. Non rendeva affatto la faccenda più verosimile. Ma era un bene che nessuno sapesse dell'esistenza di quei dipinti da qualche parte in Francia. A parte Arjen...

Si guardò intorno. In lontananza c'erano degli adolescenti che filavano a tutta birra su uno skateboard, madri che camminavano con i passeggini, una panchina libera lungo il vialetto. Non vedeva niente di sospetto ed era anche logico, se qualcuno l'avesse spiata non si sarebbe lasciato vedere da lei. Si tastò nella tasca del golfino e tirò fuori il biglietto che aveva avuto da Arjen. HUBERT M. VREEMAN, PROFESSIONAL ART ADVISOR. Sotto c'era un indirizzo email: *info@paa.ch*. Sull'altro lato del biglietto l'uomo aveva scritto il suo numero di telefono. A sentire Arjen, aveva offerto il suo aiuto e la sua intermediazione dopo aver saputo del dipinto da Louis Post. Era chiaro che gli interessava molto, ma Arjen aveva detto di aver preso tempo. Che ora il dipinto fosse nelle mani di questo Vreeman? O magari tutto il mondo, adesso, stava dando la caccia proprio a lei? Le si formò un'idea in testa. Era un'idea audace e non era sicura che fosse giusta, ma pazienza, bisognava fare qualcosa. Si alzò e si ripulì le ginocchia dall'erba. Aveva preso una decisione.

Conosceva un caffè nella Van Baerlestraat dove c'era ancora una cabina telefonica con attaccato al muro un telefono all'antica. Ordinò un tè, entrò nella cabina e formò il numero che era sul retro del biglietto da visita. Dall'altra parte il telefono suonò un paio di volte.

«Pronto?»

«Signor Vreeman?»

«Con chi ho il piacere di parlare?» Aveva una voce educata, ma in sottofondo Katja percepiva la sua tensione.

«Katja Hiemstra.»

Katja Hiemstra. Katja! Hubert Vreeman si alzò lentamente.

«Forse lei non sa chi sono...» si sentì dall'altra parte della linea.

Non così in fretta, non doveva mostrarsi troppo impaziente. Mantenere le distanze. «Eh, no... Hiemstra?»

«Studio all'Università di Amsterdam e mi sto occupando di ricerche su un quadro di Isaac Pietersz, pittore del diciottesimo secolo.»

«Ah, sì. Ma certo, lei è l'allieva del... professor...»

«Hageveld.»

«Giusto, il professor Hageveld. Come forse sa sono stato in contatto con il professore a proposito del dipinto che è oggetto della sua ricerca. Ha fatto benissimo a chiamarmi.»

«Be'...»

Ma lui non le permise di continuare. «Gli ho parlato dei risultati di quella ricerca che, me lo lasci dire, come minimo si possono definire notevoli. Gli ho offerto il mio aiuto.»

«Signor Vreeman...»
«E naturalmente questo vale anche per lei.»
«Signor Vreeman, in primo luogo apprezzerei se mi desse del tu, e in secondo luogo: non voglio il suo aiuto. La ritengo una cosa oltremodo gentile, benché non capisca come lei sia venuto a sapere dell'esistenza del mio dipinto.»
«Post! Lou Post! Un mio vecchio amico.»
«Che ora purtroppo è defunto.»
«Tragico.»
«Infatti, molto tragico e anche così inatteso.»
«L'importanza della sua... della tua scoperta...»
«Sono consapevole dell'importanza della mia scoperta, signor Vreeman. Ed è tale che rinuncio volontariamente all'opera. Andrà al Rijksmuseum, dove sarà possibile effettuare ricerche sull'importanza storico culturale dei dipinti.»
«Ma qui c'è in gioco qualcosa di più, Katja. Il valore, il valore economico!»
«Capisco che per lei sia importante, ma per me non conta. Se l'ipotesi del... signor Post è corretta, abbiamo a che fare con una scoperta di grande valore culturale e storico. Qualcosa che deve appartenere alla comunità, non a un unico personaggio con troppo denaro. Spero che lei lo capisca e lo rispetti.»
«Certo, certo, ma...»
«Bene, allora abbiamo chiarito. Vorrei evitare l'equivoco che i miei dipinti siano in vendita o qualcosa del genere.»
«Ti trovi in un grande pericolo, Katja». Di colpo la sua voce aveva preso un tono minaccioso. «È troppo tardi. In tanti sono al corrente del tuo spettacolare ritrovamento.»
«Ah sì? E chi sarebbero?» Non sembrava affatto impressionata.

«Tu sei una studiosa, non conosci questo mondo, è un mondo duro, pericoloso. Ancora una volta, lascia che ti aiuti.»

«Non so di che mondo sta parlando. Sto solo cercando di farle capire che non ha senso continuare a tentare di importunarmi. Ho preso la mia decisione, le tele andranno al Rijksmuseum e per me la cosa finisce lì.»

«Ingenua, sei un'ingenua. Scacci la mano di cui avrai bisogno.»

«Ma la ringrazio per il suo interesse.»

La conversazione s'interruppe e Vreeman guardò sbalordito l'apparecchio che aveva in mano. Poi cacciò un grido di frustrazione e riuscì a malapena a trattenersi dal lanciare il telefono attraverso la stanza. «Perché, cazzo, perché niente di niente va mai per il verso giusto?»

La domanda rimase sospesa nell'aria. Vreeman respirava pesantemente e tentava di ritrovare la calma. *La ringrazio per il suo interesse. Un cazzo!* La stupida oca non sapeva cos'aveva messo in moto, non poteva farsi un'idea della giungla che c'era fuori dalle mura sicure del piccolo paradiso che senza dubbio le avevano creato papà e mamma. Un problemino? Lo risolviamo noi. Soldi? Vieni qui. Dalla prima bici al primo aborto, pensava a tutto il paparino.

La conversazione era stata un rischio, per entrambi: se lei avesse voluto collaborare, lui avrebbe però avuto una bella mano da giocare. Pensava che si sarebbero messi d'accordo, che lo avesse chiamato per quel motivo: senz'altro era stato quel coniglio di Hageveld a darle il suo numero. Finalmente un'apertura. Avrebbe voluto continuare a parlare, tenerla in linea, perché nella conversazione c'era qualcosa che… qualcosa che ora non riusciva a definire, ma che aveva attirato inconsciamente la sua attenzione. Un'ispirazione che ora gli era sfuggita di nuovo. Ma si era lasciato portare via la briscola da quella pupattola altezzosa.

Frustrato, diede un calcio alla porta del bagno. Per un momento gli era sembrato di vedere una luce nell'amara oscurità, e invece no. Avrebbe dovuto inventarsi qualcos'altro per tenere a bada il russo. E non c'era più molto tempo.

Katja tornò nel locale e ordinò un altro tè. *Qualcosa che deve appartenere alla comunità*. Era pomposo, ma ci credeva davvero. In ogni caso era meglio che un uomo come quello sapesse come la pensava. Dalla conversazione non le era sembrato che Vreeman avesse il suo dipinto, quindi a quanto pareva era stato qualcun altro a rubare il furgoncino. Ma chi? Altre persone erano al corrente della sua scoperta, aveva detto lui, ma a chi si stava riferendo? L'uomo calvo che aveva ucciso Louis Post era uno di loro?

Bevve un sorso di tè e fissò lo sguardo nello specchio dietro al bar senza vedere nulla. Certo, poteva anche essere che il furto della sua auto non c'entrasse nulla. Che l'avesse presa qualcuno per andare a farsi un giro, sfacciatamente, in pieno giorno. O per sfondare la vetrina di un negozio e rapinarlo, o qualcosa del genere. Si sentiva spesso. Auto rubate per fare una rapina e poi abbandonate. Date alle fiamme da tizi che non avevano la minima idea che con l'auto sarebbe bruciato anche un Rembrandt inestimabile. D'altra parte poteva essere davvero una coincidenza, chi avrebbe voluto…

Katja mise giù la sua tazza di tè e scosse la testa. Si accorse che continuava a girare in circolo con i pensieri, sempre con le stesse domande senza risposta. Doveva liberarsene, doveva liberarsene al più presto, era l'unico modo di uscire da quell'incubo. Non voleva più essere la sola responsabile dei dipinti e, se voleva sottrarsi a chi la perseguitava, doveva portarli tutti al sicuro. Al Rijksmuseum. Così chiunque fosse sulle sue tracce avrebbe saputo che non era più la proprietaria del Rembrandt – dei Rembrandt? – perduto e per lei sarebbe tornata la pace. E a quel punto le ricerche necessarie potevano effettuarle al Rijksmuseum. Oppure no. Che ci pensassero loro!

28

Aveva mangiato un'insalata nel giardino interno del Pulitzer e per un momento aveva valutato la possibilità di accompagnarla con un bicchiere di vino bianco, ma alla fine aveva deciso di ordinare una bottiglia di acqua frizzante. Il senso d'inquietudine che già da un paio di giorni gli faceva degli scherzi non l'aveva ancora abbandonato e lasciarsi andare alla funzione anestetizzante dell'alcol gli sembrava imprudente. Doveva rimanere lucido. Controllò sul telefono se la moglie aveva già provato a mettersi in contatto con lui. Quella mattina aveva cercato inutilmente di chiamarla un paio di volte e lei non aveva risposto neanche ai suoi messaggi, mentre il più delle volte aveva il telefono incollato all'orecchio e rispondeva all'istante. Forse aveva la batteria scarica e per l'ennesima volta non sapeva dov'era il caricatore. Era possibilissimo.

Christiaan Müller prese posto al tavolino davanti a lui, Vreeman non l'aveva sentito arrivare. Afferrò la bottiglia d'acqua vuota e la agitò in direzione del cameriere. «Dammi buone notizie.»

Müller borbottò e guardò da un'altra parte.

Vreeman prese un pezzetto di pane e lo usò per ripulire il condimento che era rimasto nel suo piatto. «Il quadro?»

«Era in quella macchina. Erano andati a prenderlo a Delft. Ma lungo la strada li ho persi. Quando poi ho ritrovato la macchina, al volante c'era qualcun altro.»

Il cameriere portò un'altra bottiglia d'acqua e mise sul tavolo un bicchiere per Christiaan. «Vuole vedere il menù?»

«No.» Agitò impaziente la mano e il cameriere si allontanò con un sorriso affabile. Müller si versò un bicchiere e con frasi brevi e riluttanti fece un resoconto della giornata trascorsa.

«E l'auto?»

«È parcheggiata in un garage. Dentro non c'era più il dipinto.»

Vreeman lo sapeva. Lo sapeva dal momento in cui Müller si era lasciato cadere sulla sedia davanti a lui. Niente quadro.

«Okay.»

Lo schermo del suo telefono si accese. Riconobbe il numero ed esitò prima di rispondere alla chiamata, ma si rese conto che non aveva scelta.

«Scusami.» Spinse indietro la sedia ed entrò nel giardino interno finché non trovò un punto dove poter conversare indisturbato.

«Yes?»

«Signor Vreeman, come sta?» L'inglese perfetto del russo dall'altro lato della linea aveva un suono ingannevolmente amichevole.

«Benissimo.»

«Come vanno le cose ad Amsterdam?»

«Benissimo.»

«Signor Vreeman, la invidio, nessuna città è bella come Amsterdam in primavera. Be', a parte San Pietroburgo.» Una risata limpida e allegra.

Vreeman si sentì sprofondare. Il tono e le chiacchiere infantili del russo facevano supporre il peggio. Guardò il suo tavolo e vide Müller portarsi alla bocca la bottiglia d'acqua e berla tutta d'un fiato. Anche quello dava da pensare.

«Lo sa quale altro posto è bello?»

«No.»

«Ginevra.»

Vreeman tacque.

«Ginevra in primavera. C'è un bel sole che gioca sull'acqua del lago. Romantico, un vero russo così si sente… eh, *rogovoj*… Come si dice in inglese?»

Vreeman non ne aveva idea.

«Arrapato, ecco la parola! Di certo quando mi vedo davanti lo spruzzo d'acqua di quella fontana!» A lui sembrava incredibilmente divertente.

È seduto in riva al lago e sta guardando il Jet d'eau, pensò Vreeman, e si chiese cosa voleva il russo con quella telefonata. La risposta arrivò subito.

«Sono qui che la aspetto, Vreeman.»

«Avevamo un appuntamento?»

«Ora sì.»

«Temo di non poter venire via così in fretta da Amsterdam.»

«Nessun problema, Vreeman. C'è un un cityhopper che parte da Schiphol alle cinque e dieci e atterra a Ginevra alle sei e quaranta. Poi con un taxi può essere al Kempinski alle sette e mezzo. La aspetto lì.»

La conversazione fu interrotta. Vreeman rimase ancora un po' lì con il telefono premuto contro l'orecchio. Fissò con occhi vuoti le porte vetrate all'entrata dell'hotel, dove un allegro stuolo di turisti si lasciava portare dentro da un tour leader. Pensò al lago e alla barca che conduceva con mano sicura attraverso le onde. Diretto da qualche parte, da nessuna parte, perché non esisteva tempo, distanza, niente. Solo acqua, acqua infinita.

«Tutto okay?»

Per lo spavento Vreeman lasciò quasi cadere il telefono. Gli era spuntato accanto Müller. Gli occhi torbidi nel volto pallido lo guardavano indifferenti. Questo non piacque a Vreeman. Di solito l'uomo aveva uno sguardo limpido, sveglio, pronto all'azione nel caso la situazione lo richiedesse.

«Hai dormito bene?»

Müller alzò le spalle. «Il sedile di una macchina non è un materasso a molle. *Don't worry.*»

Don't worry? Dio onnipotente, come faceva a tirare fuori una cosa del genere. Aveva la morte di Louis Post sulla coscienza e questo a San Pietroburgo non era passato inosservato.

«Devo andare a Ginevra.»

«Ora?»

«Ho un volo che parte alle cinque.»

Müller guardò il suo orologio. «Allora dobbiamo sbrigarci.»

«Vado da solo. Ho appuntamento con Mazarov.» Vide che Müller alzava le sopracciglia. «Non che muoia dalla voglia, ma non posso dirgli di no.»

«Vengo anch'io.»

«No! Vado da solo e voglio che tu rimanga qui a tenere d'occhio il professore e quella ragazza. Katja. Soprattutto lei. Il dipinto deve pur essere finito da qualche parte.»

Müller lo guardò con un'espressione assente che lo irritò.

«Il dipinto è molto importante, gira tutto intorno a quello. Lo capisci, vero?»

«Sì.»

Perché l'hai perso allora, stronzo? fu il suo pensiero

successivo, ma non disse nulla. In quel momento non gli sembrava una buona idea stuzzicarlo inutilmente. «Se c'è qualcuno che può portarti al dipinto, è lei. Ho chiesto il suo indirizzo all'università.» Porse un foglietto all'uomo e lui lo mise senza guardarlo nella tasca interna. «E, Müller... niente morti, stavolta.»

Il volo era stato relativamente breve, ma irrequieto. Non tanto per via del cattivo tempo sopra la Germania meridionale, ma soprattutto per via della turbolenza che aveva in testa. Lo tormentavano pensieri agitati e gli mancava la concentrazione per leggere il giornale. Aleksej Mazarov non aveva viaggiato fino a Ginevra dalla sacra città di San Pietroburgo tanto per fare. Avrebbe dovuto combattere con lui, cosa che da giovane avrebbe preso come una sfida, ma che ora lo spaventava. Non aveva più la flessibilità, e tantomeno l'entusiasmo della gioventù. Durante la Prima guerra del Golfo aveva assistito al modo in cui astuti mercanti avevano sottratto al Paese opere d'arte di valore inestimabile con l'aiuto di trafficanti locali. Era gentaglia, ma presto si era unito a loro e si era goduto ogni viaggio sulle rotte del contrabbando tramite le quali i tesori d'arte lasciavano il Paese. Soprattutto di notte, quando cercavano riparo dal freddo e lui si sentiva sopraffare dalla calma e dall'infinita oscurità del deserto, illuminata solo dalle stelle nello smisurato firmamento sopra di lui. Un'esperienza fisica superata solo dal momento sconvolgente in cui erano stati presi di mira da un camion di passaggio e soltanto grazie a un miracolo, sotto forma di una granata che aveva fatto esplodere la cabina del camion, erano sfuggiti a morte certa. Era rimasto ancora mezz'ora sul pavimento della jeep a tremare, ma più tardi, con una bottiglia di whisky che passava di mano in mano, ci avevano riso su.

Nel 2002, durante la Seconda guerra del Golfo, era partito al seguito degli americani, ma stavolta con un visto da giornalista che gli era costato anche un bel po' di soldi. Si era presentato al Museo Nazionale di Baghdad in Iraq e con alcuni altri interessati era riuscito a convincere qualche dipendente che era meglio non aspettare che il museo venisse depredato, come nel 1991, ma che sarebbe stato opportuno portare già al sicuro una parte delle opere d'arte. Naturalmente tutto era stato registrato, ma purtroppo durante gli anni di ostilità i registri erano andati perduti. D'altra parte nel 2003, tre anni dopo la riapertura, il museo era stato saccheggiato di nuovo e c'erano stati furti e distruzione di opere su vasta scala, cosa che aveva dato moralmente ragione a Vreeman e ai suoi. Inoltre gli americani avrebbero dovuto sorvegliare il patrimonio artistico, erano obbligati a farlo dalla Convenzione di Ginevra. A tale riguardo era ironico che una parte del patrimonio artistico, in attesa di un compratore interessato, avesse finito per sbarcare proprio nel porto franco di Ginevra.

Detestava l'hotel Kempinski, un grosso pugno in un occhio tutto di vetro lungo le rive del lago. Un esempio di cattivo gusto architettonico, e in un certo senso era sintomatico che Mazarov avesse scelto proprio quell'hotel per il loro incontro. Non che avesse mai dimostrato di avere il minimo gusto, del resto.

«Signor Freeman?»

Gli occhi gelidi nella testa slava dagli zigomi ampi e dalla mascella quadrata lo guardavano impassibili. Aveva qualcosa di strano, ma non riuscì a capire subito cosa.

«Sì?»

«Sleduj za mnoj.»

Non aveva idea di cosa volesse dire, ma l'uomo si era

messo in movimento e a quanto pareva l'idea era che dovesse seguirlo. Condusse con decisione Vreeman attraverso un groviglio di corridoi fino a una suite che si trovava nella parte anteriore dell'hotel. Aprì le porte e gli fece cenno di entrare.

Mazarov era seduto in una poltrona davanti a una finestra di vetro che offriva un'ampia vista sul lago. Aveva una giacca azzurra estiva che, in combinazione con la sua faccia abbronzata e con i capelli biondi, dava l'impressione che fosse appena tornato da una vacanza ai Caraibi.

«Benvenuto, vedo che hai conosciuto Oleg! Va' a sederti e lascia che ti versi qualcosa.»

«Non disturbarti.»

Prese posto davanti a Mazarov, mentre Oleg rimaneva in piedi e lo teneva bene d'occhio.

«Nessun disturbo.» Mazarov prese la bottiglia di champagne dal frigorifero e riempì il bicchiere già pronto davanti a lui.

«Abbiamo qualcosa da festeggiare!»

«Davvero?»

«La vendita, Vreeman. La vendita del quadro.»

Per un momento in lui sorse una sensazione di sollievo, suscitata dal pensiero che Mazarov fosse effettivamente riuscito a vendere il quadro. Ma, quando il russo spinse una busta verso di lui con un sogghigno, Vreeman cominciò a rendersi conto di chi fosse l'acquirente del dipinto a cui si riferiva e la sensazione di sollievo si trasformò in un leggero panico. «Il Pieter de Hooch?»

«Il Pieter de Hooch del primo periodo» lo corresse Mazarov. «Con un certificato di autenticità di Louis Post. Il grande Louis Post, che Dio l'abbia in gloria.»

Per un momento guardò Oleg ridendo, ma lui continuò imperterrito a fissare Vreeman. Solo ora capì cosa l'aveva colpito nella faccia pallida della guardia del corpo di Mazarov: era del tutto privo di espressione, come se portasse una maschera.

«Guarda tranquillamente, è nella busta. Insieme con il conto.» Mazarov alzò il bicchiere. «*Ura!* E congratulazioni.»

Il russo non bevve un sorso, ma continuò a guardarlo, come se volesse costringerlo con gli occhi ad aprire la busta. Finalmente Vreeman capì che non poteva sottrarsi. Prese la busta dal tavolo e ne estrasse il certificato e il conto.

«È la stessa somma che ho pagato io. Non un centesimo di più. Sono un commerciante onesto, come lei sa.» Disse a Oleg qualcosa di molto divertente in russo. «Era un affare, e queste sono le tue esatte parole.»

Non aveva bisogno di guardare il conto per sapere quanti soldi si aspettava da lui Mazarov, si ricordava ancora chiaramente la somma. Era in effetti un affare per un vero maestro del diciassettesimo secolo, ma non per un falso che gli era capitato tra le mani in un momento in cui aveva bisogno di soldi e sapeva che a San Pietroburgo c'era un collezionista che sembrava quasi insaziabile.

Rimasero a guardarsi in silenzio e infine fu Vreeman a parlare. «Non ho i soldi.»

Mazarov si piegò in avanti e fece un sorriso scaltro. «*Bešenoj sobaki sem' verst ne daleko*» disse articolando con esagerata lentezza, probabilmente nella speranza di far passare il messaggio.

Vreeman sollevò un sopracciglio.

«Che sono mai sette verste per un cane pazzo?» tradusse l'espressione il russo. «Se credi davvero in qualcosa, farai di tutto perché vada a buon fine.»

Vreeman rimise la fattura nella busta e la spinse di nuovo sopra il tavolo. «Non sono interessato.»

«Non aspettare troppo per fare il bonifico.» Mazarov

bevve l'ultimo sorso dal suo bicchiere e si alzò. Se ne andò senza più degnare di uno sguardo il suo ospite, seguito dal suo gorilla dal volto inespressivo.

Aveva percorso come frastornato la distanza tra il Kempinski e il suo appartamento. Strascicando i piedi e con la schiena curva, come un commerciante porta a porta dopo una lunga giornata senza aver venduto niente. Tentò di pensare a cosa poteva dire a Molly spuntandole davanti così all'improvviso. Non aveva ancora parlato con sua moglie. L'indomani le avrebbe comprato un altro telefono, ma ora voleva solo andarsene a letto. Era stanco, stanco morto.

Quando aprì la porta del suo appartamento, si trovò in un'anticamera buia. «Molly?»

Nessuna risposta.

Aprì la porta del soggiorno, dove l'unica luce veniva dall'illuminazione esterna. La sua mano cercò a tentoni l'interruttore della luce accanto alla porta. «Molly?»

Forse era andata a riposare. Andò nella stanza da letto, ma il letto coniugale era intatto. La stanchezza lasciò il posto all'inquietudine. Si diresse al tavolo ovale nel salotto, forse gli aveva lasciato un messaggio. Non c'era nessun biglietto. C'era invece una scatolina rossa di quelle che ti danno dal gioielliere quando compri un anello. Non la riconobbe. Non c'era sopra nessuna scritta né logo, né il nome di nessun marchio. Solo una bella scatolina rossa. La aprì e vide su un cuscinetto di satin bianco una pietruzza rossa incastonata in oro. Fissata a qualcosa di pallido. Se l'avvicinò all'occhio e vide che era un piccolo rubino conficcato in... un pezzo di carne. Hubert Vreeman sentì un'esplosione nel petto quando si rese conto che aveva davanti agli occhi un pezzo dell'orecchio di sua moglie.

29

È sopraffatto dal suono dei veicoli. Conosce quel suono, è la pattuglia che rientra al campo base. Lui è nel secondo fuoristrada. L'autista americano si destreggia con il mezzo lungo le buche profonde e i macigni che rendono praticamente impossibile percorrere la strada sterrata. L'auto va su e giù come una nave in tempesta. Ha la nausea. Fuori regna la calura, una calura torrida nel paesaggio soffocante.

«What's that?»

L'autista indica in lontananza. Lungo la strada c'è qualcosa. No, qualcuno. Una donna? Sì, una donna, ed è un bambino quello che tiene in braccio? La donna alza la mano. La prima auto rallenta? «Non fermatevi» grida lui «non fermatevi, sono queste le istruzioni. Non fermatevi per niente e nessuno, porca troia. Va' avanti. Va' avanti!»

«Fuck!» L'autista preme il freno. La prima auto quasi si ferma, la donna si piega in avanti.

Cazzo. No. Non fermatevi. Andate. Andate!

C'è un lampo di luce accecante, il suono arriva dopo un po'. L'autista gira bruscamente il volante, ferma la jeep contro il bordo roccioso della strada. Rotolano fuori dall'auto mentre contro le rocce intorno a loro rimbalza il fuoco della mitragliatrice. Accanto a lui qualcuno viene colpito da una pallottola di rimbalzo, la sua gamba non vuole più andare avanti. Lo afferra per il colletto e lo trascina dietro la roccia. «Back-up! Call for back-up!» Mette la mano a terra accanto a sé e a quel punto sente qualcosa di molle. Tira indietro in fretta la mano e guarda. È una mezza testa, con un occhio inconcepibilmente brillante che lo fissa nella massa sanguinolenta. L'occhio che lo fissa diventa sempre più grande, ancora più grande della testa.

Christiaan si mise a sedere. Aveva il cuore in gola. Erano caduti in un'imboscata. La donna era servita da esca. E quel coglione si era fermato. Mai fermarsi, per nessuno e per niente, erano quelle le istruzioni. Lui si era fermato. Che quella fosse stata proprio la sua testa, il suo occhio?

Si alzò e si trascinò fino al bagno. Prima che Vreeman partisse era riuscito a convincerlo a fissargli una camera al Pulitzer.

«Stanotte se fossi in te proverei a dormire un paio d'ore.»

Ma Christiaan non era Vreeman e non c'era bisogno che gli dicesse cosa doveva fare. Avrebbe avuto bisogno di alcol, anche se sapeva che non era una buona combinazione con le sue pillole. Ma il problema erano appunto quelle pillole. Non se l'era portate dietro dalla Svizzera, perché ad Amsterdam avrebbe dovuto essere solo una toccata e fuga, doveva solo sistemare una faccenduola e tornare indietro. Non poteva stare senza pillole. Se dimenticava di prenderle, non appena chiudeva gli occhi cominciavano le esplosioni. Sentiva il suono… Cazzo, come aveva potuto essere così stupido? La sera prima aveva pensato che sarebbe bastato bere una vodka per attutire il suono nella sua testa. Una vodka non avrebbe potuto fargli male, no? No, una sola no. Aveva fatto fatica a portarlo al piano di sopra, il personale del bar del Pulitzer. Nella sua stanza, ma a letto non era riuscito ad andarci. Si era svegliato nel cuore della notte e aveva constatato di essere seduto sul pavimento, con la schiena appoggiata al materasso. Una bottiglia intera di vodka a stomaco vuoto, quella non era stata un'idea brillante.

Si fece una doccia, più fredda che poteva. Doveva tornare a casa, a Grimentz, il suo paese in alto sulle montagne della Svizzera, dove regnavano ordine e regolarità. Dove c'erano le sue pillole. Mentre si vestiva si domandò se ci fosse un altro modo di procurarsi gli antidepressivi, forse tramite l'hospitality desk dell'hotel, ma rigettò l'idea. Avrebbero fatto delle domande, si sarebbero informati. Ci sarebbe voluto tempo e, se c'era qualcosa che non aveva, era il tempo. No, doveva solo portare a termine quella faccenda più in fretta che poteva. Portarla a termine e poi andarsene. Perché una volta che avesse avuto quel dipinto, poteva liberarsi di Vreeman e tornare a casa.

30

Rudolf Tedingh van Eyck si lasciò andare all'indietro nella sua sedia da ufficio e si strofinò via la stanchezza dagli occhi. Malgrado l'età avanzata dormiva sempre bene, ma quella notte non era stato così. Per tutta la sera e una buona parte della notte era rimasto ipnotizzato dal materiale ricevuto dal giovane curatore del Rijksmuseum. L'uomo l'aveva chiamato con una storia vaga su uno strano dipinto e alla fine aveva acconsentito a dare un'occhiata al materiale. Non per l'aspetto sensazionale della storia, perché di opere d'arte perdute c'era un'offerta continua, ma per il nome della giovane ricercatrice che si era fatta viva con il dipinto. Hiemstra.

Aveva dovuto scavare un po', prima nella sua memoria e poi nel suo archivio, ma alla fine aveva trovato una cartellina rossa che conteneva gli appunti di una trentina di anni prima. Anton Hiemstra e Jacques Verburg. Quell'Hiemstra non l'aveva mai incontrato di persona, ma la presenza di Verburg si era fatta sentire in maniera irritante. Sempre con la stessa storia, a proposito dello stesso dipinto. Isaac Pietersz. Avevano preso tempo cercando di attuare una «politica di scoraggiamento» ma quel Verburg non si era accontentato. Era convinto che la cosa fosse però stata risolta in maniera soddisfacente. Chi avrebbe potuto pensare che la faccenda sarebbe rispuntata fuori trent'anni dopo?

Robin Goedemond era seduto, molto più presto di quanto avrebbe voluto, in un salotto in penombra che puzzava di sigari e di libri vecchi. Fuori era fresco e luminoso, dentro era buio e soffocante. Aveva tentato di proporre un incontro in un luogo più neutrale, al limite all'Atelier, per poter bere una tazza di caffè decente, ma il vecchio Tedingh non aveva accolto il suggerimento.

«Goedemond.»

Sulla porta c'era un uomo vecchio e tarchiato in veste da camera, che da lontano aveva un che di Winston Churchill. La testa grassoccia sopra il colletto di velluto della veste da camera era piegata in avanti con un'aria bonacciona, ma dagli occhietti penetranti traspariva una grande prontezza mentale. Si chiuse la porta alle spalle e si avvicinò a piccoli passi alla scrivania.

«Strana faccenda, quella in cui ci troviamo.»

«Davvero?»

«Eh, sospetto di sì.»

«Stiamo parlando del dipinto che mi hanno offerto ieri?»

«Dei risultati della ricerca, sì. Il dipinto non l'ho ancora visto.»

«Bene. Quindi allora parliamo del Rembrandt.» Venne fuori un po' più ironico di quanto avesse inteso Robin.

Tedingh non disse niente, continuando a guardare fisso davanti a sé.

«Autentico?»

«Ho studiato la situazione a lungo, cioè per gran parte della notte. È importante riuscire a vedere il quadro e poterlo sottoporre a una nostra analisi.»

«Lei crede a questa storia?»

«Credo che potrebbe essere persino una storia più grossa.»

Robin scoppiò a ridere. «Cosa c'è di più grosso di un Rembrandt?»

Tedingh non rispose alla domanda, ma continuò a guardare davanti a sé con sguardo intento. «Chi altro è a conoscenza di questa ricerca?»

«Per quanto ne so, soltanto il professor Hageveld e la studentessa che ha svolto la ricerca.»

Tedingh annuì con approvazione.

«Oh, e naturalmente Louis Post.»

Gli occhi del vecchio si illuminarono. Si mise dritto a sedere nella sua sedia da ufficio e inspirò pesantemente. «Louis Post?»

«Lui però è morto» aggiunse Robin per completezza.

Tedingh si alzò a fatica dalla sedia e intrecciò le mani sulla schiena. «Dobbiamo parlare con queste persone, il professore e quella donna.»

Robin si alzò e represse uno sbadiglio. «Okay, vedrò cosa posso fare.»

«Oggi.»

Aveva dormito più di quello che avrebbe voluto. Voleva alzarsi presto per fare la valigia. Il giorno prima aveva pianificato tutto: per prima cosa sarebbe andata prestissimo all'Aia a prendere la chiave della casa delle vacanze e poi alla velocità della luce in Francia a recuperare i due dipinti che si trovavano là. Ma aveva dovuto rivedere un po' i suoi piani, perché la sera prima era andata a cena in un ristorantino thailandese con Nina e naturalmente le cose erano sfuggite di mano per l'ennesima volta. Nina le aveva raccontato il suo weekend nei minimi particolari e per Katja era stato meraviglioso avere per una volta un altro argomento di cui parlare invece di quel «cazzo di Rembrandt» e aveva bevuto dell'ottimo vino, ben più di quanto avrebbe dovuto.

Scese faticosamente dal letto e andò in cucina strascicando i piedi. La porta della stanza di Nina era aperta, ma della sua amica non c'era traccia. Naturalmente era già andata in palestra. Tipico di Nina, che era sempre pronta a far festa ma il giorno dopo ripartiva come niente fosse. Era tosta. Anche Katja si riteneva abbastanza sportiva – benché non avesse concluso molto negli ultimi tempi – ma non certo dopo una serata come quella. Ora per prima cosa doveva ingollare due pastigliette di paracetamolo.

Si fermò davanti allo specchio e mentre guardava scontenta una faccia che ricambiava il suo sguardo scontento sentì una musica venire dalla sua camera da letto. Ci mise un po' a rendersi conto che era la suoneria del suo cellulare. Andò in fretta verso la sua borsa e cercò il telefono. Merda. Si guardò intorno e vide che era sul divano. Un numero privato. Esitò, ma poi decise di rispondere.

«Sì...?»

«Stazione Lijnbaansgracht, buongiorno.»

La polizia.

«Parlo con la signora Hiemstra?»

«Sì.»

«Ha denunciato il furto di un furgoncino bianco marca Citroën?»

«Certo.»

«L'abbiamo ritrovato.»

«Non ci credo!» Katja era stupefatta.

«E invece sì, signorina. A volte risolviamo anche qualcosa.»

«Che... che...» Katja non sapeva bene cosa dire. «Bello!»

«Be', in effetti non è male. Ci ha chiamato il garage.

Ogni mattina fanno un giro e controllano le auto che hanno passato lì la notte, per così dire. La sua era sulla nostra lista di auto ricercate.»

«Straordinario.»

«Succede così. A volte le auto rimangono parcheggiate in posti isolati, abbandonate. Può ritenersi fortunata che non le abbiano dato fuoco.»

«Dov'è adesso?»

«Dov'è stata ritrovata: al garage della Marie Heinekenplein. Immagino che abbia la chiave? Ah, e deve pagare la multa, purtroppo non c'è niente da fare.»

«Non importa, non c'è problema. La ringrazio!»

Non le importava niente dei soldi, aveva di nuovo la sua auto. E, sperava, anche il quadro!

Christiaan stava ascoltando una composizione di Elgar, un concerto per violoncello. Un po' cupo, ma utile a farsi trasportare via, lontano dalle immagini, dal suono delle pale rotanti dell'elicottero che finalmente li aveva liberati dall'agguato, dalla polvere che aveva continuato a starnutire per giorni. I suoi pensieri galleggiavano via verso il nulla, come se stesse guardando il mare in una giornata senza vento, quando il cielo e l'acqua si fondono in un azzurro eterno e infinito.

La porta di casa si aprì e la ragazza dai capelli neri uscì in fretta. Katja. Si raddrizzò e sbatté il ginocchio contro il volante. Per un momento si sentì combattuto. Doveva seguirla, o doveva entrare nella casa? La cosa più probabile era che il dipinto si trovasse lì dentro; quando il giorno prima era rimasto bloccato nella coda, dovevano avere avuto il tempo di tirarlo fuori dal furgoncino. Scese e attraversò la strada.

L'appartamento al piano terra era stato ristrutturato di recente. I muri erano meticolosamente stuccati e le parti in legno erano dipinte con cura. Ed era ordinato, ma questo non lo stupiva affatto. In un modo o nell'altro aveva avuto l'impressione che quella Katja fosse una donna organizzata. Una tipa che aveva tutte le cose a posto. E anche bella, con quei capelli neri. Si guardò intorno nel soggiorno e in cucina, aprì armadi e mobiletti ma non trovò nessun quadro. Entrò da una porta e si trovò in una stanza da letto. Un piumone a strisce bianche e blu scostato lasciava intravedere il lenzuolo bianco di sotto. Si piegò sulle ginocchia e guardò sotto al letto, dove vide solo una vecchia borsa da palestra. Di colpo sentì chiudersi la porta di casa. Merda. Si alzò e si guardò intorno per vedere se c'era un posto dove nascondersi, ma era già troppo tardi.

«Che cazzo ci fai qui?!»

La ragazza stava sulla porta e lo guardava strizzando gli occhi. Era bionda e indossava una maglietta e dei pantaloncini. Come se avesse appena finito di correre.

Non era Katja.

La donna non sembrava spaventata, piuttosto sul chi vive, e parecchio. Doveva andarsene, doveva andarsene da lì al più presto possibile. «*Listen...*» Gli sembrava meglio comunicare in inglese con lei.

«No, *you listen!*» Indietreggiò lentamente e scivolò fuori dalla stanza da letto verso la cucina. «Devi toglierti dalle palle! *Fuck off!*»

Vide che con la mano cercava a tentoni il ceppo dei coltelli sul piano di lavoro. Balzò in avanti e l'afferrò per le braccia un attimo prima che riuscisse a estrarre un coltello. Lei si mise a urlare e gli diede un calcio negli stinchi. Lui la trascinò di nuovo con sé nella stanza da letto. Doveva rinchiuderla o legarla, doveva liberarsi di lei, doveva andare via. La donna però resisteva con tutte le sue forze, tentò di attaccare il suo naso con i denti, ma questo la fece incespicare, così cadde all'indietro sul letto, tirandoselo dietro.

Christiaan la schiacciava con il suo peso e tentava di raggiungerle la gola con una mano, mentre con l'altra cercava di tenerle ferme le braccia. Lei gli mise intorno una gamba e iniziò a dimenarsi per liberarsi da sotto a lui. La maglietta le scivolò verso l'alto e lui sentì la sua pelle nuda contro il braccio. Sentì che gli stava venendo un'erezione. Le si strusciò addosso avanti e indietro, mentre la donna cercava di dargli dei calci nel fianco e i suoi occhi iniziavano a luccicare di paura. Ma no, niente paura, non l'avrebbe violentata, anche se era quasi sopraffatto dall'eccitazione.

Le mise una mano intorno al collo e aumentò la pressione per renderle difficile respirare, ma di colpo sentì che una mano sfuggiva alla sua presa. La mano si alzò, lo afferrò per l'orecchio e gli girò la testa di novanta gradi, e a quel punto la donna si mise a urlare dritto nel timpano. Un urlo fortissimo. Acutissimo. Come una sirena che avverte dell'avvicinarsi di un pericolo.

...l'esplosione. C'è una luce accecante e poi sente anche il suono. Le urla dopo il colpo. Strilli che gli penetrano le orecchie e gli paralizzano il cervello, fini e affilati come un punteruolo da ghiaccio. Deve uscire dall'auto, dietro le rocce. Ripararsi!

Saltò su dal letto, accecato e in preda al panico, e cercò a tentoni la porta di casa, mentre lo strillo continuava a inseguirlo, a penetrargli dentro. Aprì la porta con uno strattone e corse in strada. A sinistra, a destra, avanti, fuori da quella strada. Via! Via! Oltrepassando auto, scooter, ciclisti, persone che alzavano lo sguardo e gli mostravano arrabbiate il dito medio. Via di lì! Via! Finché non poté più andare avanti, intrappolato in un vicoletto senza uscita.

E allora ci fu pace. Finalmente.

Quella notte Vreeman non aveva quasi dormito. Si era addormentato solo verso il mattino, un sonno profondo e inquieto da cui si era svegliato confuso. Sedette sconfitto sul bordo del letto. La sera prima aveva pianto, non gli era mai successo prima. Gli era già capitato che l'avessero minacciato. Una volta un cane rabbioso della 'ndrangheta gli aveva messo una taglia sulla testa. Per fortuna il mafioso era stato ucciso a colpi di pistola davanti al suo ristorante. In alcuni casi si era anche meritato di avere delle persone alle calcagna, naturalmente aveva fatto anche lui i suoi giochetti. Rischi del mestiere, *no guts, no glory*, ma per tutti quegli anni era riuscito a tenere sua moglie al di fuori dei suoi affari e ora lei era da qualche parte, solo Dio sapeva dove… inconsapevole di cosa avesse fatto lui di sbagliato, maltrattata da quel russo, ne era certo. Mazarov voleva essere sicuro che pagasse e per questo aveva messo di mezzo Molly. Provava rimorso, un profondo rincrescimento per non essere stato in grado di risparmiare questo a sua moglie. Doveva pagare, non c'era altro da fare, ma come trovare i soldi? La maggior parte del denaro che aveva guadagnato nella vita era investito nel suo commercio, gli oggetti d'arte che conservava in cassaforte. Certo, aveva l'appartamento e la loro seconda casa in Martinica, ma non erano cose che si potessero vendere da un momento all'altro. Un paio di centinaia di migliaia, quelli li poteva tirare fuori, ma Mazarov non si sarebbe certo accontentato. Di colpo si sentì soffocare.

Nell'auto non c'era il ticket per il parcheggio e quindi, una volta che si fu identificata come proprietaria, le toccò pagare una tariffa scandalosamente alta per un giorno e una notte.

«Accontentati che non te l'hanno rimossa, avresti pagato molto di più» aveva aggiunto in tono consolatorio l'uomo del garage.

Ma il fatto che non ci fosse il ticket nell'auto non fu la delusione più grossa da digerire per Katja quella mattina. Sotto la coperta grigia il dipinto non c'era più. Era evidente che qualcuno aveva seguito lei e Arjen fino a Delft e li aveva visti caricare il dipinto sull'auto. Poi il ladro si era limitato ad aspettare il momento buono per prendersi l'auto e sparire con il dipinto. Era stata una cosa premeditata. Non credeva più al caso. Insomma, a chi interessava un'insignificante opera di Isaac Pietersz, a meno che non sospettasse quello che nascondeva?

Stava già per dirigersi verso la tangenziale A10 quando di colpo le venne in mente che chi dava la caccia al quadro sapeva in quale auto viaggiava, era evidente! E chissà cos'altro sapeva. Dio santo! Doveva lasciare quell'auto, non poteva correre il rischio di andare in Francia con quella, se era così facile seguirla. Si sentì invadere dal nervosismo. Doveva rimanere calma, riflettere, inventarsi qualcos'altro.

Nina! Nina poteva aiutarla! Lei aveva un'auto, una Mini Cooper S che le aveva regalato il suo ricco paparino e che non usava quasi mai. In città con l'auto non si andava da nessuna parte, Nina faceva tutto in bici. Era probabile che Katja potesse prenderla in prestito.

Girò il volante e invertì la marcia – mettendo in pericolo la sua vita e quella degli altri guidatori – nella via decisamente troppo trafficata. Dieci minuti dopo la Berlingo si fermò nella strada di Michiel, dove avevano un permesso per residenti.

«Nien? Nina?»

Katja fece per entrare in casa, ma si fermò sorpresa sulla

porta nel vedere la sua amica seduta al tavolo. Era pallida in volto e Katja si accorse che aveva pianto. Non la riconosceva, Nina non piangeva mai.

«Cosa è successo?»

«Niente.»

«Piantala! Lo vedo che sei sconvolta, che cosa è successo?» Katja andò a sedersi al tavolo vicino a lei e la prese per mano.

Nina tirò su col naso. «C'era un tizio qui, un estraneo. L'ho visto quando sono entrata. Cercava qualcosa nella tua stanza, stava guardando sotto al tuo letto.»

«Un tizio...?! Ti ha fatto qualcosa? Sei riuscita a scappare?»

«Scappare? Io? Proprio no! Gli ho gridato di togliersi dalle palle. Sono andata in cucina a prendere un coltello, ho pensato: se mi fa qualcosa, lo ammazzo a pugnalate.»

«Dio santo, sei una cretina.»

«Voleva prendermi il coltello e abbiamo cominciato ad azzuffarci. Così siamo finiti di nuovo in camera e a quel punto sono caduta sul letto.» Le si riempirono di nuovo gli occhi di lacrime, che si asciugò rabbiosa. «L'ho preso a calci e l'ho colpito, ma lui stava sopra di me. Tentava di chiudermi la gola, e ho sentito che gli è venuto duro.» Nella piccola stanza ci fu un momento di silenzio.

«Ti ha... Oddio, Nina, ti ha...?»

«Oh no, non mi ha violentato.» Le tornò di nuovo un po' della sua vecchia spavalderia. «Sono riuscita a liberarmi una mano e con quella l'ho preso per l'orecchio.»

«L'orecchio?»

«E poi ho fatto uno strillo fortissimo e acutissimo.» Guardò Katja orgogliosa.

«Hai strillato? E ha funzionato?»

«Cosa credevi? Mi si è tolto di dosso veloce come un

lampo, il coglione. È scappato dalla stanza, dalla casa, si è tolto dalle palle!»

Katja si alzò e versò un bicchier d'acqua alla sua amica. Si sentiva quasi più scioccata lei di Nina per questo episodio. Ma cosa stava succedendo? Aveva sulla punta della lingua un'unica domanda che non osava quasi fare.

Nina svuotò il bicchiere tutto d'un fiato e lo rimise con un colpo sul tavolo.

«Com'era fatto?»

Nina la guardò intensamente. «Piuttosto grosso, ben piazzato, naturalmente. Hai presente, il tipo dell'armadio con la testa pelata?»

A Katja sembrò di ricevere un pugno nello stomaco. Le sfuggì un gemito e andò a sedersi con un sospiro.

«Kat, tutto okay?»

«Era quello che temevo.»

«Come? Allora conosci quel tipo?»

«No, no, certo che no. Ma... eh... Be', è una storia lunga.»

«Di che cosa si tratta, Kat?»

Nina taceva, il che non capitava spesso. Katja le aveva fatto un resoconto degli eventi dei giorni precedenti, stupefatta da tutto quello che era successo in un lasso di tempo così breve.

«Ma... se la storia della scoperta è vera, allora diventerai famosa in tutto il mondo.»

«Oppure morta.»

Rimasero di nuovo in silenzio.

«E ora?»

«Devo andare in Francia. Devo andare a prendere gli altri quadri e portarli al sicuro. Per questo mi serve la tua macchina.»

Nina si alzò. «Va bene. Vengo con te.»

«No.»

«Sì. Tu hai bisogno di qualcuno, Kat, non puoi affrontare quei tizi da sola.»

«Penso di avere delle buone possibilità, nessuno sa ancora degli altri due dipinti.» Per un momento fu costretta a pensare ad Arjen. «In due giorni vado e torno e poi possiamo mettere la parola fine a questa sceneggiata assurda. Credimi, ce la faccio benissimo da sola.»

Era evidente che la sua amica non ne era convinta, ma Katja non le lasciò nessuna chance.

«Okay, allora resto qui. Ma se succede qualcosa, mi devi chiamare e io arrivo.»

«Forse dovresti andare un paio di giorni dai tuoi genitori.»

«Per via di quel tizio?» Nina fece un sorriso sprezzante. «Non lascerò certo che un bullo mi impedisca di stare a casa mia. Oggi stesso cambio le chiavi della porta e compro una pistola.»

«Davvero?»

«No, scema, certo che no! Ma mi metterò un coltello sotto il cuscino.»

Il telefono di Katja suonò. «Scusa.»

«Katja? Sono Robin Goedemond.»

«Ah, Robin.» Tentò di parlare in tono ottimista, ma si sentì sprofondare il cuore nelle scarpe. Naturalmente quello voleva sapere quando sarebbe andata a portargli il dipinto.

«È tutto il giorno che cerco di raggiungere Arjen, ma non ci riesco.»

«No, lui… eh, è andato via per un paio di giorni.»

«Oh…» Ci fu silenzio dall'altra parte della linea.

«Perché?»

«Volevo chiedergli, o meglio, effettivamente volevo chiedere a entrambi di passare un momento oggi. Voglio farvi conoscere un esperto.»

Katja chiuse gli occhi. Doveva di nuovo parlare di un dipinto che non era più in suo possesso. Si sentiva così stupida perché l'aveva perso e perché non aveva la minima idea di dove si trovasse.

«Mi dispiace, Robin, ma...»

«È importante. Davvero importante.»

«Ma...»

«Tra un'ora all'Atelier.» Poi la comunicazione si interruppe. Lei guardò un po' stupita il suo cellulare, come se il brusco invito da parte del curatore fosse colpa dell'apparecchio.

«Cosa c'è?» Nina la guardò con aria interrogativa.

«Sono stata... convocata!»

«Da chi?»

«Da un tizio del Rijksmuseum.»

«Te l'ho detto: famosa in tutto il mondo!»

31

Robin la aspettava dal portiere, evidentemente aveva già sbrigato le formalità perché potesse entrare con lui.

Guarda un po', pensò lei. Forse non era ancora famosa in tutto il mondo, ma si sentiva piuttosto importante.

«Sei riuscita a parlare con Arjen?» le chiese speranzoso.

«Non risponde al telefono. Mi dispiace.»

La precedette in una stanza al primo piano che si affacciava sul Rijksmuseum dall'altra parte della strada. Davanti alla finestra c'era un uomo tarchiato che guardava fuori con le mani dietro la schiena. Quando si girò, le sue labbra si incurvarono in un sorriso affascinante. Stimò che avesse sui settant'anni. Portava un abito a tre pezzi; il busto imponente era avvolto da una giacca a doppiopetto. Le rivolse un leggero inchino, il che stranamente la fece pensare a suo nonno. In effetti, tutto nell'uomo parlava di una cortesia vecchio stile.

«Rudolf Tedingh, piacere di conoscerla.»

«Katja Hiemstra.»

Le indicò una sedia e andò a sedersi davanti a lei.

«Mi permetta di andare dritto al punto.»

«Con piacere.»

«Il mio buon amico Goedemond» e indicò Robin «è

stato così gentile da sottopormi gli esiti della sua ricerca. I risultati, in combinazione con la spettrometria Xrf e con le analisi dei pigmenti e dei materiali utilizzati, rendono necessario sottoporre il dipinto a ulteriori indagini.»

«Ah sì?»

«Lei ha detto che il dipinto fa parte di un trittico?»

«Ci sono tre dipinti, sì, che raffigurano membri di una stessa famiglia.»

«Tutte le tele sono delle stesse dimensioni?»

Katja ci pensò un po' su e tentò mentalmente di rivederle. «Credo di sì.» Gli occhi penetranti dell'uomo la tenevano prigioniera e pensò che la stava sottoponendo a un interrogatorio.

«Un metro e venti per cinquanta centimetri?»

«Oddio, sì, penso di sì.» In ogni caso aveva letto bene i suoi appunti.

Tedingh sospirò e si lasciò andare all'indietro sulla sedia. La guardò a lungo con uno sguardo penetrante. «Posso raccontarle una piccola storia?» Non aspettò la risposta. «Nel 1642 Rembrandt dipinse un ritratto di gruppo. Uno *schuttersstuk*[3], come se ne dipingevano tanti a quell'epoca. Quel ritratto rimase appeso per decenni nella Sala Grande dei Colubrinieri finché nel 1715 non traslocò in quello che allora era il municipio appena costruito sul Dam. La tela era diventata scura per via di tutto il fumo e lo sporco che le si erano appiccicati sulla superficie mentre era appesa nella sala della milizia. In quel periodo la Sala dei Colubrinieri aveva iniziato ad assomigliare sempre più a una locanda e non era considerata un posto sicuro per l'enorme tela. Quindi si era trovata una stanza al terzo piano del nuovo municipio, per la precisione la Piccola

[3] Da *schutterij*, milizia cittadina: ritratto di gruppo delle milizie, di cui l'esempio più noto è appunto la *Ronda di notte* di Rembrandt [N.d.T.].

Sala del Consiglio di Guerra, dove c'era ancora un muro da riempire.»

Tedingh si fermò un momento e tirò fuori dal taschino sul petto un sigaro, che annusò un po' perché in quel momento non poteva accenderlo.

«La tela doveva essere appesa tra due porte, ma si rivelò troppo grande. Evidentemente non c'era nessun altro posto per il dipinto e non era possibile riportarlo indietro, quindi si decise di tagliarlo.»

Katja si raddrizzò lentamente sulla sedia. Aveva la sensazione di sapere dove andasse a parare quella storia.

L'uomo anziano fece un cenno a Robin che con un telecomando abbassò gli avvolgibili davanti alle finestre in modo da oscurare la stanza. Con un altro telecomando accese un proiettore appeso al soffitto. Sul muro bianco accanto alla finestra apparve un'immagine della *Ronda di notte*.

«Il capolavoro di Rembrandt van Rijn, che deve averlo dipinto tra il 1640 e il 1642. All'epoca del resto non si chiamava *La ronda di notte*, non si usava dare titoli ai quadri, ma senza dubbio lei sa tutto in merito.»

«Probabilmente l'ho letto da qualche parte, ma Rembrandt non era proprio la mia specializzazione» rispose Katja rimanendo sulle sue. Si sentiva nervosa e aveva la sensazione che tra poco sarebbe stata sottoposta a un esame.

«Questo è *La compagnia di Frans Banninck Cocq e del tenente Willem van Ruytenburgh si prepara per uscire in marcia* ovvero *Le milizie del secondo distretto*, però non dipinto da Rembrandt, ma da Gerrit Lundens.»

Lei lo guardò con aria interrogativa.

«Lundens fece una copia dell'opera di Rembrandt non molto dopo che il maestro aveva consegnato la tela. Di questa copia abbiamo fatto un'ulteriore ricostruzione digitale, così che ora possiamo vedere com'era la *Ronda di notte* originale all'epoca.»

Tedingh si avvicinò al quadro e si mise a indicarne alcuni dettagli con la mano. «Qui sul lato destro e sopra e sotto sono state rimosse piccole strisce. Che di per sé è un peccato, perché senza dubbio il taglio della striscia nella parte inferiore rende il quadro meno movimentato. Ma va bene, è più importante la striscia che è stata asportata sulla sinistra per tutta la lunghezza della tela, un pezzo largo di più di cinquanta centimetri. Peccato per Jan Brugman.» Indicò una figura con un cappello nero ritratta sulla sinistra del dipinto insieme con un'altra. «Come gli altri membri della milizia, aveva dovuto pagare profumatamente per essere rappresentato, ma a partire dal 1715 viene escluso dal gioco.»

Alla luce del proiettore Katja vide che il vecchio ridacchiava.

«Ma chi è stato a decidere quali parti andavano tagliate?» chiese. «Non è una cosa che si fa a casaccio.»

Tedingh rientrò nell'oscurità. «Un'altra osservazione acuta, signorina. Chapeau. Il dipinto che al giorno d'oggi conosciamo come *La ronda di notte* all'epoca non aveva la reputazione quasi mitica di oggi, ma si sapeva già che era un'opera d'arte di valore. Non si poteva tagliare come niente fosse. Per farlo ingaggiarono un artigiano rispettato, qualcuno che aveva occhio per la composizione. E che era conosciuto al municipio.»

«Isaac Pietersz» sussurrò lei.

«Ha fatto centro.»

Fece un cenno a Robin e l'immagine della *Ronda di notte* lasciò il posto a una riproduzione in bianco e nero di un dipinto raffigurante due uomini, in cui si riconoscevano Jan Brugman e il suo compare.

«Questo è il risultato della spettrometria di fluorescenza a raggi X a cui avete sottoposto la tela. La tecnica volgarmente detta Xrf.» Ridacchiò di nuovo, soddisfatto della sua formulazione. «Questa tecnica ci permette di penetrare in profondità negli strati di colore, di distinguere la composizione di ogni pigmento. Dà anche la possibilità di vedere le pennellate caratteristiche di un pittore. In breve, ci fornisce molte più informazioni della radiografia tradizionale, che non vede i colori ed è frammentaria.»

«Con la mia ricerca non ero ancora arrivata a questo punto, non avevamo ancora avuto il tempo di sottoporre a ulteriori analisi gli esiti della scansione.»

«Ovviamente no.»

A quanto pareva la lezione era finita, perché schioccò le dita e Robin rimise in moto gli avvolgibili davanti alle finestre, lasciando entrare nella stanza l'intensa luce primaverile.

«Quel suo Pietersz» continuò Tedingh «all'epoca era un pittore rispettato. Per metà della notte ho cercato di scoprire qualcosa di più su di lui, senza particolare successo, ma di certo si guadagnava bene da vivere come ritrattista e restauratore. Questo l'ho capito.»

«Non è vissuto molto a lungo» disse Katja contenta di poter contribuire alla discussione.

«Devono avere chiesto a lui di ritagliare la *Ronda di notte*. Lui l'ha guardata con un occhio da pittore e ha applicato il coltello nei punti giusti. Dev'essere stato anche un lavoro piuttosto impegnativo. La tela misurava più o meno quattro metri per quattro e bisognava toglierla dal telaio. Insomma, a parte qualche striscia sfusa si tenne un pezzo di tre metri e sessanta per mezzo metro, a quei tempi non erano cose che si buttavano via. Si conservavano e riutilizzavano.»

«Lei vuol dire che si è portato a casa il pezzo tagliato dalla *Ronda di notte* e ci ha dipinto sopra?»

«Potrebbe essere. È quello che dovremmo scoprire. Per ora ci limitiamo a supporre che l'opera di Pietersz sia stata dipinta sopra una tela di Rembrandt van Rijn.»

Lo disse in modo da non lasciare spazio a dubbi. Proprio come Arjen, che ne era altrettanto convinto, ma a cui lei aveva fatto molta fatica a credere.

«Come fa a esserne così certo?»

«Proprio grazie alla lettura della ricerca che ha effettuato lei.» Tedingh sorrise. «L'analisi degli strati inferiori ha mostrato che la tela originale è stata preparata con una base al quarzo, una combinazione di quarzo e argilla, non è vero?»

Katja scavò nella sua memoria, ma Tedingh stava già continuando la sua lezione.

«E questo era tipico di Rembrandt! A quanto si sa, in quel periodo non lo faceva nessun altro. Era più rapido e meno costoso che applicare strati di ocra rossa e biacca, come era comune fare all'epoca. Cominciò a usare questo metodo quando si trasferì nella casa sulla Jodenbreestraat, quindi intorno al 1640.»

Lasciò cadere un silenzio significativo.

«La *Ronda di notte* è stata dipinta tra il 1640 e il 1642, quindi l'opera che ha studiato potrebbe benissimo esserne una parte. Sarebbe interessante sapere se anche gli altri quadri in suo possesso abbiano una pittura sottostante e se corrisponde alla porzione tagliata della *Ronda di notte*. Capisce?»

Lasciò in sospeso la domanda, ma Katja aveva capito benissimo. Se anche la pittura sottostante degli altri due dipinti combaciava con quella del ritratto dei bambini, allora c'era una grossa probabilità che... Era troppo strano per esprimerlo a parole, ma... be', che avesse ritrovato la parte perduta della *Ronda di notte*.

Ora Tedingh si era sporto sopra il tavolo e respirava pesantemente. «Il collega Post dev'essersene accorto, deve aver riconosciuto il potenziale di questa scoperta.»

Gradualmente ma con certezza Katja iniziava a capire in che vespaio si era cacciata.

«Lei voleva che fossimo noi a ospitare il dipinto.»

«Eh… sì. Mi sembrava la cosa migliore. Ma avevo avuto l'impressione che Robin non scalpitasse per l'impazienza.»

Il curatore tossicchiò e ignorò il leggero rimprovero. «Prima volevo informarmi un po'.»

«Lo prenderemo volentieri sotto la nostra custodia» le assicurò con decisione Tedingh. «Anche rintracciare gli altri due dipinti è importante. Possono dirci qualcosa in più sulla verosimiglianza della nostra ipotesi. Anche quelle tele sono in suo possesso?»

«Sì, appartengono alla mia famiglia. A suo tempo erano state comprate da mio nonno. Anche lui aveva fatto indagini sulla provenienza del ritratto dei bambini. Era una specie di hobby.»

«Era riuscito a scoprire molto?» chiese Tedingh con nonchalance.

«Lo faceva con un amico, ma secondo me erano arrivati a un punto morto.»

Tedingh fece un rapido sorriso. «Forse possiamo far fare qualche progresso alla ricerca. La famiglia sarà disposta a cederle?»

«Sì… penso di sì.»

«Ma ne è sicura? Se dovesse trattarsi della *Ronda di notte*, e possono volerci ancora anni prima di esserne certi al cento per cento, qui si parla di un'opera dal valore inestimabile. In euro, dollari, rubli.»

La fissò con il uno sguardo penetrante. Katja iniziò a sentirsi insicura.

«Dovrei chiederlo a mio padre.»

«Lo faccia. Soprattutto ci tenga al corrente e se qualcuno dovesse avvicinarla…»

«Chi potrebbe volermi avvicinare?» lo interruppe Katja.

Il vecchio alzò le mani. «Louis Post conosceva molte

persone in questo mondo. Forse... è stata già avvicinata da qualcun altro?»

Esitò per un momento e l'uomo sembrò notarlo subito. Era stata una semplice domanda o sapeva qualcosa di più? Cosa stava cercando di fare? Riuscì a mettere insieme un sorriso. «Forse Post è morto prima di riuscire a parlarne con qualcuno. So che voleva parlarne con Arjen, intendo dire con il professor Hageveld, la mattina della sua morte.»

Tedingh annuì appena e rimase in silenzio. «Rimaniamo d'accordo che porterà da noi la tela che è stata oggetto della sua ricerca?»

Era la domanda che temeva. Adesso doveva raccontargli che l'aveva persa? E comunque le avrebbero ancora creduto?

«Io... ne ho bisogno ancora per un po'. Per la mia tesi.»

«È comprensibile.»

«Ma non appena avrò finito...» Fece una risata un po' goffa.

«Ce lo faccia sapere. Rimaniamo in contatto.»

Robin si buttò nella mischia. Allargò le braccia. «Se ti serve aiuto...»

«So come trovarti» terminò lei la sua frase. «Vi terrò informati.»

«Volentieri.» Tedingh fece scivolare un biglietto da visita sul tavolo. SIGNOR R.J.M. TEDINGH VAN EYCK, c'era scritto. Con un numero di telefono. Non era un biglietto come quello che le aveva dato Robin, con su il logo del Rijksmuseum. Ma questo Tedingh lavorava veramente per il Rijksmuseum? Chi era?

L'uomo anziano si alzò e si asciugò il sudore dalla fronte. «Non faccia passare troppo tempo.»

32

Quando le aveva chiesto di portare la tela al Rijksmuseum, Katja Hiemstra aveva esitato. Le aveva letto negli occhi che stava cercando una scusa. Perché? A che gioco stava giocando?

Si trattava dello stesso dipinto di trent'anni prima. Tedingh aveva infilato gli appunti del colloquio nella cartellina rossa, la stessa dove aveva trovato le annotazioni sulle sue conversazioni con Jacques Verburg. All'inizio se ne era venuto fuori con una storia inverosimile, ma a poco a poco erano stati costretti ad ammettere che si trovavano davanti a qualcosa di straordinario. Ma la verità era che non sapevano bene cosa fare con quell'informazione. Era troppo rischioso. L'Aia aveva preferito prendere tempo. A quel punto Verburg aveva iniziato a minacciare di rivolgersi a qualcuno all'estero. Lo faceva per i soldi? Non era molto verosimile, veniva da dire, per un vecchio comunista. D'altra parte molte di quelle canaglie rosse si erano date una svegliata: era appena caduto il Muro. E non molto dopo era caduto anche Jacques. Doveva aver collaborato con il nonno della ragazza. Anzi, il dipinto era suo e Jacques si era occupato della vendita.

Andò alla finestra e tirò fuori il sigaro dal taschino. Anche lei era stata avvicinata da qualcun altro. Ne era certo, l'aveva visto dal suo atteggiamento. Qualcuno dall'estero? Era per questo che aveva ancora dei dubbi? Era questo il motivo per cui non aveva portato il dipinto? Si mise in bocca il sigaro e inspirò forte con il naso. La conversazione gli aveva lasciato una sensazione negativa. Gli era sembrato di non essere riuscito a farsi capire, quella ragazzina non aveva proprio idea di cosa stava facendo. Forse per lei era una grande avventura, ma lui non poteva correre rischi. No, non avrebbe aspettato la sua telefonata. Prima di rendersene conto sarebbe già stato troppo tardi.

Sulla strada per L'Aia Katja aveva avuto abbastanza tempo per riprendersi dal sorprendente seguito di questa avventura non richiesta. La *Ronda di notte*. La storia diventava sempre più folle. E inverosimile. Ma a quanto pare solo per lei. Quell'uomo, Tedingh van Eyck, le sembrava abbastanza serio. Ma anche il mercante d'arte, Vreeman. «Ti trovi in un grande pericolo» le aveva detto. «In tanti sono al corrente del tuo spettacolare ritrovamento...»

Chi erano? Sapevano anche della *Ronda di notte*? Tramite il defunto Louis Post? E Arjen, quanto aveva scoperto di questa faccenda prima di tirarsi indietro? No, non doveva saperne nulla, di questo era sicura. Il suo nome, se avesse scoperto il pezzo perduto della *Ronda di notte*, sarebbe stato inscritto in eterno in lettere d'oro nei libri di testo. La vanità l'avrebbe avuta vinta sulla paura. E invece si era spaventato ed era scappato.

Fu costretta a pensare a suo nonno. Doveva aver sospettato che sotto al dipinto di Pietersz si nascondesse un Rembrandt. Certo, era quello il grande segreto. Una cosa sensazionale. Ma sapeva anche della *Ronda di notte*? Vide davanti a sé i tre rettangoli nel libretto dei dipinti, con le misure esatte, che sommate insieme formavano il pezzo mancante della *Ronda di notte*. Anche Jacques Verburg, allora, sospettava già in cosa si erano imbattuti casualmente? Aveva tenuto per sé la scoperta per risparmiare suo nonno? Si sentiva minacciato, si capiva dalle cartoline.

Anche lei doveva avere paura? Non era spaventata, ma agitata sì. Forse perché non sapeva chi erano i suoi avversari. Un «mondo duro, pericoloso» l'aveva definito Vreeman. E anche quel Tedingh implicitamente l'aveva messa in guardia. Ma cosa poteva fare? Andare alla polizia? Sapeva cosa sarebbe successo.

Cosa deve denunciare, signora?

C'è qualcuno che mi pedina e mi minaccia, ma non so chi. Hanno rubato il mio dipinto.

Quale dipinto?

Il Rembrandt, naturalmente! Be', non ho idea di chi sia stato. Testimoni? Come no, ne ho uno, ma è scappato e non ho idea di dove sia.

Aveva lo zero per cento di possibilità che la prendessero sul serio. Se avesse saputo dove si trovava il dipinto forse sarebbe andato tutto a posto, ma ora era proprio quello il problema. Il grosso problema.

No, per il momento c'era solo una cosa da fare.

Parcheggiò la Mini Cooper S rosso acceso davanti al familiare palazzo nella Bezuidenhoutseweg. Si sentiva un po' in colpa per aver lasciato passare tanto tempo da quando era stata a trovare suo padre all'Aia. Ne aveva dato la colpa alle ricerche che aveva dovuto svolgere per la tesi, ma sotto sotto la verità era anche che non tornava volentieri nella sua città natale. Appena entrata nella via le sembrò di tornare indietro nel tempo. Benché negli ultimi anni anche L'Aia fosse cambiata parecchio, le immagini e gli odori che ancora percepiva erano indissolubilmente legati alla sua infanzia. Gli anni che lei e Alice avevano passato dai nonni, perché il padre era di stanza all'estero. Le amiche della nonna che venivano a giocare a bridge o a mangiare i pasticcini e lei e Alice che dovevano rimanere in casa anche nelle belle giornate, mentre le loro amichette giocavano all'aperto. Perché sì, fuori potevi sporcarti, o sbucciarti un ginocchio. Non ce l'aveva mai avuta con la nonna, era una donna d'altri tempi, aveva sempre voluto il meglio per le sue nipotine. Per Katja era stata peggio la pubertà, l'eterna lotta con i suoi genitori. I litigi perché ancora una volta era tornata a casa troppo tardi dopo aver passato parte della notte a Scheveningen con le amiche. Non aveva ricordi piacevoli di quel periodo.

Negli ultimi tempi suo padre si era mostrato più interessato, era diventato più mite e meno critico. Sicuramente dopo la morte della mamma. Questo aveva rafforzato il loro legame. Gli telefonava regolarmente, anche se durante quelle chiacchierate si scambiavano soprattutto delle banalità. Per fortuna sua sorella Alice non abitava lontano e la teneva informata di come il padre trascorreva le giornate.

Ora erano passati due anni dalla morte di sua madre. Cancro. Gliel'avevano diagnosticato a febbraio e due mesi dopo era morta. Jan Hiemstra era stato inconsolabile, anche se naturalmente si era sforzato di non darlo a vedere; nella famiglia di suo padre le emozioni non si condividevano, non si infastidivano gli altri con queste cose. I suoi genitori erano stati insieme per quasi quarantacinque anni, e in senso letterale. Non li si vedeva mai l'una senza l'altro, di certo non dopo che lei e sua sorella se ne erano andate. Suo padre si era ritirato dagli affari, era in pensione già da un po', ma dopo la morte della moglie aveva anche rinunciato alla maggior parte degli impegni sociali. «Non ne ho più le forze» diceva allora, benché le sue figlie volessero convincerlo che era ancora giovane, abbastanza da vivere la sua vita, anche se la mamma era morta. Il suggerimento che forse potesse guardarsi intorno in cerca di un'altra donna nella sua vita era stato respinto senza mezzi termini. Era già sposato e, anche se sua moglie non c'era più, questo non cambiava nulla della promessa che le aveva fatto quarantaquattro anni prima.

Suo padre aprì la porta e abbracciò la figlia. Sentì l'odore familiare della giacca che portava sempre in casa.

«Vieni dentro. Caffè, tè, qualcosa di più forte?» La precedette nel salotto e lei fu felice che lui non si abbandonasse alle lamentele perché si sentiva ignorato, come faceva a volte sua madre. «Come va ad Amsterdam? Perché non mi racconti cosa combini? Tesoro, tu escludi me e tuo padre!» Aveva sempre detestato quella litania. Ma suo padre non ne parlò. Senza chiederglielo versò due bicchieri di sherry. Harveys Fino, non gliene aveva mai visto bere un altro. Le diede uno dei due bicchieri e alzò il suo con uno sguardo malinconico. «A tua madre.» Bevve un sorso. «Ogni giorno bevo alla sua salute. Il primo bicchiere.»

«Alla mamma.»

Lui andò a sedersi nella sedia accanto al camino. «Come va, tesoro?»

Aveva un brutto aspetto, il suo viso aveva un colorito pallido, grigiastro, come se facesse fuori due pacchetti di sigarette al giorno, cosa non vera. Un tempo fumava il sigaro, ma aveva già smesso da anni. Il tempo non aveva intaccato la sua folta chioma di capelli grigi, che però aveva un'aria stopposa, scarmigliata.

«Va bene, tutto bene. Ho quasi finito la mia tesi.»

«Ottimo.»

«Tu come stai?»

Lui alzò le spalle e guardò il liquido giallo luccicante nel bicchiere. «Plasman mi ha detto che devo prendere le mie pillole.» Plasman era il suo medico di base. «Altrimenti morirò. Secondo Plasman.»

Da tempo suo padre aveva problemi di cuore, motivo per cui si era ritirato dagli affari prima di quanto avrebbe voluto. L'impatto dello stress lavorativo sulla sua salute era troppo forte.

«Perché, non le prendi?»

«A volte.» Rise. «Se per caso mi vengono in mente, ma preferisco non pensarci. I betabloccanti ti stordiscono. Se ne prendo uno non posso fare altro che starmene sul divano. Lo faccio lo stesso, lo so, ma in ogni caso mi sento meglio così.»

«Papà!» Gli si inginocchiò accanto preoccupata.

Lui le mise una mano sul viso. «Non sento ancora il bisogno di morire, tesoro, ma non mi ci vedo nemmeno a fare tanta fatica per rimanere in vita.»

«Ma le energie non possono più essere quelle di una volta...»

Suo padre ridacchiò. Svuotò il bicchiere e si alzò.

«Ancora uno allora.»

«Non per me.»

«E poi mi spieghi perché sei qui.» Tolse il tappo alla bottiglia di sherry. «Perché non sei venuta solo per il piacere di farlo.»

«No?»

«No. È tua sorella che viene per il piacere di farlo, è per questo che la lascio venire solo due volte alla settimana.»

«Più piacere di così non riesci a sopportarlo?»

«Esatto» disse con un risolino.

Katja era contenta di sentire che comunque non aveva perso il suo speciale senso dell'umorismo.

«Tu sei sempre stata quella dei fatti. Tu volevi sapere come era arrivato il primo uomo sulla luna e come aveva fatto a ripartire.»

«Con un razzo.»

«Proprio così, è quello che ti ho detto, ma tu non ti sei accontentata. Quel razzo aveva un motore e allora non doveva fare benzina da qualche parte?»

«Ed era diesel o senza piombo?»

«Non finiva mai, nella tua testolina.»

Nel rimettersi a sedere suo padre emise un leggero lamento. «La schiena» borbottò a mo' di giustificazione. «La vita diventa sempre più piacevole.»

«Mi faceva piacere vederti. Però hai ragione, non sono venuta solo per questo. Voglio andare un paio di giorni all'Hotel.» L'Hotel era il nome della loro casa di campagna nei dintorni di Crain, un paesino sotto Auxerre. La casa apparteneva alla loro famiglia da molto tempo e Katja ricordava estati che sembravano durare anni, che lei e la sorella si erano godute tantissimo. Finché, passati i quindici anni, avevano iniziato ad annoiarsi a morte in quella casa remota, mentre la loro compagnia all'Aia non faceva altro che cose belle ed eccitanti. All'epoca questo aveva creato notevoli tensioni in famiglia e dopo aver compiuto sedici anni Katja non aveva più partecipato alle vacanze estive annuali in Francia. Poi negli anni seguenti era andata a trovare i suoi genitori e conservava bei ricordi dei pasti in comune, sempre accompagnati da quanto di meglio avessero da offrire i tralci di vite della Borgogna.

«Non è possibile» disse cautamente suo padre.

«Perché no? È affittata?»

Katja sapeva che negli ultimi anni suo padre ogni tanto affittava la casa per poter pagare le spese di ristrutturazione e della manutenzione annuale.

«È stata venduta.»

Questa semplice notizia fu un colpo tale che per un po' Katja non riuscì a dire niente. Venduta?

«Ma... perché?»

«Sembri stupita.»

«Lo sono!»

«Da quando è morta tua madre non ho più voglia di andarci e tu secondo me non ci vai più da anni. Perché avrei dovuto tenerla?»

«Ma sono... sono...»

«Sono anni che è nostra, sì. Era un fardello pesante come il piombo, tesoro mio, sono contento di essermene liberato.»

«Alice lo sa?»

«Penso di no, non gliel'ho detto. Tua sorella preferisce bazzicare posti come la Thailandia e il Vietnam, ma non ha nessun interesse per la casa di Crain. Sei mesi fa è passato un inglese e mi ha offerto una bella somma. Ecco fatto.»

Katja vide davanti a sé la stanzetta al primo piano dove dormiva con sua sorella. Alice a destra e lei a sinistra della porta. I letti erano accostati alle pareti di legno, che suo padre aveva dipinto di celeste con un grosso rullo. Sul letto di Alice c'erano figure di animali, Katja ricordava dei koala e dei canguri dai colori accesi. Sopra al suo c'era una riproduzione delle *Ninfee* di Monet. Non era bella come il ritratto dei bambini nella casa dell'Aia, ma le piaceva comunque guardarla.

«E il mobilio?»

«Non ne ho idea.»

«Cosa vuol dire "non ne ho idea"?»

Suo padre alzò un sopracciglio e Katja si rese conto che era sembrata troppo dura.

«L'ho lasciato a madame Ménard.»

Madame Ménard era una vedova di Crain che fin da quando Katja riusciva a ricordare si era occupata delle pulizie di casa. E quando la famiglia era nei Paesi Bassi, se ne prendeva cura e in determinati orari apriva le porte e le finestre per dare aria. «Quindi per la stessa cifra ora tutta la mobilia è finita nei rifiuti ingombranti?»

Jan Hiemstra alzò un angolo della bocca. «Mi sembra un po' esagerato. Madame Ménard sta attenta al centesimo. In casa non c'era niente che valesse molto, ma tutto insieme l'arredamento dovrebbe senz'altro fruttare una bella somma.»

«Eh già!»

«Tesoro, sembra che tu non voglia lasciarglielo. Non avrei saputo che fare di tutta la roba che c'era in casa. Inoltre quella donna se n'è presa cura per anni, quindi mi sembra che un piccolo regalo se lo sia meritato.»

«Ma sì, certo. Le lascio anche tutto il mondo, ma... eh be'...»

«Devi abituarti all'idea, capisco.»

Katja si alzò e andò alla finestra, da cui si vedeva scivolare davanti il mondo esterno come in un film muto. La casa delle vacanze era arredata in stile francese tradizionale, così aveva deciso un tempo sua madre, e naturalmente suo padre aveva ragione a dire che cedendo il mobilio a madame Ménard si era risparmiato un sacco di seccature. Ma aveva capito il valore di due dipinti classici di scuola olandese del diciottesimo secolo? Probabilmente no. Era probabile che li avesse subito buttati o venduti per quattro soldi. La tensione le stringeva lo stomaco. Doveva informare suo padre degli sviluppi che le avevano mandato all'aria la vita negli ultimi giorni? Doveva spiegargli che i tre dipinti insieme secondo alcuni esperti avrebbero potuto formare la parte mancante della *Ronda di notte*? Santo cielo, uno dei quadri era scomparso e gli altri due erano nelle mani di una vecchia vedova francese che non capiva niente di arte e che probabilmente se n'era liberata all'istante.

Si girò a guardare suo padre, sprofondato nella sua sedia con gli occhi chiusi. Aveva un'aria vecchia e fragile per un uomo della sua età. La morte della mamma l'aveva spezzato, pensò lei desolata.

Stava valutando la possibilità di uscire dalla stanza senza fare rumore, quando lui aprì gli occhi e le scoccò uno sguardo ironico. «Se però ci tieni proprio a qualcosa che era all'Hotel, puoi sempre chiedere a madame Ménard se c'è ancora.»

«Cosa intendi?»

«Secondo i nostri accordi, l'arredamento rimarrà in casa finché l'inglese non si sarà trasferito, nel caso che lui voglia tenersi qualche mobile.»

C'era ancora un barlume di luce. Era possibile che non tutto fosse stato venduto nei locali mercatini di bric-à-brac e questo le fece venir voglia di partire subito per la Francia. Suo padre però aveva insistito per mangiare insieme al ristorante indonesiano dietro l'angolo.

«Mangio qui tutte le sere, a meno che tua sorella non cucini per me. Per fortuna non lo fa spesso.»

Nella sua prima giovinezza aveva passato qualche anno in Indonesia, perché all'epoca suo padre era stato attaché presso l'ambasciata dei Paesi Bassi. Un periodo difficile per il nonno, ma il padre di Katja, a suo dire, si era goduto la giovinezza ai tropici e gli era rimasta una spiccata preferenza per la cucina indonesiana. Aveva ordinato una bottiglia di vino bianco – «Un pinot grigio alsaziano, lo tengono apposta per me» – di cui lei aveva bevuto solo un bicchiere, ma che aveva reso suo padre loquace e soprattutto un po' più allegro. Aveva voluto sapere dei suoi studi e dei progressi che stava facendo con la sua ricerca.

«Hai poi ricavato qualcosa dal libretto dei dipinti di tuo nonno?»

«Ma certo, lui aveva già fatto molte ricerche, anche se naturalmente non poteva avere a disposizione le tecniche sviluppate negli ultimi anni. Purtroppo.»

«Non devi dispiacertene. Stai portando a termine il suo lavoro. Mi piace quest'idea.» La guardò con espressione seria.

Katja fu costretta a deglutire, questo assomigliava a un complimento, cosa di cui non era mai stato generoso in vita sua. *Che caro.* Non aveva la minima idea di cosa si stesse occupando il nonno, di cosa si stava occupando lei ora. Non gli avrebbe detto niente, era troppo, troppo complesso, e anche troppo incerto.

«Ho trovato il nome di un certo Jacques...»

Suo padre scoppiò a ridere. «Jacques! Sì... com'è che si chiamava? Aveva acquisito delle competenze nel mondo dell'arte con cui aiutava il nonno. Un tipo strano. Ricordo ancora bene che tua nonna non era particolarmente felice della sua costante presenza. Era iscritto al partito comunista e per lei durante la Guerra Fredda non era una buona raccomandazione.» Quel ricordo lo aveva rallegrato.

«Ho letto nei diari che comunicavano per mezzo di cartoline.»

«Ah sì?» Aggrottò la fronte. «Non mi ricordo. Ma non mi stupisce, sai, era proprio un ometto bizzarro.»

Si sentiva delusa? Aveva pensato, o forse sperato, che suo padre fosse ancora in possesso delle cartoline? Dopo la morte della nonna avevano svuotato e riordinato tutta la casa. Solo i diari del nonno erano stati risparmiati. Ed erano andati a lei.

«Jacques...» ripeté lui ancora una volta. Katja vide che le sue palpebre cominciavano ad abbassarsi. Era ora di chiedere il conto.

Vreeman aveva preso il toro per le corna. Si era reso conto di essere sotto scacco, non ancora del tutto matto, però. Non poteva lasciare sua moglie in mano a quel russo, gli si stringeva il cuore al solo pensiero. Tentava a tutti i costi di non immaginare in che situazione si trovasse in quel momento. Doveva agire.

Era tutto il giorno che Mazarov non si faceva sentire e il messaggio era abbastanza chiaro: ora ci si aspettava qualcosa da lui. Cos'aveva detto? Aveva parlato di un cane rabbioso o qualcosa del genere, no? Non faceva differenza, comunque. Era convinto che se avesse aspettato ancora, avrebbe ricevuto un'altra scatola con sorpresa. E dato che i soldi che doveva dare al russo non li aveva, era obbligato a inventarsi qualcos'altro per liberarsi da quel pazzo pericoloso. Non c'era altro da fare. Doveva informarlo di ciò che sapeva.

Dopo mangiato Katja aveva riportato suo padre a casa, ma aveva rifiutato affettuosamente l'invito a rimanere a dormire. Purtroppo non aveva tempo, aveva spiegato. Suo padre l'aveva abbracciata a lungo e l'aveva baciata su entrambe le guance. Quando aveva alzato lo sguardo verso di lui aveva visto che aveva gli occhi pieni di lacrime.

Avrebbe voluto fare tutta una tirata fino a Parigi, ma già ad Arras si accorse di essere stanca e di fare fatica a tenere gli occhi aperti. Per strada c'era traffico, molti camion superavano indisturbati e facevano continuamente accendere le luci dei freni in maniera allarmante. A Bapaume decise di aver passato abbastanza tempo al volante e parcheggiò l'auto davanti all'Hotel de la Paix. Non ci furono problemi a trovare una stanza e se la signora avesse voluto uno spuntino, caldo o freddo, anche quello si poteva organizzare. A Katja bastò un bel bicchiere di vino rosso per addormentarsi profondamente.

La mattina dopo fu svegliata dal suono del suo cellulare. Le nove e mezza! Due ore dopo l'ora in cui avrebbe voluto alzarsi. Non aveva tempo da perdere, doveva proseguire.

«Pronto, sono Katja.»

«Katja, sono Alice.» Qualcosa nel tono della voce di sua sorella le fece scattare un segnale d'allarme.

«Alice?»

«Papà è morto.»

33

Si era fatta una doccia veloce, aveva bevuto due caffè e si era sforzata di trangugiare un po' di frutta, e ora era di nuovo sulla strada del ritorno, diretta all'Aia. Papà morto. Era ossessionata da pensieri cupi e faceva fatica a concentrarsi sull'intenso traffico mattutino. Si vedeva davanti Arjen, che dopo la morte di Louis Post si era sentito minacciato ed era scappato da un avversario per lei invisibile. E Nina, che era stata quasi violentata da quello schifoso pelato. Lo stesso tizio pelato di cui aveva parlato Arjen? All'inizio ci aveva riso su, non aveva voluto credere di trovarsi in una storia alla James Bond, ma poi aveva smesso. E ora papà. Era stato lo stesso uomo? Era colpa sua, era stata seguita? Era già successo, per questo aveva cambiato auto. Erano riusciti a ritrovarla lo stesso? Ma perché poi suo padre...? Le vennero le lacrime agli occhi e provò un enorme senso di colpa. Ma perché era andata a trovarlo in questa situazione? Perché non gli aveva telefonato? Perché... Domande senza senso, domande a cui non c'era risposta, ma che continuavano a girarle nella testa. Fu felice quando l'iconcina della benzina si accese segnalando che doveva fare rifornimento.

Suo padre era nel suo letto, il copriletto tirato su fino al mento. Il volto incorniciato dall'aristocratica chioma di capelli grigi era, se possibile, ancora più pallido del giorno prima. La vita lo aveva del tutto abbandonato, letteralmente. L'anima se n'era andata e ciò che rimaneva sul cuscino non aveva più molto di suo padre. Katja quindi era in grado di guardare il viso senza emozione, mentre sua sorella se ne stava in un angolo della stanza da letto a piagnucolare. La camera dei suoi genitori, che ora non sembrava più la stanza allegra e luminosa che era appartenuta a suo padre e a sua madre. Dove i suoi genitori facevano cose, come le avevano spiegato molto tempo fa gli amichetti a scuola, di cui Katja non voleva sapere nulla. Ora non c'era più vita. Non era più una stanza da letto, era una camera mortuaria.

«Quando si è svegliato era morto» singhiozzò Alice.

«Come?»

«Voglio dire, stamattina non si è svegliato, perché era morto.»

«Sì, sì, mentre dormiva...»

«Ed era tutto a posto ieri sera quando lo hai lasciato?» chiese Alice.

C'era un tono di disapprovazione nella voce di sua sorella? «Sì. Era... com'era sempre da quando la mamma è mancata. L'hai trovato qui stamattina?»

Sua sorella annuì. «Sono passata a portargli due *tompoes*.[4] Li adorava.»

Nonostante la situazione Katja fu costretta a ridere tra sé e sé. Era Alice ad andare matta per i *tompoes* e suo padre era la sua scusa. «E nella maggior parte dei casi si alza presto, quindi pensavo che fosse già in giro, a fare qual-

[4] Dolce ricoperto di glassa colorata e farcito di crema, simile alla millefoglie [N.d.T.]

che commissione o qualcosa del genere. Ma sotto le scale c'erano le sue scarpe, lo sai che lui lasciava sempre...» Alice continuava a blaterare, lo faceva sempre quando era nervosa. Katja aveva imparato a estraniarsi e a ricavarne le cose più importanti. «... l'ho visto morto nel suo letto!»

Entrò il dottor Plasman. «Katja. Piacere di vederti, anche se... Il motivo naturalmente non è così allegro. Condoglianze.»

«La ringrazio.»

Il medico di famiglia si chinò sul corpo di suo padre come se potesse scoprire qualcosa di nuovo.

«Può dirci di cosa è morto?»

«È stato il cuore, andava piuttosto male già da tempo. Si chiama scompenso cardiaco. Non molto tempo fa aveva avuto un piccolo infarto.»

Katja guardò Alice. «Lo sapevi?»

Alice scosse la testa.

Plasman tossicchiò. «Non aveva voluto dirlo. Voi sapete com'era.» Lasciò passare un momento di breve silenzio. «Era stato un piccolo infarto, come ho detto, ma vista la condizione già precaria del suo cuore evidentemente ha fatto più danni di quanto pensassi. Inoltre era molto negligente con le sue pillole.»

Katja esitò. «È sicuro che sia stato il cuore?»

Il dottore la guardò sorpreso e si tolse gli occhiali rotondi dal naso. «Cos'altro sarebbe dovuto essere?»

«Be'... suppongo che lei esamini il corpo per... per altre possibili cause di morte. Soffocamento o...»

Gli occhi di Plasman si strinsero fino a diventare delle fessure. «Per caso mi stai chiedendo se faccio bene il mio lavoro, Katja?»

«No, certo che no. Io... volevo solo essere sicura che...»

«Che non abbia sofferto» le venne in aiuto Alice.

«Ah, ecco.» Plasman si rimise gli occhiali. «Non c'è

nulla che lo faccia pensare. Era sdraiato qui, rilassato, se così si può dire in queste circostanze. È morto nel sonno, se n'è andato serenamente» concluse in tono solenne.

Allora possiamo scrivere questo sull'annuncio mortuario, pensò Katja, mentre in lei l'inquietudine lasciava il posto a un enorme sollievo. Povero papà, morto serenamente nel suo letto, non per colpa di quel mostro pelato.

Aveva parlato con l'impresa di pompe funebri, scelto la cassa e deciso il giorno del funerale. Alice era troppo agitata. Le avrebbe lasciato da preparare il testo per il necrologio; Alice aveva sempre pensato di essere lei la creativa tra loro due. Poi aveva chiamato zia Ada, la sorella del nonno, molto avanti negli anni, per informarla della morte di suo padre, e aveva sfogliato la sua agendina per vedere se c'erano altre persone da mettere al corrente. Alla fine aveva deciso di lasciar perdere, l'annuncio e i biglietti che avrebbero mandato sarebbero dovuti bastare a questo scopo.

Nel corso del pomeriggio l'atmosfera in casa aveva iniziato a pesarle ed era uscita per andare da qualche parte a bere un caffè. Non si sentiva triste per la morte di suo padre? Certo, ma ciò che prevaleva era la sensazione irreale di non avere più di colpo né padre né madre. Di dover stare senza due persone che c'erano sempre state e che avrebbero dovuto esserci sempre, ma che adesso non ci sarebbero state mai più. Era contenta di aver parlato con lui solo la sera prima e di colpo si ritrovò a pensare ai suoi occhi pieni di lacrime quando si erano salutati. Ne aveva avuto il presentimento, sapeva che sarebbe morto? Non che volesse proprio morire, ma non aveva intenzione di sforzarsi più del necessario per vivere. Queste erano state le sue parole. Questo le rendeva più facile accettarlo. Quando era morta sua madre, era stata a pezzi per settimane. Era per colpa di quel cancro ingiusto che l'aveva portata via dalle braccia della famiglia. Con sua madre però aveva avuto un rapporto diverso rispetto a quello con suo padre, distante e per lo più assente. Non che l'avesse amato di meno, ma la sua presenza nella sua vita era stata meno prominente.

Il tempo primaverile era luminoso, splendido, avrebbe tanto voluto andarsene a Scheveningen a camminare un paio d'ore lungo la spiaggia e a prendere una boccata d'aria, ma non aveva intenzione di lasciare troppo da sola sua sorella. Entrò in un piccolo bar e ordinò un cappuccino. Sentì un profumo di torta di mele.

La cameriera vide che Katja la guardava. «Appena uscita dal forno.»

«Dammene una fetta.» Caffè e torta di mele, come se volesse ricompensarsi per una buona azione. «Senza panna.»

Meditò su cosa doveva fare. Si chiese se poteva rimettersi in viaggio per la Francia, vedere se riusciva ancora a recuperare i dipinti, ma in realtà sapeva già la risposta. Non andava bene, non era possibile. Non poteva lasciare lì Alice con un padre che doveva essere sepolto, con tutto quello che ci sarebbe stato ancora da sistemare. E poi sarebbe stato inappropriato nei confronti della famiglia e scorretto nei confronti di sua sorella. Non poteva mancare. Bevve un sorso di caffè. In fondo questo pensiero la tranquillizzava. Forse questa folle vicenda doveva finire qui, bloccata in maniera naturale dalla morte. Forse era così e basta. *Time-out.*

Mangiò un pezzetto di torta di mele, per niente pentita della sua decisione. *Time-out*... L'avrebbe pensata così anche chi aveva messo gli occhi sui suoi quadri? Il misterioso aggressore che continuava a rispuntare fuori, prima da Post e poi a casa sua? Quanto ci avrebbe messo a ritrovare le sue tracce? Qualcuno aveva il suo dipinto e li voleva senz'altro tutti e tre. Ma chi? Le domande erano sempre le stesse. E anche l'incertezza, che la faceva impazzire. Pensò al mercante d'arte svizzero, Hubert M. Vreeman. Avrebbe dovuto chiamarlo per dirgli che aveva preso un impegno con il Rijksmuseum? Che aveva parlato con delle persone e che lui poteva lasciar perdere i suoi tentativi? Sarebbe stata sicuramente la cosa migliore, ma... lui avrebbe accettato?

Mazarov era seduto allo stesso tavolo del Kempinski dove aveva parlato con Vreeman meno di trentasei ore prima. Sul tavolo c'erano i resti di un vasto plateau di frutti di mare, a giudicare da quel poco che rimaneva più che altro a base di aragosta. La bottiglia di sauvignon accanto al piatto da portata era mezza vuota. L'uomo gradiva il vino al mattino presto.

«Signor Vreeman, si sieda. C'è ancora un po' di vino.»

Vreeman prese posto e alzò una mano. «Ho appena bevuto il caffè.»

Mazarov si picchiettò le labbra con un tovagliolo. «A cosa devo l'onore?»

«Presumo che tu lo sappia.» Vreeman cercò di rimanere il più possibile neutrale, per non scoprire le sue carte. Non mostrare emozioni. Mai mostrare emozioni.

«È venuto a portarmi i miei soldi.»

«Sono venuto a prendere mia moglie.»

Il russo aggrottò le sopracciglia. «Sua moglie...» Lasciò la parola in sospeso, come se si chiedesse di chi mai si trattasse.

«Non ho abbastanza contanti per poterti pagare, ma ho informazioni molto interessanti.»

La ruga tra le sopracciglia si approfondì. «Sua moglie» ripeté il russo.

«E sono pronto a condividerle con te, a condizione che mia moglie sia rilasciata.»

«Informazioni?» Mazarov non sembrava avere molta fiducia nelle parole di Vreeman.

«Che sconvolgeranno il mondo e che valgono milioni. Molti milioni.»

Mazarov sospirò e infilzò con la forchetta un pezzo di aragosta dimenticato tra i resti sul piatto da portata d'argento. «Forza, allora tiri fuori queste informazioni.»

34

L'impresa di pompe funebri aveva chiamato per comunicare che purtroppo, dato che erano molto occupati, il funerale non poteva avere luogo prima della fine della settimana. Fissarono allora la sepoltura per il giovedì. Già da molto tempo il padre aveva comprato una tomba al cimitero di Oud Eik en Duinen e ora poteva finalmente essere sepolto a fianco di sua moglie.

Katja aveva silenziosamente sperato di poter organizzare il funerale all'inizio della settimana, così da poter poi partire al più presto per la Francia. Sapeva di avere ancora una serie di faccende pratiche da sbrigare, ma si chiedeva disperata come avrebbe superato il resto di quelle giornate. Non riusciva proprio a sopportare giornate intere chiusa nella casa dei genitori con sua sorella, quindi, per cominciare, aveva comprato un paio di scarpe da corsa. Sua sorella aveva iniziato molto presto a detestare l'attività fisica – Katja ricordava ancora i sabati mattina in cui Alice correva per casa strillando, gridando che non voleva andare a hockey – mentre lei adorava trascorrere giornate intere a fare sport all'aria aperta. In ogni caso adesso le scarpe le davano la libertà di passare da sola un paio d'ore al giorno. Provava un senso di esaltazione mentre correva nel Westduinpark, l'estesa riserva naturale tra Kijkduin e Scheveningen, lungo i sentieri che aveva imparato a conoscere così bene nel periodo trascorso all'Aia. Quando la domenica andavano a camminare tra le dune con i genitori e suo padre raccontava storie truculente vicino ai bunker costruiti un tempo dai tedeschi. Sua madre lo rimproverava, diceva che spaventava le ragazze, ma a Katja quei racconti erano sempre piaciuti.

Nell'ultimo anno non aveva concluso molto con la corsa e ora, mentre era all'inizio del sentiero di sabbia a fare qualche esercizio di stretching per non sovraccaricare i muscoli irrigiditi, si accorse di quanto le fosse mancata. Era dura correre sui percorsi che serpeggiavano su e giù tra le dune, ma dopo un inizio faticoso trovò il suo ritmo familiare, godendosi la pace emanata dal paesaggio. Sentiva l'odore del mare portato dal vento di nord ovest e si riempiva i polmoni di ossigeno. Le sembrava di migliorare e il ritmo della corsa portava via dal suo cervello e scioglieva i pensieri deprimenti dei giorni appena trascorsi. Ci fu spazio per nuove intuizioni e di colpo le venne in mente la soluzione, in realtà così ovvia da passare quasi inosservata. Ma certo, poteva tranquillamente fare un salto a Crain e tornare subito prima del funerale. Avrebbe aiutato Alice nei preparativi e nelle questioni burocratiche, e poi avrebbe preso un appuntamento con il notaio. A quel punto poteva andarsene senza problemi per due o tre giorni. La casa era a otto ore di distanza, poteva farcela in un paio di giorni, recuperare i dipinti, poi passare la notte a Parigi e rimettersi in viaggio già la mattina dopo. Avanti e indietro in circa quarantott'ore tornando in tempo per il funerale. Doveva essere fattibile.

Proseguì il suo percorso con rinnovata energia e, quando si lasciò cadere stremata su una panchina venti minuti dopo, si rese conto che era una vita che non si sentiva così bene.

Il russo era scettico. Non era illogico, data la natura della faida che stavano combattendo in quel momento. Vreeman gli aveva appena fatto vedere un'immagine del dipinto di Pietersz. Aveva messo le informazioni pertinenti, almeno quelle che lui riteneva tali, su una chiavetta e gliele aveva mostrate sul suo portatile. Ma la spettrometria Xrf e qualsiasi altro riferimento a Rembrandt, per non parlare della *Ronda di notte*, li aveva tralasciati. Spazio per negoziare.

«E lei, signor Vreeman, vuol farmi credere che là sotto non c'è una semplice opera d'arte, ma un "capolavoro"» disse Mazarov in tono derisorio. Rise rivolto alla sua guardia del corpo, ma quello, come sempre, ricambiò il suo sguardo con un'espressione imperturbabile.

Vreeman spiegò che il dipinto era oggetto di serie ricerche presso l'Università di Amsterdam, sotto la guida del professor dottor Arjen Hageveld e con l'auspicio del Rijksmuseum. Di quest'ultima cosa non era sicuro, ma suonava bene, era come un sigillo d'approvazione da parte della massima autorità.

Mazarov si chinò sopra i risultati della ricerca e li studiò minuziosamente. Benché fino a poco tempo fa nel piccolo mondo dell'arte il russo fosse noto soprattutto per la sua smania di comprare, aveva studiato arte alla Southbank University di Londra e non era uno sbarbatello incolto come lo ritenevano. «Quanto è grande questo dipinto?»

«Circa un metro e venti per cinquanta.»

«Non molto grande. Non molto usuale.»

Vreeman alzò le spalle e voleva dire a Mazarov qualcos'altro di vago, quando di colpo si rese conto di qualcosa che inconsciamente gli era rimasto impresso quando aveva parlato con la studentessa che aveva fatto la ricerca sulla tela. Al telefono aveva parlato di «dipinti». Plurale. L'aveva detto più volte. Dipinti! Ma certo, la parte mancante della *Ronda di notte* era molto più grande di un metro e venti per cinquanta. Era senz'altro alta più di tre metri. Quindi c'era ancora un altro dipinto. Un dipinto più grande. O forse addirittura due!

Mazarov per fortuna non sembrò notare nulla dell'improvvisa eccitazione che si era impadronita di Vreeman. Guardava davanti a sé e sembrava intento a riflettere.

«Il dipinto appartiene a un privato» aggiunse Vreeman per completezza.

«Dovrò farlo esaminare più a fondo» disse alla fine il russo. «Sono già stato ingannato una volta, signor Vreeman, il mio ego non consente che succeda di nuovo.» Lo guardò sorridendo, ma nei suoi occhi c'era tutta un'altra storia. Vi si vedeva il gelo dell'altopiano siberiano.

Vreeman chiuse con un colpo il suo portatile e tolse la chiavetta. «Non sono qui per divertirmi, Aleksej. Devo saldare un debito e rivoglio mia moglie.»

«Di chi è il dipinto?»

«Di chi è...?»

«Il proprietario.»

«Ah, il proprietario. Non posso rivelarlo.» Fece un sorriso di scusa, come a dire che non poteva mettere subito tutte le sue carte sul tavolo.

«Peccato.»

«Devo tornare ad Amsterdam. Sono in contatto con il professore e con... il proprietario.» Avrebbe preferito non rivelare l'identità di Hageveld, ma sapeva che Mazarov non si sarebbe fidato solo della sua parola.

«Posso parlare con quel professore?»

«Penso di sì.»

Mazarov protese imperioso la mano. «Mi servono i risultati per fare la mia ricerca.»

Vreeman aveva lasciato scivolare la chiavetta nella tasca interna. «Rivoglio mia moglie.»

Il russo si alzò e andò verso la finestra. Con le mani sprofondate nelle tasche guardò fuori verso il porto per gli yacht dalla parte opposta del lago di Ginevra, con quelle imbarcazioni di lusso che da lontano sembravano barchette giocattolo, gli alberi che sporgevano nel cielo come stuzzicadenti. Con dietro i monti che forse gli ricordavano i monti della sua gioventù. «Vai al bar. Prendi qualcosa da bere e aspetta lì.»

Vreeman si alzò e andò verso la porta più calmo che poteva.

«Vreeman!»

Suonò come un ordine. Si fermò vicino alla porta, senza girarsi.

«La prossima volta non sopravviverai.»

Aprì la porta.

«E nemmeno tua moglie.»

Nella parte superiore della sua gamba un muscolo si mise a tremare. Guardò al di sopra della spalla.

«E nemmeno tua figlia.»

Aleksj Mazarov si girò verso la porta e Vreeman provò una gelida ostilità che non lasciava spazio a nessun dubbio.

Nina aveva telefonato a suo padre per comunicargli che voleva cambiare la serratura della porta di casa, senza spiegargli il motivo della sua richiesta. Suo padre, che bivaccava nell'Achterhoek rurale e che si teneva al corrente di ciò che accadeva nello scapestrato ovest del Paese grazie ai media locali, si attivò all'istante e le mandò un fabbro.

Quello aveva guardato la vecchia serratura con occhio

esperto. «Questa la apri anche con un cotton fioc» era stata la sua arrogante conclusione ancora prima di cominciare.

Era in ginocchio intento a rimuovere la vecchia serratura con il trapano quando passò Michiel. Si fermò davanti alla porta, si chinò sopra al fabbro e premette brevemente il campanello.

«Mi scusi.»

Arrivò Nina, ma fece spaventata un passo indietro quando vide chi c'era davanti alla porta. Del tipo testardo e sicuro di sé che conosceva restava poco. Michiel aveva un'aria sperduta e negli occhi uno sguardo un po' disperato. Aveva sulla fronte un grosso cerotto quadrato, il naso gonfio e borse scure sotto gli occhi, come se non dormisse da un anno.

Tentò di ridere con fare rassicurante, ma non ci riuscì granché per via del taglio ricucito sulla mascella.

«Sono appena uscito dall'ospedale.»

«Non si nota per niente» osservò giustamente il fabbro, continuando a fare il suo lavoro.

Nina sospirò irritata. «Vieni dentro.»

Fece sedere Michiel al tavolo di cucina e gli preparò un caffè.

«Devo starmene tranquillo per un paio di giorni.»

«Santo cielo, amico, ti hanno buttato fuori dall'ospedale così.»

«Là non potevano fare più niente per me.»

«Come va la testa?»

Lui si strinse nelle spalle. «Di merda.»

Lei gli diede il suo caffè e andò a sedersi davanti a lui.

«Non c'è Katja?»

«No. Non è venuta a trovarti all'ospedale?»

«Secondo l'infermiera sì, ma poi non l'ho più vista.»

La sua voce aveva un suono risentito e Nina sentiva che si stava avventurando su un terreno pericoloso. Katja le aveva detto che con Michiel era finita, ma poteva immaginare che dopo l'incidente sentisse il bisogno di rivederla.

«Non ti ha telefonato?»

Lui si guardò intorno confuso, come se non riuscisse a orientarsi. «No. Oppure sì, forse sì. Durante l'incidente il mio telefono è morto.» Fece di nuovo un penoso tentativo di sorridere. «Senza telefono non hai più una vita. Vero?» Gli occhi gli si riempirono di lacrime.

Lei sentì che la cosa diventava un po' imbarazzante. «Posso prestarti un momento il mio telefono.»

Michiel si asciugò le lacrime e fece una smorfia. «Mi fa male tutto, cazzo. No, non c'è bisogno, non devo chiamarla. Me lo stavo solo chiedendo. Scusa, scusa, Nina, non sono in me.»

«Lo capisco bene» disse lei, anche se non ne era tanto sicura.

Si alzò e chiamò il fabbro che era sulla porta. «Vuoi un caffè?»

«Volentieri.»

«Come lo prendi?»

«Con del latte. E tanto zucchero, lo voglio dolce come una bella donna.»

«Oh porca troia» borbottò lei; poi, a voce un po' più alta, disse: «Di latte non ne ho».

«Va bene lo stesso, lo zucchero è la cosa più importante.» Dopodiché appoggiò il trapano alla porta e la stanza si riempì di un suono penetrante. Quando il trapano tacque, restò solo un silenzio pesante e significativo.

«Volevo chiedere a Katja se voleva... passare un'altra notte con me.»

Nina si girò stupita. «Pensavo che voi...»

«Sì, ci siamo lasciati. Ma... so che sembra idiota, ma ancora per un po' non vorrei stare da solo.»

Ora Nina capiva benissimo cosa intendeva Michiel.

Si era seduto al bancone del bar e aveva ordinato un whisky doppio nel tentativo di controllarsi. Certo era felice di riavere sua moglie, ma temeva l'incontro con Molly. Come spiegare qualcosa che non si può spiegare?

L'addetto alla sicurezza personale di Mazarov – aveva dimenticato il suo nome – apparve sulla porta e gli fece un cenno. Tracannò il contenuto del bicchiere e seguì l'uomo fino a una panchina sul lungolago. Sulla panchina era seduta... Molly.

Alzò lo sguardo verso di lui, ma non sembrò vederlo. Non ebbe alcuna reazione. Aveva sulla gola due striature di un rosso chiaro. Vreeman fu sopraffatto dall'emozione, gli si riempirono gli occhi di lacrime, ma non poteva mettersi a frignare. Non qui, non con quel tizio che gli stava addosso. Fece un respiro profondo e diede al russo la chiavetta con i dati selezionati e aspettò che riattraversasse la strada. Poi tirò fuori il telefono e lo lanciò nel lago con un ampio arco. A casa ne aveva altri di prepagati e ora in ogni caso si era liberato di Mazarov. I contatti veramente importanti li aveva sul telefono che di solito teneva a casa in cassaforte.

Keep it cool. Stay in control[5].

Fece cenno a un taxi fermo davanti al Kempinski e aiutò con cautela la moglie a salire. Cinquecento metri più avanti l'aiutò di nuovo a scendere. Lasciò una mancia che era il doppio del costo della corsa. L'accompagnò all'ascensore che li avrebbe portati all'ultimo piano, cosa che si rivelò altrettanto difficile perché minacciava continuamente di cadere. Non aveva idea di cosa le avesse propinato Mazarov, ma se l'indomani non ci fosse stato nessun miglioramento avrebbe dovuto far venire il dottore. E inventarsi una qualunque scusa del cavolo.

[5] Non ti agitare. Mantieni la calma.

Quando furono nell'appartamento la mise subito a letto e cercò di non guardarle l'orecchio, o i segni che aveva sul collo. Poi andò a fumare in terrazza.

A metà notte Molly si svegliò, lui non aveva ancora chiuso occhio. La sentì scivolare fuori dal letto e andare cautamente in bagno a piccoli passi. Vide da sotto la fessura della porta che aveva acceso la luce. La casa era silenziosa e a quel puntò si sentì quel grido represso, quell'urlo disgustato che riempì tutto il bagno e riecheggiò fino al loro letto ed eliminò ogni ultima traccia di resistenza in Vreeman. Si mise a piangere come un bambino.

Nina aveva offerto a Michiel di rimanere a dormire da lei, nella stanza di Katja.

«A essere sincera avrei bisogno anch'io di un po' di compagnia.»

Lui l'aveva guardata stupito e lei gli aveva raccontato della sua aggressione.

«Qui, in casa tua?»

«Era già dentro quando sono entrata in casa.»

«Ecco perché la serratura nuova... Cosa veniva a fare qui quel tipo? Cosa stava cercando?»

«Katja, penso.»

Erano rimasti in silenzio.

All'inizio della serata avevano ordinato una pizza ed era stato piacevole. L'atmosfera tetra si era dissolta dopo che si erano confessati che aver subito un'aggressione aveva avuto un impatto più forte sulle loro vite di quanto volessero mostrare al mondo esterno. Avevano guardato un film su Netflix, che entrambi scoprirono di aver già visto, dopodiché Nina aveva deciso che era ora che il «paziente» andasse a letto.

Michiel si era già quasi addormentato quando sentì che

qualcuno gli s'infilava accanto. Confuso, pensò per un momento che fosse Katja, ma subito dopo si rese conto che non era possibile. Nina.

«Nina...»

«Ssst.»

Gli si strofinò contro, senza imbarazzo, come se fossero abituati a stare a letto insieme così ogni sera. Sentì contro la schiena il respiro calmo del suo petto. Non sapeva cosa pensare, oltre al fatto che erano due persone sole nel letto della sua ex. Poi sentì la sua mano che lo accarezzava.

«Michiel...» le sentì dire piano al suo orecchio. «Lo faremo con molta cautela.»

35

Katja si era svegliata alle sei e mezza. Le tende leggere della stanza degli ospiti non potevano fermare il sole intenso del mattino. Si era messa dei pantaloni da jogging e una maglietta ed era andata a sedersi alla scrivania di suo padre. Non molto dopo era spuntata Alice e aveva fatto il caffè, che Katja prese nello studio, insieme a un cracker con del formaggio.

Si guardò intorno e annusò l'odore della stanza. L'odore di suo padre. Guardò le carabattole che aveva accumulato nel corso degli anni durante la sua carriera. Lavori d'intaglio nel legno e un astuccio penico indonesiano, appeso al muro come una sorta di sciabola. Vecchie sculturine kenyote e naturalmente le foto delle vacanze in America. Tutte cose talmente familiari da non notarle quasi più. Tutto così legato a suo padre e ora non più legato a nessuno. Lo spirito di suo padre aveva abbandonato la casa, portandosi via il significato di tutti quei piccoli oggetti. Non restavano che campioni senza valore. Lo aveva detto anche lui quando una volta sua madre aveva fatto un commento su tutti quegli oggetti che non faceva che accumulare. «Una volta che sarò morto, finirà tutto in discarica.» E sarebbe andata proprio così, non aveva bisogno di portarsi via niente di tutto ciò. A parte le foto, perché anche per lei erano dei bei ricordi. Sarebbero durate finché fosse durata lei.

Trovò i documenti di suo padre nel cassetto della scrivania. Una cartellina con estratti conto, fogli dell'assicurazione – tra cui un'assicurazione funeraria – e un mucchietto di moduli per la dichiarazione dei redditi. Niente di speciale. Sotto la cartellina trovò un piccolo anello con due chiavi. Sapeva che erano della cassaforte. Si alzò e andò alla cassa murata nella parete accanto alla porta. Quando era bambina per lei era sempre stato così emozionante quando suo padre apriva la cassaforte per tirarne fuori qualcosa. Di colpo si ricordò dei leccalecca! Lei e Alice erano rimaste stupefatte che il papà tenesse dei dolci nella cassaforte. Ora si rese conto che naturalmente doveva averli avuti in mano prima di aprirla. Sorrise al pensiero. Infilò le due chiavi nello sportello della cassaforte e l'aprì. Per un momento sentì l'emozione di un tempo, in fondo non si sapeva mai cosa poteva contenere.

Dentro una scatola di forma allungata c'era il costoso orologio d'oro che aveva ricevuto da suo padre. Non l'aveva mai voluto portare, temendo di perderlo. Da trasmettere di padre in figlio. Peccato quindi, la sua storia ora era finita. Una scatoletta quadrata, di legno di ciliegio intarsiato in avorio, dove trovò dei gioielli di sua madre. Alla sua morte lei e la sorella avevano potuto sceglierne entrambe qualcuno, il resto l'aveva voluto tenere suo padre. Vedendo le gioie che aveva visto portare così spesso a sua madre si emozionò. Le avrebbe date tutte ad Alice. Aveva già un anello e una catenina di sua madre, d'oro con piccoli granati, niente di speciale, ma abbastanza come ricordo. Trovò un mucchietto di denaro, valuta straniera e anche euro. Aveva sempre avuto contanti in casa, i bancomat a volte potevano andare in tilt e lui non voleva trovarsi senza. Lo avevano preso in giro per questo. In una scatolina piatta trovò un nastro arancione bordato di blu a cui era appesa una sorta di croce. Il suo ordine cavalleresco, che quando aveva smesso di lavorare aveva ricevuto dalle mani del ministro a nome del re, e di cui era stato incredibilmente orgoglioso. Come se avesse vinto una medaglia alle Olimpiadi.

Come ultima cosa tirò fuori dalla cassaforte una busta marrone in formato A4. *Alice e Katja*, c'era scritto nella calligrafia disordinata di suo padre. Aprì la busta e ne tirò fuori una lettera dattiloscritta.

Care ragazze, ora sono morto.

È una frase da film che ho sempre desiderato scrivere prima o poi. E il motivo per cui scrivo questa frase è che sospetto che morirò da solo. Un giorno, che per voi è appena trascorso, il mio cuore cederà. Spero nel mio letto e non alla cassa dell'Albert Heijn.

Katja scoppiò a ridere. Suo padre odiava fare la spesa.

Non siate tristi per me, ora fortunatamente sono di nuovo con vostra madre. Anche questa è un'altra frase da film. Non so se è vero, ma mi dà conforto.

Si stupì del suo tono distaccato anche se è vero che suo padre, razionale, aveva sempre preferito evitare i grandi gesti e tenere a distanza ogni emozione.

Gli ultimi anni sono stati faticosi. Il mio tempo è già giunto al termine da un po', ho alle spalle i miei doveri terreni e aspetto la fine della mia vita. Mi fa bene vedere che avete trovato la vostra strada nella società, anche se tutto questo è soprattutto merito di vostra madre. Forse non sono sempre riuscito a dimostrarlo, ma sappiate che vi ho amate con tutto il cuore. Alla fine siete sempre state la cosa più importante per me. Se non sempre sono riuscito a farvelo sentire, questo mi rende triste, ma lo capisco. Non sono mai stato un padre modello.

Ora le lacrime le rotolavano giù per le guance e doveva tenere un po' più alto il foglio per non macchiarlo.

Tutti veniamo al mondo senza averlo chiesto e dobbiamo cavarcela con quello che abbiamo ricevuto. Non dubito che voi ce la farete con il bagaglio che vi abbiamo dato vostra madre e io. Vi abbiamo amato molto, siamo stati orgogliosi di voi e, nel caso sia possibile, continueremo a seguirvi dall'aldilà. Con tanto amore. Un bacio, Jan.

P.S. Chiamate Evert Overdevegt per sbrigare le faccende pratiche. J.

Katja piangeva e non smise di piangere finché non le rimasero più lacrime.

36

L'aveva svegliato il rumore del föhn. Era rimasto sveglio fino alle quattro, le cinque, ma comunque a quanto pare si era addormentato. Avrebbe preferito rimanere a letto, ma il buonsenso gli diceva che era meglio confrontarsi subito.

Molly si era asciugata i capelli in modo che cadessero sull'orecchio. Aveva un'aria stanca ma sicura di sé. Si era preparata una grande teiera e mangiato il suo yogurt con il muesli come ogni mattina. Sul tavolo aveva davanti a sé il giornale, la *Tribune de Genève*, che continuò a sfogliare anche quando lui entrò in cucina. Nessuno dei due parlava e nella cucina c'era un'atmosfera pesante come il piombo, come quando, la mattina dopo una serata di litigi, uno dei due partner doveva scusarsi.

«Non so che cosa sia successo» esordì Molly «e non voglio neanche saperlo. Voglio dimenticarmene al più presto. Parto oggi per l'Inghilterra e non torno mai più.»

«Capisco.»

A quel punto lei alzò lo sguardo con un'espressione ironica negli occhi. «Allora sei più perspicace di me. Puoi scegliere, Huub, e se scegli i tuoi affari, come hai sempre fatto in fondo, ne hai tutto il diritto. Ma non mi vedrai mai più.»

Lui andò a sedersi accanto a lei al tavolo. «Molly...»

«No, non c'è spazio per la contrattazione. È così e basta.» Chiuse di colpo il giornale e si alzò. «Io mi sono prenotata un biglietto, vedi tu cosa vuoi fare.»

Se ne andò dalla cucina, lasciandolo annientato dietro di sé.

Un'ora dopo aveva accompagnato sua moglie all'aeroporto e l'aveva aiutata a fare il check-in della valigia. Non avevano parlato molto. Molly tornava a Londra, nell'appartamento in una via tranquilla di Fitzrovia che aveva ereditato dai suoi genitori e che avevano sempre tenuto come pied-à-terre.

«Porto a termine gli affari qui e poi vengo anch'io. È finita, Molly, vendo tutto e mi ritiro. Te lo giuro.»

Lei l'aveva guardato, annuendo in maniera appena percettibile, e si era girata. Vreeman l'aveva seguita con gli occhi, sperando che si girasse di nuovo a guardarlo. Che salutasse con la mano era chiedere troppo. Ma Molly andò dritta verso il varco di sicurezza e sparì dalla vista. Era giusto così, come marito non valeva nulla. Non era stato in grado di proteggerla, ma era stato Mazarov a passare il limite, a mischiare gli affari con la vita privata, un peccato mortale ai suoi occhi. Oh, certo, avrebbe lasciato il commercio, voleva farlo già da molto tempo. Avrebbe lasciato per sempre la Svizzera e sarebbe andato ai Caraibi con Molly per fare una vita tranquilla a bordo della barca che avrebbe comprato. Ma prima aveva un conto da regolare.

Aleksej Mazarov annusava il profumo della primavera mentre passeggiava con tutta calma e a suo agio lungo la Neva. La mattinata era fresca e l'acqua sfavillante del fiume si increspava invitante lungo il muro della banchina. D'estate, quando faceva caldo, dal fiume poteva arrivare un odore soffocante, ma tutto era meglio di quella triste pozzanghera svizzera da cui era appena arrivato. Per lui potevano tenersela Ginevra, potevano tenersi tutta la Svizzera. Al giorno d'oggi non c'era nemmeno modo di spenderci i soldi.

La vita vera era qui, a San Pietroburgo, dov'era nato e cresciuto. Trent'anni fa, grazie all'idiozia di un tedesco dell'Est, aveva visto cadere il Muro di Berlino in televisione. Tutto il mondo comunista stava tremando dalle fondamenta, la gente usciva ovunque per strada. Suo padre aveva pensato che sarebbe stata la fine del mondo, del loro mondo, quando quell'ubriacone di Eltsin aveva dissolto l'Unione Sovietica all'inizio degli anni Novanta. Il paese era caduto nel caos, ma per lui non era stato che l'inizio di un futuro dorato. In quel senso non molto era cambiato rispetto alla buona vecchia epoca sovietica. Se appartenevi al piccolo gruppo dei privilegiati, avevi a disposizione denaro e potere. Agli altri non restava che la vodka.

Guardò il suo orologio, un esemplare da pochi soldi che aveva comprato una volta all'aeroporto. I suoi orologi di valore erano in cassaforte, al giorno d'oggi per dieci rubli ti piantavano un coltello nella schiena. Erano le nove e mezza, c'era tempo a sufficienza. La matinée domenicale al Teatro Mariinskij cominciava alle dodici. Un balletto olandese che lo faceva tremare al solo pensiero, ma era un contentino per sua figlia, arrabbiata perché negli ultimi tempi l'aveva un po' trascurata.

Guardò Oleg, che camminava un paio di metri dietro di lui. Il suo viso, come sempre, aveva un'espressione impenetrabile. Ma ci sarà qualcosa che piaccia a quest'uomo, si chiese. L'aveva visto sogghignare una volta, una sola. Era stato quando qualcuno si era messo in testa di estorcere qualcosa a lui, Aleksej Mazarov. Un piccolo *žutko* aveva visto l'opportunità di fargli delle foto e voleva in cambio dei soldi. Ai ricatti non dovevi mai cedere. Sì, erano foto scandalose, e non gli avrebbe fatto piacere se fossero state rese pubbliche. Non lasciavano spazio all'immaginazione. Lei gliela aveva detta la sua età, ma quando vide le foto capì che quella piccola strega era ben più giovane di quel che gli aveva raccontato. Era un hobby pericoloso, da cui dopo questo incidente era rimasto alla larga. Aveva dato un appuntamento al ricattatore in un posto dove avrebbe dovuto scambiare i soldi con un disco contenente le foto. Il ricattatore aveva trovato Oleg ad aspettarlo e proprio in quel momento lo aveva visto sogghignare. Di quello stronzetto non si era mai più saputo nulla.

In realtà avrebbe dovuto mettere Oleg alle calcagna di Vreeman. Ci aveva pensato seriamente, ma poi si era reso conto che in quel caso poteva dire addio ai suoi soldi. E per lui erano un po' troppi per lasciar perdere. Di sicuro ora che la sua ex aveva depositato una richiesta così alta tramite i suoi avvocati che, tra l'altro, erano pagati da lui. Aveva corso un bel rischio con quella storia, l'olandese. Una storia inverosimile, ma la vita gli aveva insegnato che spesso la verità si annida proprio nelle storie più inverosimili. E se veniva fuori che era una stronzata totale, poteva comunque pretendere di nuovo i suoi soldi. Ma sarebbe stato davvero sensazionale se sotto a quel quadretto insignificante ci fosse stato qualcosa. Gli esiti della ricerca sembravano convincenti, a quanto era in grado di giudicare. Avrebbe dovuto sottoporli a una ricerca ulteriore da parte di qualcuno che aveva conoscenze specialistiche in merito, una persona che conosceva bene legata all'Hermitage. Passò accanto al giardino del Palazzo d'Inverno e attraversò la strada verso la Piazza del Palazzo, che nel sole primaverile sembrava irresistibile, al di là di ogni paragone. Guardò la Colonna di Alessandro e l'arco di trionfo alla fine della piazza, uno spettacolo di cui non si stancava mai e che lo faceva sentire addirittura orgoglioso. Parigi poteva andare a farsi fottere con le sue piazzette e i suoi monumentini. Questa sì che era una piazza! Soprattutto adesso che non c'erano turisti diretti al museo per passare un'ora in coda. Aveva appuntamento con il suo conoscente sotto le scale davanti all'entrata dell'Hermitage. Aveva ancora cinque minuti.

Fu costretto a ripensare a Vreeman. Era in trappola, era evidente; non per niente aveva condiviso con lui le sue informazioni. La domanda era: Aleksej voleva dividere quel successo con Vreeman? E, cosa ancor più importante, dov'era quel dipinto? Non aveva la minima idea di che diavolo stesse succedendo nei Paesi Bassi mentre lui stava qui ad aspettare i suoi soldi. Quell'olandese era inaffidabile, lo aveva già imparato a proprie spese. Era stato stupido a comprare quel falso De Hooch senza fare nessuna ricerca. La presunzione, era questo il suo punto debole, lo era sempre stato. Questa volta, dunque, avrebbe dovuto agire in maniera più cauta e non fidarsi di nessun altro. Dio è nell'alto dei cieli e lo Zar è lontano.

Si girò e fece un cenno a Oleg.

La Jaguar blu scuro attraversò il Reno e proseguì attraverso il cimitero Saint-Georges verso la stazione. In questo quartiere a sud del lago, in cui tutte le costruzioni erano magazzini e bassi palazzi di uffici, si trovava il Freeport di Ginevra – i Ports Francs – una serie di edifici anonimi dietro a cancelli verdi pieni di telecamere di sorveglianza.

Commercianti di ogni tipo e da ogni parte del mondo

conservavano le loro merci nelle camere blindate del Freeport, senza che nessuno sapesse cosa c'era stoccato di preciso. Ancora una volta quelle volpi degli svizzeri avevano trovato un'ottima soluzione.

Per Hubert il Freeport era stato un importante fattore per stabilirsi a Ginevra. Della città in sé non gli importava niente, per non parlare del Paese. Un'accozzaglia di villaggi di montagna pronti a vendersi al miglior offerente. Mancavano di eleganza e raffinatezza, ma grazie alla loro posizione favorevole e alla loro astuzia da contadini si erano guadagnati una reputazione di ferro. Solida come la Banca Nazionale Svizzera. Non si erano mai tirati indietro, mettendosi a disposizione di tutte le parti durante la guerra. Vreeman era infastidito da quella mancanza di carattere, ma doveva ammettere che anche lui se ne era servito con soddisfazione.

Nell'edificio 3, corridoio 8, camera 12, uno spazio climatizzato su un corridoio di lunghezza infinita, si trovava la collezione d'arte che si era costruito nel corso degli anni. Lo spazio era dominato da una grande e colorata scultura di Charlotte van Pallandt, che originariamente era stata nel giardino di un milionario tedesco il cui piccolo castello era andato a fuoco in circostanze sospette. Sembrava che la scultura fosse andata perduta durante l'incendio, ma un paio di mesi dopo gliel'avevano offerta a prezzo modico. Amava quella scultura e gli rincresceva di non averle mai potuto dare il posto che meritava. C'erano anche icone e altre opere d'arte religiose che erano state risparmiate dalla devastazione e che lui aveva contrabbandato illegalmente in Svizzera. Arte proveniente dalla Siria e dall'Iraq, manufatti originali accanto a dipinti di vari periodi, della cui provenienza però non era certo. Era stata la sua più grande fonte di entrate quando di colpo gli sceicchi arabi avevano iniziato a provare interesse per l'arte occidentale e avevano aperto ovunque musei e loro succursali.

Camminando attraverso la sua collezione lo assaliva un senso di tristezza; si sentiva schiacciato dall'insensatezza di tutti gli anni in cui aveva dato appassionatamente la caccia a tutte quelle opere. Avrebbe venduto tutto. Sarebbero passati anni prima che riuscisse a liberarsi dell'intera collezione, perché poteva mettere sul mercato solo un pezzetto alla volta, ma alla fine avrebbe fruttato abbastanza da permettergli di vivere serenamente. C'era solo un ma: aveva bisogno dei soldi adesso. Ora, altrimenti sarebbe stato impossibile sperare di poterla avere una vita, serena o meno.

Si guardò intorno di nuovo. C'era arte a sufficienza, ma il tempo era troppo poco, il suo problema era proprio questo.

Rudolf Tedingh van Eyck passeggiava a suo agio attraverso il Rijksmuseum, lo scrigno di tutto ciò che aveva prodotto la ricca storia culturale del Paese. La mattina presto faceva spesso un giro nello stupefacente edificio, uscito come rinato dopo una ristrutturazione radicale durata lunghi anni, che aveva riportato il museo alla sua antica gloria. In quei momenti, quando non c'era nessuno, se la godeva come un altro si sarebbe goduto una passeggiata nel bosco di prima mattina.

Amava quell'edificio, non solo l'arte che conteneva, ma proprio il palazzo in sé. Era stato progettato dall'architetto cattolico Pierre Cuypers, che aveva dovuto combattere contro un'amministrazione comunale composta in prevalenza da protestanti che lo accusavano di voler riportare Amsterdam al medioevo. Il re Guglielmo III si era rifiutato di partecipare all'inaugurazione dell'edificio. L'aveva definito spregiativamente un «palazzo degli arcivescovi».

E aveva ragione. Tedingh continuò a camminare attraverso la galleria d'onore, dove le nicchie ai lati della sala ospitavano tutti i grandi del diciassettesimo secolo. Frans Hals, Nicolaas Maes, Vermeer, tutto il Secolo d'Oro era lì in bella mostra. Era evidente che la galleria era stata progettata come la navata di una chiesa che culminava nel coro, dove il capolavoro di Rembrandt stava in bella mostra come un magnifico altare. Grandioso e schiacciante, era appeso sopra alla stretta fessura nel pavimento dove il dipinto, nei momenti di pericolo, poteva scomparire nel giro di trenta secondi per essere portato in luoghi più sicuri.

La *Ronda di notte*.

Un'opera d'arte grandiosa e un costante motivo di preoccupazione. Fu costretto a pensare ai racconti di suo padre, che durante la guerra, come dipendente più giovane del museo, aveva visto portare via il dipinto, sollevato dalla sua monumentale cornice e arrotolato per essere conservato in diversi posti nell'Olanda del Nord e in seguito in un'umida grotta nel sud del Limburgo. Dopo la guerra l'aveva visto riportare dal Limburgo al museo su un barcone; il direttore dell'epoca era stato così felice del ritorno del capolavoro che per l'euforia era caduto lungo disteso sul dipinto. E poi le storie sulla devastazione operata dalla guerra sul quadro e il restauro dalla durata infinita. I lavori per ripristinarne la reputazione più ancora che la tela. E ora era di questo che si preoccupava, della sua reputazione. Perché ciò che gli era stato appena raccontato non lo faceva stare affatto tranquillo.

«Sei poi riuscito a contattare il professore?»

Tedingh sedeva dietro la sua scrivania e Goedemond impaziente era seduto davanti a lui. Aveva chiamato il curatore proprio mentre si stava recando al Golf Club di Kennemer, dove era stato invitato per una partitina domenicale con pranzo finale.

«No» rispose secco. «Non è a casa e non risponde al telefono.»

Tedingh aveva più o meno riposto le sue speranze nel professore. Lui aveva ascendente sulla ragazza e avrebbe potuto convincerla dell'interesse pubblico.

«Scomparso dalla faccia della terra» aggiunse inutilmente Goedemond.

«Proprio come Louis Post.»

L'allusione era chiara e Goedemond iniziò ad agitarsi a disagio nella sedia. «Be', non è detto...»

No, non era detto, ma per Tedingh il paragone era ovvio.

«Se sul mercato c'è una terza parte, Goedemond, e tutti i segni lo fanno pensare, si giocherà duro.»

Tedingh guardò il muro sopra la testa del biondo curatore. Il torace gli si alzava e si abbassava pesantemente, come se facesse fatica a respirare. Il viso paffuto aveva l'aria stanca, ma gli occhi erano limpidi e svegli. Non c'era più tempo per conversazioni amichevoli, per educati scambi di opinione. Bisognava intervenire.

«Devo parlare con Katja Hiemstra. Prima che la situazione sfugga di mano.»

Aveva fatto leggere la lettera a sua sorella e Alice era rimasta fuori combattimento per un'ora. Alla fine si era ripresa e aveva dichiarato che «non poteva continuare a piangere per tutta la settimana» che papà avrebbe voluto che andassero avanti con la loro vita. Quindi ora le due sorelle erano sedute l'una davanti all'altra al tavolo di cucina a scrivere biglietti di partecipazione.

Alice consultava la piccola rubrica del padre. «Santo cielo, papà conosceva un sacco di gente.»

«Non c'è bisogno di invitare tutti. Solo chi è vicino, gli altri leggeranno l'annuncio che uscirà domani sul giornale.»

Le suonò il telefono. Guardò lo schermo, ma non riconobbe il numero.

«Pronto, sono Katja.»

«Katja, sono Robin!»

«Robin? Ah, Robin Rijksmuseum.»

«Eh… sì, proprio così. Scusa se ti disturbo di domenica, ma in riferimento alla nostra conversazione vorrei prendere un appuntamento a breve per la consegna del quadretto.»

«Be', quadretto…»

«Per il momento chiamiamolo ancora così, che dici?»

La sua risata da ragazzino risuonò attraverso il telefono, così forte che Alice alzò le sopracciglia. Katja si alzò dal tavolo e fece due passi nel giardino.

«Presumo che tu abbia parlato con tuo padre?»

«Be'… mio padre è mancato ieri.»

La risata gli morì sulle labbra.

«E ora sono all'Aia, per sbrigare delle questioni pratiche…»

«Capisco, capisco. Mi dispiace, condoglianze. Io, eh… E il quadro?»

«Sì, non… è qui.»

«No, no, lo capisco. Ma… dov'è di preciso?»

«Robin…»

«Possiamo aiutarti? Possiamo anche venire a prendere i dipinti. Non è un problema, se questo può aiutarti.»

«Robin, ti va bene se ti chiamo dopo il funerale?»

La risposta venne dopo un silenzio che durò solo un attimo di troppo.

«Ma certo, sì, certo. Pensavo… Volevo… Naturalmente abbiamo guardato la ricerca che hai fatto, e *chapeau*… Siamo riusciti solo a guardarla rapidamente, ma è un lavoro davvero approfondito. Anche Tedingh era impressionato. Volevo solo dirtelo. E poi, sì, naturalmente, il funerale è più importante. Ma se posso aiutarti...»

«Mi faccio sentire io.»

37

Nina era sdraiata sulla schiena, sfacciatamente nuda, e dormiva. Dalla bocca semiaperta proveniva un leggero russare. Michiel tirò su il piumone che era mezzo scivolato per terra e scese dal letto. In effetti avevano iniziato piano e per un po' Michiel aveva pensato che gli sarebbe scoppiata la testa e gli sarebbe esploso il torace, ma gradualmente l'eccitazione aveva attutito il dolore e avevano abbandonato ogni ritegno. Solo che ora si sentiva come se qualcuno si fosse messo a tirargli il cranio verso l'alto stando in piedi sul suo petto. Si guardò in faccia nello specchio del bagno. Aveva un'aria malconcia, ma gli occhi erano di nuovo limpidi. Per un po' la ferita alla mascella gli avrebbe impedito di radersi, ma un inizio di barba come quello gli stava bene.

Si era fatto una doccia di cinque minuti e, dopo essersi asciugato e vestito, si sentiva relativamente bene. Andò in cucina in cerca di qualcosa di commestibile, ma a quanto pare Nina non pensava a queste cose, perché trovò solo roba scaduta o ammuffita. Fu quindi costretto a uscire per cercare un panificio o un supermercato aperto di domenica. C'era un piacevole sole primaverile e si godette la relativa calma della strada. L'idea di passare da Katja il giorno prima aveva avuto un esito particolarmente positivo. Sorprendente, ma positivo. Aveva dovuto farsi coraggio, si sentiva un po' coglione per aver avuto paura a dormire da solo, ma alla fine aveva fatto proprio bene. Perché quella Nina, davvero, che tipo.

Aveva comprato dei croissant al panificio ed era accanto al piano di lavoro ad aspettare che bollisse l'acqua quando la cucina si riempì di un motivetto jazzato. Scoprì che era il telefono di Nina, che era sul tavolo.

«Telefono!» gridò inutilmente Michiel, perché Nina stava già arrivando in cucina.

«Kat!»

Michiel alzò lo sguardo sentendosi in trappola, come se attraverso il telefono Katja potesse vederlo mentre preparava la colazione alla sua migliore amica.

«Oh, no, tesoro, che cosa tremenda. Come...? Cosa? Okay, bene, certo. No, no, nessun problema. Sì. No. Okay. Coraggio, tesoro, coraggio. Sì.»

Lasciò cadere il telefono.

«Katja?»

«Sì.»

«Telefonata corta.»

«Voleva sapere se poteva tenere ancora un po' la mia macchina.»

«Ah.»

«È morto suo padre.»

«Oh, no!»

«Giovedì c'è il funerale.»

«Merda. Questa... non me l'aspettavo. Le telefonerò.»

Nina lo guardò con aria beffarda. «E cosa le dirai?»

«Che mi dispiace che suo padre sia morto.»

«E da chi l'hai saputo?»

Michiel la guardò senza capire. «Da...» Poi capì e rise imbarazzato. «Forse non è un'idea così furba.»

38

«Sai cos'ho trovato nella libreria?»

Katja si riscosse dai suoi pensieri mentre sua sorella appoggiava piano una scatola sul tavolo. Era una scatola celeste di quelle in cui una volta si confezionavano le camicette alla Maison de Bonneterie o in qualche altro negozio chic dell'Aia.

«Cosa c'è dentro?»

«Non lo indovinerai mai» rispose sua sorella con un sorrisetto malizioso.

«È per questo che te lo chiedo.»

Alice aprì la scatola, come facendo un trucco da prestigiatore, e svelò un mucchio di buste.

«Cosa sono?»

«Lettere d'amore.»

«No!» Katja sconcertata spostò lo sguardo dalle buste a sua sorella.

«Di papà e mamma?»

Alice scoppiò a ridere. «Dai un'occhiata tu?»

«No!»

«Dal nonno alla nonna.»

«Ah...»

«Di quando lui era in India e lei ancora qui all'Aia.»
«Che cosa carina.»
«Ho letto la prima, ma mi sembra un po'... Non so.»
«Un sacrilegio.»
«Qualcosa del genere.»
Katja passò la mano tra le lettere. Riconobbe nell'indirizzo la calligrafia minuta del nonno. Sotto alle buste, sul fondo della scatola, vide una cartolina colorata.
Era la prima di un pacchetto tenuto insieme da un ampio elastico. L'aveva tolto dalla scatola e se l'era portato in giardino. Era possibile che fossero quelle di Jacques, l'amico del nonno, di cui aveva letto nel diario?
Sulla prima cartolina c'era *La sposa ebrea* di Rembrandt. Una scelta molto appropriata. Il retro era coperto da una scrittura fitta e antiquata, ma ben leggibile.

Ci sto lavorando, ma per un po' farò così. Non telefonarmi!

Benché non fosse firmata, non dubitava che provenisse da Jacques. Quella era la paranoia a cui aveva accennato il nonno. Esaminò le cartoline, che a vedere dal timbro postale erano nell'ordine in cui erano state ricevute, e lesse i brevi messaggi.

La ricerca è sistemata. Andrà bene.
C'è interesse, ma non vogliono ancora abboccare.
Guardati le spalle!!

Le spalle? C'erano immagini di mulini e una serie di foto in bianco e nero di signore nude in posizioni erotiche. A Katja veniva da ridere. Sicuramente il nonno le aveva tenute nascoste alla nonna. I testi sul retro diventavano un po' più cupi.

Di nuovo tutto un rimpallo continuo. Buzzurri olandesi!

All'estero c'è interesse. Sono in trattative con una parte interessata.

Nessuno deve saperlo!!

Povero nonno, che da cittadino onesto si era visto trascinare da un momento all'altro in una grande avventura. Era un'avventura pericolosa? L'ultima cartolina della pila raffigurava una stazione balneare inglese, dove una signora grassissima stava sulla battigia accanto a un ometto smilzo.

Mi stanno alle calcagna. Non preoccuparti, non mi avranno.

Patrimonio culturale. Sì, come no. Attenzione al Grande Albero!!

Di che cosa parlava, chi era che gli stava alle calcagna? Il *Grande Albero*? Posò la cartolina in cima alla pila e guardò davanti a sé. Era successo ancora qualcosa, dopo? Jacques era morto e poco dopo anche il nonno. C'era forse un collegamento con quello che stava succedendo a lei? Si chiese con crescente inquietudine come doveva essersi sentito suo nonno. Si era tirato indietro? Avrebbe dovuto farlo anche lei? No, anche se avesse voluto, ormai quel treno era partito e non si poteva tornare indietro.

Aveva preparato un paté di tonno e apparecchiato il tavolo in giardino per due. All'aperto era ancora fresco, ma il giardino era riparato e c'era molto sole e poco vento. Sotto la vecchia magnolia, che in primavera era la prima a fiorire ed era carica di fiori bianchi, c'era un po' d'ombra.

«Papà avrebbe insistito perché bevessimo un bicchiere di vino a pranzo» aveva detto Alice in un tono che non ammetteva repliche e aveva stappato una bottiglia di borgogna bianco. E così per un po' le due sorelle stettero sedute in silenzio una davanti all'altra, intente a spalmare il paté su sottili fette di pane integrale.

«Cheers.»

«Alla salute. A papà.»

«A papà.»

Bevvero un sorso.

«Domani mattina parto» disse Katja.

«Torni ad Amsterdam?»

Scosse la testa. «Vado in Francia. A Crain.»

«Ma papà l'ha appena venduta. Me l'hai detto tu.»

«Probabilmente l'arredamento è ancora da quella vecchia tardona.»

«La Ménard?»

Katja annuì.

«Ma cosa te ne fai di quelle cianfrusaglie?»

Katja si strinse nelle spalle. Per il momento non voleva gravare sua sorella del peso di ciò che sapeva. «Voglio assicurarmi che non butti via niente di valore.»

«Pfff.»

Rimasero in silenzio per un po'.

«Guarda che non lo faccio» sentì poi dire in tono ribelle.

«Cosa non fai?»

«Il funerale, da sola!» Alice aveva le lacrime agli occhi.

«Liesje, non ti lascio sola. Certo che no. Vado e torno. Domani vado a Crain e poi sarò di ritorno a casa dopo un giorno, al massimo due. Forse farò ancora una tappa intermedia a Parigi, ma tornerò comunque in tempo per il funerale.»

«Ma perché devi andarci proprio adesso?»

«Perché... perché c'è un quadro che mi serve. Per i miei studi. Prima che non ci sia più, buttato via da quella befana della Ménard.»

Entrambe le ragazze non avevano mai sopportato madame Ménard, che esercitava un potere dittatoriale su un territorio che non le apparteneva e aveva sempre tenuto le redini corte alle ragazze.

«Una volta l'ho beccata a bere il calvados di papà.»

«No!»

«Poi lo allungava con il tè.»

Scoppiarono a ridere.

Katja mise la mano su quella della sorella. «Ho fatto mettere il necrologio sul giornale, i biglietti sono stati spediti e ho ordinato una composizione floreale per la cassa. Ora non c'è nient'altro da fare, a parte aspettare.»

Alice annuì. «Okay.»

«Tieni.» Katja prese dalla sua borsa un pacchetto di denaro e ne mise la metà accanto al piatto di sua sorella.

«Cosa sono?»

«Li ho trovati nella cassaforte di papà. Seimila euro. Tremila a testa.»

«Nella cassaforte?»

«C'erano anche l'orologio del nonno e i gioielli della mamma. Per quelli dovremo fare testa o croce.»

Alice fece un sorriso triste e diede un'occhiata di traverso ai soldi. «Ma si può? Non è... non... per il fisco, voglio dire, quei soldi si possono prendere così?»

«Penso che non ne sappiano nulla. Quindi no, non si potrebbe, ma chi se ne frega?»

«Sì, be'...» Alice esitò, ma finì per vedere che conveniva. «Ho anche bisogno di qualcosa di nuovo per il funerale e, se parti per la Francia, tanto vale che vada a fare shopping.»

«Vedi, ora sì che ti riconosco!»

39

Arjen si era dato malato e si era sistemato nella seconda casa di un amico. Era una piccola fattoria in una posizione incantevole tra le dune dalle parti di Bergen. Negli ultimi tempi aveva lavorato troppo e temeva il *burn-out*, aveva spiegato all'amico, che gli aveva detto di restare finché voleva.

Se l'era goduta, il primo giorno. Aveva fatto un'abbondante spesa al supermercato locale e poi era stato un'ora al sole senza fare niente, senza pensare a niente. Dopo due giorni però aveva stabilito che non poteva andare avanti così. Non poteva continuare a bere e a fare finta di niente, e lasciare Katja da sola ad affrontare le conseguenze. Non poteva più scappare. Doveva agire. Ma in che modo? Chiamare Katja, dopo che l'aveva abbandonata? Non è che morisse dalla voglia di farlo. Era andato fino al villaggio e mentre vagava davanti ai negozi perso nei suoi pensieri di colpo gli era venuto in mente cosa doveva fare. Non doveva fuggire, ma per proteggerla bastava che condividesse le sue preoccupazioni con qualcuno. Dovevano farsi degli amici, di nemici ne avevano abbastanza. Doveva chiamare il Rijksmuseum.

«Arjen, chiami proprio a proposito.» Robin sembrava concitato.

«Come mai?»
«Ti stavo cercando. Infatti abbiamo ancora un paio di domande e non riusciamo a metterci in contatto con Katja.»
«Ah, okay, capisco. Be', ecco... sono a disposizione, se vuoi.»
«Possiamo vederci?»
«Non si può fare al telefono?»
«No, no, a quattrocchi.. Non si sa mai chi sta in ascolto!»
Robin tentò di ridere della sua battuta, ma Arjen lo trovò poco convincente. Inoltre aveva sperato di liberarsi delle sue preoccupazioni con Robin, o meglio: di potergliele passare. In ogni caso non aveva certo pensato di dover tornare ad Amsterdam.
«Veramente sarebbe meglio di no.»
«Qui in ufficio?» Non era tanto una domanda quanto una comunicazione.
«Quando?»
«ASAP.»
Arjen esitò, estremamente riluttante. Si era pentito di aver chiamato, ma ora non poteva più tirarsi indietro. «Dovremo fare domani allora, mi dispiace ma non sono ad Amsterdam.»
Dall'altra parte della linea ci fu un momento di silenzio.
«Tutto bene?»
«Sì... sì, perché?»
«Sembri... Be'...»
«Devo... devo dirti una cosa.»
«E io devo chiederti una cosa.»
«Sì, ma...»
«Facciamo domani?»
Arjen aveva la sensazione di non riuscire a farsi capire da Robin.
«Posso domani in tarda mattinata.»
«Domani mattina alle undici in punto.»

«Perfetto.»

Aveva riattaccato, ma era rimasto deluso. Perfetto? Niente affatto. Voleva togliersi un peso, sistemare le cose al telefono per dare una mano a Katja e liberarsi da quella sensazione negativa. Ma ora lo costringevano a rientrare ad Amsterdam e questo non rientrava nei suoi piani.

Una volta tornato nella casa tra le dune, aprì un'altra bottiglia di vino e si versò un bicchiere. La conversazione telefonica gli aveva lasciato una brutta sensazione e già tremava al pensiero del viaggio di ritorno.

Michiel voleva portare fuori a cena Nina e visto lo stato delle sue finanze decise di andare in pizzeria. Nina aveva debolmente protestato che il suo corpo non poteva reggere tutti quei carboidrati, ma lui sapeva per esperienza personale che il suo corpo sopportava un sacco di cose. Avevano optato per una quattro stagioni e una caraffa di vino rosso della casa.

«Domani vado da Katja.»

«Ah sì?»

«Suo padre è morto e lei è la mia migliore amica, non posso piantarla in asso così.»

«C'è anche sua sorella.»

«È proprio quello che intendo. Una gattamorta... Oh, merda!»

«Cosa c'è?»

«Kat ha la mia macchina.»

Michiel si ficcò in bocca una fetta di pizza e masticò cautamente. «Allora ti porto io.»

«Davvero?»

«Il vecchio stava quasi per diventare mio suocero.» La frase suonò più triste di quanto avesse voluto.

Ridacchiando Nina gli diede una pacca sul dorso della mano. «Oh, ma cosa dici!»

«Be', sì, voglio dire, anch'io non posso abbandonare Katja di colpo, no?»
«No, hai i tuoi doveri.»
Continuarono a mangiare in silenzio.
«Allora dobbiamo dirglielo» rifletté Nina.
«Sì?»
«Sì. Altrimenti non è onesto.»
Michiel alzò le spalle. «Mi ha lasciato lei.»
«Non ufficialmente. Avete litigato.»
«Non funziona più e basta. Mi ha abbandonato per quella bruttura.»
Nina alzò lo sguardo. «Quale bruttura?»
«Il suo dipinto, il dipinto di Katja.»
«Per te sarà anche una bruttura, ma il mondo intero gli sta dando la caccia.»
Michiel scoppiò a ridere. «Ma piantala.»
«Me l'ha detto lei. Pare che ci sia sotto un altro dipinto. Non chiedermi come».
Michiel si versò quello che restava del vino rosso.
«Era piuttosto esaltata per questa cosa.»
«Non mi dire.»
«Ma ora sembra scomparso dalla faccia della terra.»
«Quel brutto dipinto con i bambini?»
«Sì. Rubato o qualcosa del genere.»
«Ma che cosa stai dicendo? Quell'affare è a casa mia!»

Parte quarta

Il cimitero degli omicidi irrisolti

40

Hubert Vreeman aveva passato la notte sul divano in salotto senza riuscire a dormire, perché non aveva osato entrare in camera da letto. Continuava a sentire l'urlo inorridito di Molly che riecheggiava nel bagno. Ora che sua moglie aveva lasciato per sempre l'appartamento, anche lui si sentiva fuori posto e intendeva metterlo in vendita al più presto. Non poteva più vivere lì, voleva andare a Londra, seguire Molly. Lei gli avrebbe consentito di rientrare nella sua vita, ne era convinto, ma doveva prima fare i conti con i demoni del passato. Doveva voltare pagina e per farlo doveva riuscire a rintracciare quella studentessa, Katja. Era l'unico modo, lei possedeva la chiave del suo futuro. Doveva convincerla a collaborare con lui, perché lui era in grado di proteggerla dal crudele mondo esterno. Dai cani privi di scrupoli come Mazarov. E ora gli dispiaceva di aver seguito l'impulso di lanciare il telefono nel lago. C'era il suo numero, perché lei gli aveva telefonato, non avrebbe perso tempo. Ora avrebbe dovuto inventarsi qualche altro modo per mettersi in contatto con lei.

Aveva svuotato la piccola cassaforte del suo appartamento e infilato tutto in una ventiquattr'ore di pelle che aveva depositato nella sua cassetta di sicurezza al Credit

Suisse. Poi aveva preso il primo volo disponibile per Amsterdam e adesso era in un taxi diretto all'hotel Pulitzer, dove sperava di trovare Müller. L'aveva chiamato due volte, ma non aveva ricevuto risposta. E Müller non poteva chiamarlo, perché non aveva il suo nuovo numero. Per un momento aveva considerato la possibilità di inviargli un sms, ma pensandoci meglio aveva deciso di rinunciare, perché non voleva lasciare tracce. E questo lo irritava. Gli ripugnava un po' avere ancora a che fare con Müller, ma purtroppo non c'era altro da fare. Doveva metterlo in contatto con Katja.

Mentre il taxi sfrecciava sulla A4 sfogliava il *Telegraaf* che aveva preso sull'aereo. Gli cadde l'occhio su un necrologio. Johannes Marnix Eduard Jan Hiemstra era mancato serenamente nella sua casa e le figlie Katja e Alice piangevano la sua morte.

Lasciò cadere il giornale, quasi sopraffatto da questo incredibile colpo di fortuna. Jan Hiemstra, padre di Katja. Katja Hiemstra, la donna che stava cercando. Guardò la parte finale del necrologio. Il funerale avrebbe avuto luogo il prossimo giovedì. Non c'era nessun numero di telefono, ma c'era un indirizzo nella Bezuidenhoutseweg all'Aia.

Diede un colpetto sulla spalla al tassista. «Non andiamo ad Amsterdam, ma all'Aia.»

L'autista non trovò niente da ridire.

Non gli aveva telefonato e non rispondeva alle sue chiamate. Aleksej Mazarov era di un umore orribile per colpa di un certo mercante d'arte di Ginevra che gli doveva moltissimi soldi. Versò un po' di caffè nero dalla caffettiera d'argento nella tazzina di porcellana che aveva davanti. Gli tremava la mano, ma era più per via di quello che aveva bevuto la sera prima. Dopo lo spettacolo di danza, che a sentire sua figlia aveva passato a russare, aveva incontrato alcuni amici in affari e le cose erano sfuggite abbastanza di mano.

Certo, Vreeman doveva aver cambiato telefono e in quel modo pensava di essersi liberato di lui. *Suka bljad'*! Ma non c'era problema, lo teneva comunque d'occhio. Era al corrente di quello che faceva minuto per minuto. Ieri aveva accompagnato sua moglie all'aeroporto. Non era andato con lei a Londra. Mazarov sorrise. Naturalmente erano convinti che la donna là fosse più al sicuro. Be', Oleg aveva sbrigato compiti più difficili. Non perché volesse per forza andare dietro alla donna, preferiva non farle niente. Non era uno psicopatico disturbato, non era un assassino, voleva solo quello che gli spettava. E di quello doveva occuparsene Vreeman. Dopo che aveva lasciato sua moglie era anche passato dai Ports Francs, dove senza dubbio conservava i suoi tesori d'arte. Mazarov avrebbe volentieri dato un'occhiata, ma non era così facile entrarci. Il problema non era tanto la sorveglianza, ma le camere di sicurezza che erano protette da una scansione oculare. Si chiese se sarebbe stato possibile aprire le porte delle camere di sicurezza anche con l'occhio di un morto…

E ora Vreeman era ripartito per Amsterdam, probabilmente diretto di nuovo all'hotel Pulitzer. Così prevedibile. Prese la cornetta del telefono di casa. Era venuto il momento di prendere misure energiche.

Aveva fatto preparare un grande mazzo di rose bianche e rosse da un fioraio nei dintorni che era già aperto molto presto ed era andato con quello alla casa in Bezuidenhoutseweg. Suonò e la porta fu aperta da una donna dall'aria preoccupata, che sembrava visibilmente stanca.

«Mi perdoni, signora, mi chiamo Hubert Vreeman. Io… cerco Katja.»

Sul viso della donna si dipinse una chiara confusione. Lo capiva, cosa voleva da Katja un uomo anziano con un mazzo di rose?

«Le ho parlato recentemente in relazione ai suoi studi e ho letto sul giornale che suo padre è mancato.»

«Era anche mio padre» disse Alice con un mesto sorriso.

Ah, la sorella!

«Sono venuto a porgere le mie condoglianze.» Tese in avanti il mazzo e vide la sorella di Katja arrossire.

«Oh, che pensiero gentile. Peccato, però.»

«Perché peccato, se posso chiedere?»

«Katja non c'è. Ma entri, prego, non posso lasciarla lì in piedi sulla soglia.»

Lui sorrise ed entrò in casa passandole accanto. «Rimango solo un momento, ho un appuntamento tra poco.»

Andarono al tavolo di cucina e lui prese posto al tavolo grande, mentre la donna metteva i fiori nell'acqua. Lui non si era tolto il cappotto.

«Devo tornare subito a Ginevra, quindi ho pensato di passare un momento.»

«Davvero molto premuroso da parte sua» gridò Alice dalla cucina. «Vuole un caffè? O qualcos'altro?»

«Un bicchier d'acqua andrebbe benissimo.»

«Non c'è problema.»

Tutta diversa dalla sorella, pensò Vreeman. Un tipino affettuoso, da famigliola tradizionale. Katja faceva pensare di più all'avventura.

«Lei conosce mia sorella per via dei suoi studi?» Alice entrò nella stanza e gli mise davanti un bicchier d'acqua.

«Sì, per via della sua ricerca. Interessante.»

Lei andò a sedersi al tavolo accanto a lui. «Dipende da quello che uno considera interessante. Per tutto l'anno scorso è stata costantemente impegnata da questa cosa, non ha avuto tempo per nient'altro. Per prendersi cura di mio padre, ad esempio.»

Oh no, ora la tipa cominciava a lagnarsi. «Succede a volte, quando si è molto presi dal proprio argomento. Sua sorella aveva affrontato la ricerca in maniera approfondita.» Fece un sorriso affabile.

«Per me è solo uno stupido dipinto. Tutti e tre del resto.»

«Tutti e tre?»

«Sì, fanno parte di una stessa serie. A quanto pare si tratta di un'unica famiglia. Mio nonno collezionava opere d'arte, ma secondo me non aveva tanto occhio.» Rise forte e poi con fare quasi civettuolo fece finta di riprendersi. «Oh, mi scusi, naturalmente non è una cosa carina da dire.»

Lui alzò una mano con aria di rimprovero. «Quei dipinti non sono così male come dice. Del resto ho visto solo il ritratto dei bambini. Gli altri due sono qui?»

Tentò di sembrare più pacato che poteva.

«Cielo, no. Per quanto ne so, sono all'Hotel.»

«Come? Quale hotel?»

Alice scoppiò di nuovo a ridere. «Intendo la nostra seconda casa. Una volta era l'*hôtel de ville* di Crain.»

«Crain, ha detto?»

«Io e Kat prima pensavamo che fosse un hotel, cosa ne sapevamo che "*hôtel de ville*" significava municipio.» La sua risata scrosciante riempì la stanza.

Lui si unì alla risata con fare bonario. Crain, se lo sarebbe ricordato. Si alzò. «Signora Hiemstra, non la trattengo oltre. Se Katja dovesse tornare a casa presto...»

«Be', mi sembra difficile, perché se tutto va bene in questo momento è diretta in Francia.»

«Verso... Crain?»

«Doveva salvare i mobili dalle mani di quella megera

della Ménard.» Lo disse come se stesse condividendo un piccolo segreto.

Ménard? Il nome non gli diceva niente, ma aveva la sensazione di stare perdendo tempo. «E quando è partita?»

«Stamattina molto presto. Prima del funerale tornerà, ma a quel punto lei sarà senz'altro tornato a Ginevra.»

Lui andò verso la porta e le fece un sorriso amichevole. Doveva cercare di raggiungere Katja, prima che gli sfuggisse definitivamente. Il dubbio era come. «Me la saluti. Avremo senza dubbio occasione di rivederci in seguito.»

«E io la ringrazio moltissimo per gli splendidi fiori, farò in modo che in occasione della sepoltura...» Uno sguardo afflitto le attraversò il viso.

«Va bene, ottimo, ne faccia ciò che vuole. Ancora una volta, condoglianze.» E di colpo gli venne in mente la soluzione. «Solo un'altra domanda, potrei forse prendere in prestito il suo telefono per fare una chiamata? Il mio purtroppo ha la batteria scarica e devo informare la persona con cui ho appuntamento che sarò un po' in ritardo.»

«Nessun problema.» Prese il suo cellulare dal tavolino d'appoggio e glielo porse. «Nel frattempo taglio la parte inferiore del gambo delle rose, altrimenti non durerebbero altri due giorni e sarebbe un peccato.»

Scomparve in cucina. Vreeman scrollò tra i contatti e trovò il numero di «Kat».

«Pronto?!» Si sentì risuonare la voce sopra al rumore del motore.

«Katja? Sono Hubert Vreeman.»

Aveva preso il numero dal telefono di Alice ed era uscito senza salutare. Aveva chiamato Katja dal marciapiede davanti a casa. Dall'altra parte della linea non si sentiva niente, a parte il rumore dell'auto.

«Non riattaccare! Rimani in linea, Katja, è importante.»
«Le ho già detto che non ho altro da dire.»
«Non l'ho dimenticato, ma ho qualcosa da dirti. Dobbiamo parlare.»
«No.»
«Sì! Ora non si tratta del dipinto, Katja, si tratta della tua vita. Io e te sappiamo cosa stiamo cercando, ma non siamo gli unici. Per via di uno sfortunato incidente di nome Louis Post» tentò di far sì che la sua voce non suonasse amareggiata «ora abbiamo alle calcagna qualcuno che è pronto a passare sui cadaveri. Un russo, il suo nome è Aleksej Mazarov. Cercalo su Google. È ricco sfondato, molto potente, colleziona arte, e passa sui cadaveri. Credimi, lo conosco.»
Ci fu di nuovo silenzio dall'altra parte della linea. Non poteva lasciarla andare.
«Ora stai andando in Francia.»
«Davvero?»
«Ho appena visto tua sorella. Donna amichevole.»
«Tante grazie, Alice» sospirò Katja.
«Possiamo incontrarci a Parigi?»
«Assolutamente no!»
«Katja, qui si tratta della tua vita e non solo della tua! Post è stato il primo e tua sorella potrebbe anche essere la prossima.»
«Mia sorella?»
«Dobbiamo vederci. Posso essere a Parigi nel pomeriggio.»
«Perché...»
«Katja! Non c'è più tempo per le domande, ora.»
Dall'altra parte della linea non si sentì nulla.
«Katja?»
«Okay. Conosce il ristorante Georges, sul tetto del Centre Pompidou?»

Sì! Ce l'aveva fatta. Se riusciva a noleggiare in fretta un'auto, poteva essere a Parigi entro sei ore.

«Non c'è problema. Sarò là alle... diciamo alle tre e mezza.»

Senza aggiungere altro Katja riattaccò.

Se n'era andata completamente. La sensazione di libertà, la sensazione di essersi liberata per un momento da tutto, guidando attraverso la terra di nessuno. La liberazione era durata poco, finché non aveva ricevuto quella chiamata. Decise di mettere il telefono in modalità silenziosa. Per il momento non sentiva il bisogno di parlare con nessuno e certamente non di una conversazione opprimente come quella che aveva appena fatto. Il tono agitato nella voce di Vreeman non le era sfuggito. Di colpo le venne in mente una cosa, e a quel pensiero seguì una fitta al cuore. Guardò nello specchietto retrovisore e si spostò nella corsia di destra, da dove poi manovrò l'auto verso la corsia di emergenza e accese le quattro frecce. Aveva parlato con Alice. All'Aia. A quanto pare aveva scoperto il suo indirizzo. Ma come stava sua sorella? Il panico la prese alla gola. Doveva tornare all'Aia, non doveva andare a Parigi per nessun motivo, come aveva potuto venirle in mente di prendere un appuntamento a Parigi? Sarebbe tornata indietro e basta. Adesso.

Tirò fuori il cellulare. Sentì il telefono suonare.

«Ciao, Kat. Sei già arrivata?»

Grazie a Dio era ancora viva! Si sentì pervadere da una sensazione di sollievo. Tentò di dare alla sua voce il suono più normale che poteva.

«Alice, quell'uomo è ancora da te?»

«Chi?»

«Quell'uomo. Hubert Vreeman.»

«Ah, lui. Una persona gentile, affascinante. Ti conosceva per via della tua ricerca, ha detto. È venuto a porgere le sue condoglianze. Aveva portato un gran mazzo di rose stupende, per papà. Così gentile.»

«Splendido. Come ha fatto ad avere il nostro indirizzo?»

«L'ha trovato sul giornale. Il necrologio di papà, sai, quello che hai messo tu.»

Katja chiuse gli occhi. «È ancora lì?»

«No, se n'è appena andato. Aveva un appuntamento.»

Sì, pensò Katja, so io con chi. Le si fermò davanti un'auto della gendarmerie. La portiera si aprì e ne scese un agente, che le si avvicinò con fare indolente.

«Va bene, Lies, devo riattaccare.» Tirò fuori la chiave dal cruscotto.

«Sì, altrimenti non ce la farai mai a tornare in tempo per il funerale!»

Sua sorella rise, ma Katja sapeva che era quella la sua grande paura.

«Ci sentiamo.»

Mentre metteva via il telefono, tirò giù il finestrino.

«Des problèmes, madame?»

Katja tentò di avere l'aria più innocente possibile. *«Il ne le fait pas»* disse nel suo miglior francese. Mostrò la chiave al gendarme. *«J'essaye encore.»*

Infilò di nuovo la chiave e fece partire il motore senza problemi. Emise un gridolino di sorpresa e lo guardò con gratitudine. *«Il le fait quand même! Merci beaucoup, monsieur.»*

Prima che il gendarme stupito potesse dire *«De rien»* Katja chiuse il finestrino e schiacciò il pedale dell'acceleratore.

41

Aveva dormito bene. Senza sogni. Almeno, gli sembrava. In ogni caso non aveva avuto l'ennesimo incubo su Linda. Questo significava, pensò ottimista, che aveva preso la decisione giusta. I demoni del giorno prima si erano ritirati sullo sfondo e si sentiva già sollevato all'idea di poter parlare apertamente. Per il momento aveva anche deciso di lasciar perdere il bere, perché aveva notato che l'alcol aveva un effetto negativo sul suo stato d'animo.

Si sedettero in una stanza al primo piano dell'Atelier. Robin non era andato subito al punto, ma aveva fatto qualche chiacchiera mentre bevevano una tazza di caffè. Dopo un cinque minuti nella stanza era entrato un uomo anziano che non si era presentato, ma che dopo un cenno cortese della testa carnosa era andato a sedersi dietro la scrivania.

Fu Robin a cominciare. «Forse sono stato un po' troppo scettico durante la nostra prima conversazione, ma vengono tutti i giorni a offrirci dei capolavori.» Fece un sorriso di scusa. «Nel frattempo però siamo venuti a sapere che dobbiamo prendere sul serio la vostra ipotesi. Abbiamo parlato con Katja un paio di giorni fa e volevamo portare avanti la cosa, ma non riusciamo a metterci in contatto con lei.» Guardò Arjen con aria interrogativa.

«Non la sento da un paio di giorni. A dire il vero, da quando siamo stati qui.»

«Neanche al telefono?»

«No. No, io... volevo prendere un po' le distanze.»

«Dov'è il dipinto?» La domanda venne dall'uomo dietro la scrivania. Si piegò in avanti sopra il piano della scrivania e si appoggiò ai gomiti.

«Non lo so.»

L'uomo alzò un sopracciglio con un gesto che mise in moto tutto il suo viso. «Da quello che aveva detto Robin, avevo capito che volevate portarlo qui.»

Arjen si sentì come se il preside l'avesse messo in castigo, e di colpo per lui la conversazione divenne molto irritante. Cazzo, non era un signor nessuno!

Si alzò e andò alla scrivania con la mano tesa. «Professor Arjen Hageveld, come va?»

Lo sguardo stupito sul viso carnoso lasciò il posto a un sorriso.

«Ha ragione.» Si alzò e strinse la mano ad Arjen. «Tedingh van Eyck.»

Arjen si chiese quale fosse la sua posizione al museo. «Abbiamo già avuto occasione di incontrarci qui?»

«Non che mi ricordi, benché non lo escluda. Risiedo abitualmente all'Aia.» Era evidente che Tedingh voleva fermarsi lì, perché si lasciò di nuovo cadere sulla sedia. «Il dipinto.»

Guardò Arjen trepidante e lui decise di raccontare tutto quello che gli era capitato da quando era entrato nel negozio del mercante d'arte Louis Post.

«Hubert Vreeman.»

Il nome restò sospeso nell'aria come una nube cupa.

«Lo conosce?»

«Una volta ho avuto l'onore di incontrarlo, sì.» Dal viso di Tedingh si capiva che l'incontro non gli era piaciuto.

«È una di quelle persone del nostro mondo che non fanno molto caso alle leggi, scritte e non scritte. A volte si usa un termine romantico, "avventuriero", ma di fatto sono criminali. La specialità di Vreeman sono l'arte e i manufatti contrabbandati da zone di guerra. Rubati da musei, chiese, monasteri, moschee o sinagoghe rasi al suolo dalle bombe, per quel tipo di persona non fa differenza, fanno solo profitti.»

Arjen non se ne sorprese affatto.

«Ed è attivo anche nel commercio d'arte. I collezionisti cercano determinate opere e lui gliele procura.»

«Falsificate?»

«Anche. Ma anche opere rubate o scomparse. E di certo a volte anche qualche pezzo legale, non lo si può escludere del tutto.» Era una frase traboccante d'ironia. «La gente come Vreeman non ha nessuna coscienza culturale o morale, lavora per il maggiore offerente.»

«Ma come è arrivato a me?»

«Tramite Louis Post, senza dubbio. Solo lui era a conoscenza della vostra scoperta. Il giorno dopo era morto e Vreeman era sulla soglia di casa tua. Coincidenza?»

«Ha detto che aveva appuntamento con Louis ma lui non era a casa.»

«Perché a quel punto era già morto. E ora lei ci racconta che il dipinto è andato perduto. Molto preoccupante.» Tedingh aprì un cassetto della scrivania e ne tirò fuori un sigaro, che iniziò ad ammorbidire. «Non si tratta affatto di una coincidenza, professore. Louis Post deve avergli telefonato o scritto una mail per comunicargli di aver fatto una scoperta interessante. Senz'altro Vreeman voleva sapere chi lo aveva informato e voleva un nome.»

«Il mio nome?»

«Lei mi ha appena raccontato che ha sentito Post gridare il suo nome, senza dubbio per metterla in guardia. E nemmeno mezza giornata dopo a casa sua c'è qualcuno che lei non ha mai incontrato e che sembra sapere tutto del dipinto di Isaac Pietersz. Uno più uno fa due. Hubert Vreeman non voleva aspettare Louis Post, voleva la tela per sé. E se è furbo come penso, ha anche scoperto che sicuramente devono esistere altre due tele appartenenti alla stessa serie, per così dire.»

«Sta dando la caccia a Katja.» Era una conclusione logica, ma molto allarmante.

«Quelli come Hubert Vreeman passano sopra ai cadaveri. E non sappiamo neanche se stia lavorando per sé, o se ci sia dietro qualcosa o qualcun altro. La sola possibilità, per ora ipotetica, che quelle tre tele di Isaac Pietersz riportino alla luce la parte mancante della *Ronda di notte*, potrebbe causare un'enorme corsa all'oro. In Cina, nel mondo arabo, in Russia e di certo anche da noi in Occidente, ovunque ci sono persone che si fanno passare per "appassionati d'arte" che amano correre rischi e per cui problemi come lei e Katja sono un'interessante sfida.» Tedingh annusò il suo sigaro e si lasciò cadere all'indietro.

Arjen guardava in silenzio davanti a sé, il messaggio era chiaro.

«È della massima importanza, per la vostra sicurezza, che riusciamo a contattare Katja al più presto e a scoprire dove si trova il dipinto.»

«Quello, e anche gli altri due» aggiunse Robin.

«Qualche idea su dove potrebbero essere?» chiese con noncuranza Tedingh.

«Secondo Katja...» Arjen si fermò a metà frase e si guardò intorno nella stanza. Doveva dirlo?

«Sì?»

D'altra parte, non aveva scelta. Il Rijksmuseum era la loro unica salvezza.

«Secondo Katja sono nella loro seconda casa in Francia, da qualche parte in Borgogna.»

Tedingh si raddrizzò un po' nella sedia e guardò Arjen con occhi penetranti.

«C'è qualche possibilità che Vreeman ne sia a conoscenza?»

«Io non gliel'ho detto.»

«Ha l'indirizzo della casa?»

«No.»

Il vecchio si alzò in piedi un po' a fatica appoggiandosi con le mani al piano della scrivania. «Venga con me, voglio presentarle qualcuno.»

42

A fine mattinata era arrivata a Parigi. Dal Boulevard Périphérique, dove come al solito c'era un traffico pericolosissimo, prese l'uscita Paris-Centre. Sotto al viadotto si unì alle auto ferme in coda a un semaforo. Dal finestrino vide che la quantità di rifugiati che bivaccavano in piccole tende e in ripari improvvisati in mezzo a quel traffico spaventoso era ulteriormente aumentata. Rifugiati senza status, senzatetto, Rom, uno stuolo infinito di persone in cerca di un futuro migliore. Probabilmente invano. Era uno spettacolo deprimente: bambini che scorrazzavano nel fango, uomini che ciondolavano indifferenti fumando e donne che camminavano lungo le auto chiedendo l'elemosina, tenendo per mano bimbetti avvolti in stracci e cercando di indurre gli automobilisti a donare un euro per il loro sostentamento. Per la maggior parte chi guidava teneva il finestrino chiuso e fissava dritto davanti a sé, aspettando che scattasse il verde per poter ripartire. Katja provava compassione per chi doveva vivere in queste condizioni degradanti e malsane, nella puzza e nel frastuono, ma era una sofferenza troppo grande, troppo estesa per poter offrire aiuto. E si sentì sollevata anche lei quando poté finalmente ripartire.

In poco meno di mezz'ora raggiunse il Marais, il vecchio quartiere ebraico, dove le si spiegò davanti una Parigi del tutto diversa. Il contrasto non avrebbe potuto essere maggiore tra la bidonville puzzolente e il florido arrondissement parigino che negli anni era stato splendidamente ristrutturato e ora era affollato di gente trendy. Dalla macchina aveva prenotato una camera all'hotel Beaubourg, un hotel piccolo ma dal prezzo abbastanza abbordabile dietro l'angolo del museo, e riuscì a trovare posto nel parcheggio del Centre Pompidou. Quando fu scesa dall'auto ed ebbe inspirato a occhi chiusi l'aria primaverile di Parigi, ritrovò un po' del suo senso di libertà. Per un momento si sentì tornare a un'epoca più spensierata, quando lei e la sorella avevano passato un weekend lungo a girovagare per la città con i genitori, visitando musei e andando in cerca di ristoranti che suo padre aveva sentito dire che erano eccezionali, ma nella maggior parte dei casi non riusciva a trovare. E a diciott'anni, nell'anno della maturità, aveva frequentato qui un corso estivo di francese con Nina. Sua madre pensava che fosse un po' troppo per la figlia più piccola, ma suo padre aveva liquidato ridendo le sue preoccupazioni. «Vedrai come impari alla svelta dai ragazzi francesi!» aveva osservato scherzando, cosa che sua madre non aveva apprezzato. Nessuno dei due sapeva che la loro figlia minore aveva già da due anni una storia con un ragazzo di quattro anni più di lei. Dopo quell'estate a Parigi anche quella relazione comunque era finita.

Fece il check-in all'hotel e, una volta nella sua stanza, arredata in uno stile finto chic francese, riempì la vasca da bagno e si lasciò scivolare piano nell'acqua calda.

43

In una stanza in fondo al corridoio c'era un giovanotto in abiti sportivi intento a guardare il suo telefono. Quando entrò Tedingh, seguito da Robin e Arjen, si alzò in piedi.

«Professore, le presento il signor Leo Dijkhoff.»

Gli uomini si strinsero la mano.

«Leo è un detective, diciamo un detective d'arte, e ci aiuta regolarmente a rintracciare opere d'arte che si ritengono perdute o rubate. Le propongo di raccontargli tutta la storia. È molto esperto e vi aiuterà a cercare i dipinti.»

Arjen voleva protestare, dire che non aveva bisogno di assistenza, soprattutto perché non sapeva se voleva andare avanti con quella storia. Erano cose molto al di sopra della sua testa e anche di quella di Katja.

A quanto pareva Tedingh si era accorto del suo stato d'animo, perché prima che potesse aprire bocca il vecchio bulldog gli si era già piazzato davanti pronto a pontificare. Con la testa protesa in avanti arrivava quasi a toccare la sua. Sentì un leggero odore di tabacco.

«Pensi a Katja, professore. Leo l'assisterà, ma lei dovrà aiutarlo. Pensi a Katja» disse ancora una volta con enfasi e poi uscì dalla stanza.

«Be', allora... eh, anch'io vi lascio soli.» Robin sembrava felice di potersene andare. «Avete il mio numero. In bocca al lupo.»

Dijkhoff guardò Arjen con aria divertita. «Allora, ci beviamo un caffè?»

«Avrà provato a telefonare a Katja, suppongo?»

«Non risponde al telefono e ovviamente la capisco, perché l'ho piantata in asso.»

Dijkhoff scosse la testa. «Lei ha avuto tutte le ragioni per ritirarsi da una battaglia pericolosissima.»

Arjen inzuppò un croissant nel caffè. «L'ho lasciata sola. E diamoci del tu, per favore.»

«Okay, hai fatto l'unica cosa sensata. E questo deve capirlo anche Katja e deve seguire il tuo esempio.»

«Tirandosi indietro?»

«Perché no? Secondo Tedingh aveva intenzione di consegnare il suo dipinto al Rijksmuseum. E anche gli altri dipinti. E d'ora in poi è meglio che lasci fare a me. Mi sono già trovato in situazioni come questa.»

«Come detective d'arte? Sembra il titolo di un fumetto: Katja e il detective d'arte.»

Leo scoppiò a ridere. «È quello che pensa la maggior parte delle persone, però è un lavoro vero. Molte opere d'arte che spariscono poi finiscono sempre per rispuntare da qualche parte. L'arte, la mia arte, è sapere dove possono uscire fuori. Ci vogliono anni prima di conoscere i canali e i percorsi.»

«E quindi per chi lavori?»

«Musei, privati, compagnie di assicurazione. E a volte anche per criminali.»

Arjen quasi si strozzò con il croissant. «Come?»

«Non è sempre facile liberarsi dell'arte rubata. Non puoi metterti in casa un Renoir come niente fosse. Di molte opere ci sono descrizioni accurate. Quindi in qualche caso vengono da me per propormi di trattare con la compagnia di assicurazione.»

«E in quel caso l'assicurazione ricompra la merce rubata?»

«Sì.»

«È ricettazione.»

«È un'ottima soluzione per tutte le parti coinvolte. Il criminale riceve la sua parte, l'assicurazione non è costretta a pagare tutto l'importo e il proprietario torna in possesso della sua opera d'arte. E per la polizia poi è una cosa in meno da fare.»

Arjen scosse la testa.

«È vero, professore» disse Leo con un sospiro «il mondo è un po' più ordinato tra le mura dell'università. Possiamo andare a casa di Katja?»

Arjen sentì vibrare il telefono. «Un secondo.»

Era Robin. «Ho dimenticato di dirti una cosa. Immagino che andrete a cercare Katja, ma ieri, quando le ho parlato al telefono, mi ha detto che suo padre è mancato.»

«Oh no.»

«Sì. Quindi, se non è in casa, sarà a casa dei suoi genitori all'Aia. Ieri in ogni caso era lì.»

«Grazie per aver richiamato.»

«Di nulla. *Anytime*.»

44

Appena aperti gli occhi fu subito lucido. Rimase sdraiato immobile; solo i suoi occhi si muovevano, contemplando la stanza d'albergo. Davanti alla piccola scrivania in fondo al letto, sullo schienale della sedia, erano appesi i suoi pantaloni e la sua giacca di pelle. Non si era tolto i calzini. Allungò il braccio e prese l'orologio dal comodino. Aveva dormito più di dodici ore. Finalmente nella sua testa era tornata la pace, ora la tempesta si era calmata.

Passò in rivista i giorni passati. Dopo che quella ragazza gli aveva strillato nell'orecchio ed era scappato dalla casa in preda al panico, era entrato nel primo coffeeshop che aveva trovato e aveva comprato tre canne già rollate. Era andato nel Westerpark a sedersi su una panchina e se n'era accesa una, e piano piano aveva iniziato a rilassarsi, le immagini si erano dissolte e i suoni si erano affievoliti. Solo dopo aver fumato aveva osato alzarsi di nuovo e muoversi tra la gente. Si era seduto nel dehors di un ristorante italiano e aveva ordinato una pizza e una Coca-Cola. Poi era andato in albergo a sdraiarsi sul letto nella sua stanza. Non si era addormentato subito, era rimasto lì a fissare il soffitto, ma non importava, perché le immagini non arrivavano. Vedeva invece delle forme nel soffitto, forme che si muovevano, che diventavano più grandi e poi più piccole, fino a diventare così piccole da sparire nel soffitto come capocchie di spillo, finché non ce ne furono più.

Si era addormentato, ma si era svegliato di colpo nel cuore della notte. Una vaga inquietudine gli tormentava il corpo e la mente. Era uscito e aveva acceso un'altra canna, dopodiché aveva convinto il portiere di notte a versargli un whisky triplo. Con quel whisky era tornato a letto e si era addormentato. Si era svegliato verso mezzogiorno e dopo una sostanziosa colazione aveva fatto un'altra visita a un coffee shop e si era procurato una scorta di erba che l'aveva aiutato per il resto della domenica e per una parte del lunedì.

Ora era sveglio e si sentiva lucido e pronto. Guardò il telefono e vide che l'aveva spento; non se ne ricordava più. Lo accese e vide che aveva ricevuto due telefonate da numeri sconosciuti. Vreeman? Sarebbe stato logico. Era ovvio che volesse sapere come andava con il dipinto. Lui non ne aveva idea. Aveva passato la maggior parte del tempo a letto stonato. Però, be', questo non poteva andare a dirlo a Vreeman. Quel maledetto quadro doveva tornare indietro e anche in fretta, perché non poteva continuare a tirare avanti a forza di canne. La domanda era solo come. Doveva tornare di nuovo a casa di Katja? Pensò alla bionda su cui si era sdraiato. Aveva dovuto controllarsi mentre lei si contorceva sotto di lui, fino al momento in cui gli aveva urlato nell'orecchio. Dio santo. No, meglio chiamare prima Vreeman, forse nel frattempo aveva saputo qualcos'altro.

Formò il numero, ma non ricevette risposta. Di nuovo. Niente. Cazzo! Non ne aveva più voglia, non aveva tempo, voleva andarsene. Perché quel tizio non rispondeva? Aveva il telefono staccato o aveva cambiato numero? Era una notizia buona o cattiva? Chiuse gli occhi e si costrinse a stare calmo. Non significava niente. Pazienza. Aprì, con un gesto più meccanico che consapevole, l'app GPS del tracker che aveva piazzato sotto l'auto bianca e si stupì di scoprire che continuava a funzionare.

«Ci ho riflettuto ancora, ma ovviamente è una storia senza senso.»

Michiel stava spalmando qualcosa su uno dei panini che aveva appena comprato.

«Parli di quel dipinto?»

«Vaneggiamenti artistici.»

«Ci hanno fatto su delle ricerche, ha detto Katja.»

«Stronzate. Gliel'ha suggerito quell'Arjen.»

«Perché avrebbe dovuto farlo?»

«Perché voleva farsela, ovvio.»

«No, per niente.»

«Mah, secondo me sì. Era impossibile staccarlo da lei. Sempre a rendersi interessante con il suo Rembrandt.»

Nina si alzò e andò alla macchina Nespresso. «Ma che carino, sei geloso. Vuoi ancora un caffettino?»

«Volentieri. Allora tu ci credi?»

Lei mise una tazzina nell'apparecchio. «Certo, anch'io non so se sia vero, ma so che c'è un mucchio di gente che si interessa a quel dipinto. Non per niente quel tizio pelato si è introdotto qui dentro.»

«Pelato? Era pelato, sei sicura?»

«Ce l'avevo sdraiato addosso, quindi sì, sono sicura. Perché?»

«Il tizio che mi ha buttato fuori dall'auto aveva un cappellino. Era una specie di orso con un cappellino in testa.»

«Il mio no.» Diede a Michiel il suo caffè e poi ne fece uno per sé.

«Ma mentre ci azzuffavamo gli è scivolato via dalla testa. Aveva la testa pelata.»

Rimasero in silenzio per un momento. Nina si versò un po' di latte caldo nel caffè e andò a sedersi davanti a lui.

«Be', sai, ci sono tanti uomini con la testa calva.»

«Sì...»

«Comunque, che sia un Rembrandt o no, evidentemente per Katja è importante, quindi lo deve riavere» concluse Michiel.

«Ma io non lo voglio in casa. Ne ho già avuto abbastanza.»

«Scusami, ma non lo voglio neanche in casa mia.»

«Eppure non credi nemmeno che sia un Rembrandt!»

«No, ma è chiaro che non tutti la pensano così. Non ho nessuna voglia di stare tra due fuochi. Una notte in ospedale è già stata anche troppo.»

Nina si alzò e mise fine alla discussione.

«Vieni con me.»

«Dove?»

«Andiamo a prendere il quadro, hai ragione: appartiene a Katja.»

«Ma tu non lo vuoi in casa.»

«Ce lo portiamo dietro all'Aia. Via da Amsterdam, quatti quatti.»

«Furba.»

Michiel si alzò e mise la tazzina nel lavello. «No, aspetta.»

«Cosa?»

«Come ci andiamo all'Aia?»

«Avete una macchina, no? Quel furgoncino?»

Michiel si vide davanti l'espressione contratta dell'uomo con la testa calva al volante della sua Citroën, mentre stava per tirargli un pugno in faccia. «Be'... preferirei di no. Ho un brutto presentimento.»

Christiaan non ci aveva messo molto a trovare il furgoncino bianco, era parcheggiato per strada non lontano da dove abitava la ragazza dai capelli neri. Trovò in fondo alla via un posto da dove si vedevano bene la casa e l'auto e si lasciò cadere all'indietro sul sedile. Ora era solo questione di aspettare con pazienza; in passato aveva dimostrato di essere in grado di tenere duro a lungo, se necessario per giorni interi.

Non passò nemmeno un'oretta prima che succedesse qualcosa. Nella via si fermò un vecchio pulmino Volkswagen, un variopinto pulmino da hippie che, a vedere dalle figure dipinte all'esterno, aveva viaggiato in tutto il mondo. Parcheggiò in seconda fila e l'autista accese le quattro frecce. Ma non fu tanto il pulmino a stupirlo, quanto le due persone che ne uscirono: l'uomo che aveva sbattuto fuori dal furgoncino bianco e che evidentemente se l'era cavata bene dopo l'avventura con lo scooter, e la donna che gli aveva urlato così forte nell'orecchio da metterlo fuori combattimento per giorni. Mentre sparivano nell'ingresso della casa, Christiaan si chiese cosa ci facessero insieme quei due. Ebbe la risposta qualche minuto dopo, quando uscirono di nuovo e caricarono un quadro sul pulmino.

Seguì la coppia fino all'Aia, per la maggior parte sulla A4, che qualche giorno prima lo aveva portato a Delft. Questa volta non c'erano code o altri ostacoli, ma il problema era che il pulmino colorato andava avanti a malapena. Non faceva più di ottanta all'ora e questo non facilitava il pedinamento. Era rimasto indietro di un paio d'auto, ma non riusciva a restarci. Gli suonavano il clacson e lo superavano a sinistra e a destra, e quindi decise di accelerare e di superarli. Qualche chilometro dopo svoltò in una stazione di servizio, per poi rientrare subito dopo, e così alla fine arrivò nella Bezuidenhoutseweg.

L'uomo e la donna scesero e scaricarono insieme il quadro. Andarono verso uno dei palazzi signorili e suonarono il campanello.

«Dio santo, che odissea.»

Nina e Michiel erano davanti all'elegante palazzo nel quartiere chic dell'Aia dove Katja aveva trascorso parte della sua infanzia. Erano passati anni dall'ultima volta che Nina era stata lì.

«Dovresti essere contenta che sono riuscito a procurarmi un mezzo.»

«Mezzo? Quel catorcio non si può definire veramente un mezzo».

Bisticciavano come se stessero insieme da trent'anni.

«Sei riuscita a vedere se ci hanno seguito?»

Nina scoppiò a ridere. «Non essere così paranoico.»

«Ma come faccio? Succedono continuamente cose strane. Sanno dove abiti, sanno l'auto che guido. Dai, su, non è così folle pensarlo.»

«Suona di nuovo.»

Michiel premette ancora una volta il campanello di rame e lo sentirono echeggiare nel corridoio di marmo.

«Quel vecchio macinino andava così piano che avrebbero potuto seguirci anche a piedi.»

«Oh, dai, piantala.» Nina cominciava ad averne abbastanza delle lagne di Michiel.

«Secondo me non c'è nessuno.»

«La chiamo.»

Tirò fuori il telefono dalla tasca posteriore e chiamò Katja, ma non ricevette risposta.

«Merda.»

Michiel guardò dentro attraverso le finestre.

«La luce è accesa. Forse è andata a fare una commissione.»

Nina si mise le mani sui fianchi e stava proprio pensando che sarebbero dovuti andare a bere un caffè da qualche parte, quando dentro la casa si sentì una voce e la porta si aprì.

L'urlatrice tenne la porta aperta e l'uomo trascinò dentro il quadro. Non molto dopo uscirono di nuovo e salutarono una donna nascosta dall'ombra della porta. Christiaan si piegò in avanti sul volante per vedere meglio. Chi era quella donna? Non era Katja, che aveva i capelli neri, era sicuro. Ma allora quei due a chi avevano consegnato il dipinto? Scosse la testa irritato. Che differenza faceva? Aveva il quadro a portata di mano, era questo che contava.

Aspettò ancora un po' che il pulmino Volkswagen – dopo aver regalato al circondario una bella sgasata nera e puzzolente – si allontanasse dalla strada, e poi scese. Attraversò la strada senza esitare. Si era messo il cappellino e un paio di occhiali da sole, un travestimento minimo che doveva bastare allo scopo. Suonò e a quanto pare la donna doveva essere ancora nel corridoio, perché sentì quasi subito lo scatto della porta. Si era appena aperta che vi si appoggiò forte con la spalla, spalancandola e gettando a terra la persona che c'era dietro, che gridò forte. Scivolò dentro e chiuse la porta.

La donna giaceva a terra sulla schiena con gli occhi chiusi. Le si inginocchiò accanto e le mise una mano sulla carotide. Il cuore batteva ancora. Era priva di conoscenza e questo gli andava benissimo, così non aveva bisogno di esercitare ulteriore violenza. Le controllò la nuca, ma non vide sangue. L'unico danno sembrava essere un taglio sul naso, probabilmente per via della porta quando si era spalancata. Perdeva qualche goccia di sangue, ma sarebbe sopravvissuta.

Guardò nel corridoio e vide il dipinto appoggiato al muro. Si alzò e ne tirò via la coperta da trasloco, rivelando il ritratto di un bambino e di una bambina con un cavallo a dondolo. Non particolarmente interessante, ma evidentemente abbastanza per Vreeman. Alzò le spalle. Perfetto, aveva portato a termine il suo lavoro. Guardò l'orologio e vide che erano passate da poco le tre. Con un po' di fortuna, quella sera stessa sarebbe stato già sul volo di ritorno verso casa.

45

Katja entrò nella sala grande del Centre Pompidou con largo anticipo.

Aveva dato volutamente appuntamento al tizio da Georges, perché se voleva parlare con lei era meglio che lo facesse dove potevano vederli tutti. Non in qualche posto fuori mano dove poteva mettersi in testa chissà cosa. Lui le faceva paura? No, non le faceva paura, ma sentiva che la maschera affascinante nascondeva un uomo durissimo. Come gli era venuto in mente di passare dalla casa dei suoi genitori con un mazzo di fiori per il funerale, solo per riuscire a parlarle? Un'idea semplicemente diabolica. D'altra parte l'uomo la intrigava. Al telefono era sembrato agitato. Sarebbe stato in grado di dirle dov'era finito il suo dipinto?

Prese la grande scala mobile di sinistra, invece dell'ascensore, per potersi godere una vista sempre migliore di Parigi a ogni piano, con il panorama del sesto piano come ciliegina sulla torta. Dalla cupola di vetro della galleria avevi la città ai tuoi piedi. Con la distesa di tetti grigiobluastri fino al sottile bordo verde all'orizzonte e la superba torre Eiffel nel mezzo. Un panorama che era un'opera d'arte, di certo in una giornata di sole come quella.

Entrò nel ristorante e scelse un punto strategico rispetto all'entrata, con la schiena rivolta alla parete di vetro. Aveva comprato un numero di *Marie Claire* e si mise a sfogliarlo, tenendo d'occhio chi entrava. Nella sua stanza d'albergo si era presa del tempo per fare qualche ricerca online sull'uomo, ma non aveva trovato molto. Era evidente che questo Vreeman sapeva proteggere bene la sua vita. Trovò solo qualche riferimento in alcuni articoli di giornale, ma nessuna foto recente, per esempio, cosa che in quel momento sarebbe stata utile.

Ma quando una decina di minuti dopo entrò un uomo un po' anziano di corporatura robusta, con corti capelli grigi e un abito estivo grigio chiaro, che si guardò attorno nella sala con sguardo indagatore, intuì che era Vreeman. Nonostante il suo aspetto distinto, aveva un'aria tesa e frettolosa. Si raddrizzò nella sedia e guardò dritto verso di lui, e quando anche lui la notò sul volto gli apparve un sorriso.

Le si avvicinò. «Katja?»

«Signor Vreeman.»

«Hubert.» L'uomo si sedette davanti a lei. «Può sembrare strano, ma ho la sensazione che ci conosciamo già da tempo.»

A Katja non interessavano le sue sensazioni. «Andiamo al punto.»

Vreeman sorrise. «Naturalmente. Ma prima ordiniamo qualcosa da bere.»

Agitò la mano verso una cameriera, che si avvicinò a loro ondeggiando come sulla passerella di una grande sfilata di moda parigina. Ordinò un succo d'arancia per Katja e un caffè per sé. Si girò verso la grande finestra di vetro ed era chiaro che voleva fare ancora qualche osservazione sul posto straordinario in cui si trovavano, ma Katja era stufa di chiacchiere.

«Ho lavorato un anno per riuscire a scoprire il contesto e l'origine di un dipinto abbastanza insignificante. Ora sono arrivata al punto in cui potrei iniziare a scrivere la mia tesi e di colpo mi ritrovo a essere pedinata e minacciata. E non solo io!»

«Questo è perché il dipinto su cui hai fatto la ricerca, benché a prima vista possa sembrare insignificante, si porta dietro un grande segreto.»

«E questa è appunto la mia domanda: come fa lei a saperlo?»

L'uomo sorrise. «Ti ho già risposto in precedenza. La fonte, la mia fonte, è Louis Post.»

«Ma innanzitutto, perché lui l'ha informata?»

«Non ha informato tanto me, quanto Aleksej Mazarov, il russo a cui ho accennato. La storia naturalmente è cominciata dal tuo professore. È stato lui a condividere con Post quello che avevi scoperto. Il perché devi chiederlo a lui.»

Katja in effetti se l'era chiesto ma Arjen era scomparso, si era tirato fuori dal casino che aveva combinato.

«Lou era un esperto nel campo del diciassettesimo secolo ed è stato il primo a intuire cosa si nascondeva sotto al dipinto di Pietersz. E ne aveva anche subito capito il valore.»

«Il valore inteso in euro?»

«È l'unico valore che conta in quel mondo.»

La modella che li stava servendo tornò con le bevande. Vreeman le porse una banconota da dieci euro e le fece un gesto a indicare che andava bene così, al che lei gli elargì un sorrisetto fiacco e si guardò intorno annoiata, in cerca della prossima vittima.

«Se guardi fuori» disse indicando il maestoso panorama dietro di lei «vedi la cultura.»

Katja si voltò a metà per guardarlo e comprese cosa intendeva.

«Questa è Parigi. Cultura. Senza cultura questa città è un mucchio di pietre, non molto più interessante di un posto come Almere, per fare un esempio qualunque. Si tratta della storia, del patrimonio artistico, degli artisti che l'hanno frequentata e che hanno lasciato qui le loro opere. Questa è Parigi.»

Lei tornò a girarsi verso il tavolo e Vreeman prese un sorso del suo caffè. Katja mescolò il suo succo d'arancia e ne bevve un po'.

«Purtroppo però il mondo dell'arte non funziona così, quello gira intorno al denaro. E non voglio essere ipocrita, Katja, io ho preso parte a quel gioco e me lo sono goduto. Ma arriva un'età in cui a un tratto ci si rende conto che non esistono solo i soldi. Che dobbiamo qualcosa ai nostri figli, al mondo.»

Cominciava ad averne proprio abbastanza dei discorsetti moralistici dell'uomo che aveva davanti. «Perché Louis Post ha telefonato a quel russo?» Bevve ancora un sorso del suo succo e iniziò a sentirsi stordita.

«Perché Post aveva un problema con Mazarov. Aveva fornito un certificato di autenticità per un dipinto che Mazarov aveva pagato molto caro. Ma purtroppo si era rivelato falso. E il russo non ne era contento.»

«Rivoleva i suoi soldi.»

«Inizi un po' a capire in che situazione ti sei ritrovata?»

In quel momento per Katja soprattutto era difficile riuscire a vedere chiaramente intorno a sé.

«Mazarov voleva più di qualche informazione da Lou, voleva tutto. Poi Lou mi chiamò per chiedermi di fare da intermediario. Era in preda al panico, ma purtroppo sono arrivato troppo tardi.»

Katja non riusciva più a concentrarsi bene e sentiva i suoi muscoli afflosciarsi. Si sentì attraversare come da una scossa... Lui aveva cercato di...

«Tutto bene, signorina?»

Lei agitò le braccia e tentò di alzarsi dalla sedia. Voleva gridare, ma non uscì alcun suono. Non vedeva... più niente.

Aveva detto al tassista di aspettarlo al posteggio dei taxi accanto al Centre Pompidou. Doveva andare a prendere sua figlia, che si era sentita male al ristorante. Aveva telefonato anche alla custode del palazzo dove da anni lui e Molly affittavano un modesto appartamento.

Il direttore, che si era avvicinato preoccupato, l'aveva aiutato mentre cercava di far alzare Katja dalla sedia. L'avevano sostenuta insieme fino all'ascensore.

«È molto seccante, ma mia figlia si è sentita male di colpo.»

«Le farà bene prendere un po' d'aria» suggerì il direttore, che fu felice quando le porte dell'ascensore si aprirono e fu libero da ulteriori disturbi.

«Merci.»

Il tassista guardò Vreeman con aria dubbiosa quando aprì la portiera posteriore e riuscì a far salire sull'auto la giovane donna con un po' di fatica.

Lui salì dall'altra parte e diede l'indirizzo al tassista. «Se riesce a fare un po' in fretta, per favore, tra l'altro ha appena vomitato.»

Il tassista, che lavorava per conto suo, non ebbe bisogno di essere ulteriormente spronato e sette minuti dopo si fermarono con stridore di pneumatici in Place du Marché Sainte-Catherine. Poi fece ancora un bel po' di fatica per riuscire a portare nell'appartamento Katja, che gli penzolava dalle braccia come una bambola di stracci. Per fortuna non incontrò la portinaia – era importante che sapesse che c'era qualcuno nell'appartamento, ma non c'era bisogno che sapesse esattamente chi – e una volta arrivato nella stanza da letto sistemò Katja sul materasso del pesante letto di ferro. Tirò fuori la spesa che aveva portato già prima dal Monoprix di Rue Saint-Antoine: una bottiglia d'acqua, yogurt, croissant e un po' di frutta. Era più che sufficiente. Poi estrasse le fascette, ne legò una attorno al polso di Katja e l'assicurò a una sbarra della testiera. Poi chiuse gli scuri e a quel punto era proprio ora di andare.

Da Parigi a Auxerre c'erano più di centosessanta chilometri, e poi bisognava anche raggiungere il paese di Crain. Pensò che con la sua Audi avrebbe potuto farcela in due ore. Poi al massimo un'ora per portare via i due dipinti dalla casa e dopo due ore sarebbe stato di ritorno a Parigi. In totale cinque ore. Katja sarebbe sopravvissuta. Sarebbe stata furiosa quando lui sarebbe andato a liberarla, perché l'aveva drogata, rinchiusa e legata, ma durante il viaggio dall'Aia ci aveva pensato bene. Quando l'aveva fatta girare per mostrarle la skyline di Parigi al ristorante Georges, le aveva versato il liquido nel bicchiere. Doveva arrivare in quella casa prima di lei. Non aveva più tempo, non poteva più permettersi di discutere sul valore storico-culturale dei dipinti che la ragazza sorvegliava in maniera tanto irreprensibile. Qui si trattava di vita o di morte, cazzo. Lui se l'era andata a cercare, ma sua moglie e sua figlia non avevano nessuna colpa. E neanche Katja, proprio come sua sorella, era al sicuro da Mazarov. L'avrebbe capito, doveva capirlo; doveva comportarsi così per salvare delle vite. Era di questo che si trattava. Che cos'era in fondo un dipinto, anche la *Ronda di notte*? Alla fine non molto di più di un pezzo di tela e di un litro di colore. Valeva una vita? Tutte quelle vite? Stronzate!

Vreeman guidava piegato sul volante come a voler spingere avanti l'auto. La violenza gli ripugnava, ma non era riuscito a trovare un'altra soluzione. Doveva liberarsi per un po' di Katja per poter sistemare i suoi affari. Una volta che avesse avuto in mano i due dipinti, senza dubbio sarebbe arrivato anche il terzo. Prese una per una le tele non erano che una sorta di curiosità che avrebbe sicuramente suscitato interesse, ma tutte tre insieme sarebbero state una bomba che avrebbe fatto tremare il mondo dalle fondamenta. E non solo il mondo dell'arte. Ma di tutto questo non gli importava niente. Non faceva più differenza, aveva preoccupazioni più importanti. Si vedeva davanti sua moglie, il modo in cui lei l'aveva lasciato all'aeroporto. Fredda e distaccata, come se lui fosse stato solo l'autista che l'accompagnava. E in effetti era stato così. Non si era più girata nemmeno una volta.

Si strofinò via le lacrime dagli occhi con il pugno. Il russo giocava un gioco spudorato, a cui poteva rispondere solo in maniera altrettanto spudorata. Era un peccato per gli altri, ma lui doveva andare avanti.

46

Oleg Kondakov era seduto su un divano giallo nella lobby dell'hotel Pulitzer. Sfogliava una rivista di motori, ma intanto teneva d'occhio chi entrava e usciva dall'hotel. Si era informato se per caso il signor Vreeman quel giorno si trovasse all'hotel, come accadeva spesso. Risultò che era così, benché il signor Vreeman in quel momento non fosse nella sua stanza. Non era un problema, poteva aspettare. Era un hotel gradevole per lui, anche se non gli era mai piaciuto viaggiare da solo. Fuori da San Pietroburgo si sentiva perso. Ma questo hotel aveva un che di intimo, qualcosa di caldo che lo abbracciava e non lo respingeva.

Era nato ai tempi dell'Unione Sovietica in un *sovchoz*: una fattoria di stato in cui i contadini dovevano ammazzarsi di lavoro ed erano sfruttati sfacciatamente. Tre famiglie convivevano in una casa con troppo poco spazio. L'una appiccicata all'altra. E aveva imparato molto presto a difendersi. Giravano uomini che infilavano il loro organo genitale in tutto quello che trovavano: uomini, donne, bambini, parenti o meno. Era stato un casino ignobile. Bestie. Se n'era andato e alla fine era approdato a San Pietroburgo. Aveva una stanza in una topaia. Non molto comoda, ma abitava da solo e gli bastava; non riusciva più a sopportare altra gente intorno.

Si era mantenuto con furti e lavoretti per conto di gente che non voleva abbassarsi a farli. C'era stata una ragazza che si prostituiva per lui. Lei era tossicodipendente e lui si occupava della sua incolumità. Era morta già da molto tempo. L'aveva trovata per strada, overdose o roba cattiva. Che differenza faceva? Meglio per lei, aveva pensato già allora, quella non era vita, con quella merda che si sparava in vena. Lui non si era mai fatto. Mai fumato e mai bevuto un goccio. Passava ogni minuto libero in palestra, era il posto dove si sentiva più a suo agio. Lì poteva concentrarsi e svolgere il suo programma fino ad avere la schiena coperta di sudore e a vedere nero davanti agli occhi.

Era in quella palestra che aveva incontrato Mazarov. Aveva fatto un lavoretto per lui ed era andata bene. Certo che era andata bene, sapeva cosa doveva fare. Fare fuori qualcuno e poi farlo sparire non era così difficile a San Pietroburgo. Se solo sapevi i canali giusti. Aveva continuato a lavorare per Mazarov. Gli piaceva, lo faceva stare tranquillo. Ora aveva un bell'appartamento sul fiume Mojka, dove continuava ad abitare da solo. Se doveva scopare lo faceva fuori casa.

Alzò lo sguardo quando si accorse di un leggero subbuglio all'entrata. Un portiere teneva la porta aperta per un tizio che entrava nell'hotel con un po' di fatica con un involto di forma rettangolare, avvolto in una coperta da trasloco. Lo conosceva. L'aveva visto in foto. Non era l'uomo che aspettava, Vreeman, ma qualcuno che era legato a lui.

Oleg si alzò e fece come se volesse andare verso l'entrata, ma a metà strada si girò e seguì da una certa distanza l'uomo con l'involto. Tirò fuori il telefono e fece una foto. L'uomo e altri due ospiti non dovettero aspettare a lungo davanti all'ascensore. Le porte si aprirono e uno degli ospiti lasciò passare per primo l'uomo con il suo pacco.

«Which floor?»
«Two, please.»
L'ospite premette il pulsante del secondo piano e la porta si chiuse.
Oleg salì in fretta le scale e arrivò in tempo per vedere l'uomo uscire dall'ascensore e dirigersi verso la sua stanza, la 243. Alla reception poteva scoprire chi era l'uomo, ma prima avrebbe fatto controllare la foto a San Pietroburgo. Inviò la foto a Mazarov e scese di nuovo le scale. Prese una bottiglietta d'acqua al bar e prima che finisse di riempirsi il bicchiere gli arrivò la risposta.
Procurami quel quadro. Beregis'!!
Beregis'? Gli stava davvero raccomandando di stare attento? A quel tizio? Lui stava sempre attento. Prese la sua acqua e voleva tornare a sedersi sul divano nella lobby, ma cambiò idea. Andò alla reception e prese una stanza.

Christiaan aveva messo il dipinto in fondo all'armadio per escludere qualsiasi rischio. Veramente avrebbe voluto chiamare o mandare subito un messaggio a Vreeman per metterlo al corrente, ma aveva il sospetto che ora usasse un altro telefono. Oppure era stato messo sotto torchio da Mazarov, anche questo naturalmente era possibile. Non era stato saggio da parte sua mettersi in viaggio da solo, di quei russi non ci si poteva fidare e basta. Spacconi corrotti con troppi soldi e troppo poca educazione.
E quindi ora era qui con quello stramaledetto dipinto.
Cosa doveva fare? Rifletté sui vari scenari e giunse alla conclusione che la cosa migliore da fare era prenotare un volo già in serata. Tornare a casa il più presto possibile e poi una volta in Svizzera vedere cosa bisognava fare del quadro. Quindi sarebbe dovuto andare a cercare una borsa o una valigia abbastanza grande da poterlo trasportare. E desiderava moltissimo procurarsi un altro

joint già rollato, per battere sul tempo la bufera nella sua testa.

Si alzò e stava appunto per uscire dalla stanza, quando gli squillò il telefono. Era un numero sconosciuto.

«Sì?»

«Müller? Sono Vreeman.»

Sentiva rumore in sottofondo e intuì che l'uomo doveva essere in auto.

«Ehilà.»

«Sì, ascolta...»

«Ce l'ho.»

«Cosa?»

«Il quadro.»

«Il quadro? Un bambino e una bambina, con un cavallo a dondolo e una bambola e...»

«Ho il quadro, Vreeman. E voglio liberarmene.»

«No, non è ancora possibile. Devi tenerlo ancora un po'.»

«Voglio andarmene, Vreeman. Ne ho abbastanza di stare qui.»

«Müller, resta ad Amsterdam. Sto arrivando, ma devi avere un po' di pazienza.»

«Ho fatto quello che dovevo fare e ora devo aspettare?! Cazzo, per me questa cosa è finita!» Si liberò di Vreeman chiudendo la comunicazione.

Ma in realtà no, non poteva andarsene. Non poteva andare via, cazzo! Doveva aspettarlo. Consegnare il dipinto. Sentiva crescere l'agitazione. La tempesta era impossibile da contenere e non ci sarebbe voluto ancora molto prima che prendesse il sopravvento. Doveva uscire dalla stanza. Andare fuori. A cercare aria fresca. A cercare quel joint.

Nella lobby dovette farsi strada attraverso una fiumana di turisti che evidentemente erano appena entrati nell'hotel e volevano tutti una camera nello stesso momento. Gente che non aveva fretta che si muoveva indolente, lasciando cadere ovunque i suoi bagagli. Era infastidito, si sentiva sotto assalto. Voleva toglierli di mezzo, rovesciarli a calci, che si togliessero dalle palle! Alla fine si ritrovò fuori e respirò di sollievo. Prima di tutto, ora, quella canna.

La hall si era riempita di colpo, evidentemente era appena arrivato un pullman di turisti e tutti dovevano essere provvisti di una stanza. Per Oleg andava benissimo, avrebbe dato meno nell'occhio. Però non ci volle molto prima che rivedesse passare il suo uomo. L'olandese si muoveva frettolosamente attraverso la fiumana di turisti diretto verso l'uscita. Oleg si alzò e andò con tutta calma verso l'ascensore. Scese al secondo piano e si diresse verso la stanza 243. Ora doveva solo trovare il modo di entrare. Alla fine del corridoio trovò quello che cercava, un carrello dell'*housekeeping* pieno di roba ammonticchiata. La porta della stanza numero 251 era aperta e quando guardò dentro, vide la cameriera ai piani intenta a rifare il letto. Era una donnina dall'aspetto mediterraneo, con i capelli neri lucenti raccolti sulla testa in una crocchia.

Bussò garbatamente alla porta e fece un passo avanti nel corridoietto davanti al bagno. Mostrò la carta magnetica della sua stanza, dicendole che non funzionava. «*Does not work.*» Fece una risatina di scuse. «*You help?*»

«*No, no, down.*» La donna indicò il pavimento e lui immaginò che con quello intendesse la reception.

Le fece capire che alla reception c'era troppa gente: «*No, many, many people.*» Batté sul suo orologio. «*Me no time.*»

La donna scosse la testa e indicò di nuovo il pavimento.

Oleg tirò fuori il portafoglio e ne estrasse duecento euro. «*You help me. Please.*»

Vide la donna guardare i soldi esitante. Probabilmente era quello che guadagnava in una settimana.

«*Time!*» Indicò di nuovo il suo orologio.

La donna si decise. «*Okay.*»

Prese i duecento euro e, guardandosi alle spalle per controllare che non la vedesse nessuno, seguì Oleg fino alla camera 243. Infilò la sua chiave magnetica, che apriva tutte le porte, nella fessura della stanza e la porta si aprì con un clic.

«*Thank you*» disse educatamente Oleg, mentre la donna si allontanava in fretta.

Entrò nella stanza, soddisfatto. Non aveva avuto bisogno di forzare niente e la donna avrebbe tenuto la bocca chiusa. Se avesse detto a qualcuno che l'aveva aiutato, l'avrebbero licenziata. Probabilmente era una madre single con tre bambini e i soldi le facevano comodo. Aveva visto come aveva guardato le banconote che le aveva mostrato.

Si trovava in una stanza di lusso con vista sul canale. Per lui i canali erano strettini. In realtà tutto ad Amsterdam era piccolo e soffocante, senza confronto con lo spazio che gli offriva San Pietroburgo. Si guardò intorno ma non vide nessun dipinto, poi aprì l'armadio e trovò ciò che cercava appoggiato alla parete posteriore. Sorrise, il suo capo sarebbe stato contento.

Costeggiando il canale era arrivato al punto in cui aveva parcheggiato la Mercedes, ma quando arrivò alla sua auto dovette constatare di non avere con sé la chiave. Chiuse gli occhi e si rivide mezz'ora prima entrare nella stanza, gettare la chiave sulla scrivania e infilare il quadro nell'armadio. Merda. Merda! Non c'era nient'altro da fare, doveva tornare all'hotel.

Uno dei portieri aveva riportato ordine nell'orda di turisti, in modo che la loro presenza non disturbasse troppo gli altri ospiti, e il viaggio di ritorno attraverso la lobby verso l'ascensore andò quindi un po' più liscio che all'andata. Infilò la chiave magnetica nella fessura della porta ed entrò nella stanza. Sulla scrivania c'era effettivamente la chiave della Mercedes. Ma c'era qualcosa, qualcosa che a prima vista non riusciva a percepire, ma che lo mise in guardia. Gli scattò un interruttore in testa, si attivarono di colpo tutti i sensori. Non c'era bisogno che facesse niente, era automatico.

Pericolo.

Non sapeva ancora dove si nascondesse, ma il suo corpo reagiva al pericolo. Era un meccanismo che in anni precedenti, quando faceva ancora parte dello squadrone C, lo aveva sempre protetto da molte disgrazie. Aveva visto soldati entrare dentro case per non uscirne mai più, non tutti interi almeno, per non aver ascoltato i segnali, i campanelli d'allarme che emanava il loro corpo.

Si guardò intorno nella stanza, ma non vide nulla di preoccupante. Significava che il pericolo doveva trovarsi in bagno. Appoggiò la schiena al muro e scivolò lentamente verso il corridoietto. Diede un calcio alla porta, stando però attento a tenersi a distanza dall'apertura. La porta si spalancò e ne sbucò fuori un pugno, che lo mancò per un pelo. Afferrò il polso e diede uno strattone violento verso l'esterno e verso il basso all'uomo che vi era attaccato, ma nel cadere quello si rigirò e svuotò in faccia a Christiaan una bomboletta, avvolgendogli la testa in una soffocante nuvola di deodorante. Merda! Fu costretto a lasciare la presa e a coprirsi gli occhi con le mani. Bruciava, gli occhi gli bruciavano da morire. Il suo avversario era riuscito a rialzarsi e gli piantò un pugno nello stomaco. Christiaan si fece piccolo piccolo e si protesse il torace con le braccia, sfregandosi intanto gli occhi per riuscire a recuperare la vista. Aprì un occhio e vide attraverso un velo il canino d'oro nel viso sogghignante del suo aggressore. Scattò in avanti per dargli una testata, ma quello la vide arrivare e per lui fu un gioco da ragazzi evitarla. Poi l'uomo alzò bruscamente il ginocchio e tentò di colpire Christiaan all'inguine. Lui si rannicchiò e riuscì a bloccare l'attacco, ma un attimo dopo sentì una botta fortissima alla nuca. Crollò in ginocchio e tentò di atterrare il suo avversario afferrandogli le gambe. L'uomo cercò di scacciarlo, ma Cristiaan gli teneva stretto uno stinco mentre l'uomo gli tempestava la schiena di pugni e con il piede libero lo prendeva a calci nel fianco.

Piano piano il dolore agli occhi se ne andò e riuscì a riaprirli entrambi, e si rese conto che doveva sbrigarsi per non essere sopraffatto dalla violenza dell'uomo che gli stava addosso. Si piegò e gli morse fortissimo il polpaccio. All'uomo sfuggì un grido e perse l'equilibrio e Cristiaan si limitò a una piccola spinta e riuscì ad atterrarlo. Cadde tra il letto e la scrivania, lanciò una serie di imprecazioni e tentò di sottrarsi alla presa di Christiaan. Nonostante lui resistesse con veemenza Christiaan riuscì a piazzarsi sopra l'avversario e tentò di mettergli le mani intorno al collo. Ma l'uomo teneva le braccia alzate sopra il petto e riuscì a passare un braccio accanto alla testa di Christiaan. Poi girò la parte superiore del corpo di novanta gradi e diede una violenta gomitata alla tempia di Christiaan, facendogli sbattere con un colpo sordo la testa contro la struttura del letto e perdere per un momento la presa. In un lampo si girò, si tirò fuori da sotto di lui e gli mise il braccio intorno al collo.

Una presa di strangolamento.

Christiaan si rese conto di essere in grave pericolo e fece un tentativo disperato di sottrarsi alla presa, ma la pressione sulla laringe era sempre più forte e gli rendeva impossibile respirare. Sentì qualcosa che si spezzava e si vide davanti agli occhi un velo nero che lentamente si trasformò in un bianco accecante, un bianco esplosivo senza alcun suono, tranne il respiro dell'uomo che stava dietro di lui e intensificava la pressione, mentre i suoi polmoni stavano per scoppiare.

Poi la luce si spense.

Oleg sentì i muscoli dell'uomo afflosciarsi, la resistenza sembrava diminuire, ma lui continuava a stringere. Sentì l'osso rompersi, ma continuava a stringere. *Beregis'*! Non doveva mollare troppo presto, forse era un trucco, quest'uomo sapeva cosa voleva dire combattere, combattere per la sopravvivenza. Proprio come lui. Quindi continuò a stringere finché non gli venne un crampo alla parte superiore del braccio e mollò la presa.

Il grosso uomo dalla testa calva scivolò via e Oleg rimase a terra ansimando ancora per un paio di minuti. Quando aveva sentito rovistare nella serratura si era preso un bello spavento. Che stesse tornando la donna delle pulizie? Aveva informato qualcuno della direzione? Si era fiondato nel bagno più svelto che poteva e aveva cercato un'arma, qualcosa con cui poter attaccare a sorpresa, per guadagnare un paio di secondi. Non si era aspettato che fosse l'uomo del quadro, l'uomo che era appena uscito, cazzo.

Oleg si alzò e si strofinò il polpaccio dolorante. «Cane schifoso!»

Diede un calcio nella schiena all'uomo morto.

La lotta aveva causato danni minimi alla stanza, quindi andava bene, ma doveva inventarsi qualcosa per guadagnare tempo e riuscire a dileguarsi senza problemi. Tolse le scarpe e la giacca di pelle all'uomo, gettò indietro il piumino e lo trascinò sul letto. Lo sistemò sdraiato su un fianco e lo coprì. Se qualcuno fosse entrato, avrebbe pensato che stava dormendo. Raddrizzò la sedia davanti alla scrivania, si guardò intorno ancora una volta per controllare se aveva lasciato tracce e poi sparì rapidamente con il dipinto nella stanza 231, che aveva prenotato poco prima.

47

In effetti non trovarono Katja a casa, ma nel frattempo Leo aveva cercato quanti Hiemstra vivevano all'Aia. Risultò che ce n'erano due: uno nella Fruitweg e uno nella Bezuidenhoutseweg.

«È il secondo, una volta mi ha detto che abitavano in un quartiere elegante.»

Tre quarti d'ora dopo erano davanti alla porta dello stabile nella Bezuidenhoutseweg. Arjen guardò indeciso dal finestrino. «E ora?»

«Sei tu che la conosci.»

Lui esitò. «Suo padre è appena morto.»

«Non possiamo aspettare il funerale, professore.»

L'incontro con Katja, che un paio di giorni prima aveva piantato in asso, lo preoccupava. Non sarebbe stato meglio lasciarla in pace per un paio di giorni, date le circostanze? Ma si rese conto che non era il momento buono per discutere, quindi scese controvoglia dall'auto. Suonò e dopo un po' di tempo la porta del palazzo signorile si aprì appena. Una fessura, non di più, per via della catenella fissata alla porta.

«Cosa vuole?»

Riconobbe la vocina della sorella di Katja, com'è che si

chiamava? «Salve, sono io. Arjen Hageveld. Sono il professore di Katja. Ci siamo visti una volta, al suo compleanno, credo.»

Vide un occhio curioso che guardava dalla fessura. Ma questa donna aveva tutte le rotelle a posto? Sembrava che ora l'avesse riconosciuto anche lei, perché la porta si richiuse e sentì togliere la catenella. Vide nell'ingresso una donna nervosa dall'aria mesta, con il viso decorato da un bel taglio sul naso e da un occhio gonfio che stava diventando livido.

«Salve, Arjen.» Tentò di infondere entusiasmo nella voce senza riuscirci veramente.

Lui si girò di nuovo per un momento a guardare Leo, che era seduto al volante e fissava imperturbabile davanti a sé.

«Vieni dentro.»

Lo precedette in cucina, dove si sedettero al tavolo.

«Sei venuto a cercare Kat, giusto?»

«Sì. La sto seguendo nel suo progetto per la tesi e... ho ancora qualche domanda. Ma ho saputo che vostro padre è mancato. Che cosa terribile. Condoglianze.»

«Grazie. È stato uno shock per entrambe. Papà era ancora così... pieno di vita.» I suoi occhi traboccavano di lacrime, se li strofinò con una mano e lanciò quindi un gemito di dolore.

«Che ti è successo all'occhio?»

«Mi hanno sbattuto la porta in faccia.»

Raccontò esitante che Nina e Michiel erano passati a portare qualcosa per Katja, un dipinto, e poco dopo avevano suonato ancora e qualcuno aveva spalancato la porta così violentemente da farla finire a terra. Era persino svenuta. «E guarda un po'!» Si portò il dito alla ferita sopra al naso. «Guarda che taglio!»

«Chi è stato a suonare?» chiese Arjen, con l'angosciante presentimento di sapere già la risposta.

«Non lo so, non ho visto nessuno. Mi ha sbattuto la porta in faccia e poi passo e chiudo.»

«Ma allora cosa voleva?»

A quel punto lei rimase in silenzio e guardò Arjen come se non ci avesse ancora riflettuto, ma in realtà non era così. «Me lo sono chiesto, ma non ne ho idea. Forse è stato un incidente, o... o... o qualcos'altro. Ma in realtà non ne ho idea.»

«Era per il dipinto?»

«Il dipinto?»

«Il dipinto di Katja.»

«Ah, il dipinto, non ci ho proprio più pensato!» Si alzò e andò in corridoio. «Ma sì, guarda!»

Lui l'aveva seguita. «Cosa?»

«Non c'è più.»

«Era qui? Il dipinto di Katja era qui?»

«L'ho posato qui quando Nina è venuta a portarlo. Sono sicura, perché poi sono andata in cucina perché bolliva l'acqua... Oh, non ti ho nemmeno offerto il caffè, vuoi un caffè?»

«No, ti ringrazio.»

«Be', e poi hanno suonato e quindi, quindi sono andata...»

«Al tappeto. E ora il quadro è sparito.»

«Sì, pazzesco, eh? Pensi che sia stato per quello?»

Arjen si chiese se rispondere, ma decise di lasciar perdere.

«A che ora aspetti Katja?»

«Oggi? No, oggi non viene, ma ha promesso di tornare prima del funerale di papà.»

«E quindi dov'è andata, se posso chiedere?»

«Io non ero per niente d'accordo, ma è partita su due piedi per la Francia. Ha detto che aveva qualcosa da fare lì. L'ho appena chiamata, ma non mi ha risposto.»

«Per la Francia?»

«Sì, per andare alla nostra seconda casa a Crain.»

Ma certo, Crain! Ora capiva anche perché Katja fosse partita in fretta e furia.

«C'è qualcun altro che sa che è andata in Francia?»

«Non ne ho idea, Arjen, non so proprio con chi ha parlato. Ma cosa sta succedendo? Qualcosa a che fare con il quadro?»

«È difficile da spiegare. Forse in seguito. Ora me ne devo andare. Grazie per il tuo aiuto.»

«Non so in che cosa ti ho aiutato, ma non c'è di che.»

Riuscì a mettere insieme un sorrisetto stentato e lo fece uscire.

«Dio solo sa perché il dipinto sia stato portato qui, ma in ogni caso non c'è più. E Katja è da qualche parte in Francia.»

Leo tamburellò sul volante con le dita. «Non è che per caso ha lasciato qui il suo portatile?»

«Cosa ne so.»

«Allora va' a chiederlo.»

«Perché?» Arjen non aveva per niente voglia di tornare di nuovo dentro la casa.

«Dobbiamo riuscire a rintracciare il suo telefono. Se sappiamo dov'è, sappiamo anche dove si è cacciata. Dobbiamo riuscire a trovarla, per la sua stessa sicurezza, e l'unico modo per farlo è usare il suo telefono.»

«E lo fai con il suo portatile?»

«Con l'app "Dov'è".»

Un paio di minuti dopo Arjen era seduto di nuovo al tavolo di cucina. Davanti a lui c'era il portatile che la sorella di Katja gli aveva preso dalla sua stanza.

Anche se aveva esitato. «Sarà d'accordo Katja?»

«È per la sua ricerca, ci sono dei dati che ci servono. Katja ha altro a cui pensare e io lo faccio volentieri per lei.»

Bastava spazio enter, lo sapeva. Arjen capiva come mai Katja avesse attivato la funzione «Dov'è» sul suo portatile, perché non faceva altro che perdere il cellulare. O le chiavi. Era tanto meticolosa nel suo lavoro quanto sciatta nelle faccende quotidiane. Forse le due cose andavano di pari passo. Aprì il programma e il dispositivo ci mise un po' a determinare la posizione del telefono. In un angolo della cucina la sorella stava a guardare con aria angosciata. Era chiaro che non capiva cosa succedeva, ma in ogni caso non le piaceva affatto.

«Funziona?»

«Ci vuole un po' di tempo.»

«Per cosa?»

«Per determinare dove si trova adesso Katja.»

«È... importante? È per la sua ricerca, no?»

«Sì.»

«Ma allora c'è qualcosa che non va?»

«Ma no...» Avrebbe voluto ricordarsi il suo nome. «Si tratta di un paio di dati, niente di più.» Non voleva caricarla di ulteriori informazioni, meno sapeva meglio era. Sicuramente per lei. Non era riuscita a vedere chi aveva fatto irruzione così brutalmente in casa sua, ma lui sospettava di sapere di chi si trattava.

Sullo schermo apparve la mappa della Francia e il segnaposto cadde su Parigi. Era a Parigi. Ingrandì la mappa finché non riuscì a leggere il nome della strada in cui doveva trovarsi il telefono, e a quanto supponeva anche Katja. Place du Marché Sainte-Catherine. Poteva fare una foto allo schermo, ma nel momento in cui fossero arrivati lì, Katja probabilmente se ne sarebbe già andata. Esitò.

«Alice!» Il nome gli era venuto in mente di colpo come un ospite inatteso, ma molto benvenuto.

«Sì?»

«Pensi che Katja avrebbe da ridire se mi portassi via il suo portatile?»

Alice esitò, ma le apparve sul volto un debole sorriso, quindi Arjen ritenne il caso risolto in suo favore.

Katja aveva la nausea. Faceva fatica ad aprire gli occhi. Aveva dormito? Non riusciva a ricordare di essersi addormentata. Era... era al Centre Pompidou, era... Riuscì a fatica ad aprire un occhio, ma non vedeva molto. Una striscia di luce, alla sua destra. Dov'era? Era al Centre Pompidou, era da Georges? Sentì un crampo alla spalla e voleva girarsi, ma la sua mano non la seguì. Tirò e si accorse che era legata a qualcosa. Si sentì invadere dal panico mentre un'ondata acida si faceva strada verso l'alto nell'esofago. Ora aveva aperto entrambi gli occhi. Tastò intorno a sé con la mano libera. Un letto. Si girò alla bell'e meglio su un fianco. La nausea era sparita, sentiva ancora solo la paura. Accanto a sé sentì a tentoni i contorni di un mobiletto. Era un comodino? Sentì qualcosa di rotondo, una mela o un'arancia, e una bottiglia. Una bottiglia di plastica. Si tirò un po' più su e continuò a tastare il comodino. Sentì qualcosa di rotondo e piatto, la base di una lampada? Sì! Una cordicella. Tirò la cordicella e un debole chiarore illuminò la stanza. Cadde indietro sul letto stremata e richiuse gli occhi. Doveva riprendersi per un momento.

Era in una stanza, aveva la mano legata al letto. Vreeman. Doveva averla drogata. Si ricordava di essersi sentita la testa leggera, una sensazione non spiacevole, e poi... più nulla. Doveva essersi addormentata. Cosa voleva quel Vreeman? Sentì di nuovo salire il panico e strattonò la fascetta con la mano. No, non doveva lasciarsi prendere dal panico, doveva restare calma e riflettere. Aprì gli occhi e si guardò intorno nella stanza. Era grande, palesemente una stanza da letto, con le pareti rivestite da una tappezzeria verde scuro. Tentò di concentrarsi sul suono. C'erano rumori provenienti dalla strada, senza dubbio attutiti dalle imposte davanti alle finestre che lasciavano passare appena una strisciolina di luce. L'aveva portata lì e l'aveva ammanettata al letto. Cosa voleva da lei? Sul comodino, oltre a qualche croissant, c'erano una bottiglia d'acqua e una mela. Evidentemente non voleva lasciarla morire di fame e sete, non per il momento almeno. Non aveva fame, la nausea non era ancora del tutto passata, ma sentiva un fortissimo bisogno di bere qualcosa. Si raddrizzò e prese la bottiglia d'acqua con la mano destra. Avvicinò il tappo alla mano sinistra legata e aprì la bottiglia. Bevve avidamente e dopo aver messo giù la bottiglia le sfuggì un ruttino. Solo a quel punto vide che sotto la bottiglia c'era un biglietto.

Mi dispiace, non potevo fare altrimenti. Non temere, torno. Hubert.

Pezzo di merda.

Arjen aveva usato il suo hotspot personale per collegare di nuovo il portatile a internet e appurare se nel frattempo l'iPhone di Katja si fosse spostato da qualche altra parte, ma sembrava di no. Il computer continuava imperterrito a indicare la piazzetta nel Marais, un vecchio quartiere di Parigi che adesso era uno dei più trendy della città.

«Cosa cerca a Parigi?»

«Non ne ho idea. Forse si è fermata lì a passare la notte mentre era in viaggio verso la casa di campagna.»

Leo ne dubitava.

«No?»

«Ha fretta, perché deve ancora seppellire suo padre, ma vuole comunque andare in Francia.»

«Per andare a prendere quei dipinti.»
«Esattamente. E si sarebbe concessa una giornata a Parigi?»
«E allora cosa ci fa là?» si chiese Arjen.
«Dunque la domanda è questa. Quella sua sorella ha raccontato a qualcun altro che Katja è partita per la Francia?»
«Non ne ho idea. E non torno dentro un'altra volta a chiederglielo.»
Leo sospirò. «Non so chi ci sia dietro, ma è evidente che gli spostamenti di Katja vengono seguiti con attenzione. Dobbiamo andare a Parigi.»
Arjen alzò lo sguardo spaventato. «Perché?»
«Per salvare i due quadri. E Katja!»
«Allora è troppo tardi, amico. Da qui a Parigi ci vogliono sei ore.»
Leo guardò pensieroso attraverso il parabrezza. «Ci si può mettere anche una mezz'oretta...»
«Sì, con l'aereo» disse sarcastico Arjen.
«Esattamente! Prova di nuovo a chiamare Katja.» Aprì la portiera e scese.
Arjen sbuffò. «Ma poi dovremo passare ore all'aeroporto!»
Leo aveva chiuso la portiera con un colpo e Arjen non sentiva più quello che diceva.
Dopo un paio di minuti Leo risalì in auto e mise in moto. «Allora, l'hai richiamata?» chiese ad Arjen.
«Non ha risposto. Dove andiamo?»
«Rotterdam The Hague Airport. Da lì voliamo a Orly e poi prendiamo un taxi per Parigi. Abbiamo un aereo privato prenotato per noi.»
Arjen pensò di aver capito male. «Un... aereo privato?»
Leo rise. «La vita è tutta una questione di connessioni, professore. Le connessioni giuste, mettitelo in testa.»

48

Crain era un paesino della Borgogna, sulla frondosa riva della Yonne. Da Auxerre Vreeman aveva dovuto seguire il suo percorso sulla Route Nationale, attraverso vasti campi di mais. La conseguenza inevitabile fu che rimase bloccato clacsonando dietro un trattore che non aveva nessuna intenzione di affrettarsi, per quanto il gran signore continuasse a suonare così forte.

Parcheggiò l'auto accanto alla chiesa sulla piazza del paese e provò un'altra volta a chiamare Müller. Con sua sorpresa questa volta l'uomo finalmente rispose. Era stata una breve conversazione, tesa, che Müller aveva interrotto bruscamente, ma il messaggio era cristallino e gli aveva procurato un enorme sollievo. Ora aveva in mano almeno uno dei quadri, un passo avanti verso la libertà. Il vento era cambiato.

Scese e stiracchiò il suo corpo contratto. All'angolo della piazza vide un bar di paese e si avvicinò a passo lento. Forse lì avrebbero potuto dargli ulteriori informazioni su dove andare, e poi si meritava anche una birretta.

Entrò nel caffè e salutò cordialmente i due habitué che se ne stavano annoiati al bancone. «*Demi pression, s'il vous plâit.*»

Si guardò intorno. A prima vista in quel borgo non c'era molta vita, ma questo era il problema di molti paesi della campagna francese. I giovani scappavano nella grande città in cerca di un futuro migliore e rimanevano i vecchietti. D'estate naturalmente c'era qualcuno in più, ma Hubert non aveva l'impressione che ci passassero le folle. In passato era stato qualche volta in Dordogna con Molly, ma il paesaggio non gli era piaciuto. E per lui anche la tanto celebrata Costa Azzurra, con le sue strade sovraffollate e la vita in spiaggia così sopravvalutata, poteva andare a quel paese.

«Encore une.»

Alla seconda birretta cominciò a chiacchierare con il proprietario del locale. C'erano tanti stranieri che abitavano in paese e c'erano per caso case in vendita? Sì, ci abitava qualche olandese e qualche inglese, ma non tanti come nel Morvan. Del resto là le case costavano di meno, perché, be', chi mai voleva andare a vivere nel Morvan, secondo il proprietario del locale. E a Crain di recente avevano messo in vendita solo l'ex *hôtel de ville*, ma nel frattempo secondo lui l'avevano già venduto.

«Peccato» disse Vreeman. «Mi sarebbe piaciuto dare un'occhiata. Dov'è questo *hôtel de ville*?»

L'uomo indicò dritto davanti a sé. «Passi accanto alla chiesa, vada fino in fondo alla strada e poi se lo trova subito davanti. Era gente carina, quella che ci abitava. Anche le figlie erano belle. Ma certo, qui cos'avrebbero potuto trovare?»

Vreeman pagò e uscì di nuovo sulla piazza del paese. In lontananza cantò un gallo. Scoppiò a ridere; se non sapevi che non era vero, il tempo qui sembrava essersi fermato. Ma il tempo non si fermava più, da nessuna parte. Le benedizioni di internet erano penetrate ovunque, fin nei capillari della società. Niente rimaneva segreto a lungo, né l'esistenza di un determinato dipinto, né il fatto che si trovasse in questo paese. Passò in fretta accanto alla chiesa, percorrendo una stradina fiancheggiata da entrambi i lati da case abitate. Il paese non era ancora del tutto morto. In lontananza, alla fine della strada, sulla destra c'era una grande area eventi dove senza dubbio si teneva la tradizionale festa estiva e si piantavano le tende della fiera annuale.

A destra c'era un piccolo sentiero su cui si affacciava la casa che portava con sbiadita fierezza il titolo di *hôtel de ville*. Era un vecchio palazzo signorile con gli scuri chiusi. Era chiaro che non c'era nessuno, ma per ogni evenienza premette il campanello accanto alla porta d'entrata. Non si sentì nessun suono e nessuna reazione. Accanto alla casa una stradina sterrata portava dietro l'edificio. Passò accanto a una siepe di rovi e altre piante di cui non conosceva il nome, ma che avevano un odore di primavera. Il muro di mattoni diventava una staccionata di legno con una porta che si lasciò aprire senza problemi. *Per adesso, tutto bene.*

L'ampio giardino sul retro andava dagli scalini dietro la casa fino alla riva frondosa della Yonne. Alla fine del tappeto erboso c'era una Venere di Milo, senza dubbio falsa come la maggior parte delle statue greche da lui vendute. La scultura dava però al giardino una certa prospettiva e sorvegliava la piscina che si trovava accanto all'immancabile pista da bocce. Un telo di plastica blu proteggeva la piscina dalle foglie cadute e altri inconvenienti, ma a giudicare dalle pozze d'acqua che si trovavano sulla plastica non veniva più usata già da parecchio.

Si girò e studiò il retro della casa. Qui la maggior parte degli scuri era aperta. In cima alla scalinata c'era un tavolo di legno con qualche sedia attorno. La porta era probabilmente quella della cucina. Salì i gradini e guardò dentro attraverso il vetro della porta. Nella penombra si intravedeva appunto una cucina abitabile francese, con un tavolo campagnolo rotondo dietro al quale c'era un enorme fornello. Provò ad aprire la porta, che però si rivelò chiusa. Si guardò intorno per vedere se da qualche parte si vedesse un vaso rigirato, ma non era così. Pensò alla chiave che aveva trovato dal professore sotto la statua del Buddha e quindi guardò nei vasetti, sotto pietre smosse e dentro lo zoccolo blu appeso accanto alla porta. Fu inutile. Per un po' rimase in dubbio; la sua missione qui era già sospetta, se ora avesse anche rotto una finestrella e si fosse introdotto in casa in quel modo, si sarebbe messo in una posizione molto vulnerabile. A quel punto gli cadde l'occhio su una piccola dépendance addossata alla casa. Forse lì avrebbe trovato qualcosa che somigliava a una chiave.

In passato la dépendance doveva essere stata utilizzata come garage, ma era chiaro che già da molto tempo non aveva più quella funzione. C'era un tosaerba e c'erano mensole piene di attrezzature da giardino e vasi di terracotta, sacchi di terriccio e tutto il muro laterale era pieno di strumenti appesi, da morsetti arrugginiti a chiavi a tubo lucidate. Contro la parete di fondo c'erano vecchie porte e scuri scrostati, probabilmente provenienti da vecchie fattorie, allo scopo di essere rimesse a posto e riutilizzate. Nella parete di destra c'era una porta che sembrava collegata alla casa. Abbassò la maniglia ma la porta non cedette. Non si era aspettato che lo facesse. Stava già per tornare indietro deluso, quando vide accanto alla porta appesa a un chiodo una vecchia chiave arrugginita. *Bingo!*

La infilò nella serratura e dopo un po' di scosse la porta si aprì cigolando. Si ritrovò in un corridoietto buio e cercò a tentoni un interruttore della luce sul muro. Quando lo trovò e lo premette non accadde nulla. La corrente era staccata? Tirò fuori di tasca lo smartphone e si fece luce. Lo stretto passaggio si rivelò un corridoio che dava sull'atrio centrale. Da qui una serie di porte conducevano alle varie stanze e al centro dell'atrio c'era una scala laccata che accedeva ai piani superiori. Scelse una delle porte e si ritrovò in una stanza buia, una camera nella parte anteriore della casa, con le imposte chiuse. C'era puzza di chiuso, come se le finestre non fossero state aperte per molto tempo. Fece scorrere attraverso la stanza la luce della torcia e non trovò niente; né un tavolo, né una sedia, solo il nudo pavimento. Chiuse la porta ed entrò nella stanza successiva. Anche qui non c'era nessun mobile. Guardò le pareti per vedere se c'era ancora appeso qualcosa, ma anch'esse erano spoglie. Sembrava che l'abitazione fosse stata interamente svuotata. Per un momento si chiese se fosse nella casa giusta, ma respinse subito l'idea. L'*hôtel de ville* di Crain. Ce n'era uno solo, non si poteva sbagliare. Ma dov'era finito l'arredamento? Decise di dare un'occhiata in cucina, dove da fuori arrivava un po' di luce all'interno. A parte il tavolo e tre sedie, anch'essa si rivelò vuota.

«Qui êtes-vous et qu'est-ce que vous faites ici?[6]»

Vreeman si girò spaventato e si ritrovò a fissare la luce intensa di una torcia.

«Hubert Vreeman, je suis un ami de la famille.»

«Quelle famille?»

Se tenti di convincere qualcuno di essere un amico di famiglia, naturalmente devi sapere come si chiama quella famiglia. *Porca puttana!* Tentò con tutte le sue forze di rievocare il necrologio. «Di Katja e Alice. Mi hanno detto che avrei trovato la chiave della porta di passaggio appesa al gancio in garage.»

La luce del faretto scese verso il pavimento e vide sulla porta una donnina. Vreeman sbatté le palpebre per riabituare gli occhi alla penombra dopo la luce intensa. La

[6] «Chi siete e cosa ci fate qui?»

donna aveva in mano qualcosa, ma non riusciva a vedere bene cos'era.

«Un amico delle ragazze?» La donna fece una risatina beffarda. «Vecchio come amico!»

«Amico di famiglia, ho detto. Anche del padre. Ma sono qui per conto di Katja. E lei è madame Ménard.»

Non sapeva come gli era saltato fuori il nome, ma funzionò. E fu un bene, perché ora che i suoi occhi si erano abituati alla luce del giorno, vide che aveva sotto il braccio un fucile da caccia. Madame Ménard indossava una giacca imbottita marrone e un paio di pantaloni attillati da cavallerizza infilati in robusti stivali di pelle. Aveva capelli scuri marezzati di grigio che le stavano appiccicati alla testa. Non un tipo facile, pensò lui, sicuramente non con un fucile da caccia in mano. Ma quando scoprì che lui sapeva il suo nome, lo sguardo diffidente nei suoi occhi si smorzò un po'.

«E quindi cosa viene a fare qui?»

«Vengo a prendere due dipinti di Katja.»

«Perché non viene Katja in persona?»

«Suo padre è morto. Non lo sapeva?»

La donna si fece il segno della croce con la mano libera. «Pover'uomo. Ha telefonato Alice, me l'ha detto lei.»

«Questa settimana ci sarà il suo funerale, quindi, capisce, le ragazze non possono allontanarsi dall'Aia. Ma quei dipinti servono a Katja per i suoi studi.»

La diffidenza era tornata. «Dipinti?»

«Sono due... vecchi ritratti. Di un uomo e di una donna.»

«Il signore non mi ha detto niente in proposito.»

«Il signore?»

«Il signor Jan, Dio benedica la sua anima. La casa è stata venduta e l'arredamento è toccato a me. Ed era anche ora, dopo tutti quegli anni!» Di colpo sembrò inviperita. «Ho sempre tenuto la casa pulita e arieggiata quando veniva la famiglia. Me ne sono occupata quando non c'erano. A volte per mesi. Non ho mai chiesto niente in cambio, quindi per una volta potrò guadagnarci qualcosa anch'io?»

Era lei che aveva i dipinti! Se li aveva ancora. Se non li aveva venduti in un qualche mercato delle pulci o a un rigattiere per un paio di biglietti da dieci. Iniziò a sudare freddo.

«Ma certo, signora. È assolutamente ovvio che il guadagno è tutto suo, ma Katja non aveva riflettuto sul fatto che anche i dipinti facessero parte dell'arredamento, capisce?»

«L'arredamento è l'arredamento.» Allargò un pochino i piedi, emanando irremovibilità.

«È così, e la famiglia non ha niente in contrario. Ha ancora i dipinti?» Tentò di dare un tono noncurante alla sua voce.

«C'è ancora tutto. I grandi mercati primaverili cominciano tra un paio di settimane.»

«Perché non mi aspetto certo che lei mi dia i quadri così, senza nulla in cambio. Non va bene, l'arredamento appartiene a lei.»

La donna annuì. «Proprio così.»

«Quindi io… Voglio dire, Katja è pronta a pagare per le tele con tutto il cuore.»

«Per i suoi dipinti?» Madame Ménard sembrava ritenere la faccenda piuttosto inverosimile.

«Come ho già detto, le servono per i suoi studi. Ha quasi finito, ma senza quei quadri non può continuare. Lei sa che studia storia dell'arte?»

«Ma certo.»

«Io le sto dando una mano.» Tirò fuori il suo biglietto da visita e lo porse alla donna. «Vede, lavoro nel mondo dell'arte.»

Lei lanciò un'occhiata al biglietto, ma continuò anche a tenerlo d'occhio con attenzione.

«Siamo pronti a pagarli mille euro.»

«Mille euro?» Sembrava diffidente.

«Mille euro l'uno, s'intende» aggiunse Vreeman. Vide che i suoi occhietti cominciavano a scintillare e sentì di essere sulla strada giusta. Con questo tipo di persone i soldi erano sempre un lubrificante ben collaudato.

«Ci penserò.»

Era sicuro che avesse già deciso, ma che volesse tenerlo in sospeso, nella speranza di riuscire a tirargli fuori qualche soldo in più. Probabilmente quei duemila euro erano più di quanto sperava che le fruttasse tutto l'arredamento.

«Temo di non avere molto tempo da trascorrere nella ridente Crain, madame. Devo tornare all'Aia. Per il funerale.»

Di colpo la bocca di madame Ménard assunse un'espressione scontenta. Davanti al funerale era ovvio che non poteva dire nulla. Vreeman le venne in aiuto.

«Certo, dipende anche dallo stato in cui si trovano. Molti di questi dipinti sono intaccati dall'umidità e questo fa scendere il prezzo. Se la tela è in buono stato, può essere benissimo che il prezzo risulti ancora più alto.»

«D'accordo.» Aveva deciso di accontentarsi. «Ma solo perché è per Katja. In realtà avevo già deciso di appendere i quadri in casa mia.»

Sì, col cavolo, pensò Vreeman, ma il suo cuore esultava.

«Se vuole, posso farglieli vedere anche adesso.»

«Forza» disse lui entusiasta «perché rinviare quello che possiamo fare subito?»

La plastica dura le tagliò il polso mentre Katja dava l'ennesimo strattone alla fascetta. Per frustrazione. Le sembrava di essere su quel letto già da ore. Aveva perso conoscenza un paio di volte e nel frattempo aveva cercato di staccare le sbarre dal letto, di separare il letto dalla testiera, di rovesciare il materasso. Non era servito a niente. Aveva urlato e picchiato con i piedi sul pavimento accanto al letto, non c'era stata nessuna reazione. Aveva sentito suonare il telefono un paio di volte nella sua borsa e aveva cercato di raggiungerla con la punta dell'alluce, ma non ci arrivava.

Non temere, torno. Hubert.

Hubert, come se fosse un suo caro amico. E dov'era andato? Perché l'aveva legata lì? Sapeva perché era venuta in Francia? Sapeva di madame Ménard? E come...? Alice. Naturalmente. Merda, e se per strada avesse avuto un incidente? O un infarto. Quando l'aveva incontrato al Centre Pompidou non aveva l'aria molto sana. Allora non sarebbe mai più uscita da lì. L'avrebbero trovata dopo un paio di mesi, quando la puzza sarebbe stata troppo insopportabile per i vicini.

Il panico che controllava così bene fino a un attimo prima per un momento alzò di nuovo la testa. No. Non bisognava pensare negativo. Bisognava restare positivi. Sarebbe tornato e l'avrebbe liberata e allora lei gli avrebbe dato un bel calcio nelle palle. Lui le avrebbe offerto le sue scuse con aria ipocrita e lei gli avrebbe sputato in faccia. Di colpo si irrigidì, aveva sentito qualcosa, un suono nell'altra stanza. Era già tornato? Che ora era?

Madame Ménard l'aveva preceduto in una piccola zona industriale ai margini del paese. C'era una serie di grossi capannoni intorno al padiglione di una fabbrica in cui non gli era chiaro cosa si facesse esattamente. Accanto alla zona industriale c'era un tratto di terreno boscoso su cui c'era un edificio simile alla dépendance adiacente all'*hôtel de ville*. Le porte erano chiuse da una pesante catena chiusa con un lucchetto. La donna tirò fuori una chiave dalla borsa appesa alla spalla e lo aprì. La grande porta di legno si lasciò aprire un po' a fatica, dando accesso a una sorta di deposito di vecchie cianfrusaglie. Vreeman non avrebbe saputo come altro definirlo. C'erano sedie e tavoli ammucchiati l'uno sull'altro, un letto smontato, comodini, scatole piene di pentole e padelle e un'impressionante serie di armadi per cui certi negozi olandesi di bric-à-brac sarebbero stati pronti a uccidere. Senza dubbio Madame Ménard avrebbe fatto buoni affari nei prossimi mercati dell'antiquariato.

La donna si diresse verso l'angolo della piccola dépendance, dove tirò via con fare indifferente una tenda che copriva una decina di dipinti appoggiati al muro l'uno sull'altro. «*Voilà.*»

Vreeman si inumidì le labbra secche e sentì la tensione provocata dalla cosa sensazionale che stava per accadere. Esaminò i dipinti uno a uno e poi tirò fuori con cautela dal mucchio il ritratto di un uomo. Era un ritratto di forma rettangolare, che stimò misurasse più di un metro per mezzo metro. Le dimensioni tornavano, quindi. Uscì con il ritratto per poterlo esaminare meglio alla luce del sole, tirò fuori di tasca una lente d'ingrandimento e lo esaminò minuziosamente. Era evidente che il dipinto aveva sofferto nel corso degli anni per le circostanze mutevoli in cui si era trovato, ma tuttavia era ancora in condizioni abbastanza buone. Mostrava l'orgoglioso giovane padre dei due bambini dell'altro ritratto. Portava una giacca marrone con un collare mezzo rialzato su un gilet verde bordato da un gallone d'oro. I suoi capelli erano di media lunghezza, non indossava una parrucca. In basso a destra c'era il nome del pittore: I. Pietersz. La tensione lasciò il posto alla felicità. Per una volta, finalmente, le cose andavano per il verso giusto.

Tornò dentro e appoggiò con cura il dipinto al muro. «Dov'è l'altro quadro?»

«Qui.» Lei indicò i dipinti che restavano.

«Intendo il ritratto della donna. Sua moglie.» Indicò a sua volta il dipinto di Pietersz.

Madame Ménard alzò le spalle. «Questi sono tutti i quadri che erano appesi in casa. Non ce n'erano altri.»

Il senso di felicità e la tensione lottavano per avere il sopravvento. «Ne è sicura?» Esaminò nuovamente i dipinti, che per quanto lo riguardava non avevano il minimo valore, ma non trovò il ritratto di donna di Isaac Pietersz.

La donna iniziava a spazientirsi. «Lo compra o non lo compra, signor Vraiment?»

«Lo compro.» Tentò di trattenere la delusione e le fece un sorriso affascinante.

«Millecinquecento euro» disse lei con decisione.

«Avevamo detto mille.»

«Lei aveva offerto mille.» Lo guardò con gli occhietti scintillanti, sentendosi molto furba.

Lui fece fatica a padroneggiarsi. «Non siamo al mercato, signora Ménard.»

«È una questione di domanda e offerta, signore.» Lei resistette con tenacia, ma non poteva competere con Vreeman.

Lui fece un passo in avanti e lasciò cadere la sua maschera affascinante. «È un favore che faccio alla mia cara amica Katja. Milleduecento euro o niente.» Ed era serio, non avrebbe pagato un centesimo di più a quella vecchia befana. In quel caso sarebbe tornato di notte e avrebbe spaccato il lucchetto della porta.

La donna tacque, cercando valorosamente di tenere botta.

«Milleduecento o niente.»

La donna lo guardò con le labbra serrate.

«Allora no.» Le girò le spalle e si diresse a grandi passi verso la porta.

«D'accordo.»

Aveva tirato su le ginocchia e si era sistemata un po' più in alto contro la parte posteriore del letto. Sentiva dei rumori nell'altra stanza, non poteva essere nessun altro che lui.

«Katja?» sentì dire piano.

Non era la sua voce. Riusciva a malapena a sentirla, ma non era la sua voce.

«Katja?» sentì ora più forte.

Era una voce che conosceva, almeno, così le sembrava. Era possibile? Era davvero possibile? Qualcuno la chiamava per nome da dietro la porta e lei voleva gridare, ma la voce le rimaneva strozzata in gola.

«Qui!» Uscì fuori forte e stridulo.

La porta si spalancò e vide nel vano della porta un uomo che non conosceva. «Trovata» disse. Al di sopra della sua spalla Arjen la guardava con uno sguardo instupidito.

«Santo cielo... cretino.» Rise, con le lacrime che le scorrevano giù per le guance.

Leo era andato a prendere degli attrezzi in macchina e con una pinza aveva liberato Katja dalla fascetta. Poi si erano affrettati a lasciare l'appartamento. Fecero un amichevole cenno di saluto alla portinaia che poco prima aveva mostrato loro dove si trovava l'appartamento di «monsieur Vraiment» dove Leo non aveva avuto nessun problema ad aprire la porta, e Katja inspirò profondamente la fresca aria primaverile. Più di tutto avrebbe voluto mettersi su una delle panchine della pittoresca piazzetta a godersi il sole, però Leo le aveva dato una spintarella amichevole ma decisa nella schiena.

«Non possiamo fermarci da queste parti.»

49

Per fortuna in paese c'era un bancomat e Vreeman aveva potuto pagare subito la donna. In cambio di tutti quei soldi aveva ricevuto anche un vecchio telo in cui aveva avvolto il dipinto prima di adagiarlo nel bagagliaio dell'Audi. Ora doveva affrettarsi a tornare a Parigi, da Katja, che senza dubbio avrebbe voluto ucciderlo. Ma non era più a mani vuote.

Poco dopo si allontanò dal paese in preda a sentimenti contrastanti. Da una parte era esaltato per il ritrovamento del dipinto, dall'altra parte lo rodeva il dubbio di dove si trovasse il terzo. Il ritratto dei bambini era al sicuro ad Amsterdam, quello poteva lasciarlo a Müller. Rallentò per consentire all'auto accanto di immettersi. Müller. Perché dentro di lui il pensiero di quell'uomo suscitava un'inquietudine irrazionale? Aveva interrotto di colpo la conversazione, prima che potessero accordarsi per il passaggio del dipinto. Era la classica maleducazione di Müller o c'era qualcosa di più? Forse doveva provare a richiamarlo?

Fermò l'auto su una rampa a lato della strada e chiamò il numero di Müller. Il telefono squillò, ma nessuno rispose e la segreteria non era inserita. L'inquietudine aumentava. Come molto altro in questo affare, qui c'era qualcosa che non andava. L'ultima volta che Vreeman l'aveva visto all'hotel, Müller non aveva un bell'aspetto. Sapeva che l'ex membro delle forze speciali poteva dare i numeri così senza un motivo, da quel punto di vista la morte di Louis Post non era stata un buon presagio. Forse a quel punto avrebbe dovuto ringraziarlo per i suoi servigi, aveva dei metodi un po' troppo brutali per questa delicata faccenda. La cosa non gli piaceva per niente.

Meno di due ore dopo era di ritorno a Parigi. Avrebbe preferito sistemare l'auto in un garage ai margini della città per poi prendere la metropolitana, ma non poteva correre il rischio di farsela rubare e di perdere di nuovo il dipinto. Benché fosse tardi, dovette farsi strada verso Place du Marché Sainte-Catherine imprecando nel traffico intenso. Era di umore tetro. Malgrado il successo del suo viaggio in provincia e la sicurezza data dall'acquisto del quadro, aveva un brutto presentimento su tutta l'operazione. Pensò a sua moglie, con cui aveva appena avuto una breve e distaccata conversazione al telefono. Non sembrava morire dalla voglia che lui tornasse a casa e questo lo amareggiava, benché fosse consapevole di aver causato lui stesso questo atteggiamento di ripulsa.

Trovò un parcheggio davanti al complesso di appartamenti in piazza Sainte-Catherine, controllò per l'ennesima volta che il bagagliaio fosse ben chiuso ed entrò. Un quarto d'ora gli sarebbe bastato. Salutò il marito della custode, seduto davanti alla porta del loro appartamento con un bicchiere di vino in mano, e prese controvoglia l'ascensore sgangherato, perché lo spaventavano di più i sei piani di scale che lo separavano dal suo appartamento. Aprì la porta e accese la luce. Sembrava che non fosse cambiato niente da quando se n'era andato, eppure c'era qualcosa di diverso. Lo sentiva. Attraversò cautamente il corridoio e allora vide che la porta della camera da letto era socchiusa, mentre lui era abbastanza sicuro di averla chiusa bene. Mise la mano sulla porta e la aprì lentamente. Il letto era vuoto. La fascetta con cui aveva legato Katja pendeva inutilizzata da una sbarra. Tagliata in due. Trovò sul comodino il biglietto che le aveva lasciato. Lei aveva tirato una grossa riga sulle sue parole con una biro e al loro posto aveva scritto due parole: *Fuck you!*

Era scomparsa. Fuggita. Liberata? Probabilmente era andata così. Ma da chi? Non ne aveva la minima idea. Si lasciò cadere sfinito sul letto. Katja non c'era più e la cosa strana era che in realtà non se ne stupiva affatto.

Si erano accomodati al tavolino di un ristorante dove si serviva la buona cucina francese e avevano ordinato da bere.

«Come diavolo avete fatto a trovarmi?»

Arjen raccontò della sua visita a Tedingh al Rijksmuseum e di come aveva conosciuto Leo. «Robin aveva detto che eri all'Aia per via della morte di tuo padre e quindi siamo andati prima lì.»

La cameriera portò le ordinazioni, due birre piccole e una bottiglia d'acqua grande.

Katja si versò un bicchiere. «E lì avete trovato Alice.» L'aveva detto con una risatina maliziosa, ma Arjen rimase serio.

«Era ferita. Qualcuno aveva fatto irruzione in casa e l'aveva messa KO»

«Cosa?!» Katja impallidì e Arjen si affrettò a tranquillizzarla.

«Alla fine le è andata anche bene, aveva solo un taglio, qui sul naso.»

«Ma... chi è stato allora? Erano ladri? Hanno rubato qualcosa?»

«No.» Esitò. «Be', voglio dire, solo il tuo dipinto.»
Il bicchiere che era a metà strada verso la sua bocca rimase lì sospeso. «Il ritratto dei bambini?»
Arjen annuì.
«Era all'Aia? Ma... come mai?»
«Ce l'avevano appena portato Nina e Michiel.»
«Ma...» In quel momento le si accese la lampadina e capì cosa doveva essere successo. Michiel aveva tolto il quadro dall'auto. Certo che l'aveva tolto, perché doveva trasportare un mobile. Doveva andare e tornare da Doetinchem. Santo cielo, come aveva fatto a non pensarci prima? Oh merda.
«Naturalmente si aspettavano di trovare te, ma eri appena andata via.»
«Ma allora li aveva seguiti qualcuno? Qualcuno che ora è in possesso del quadro.»
«È probabile.»
«Alice è riuscita a vedere chi era? Aveva una descrizione?»
Arjen sospirò e scosse la testa. «Non ne aveva idea, ma io ho un sospetto.»
Lei lo guardò. «Il pelato?»
«Penso di sì. Ma quanto a essere sicuro, quello no.»
«E ci sono altre cose che non sappiamo» dichiarò Leo. «Per esempio: che ci faceva qui il signor Vreeman e perché ti ha legato a quel letto?»
Katja annuì. «Bella domanda.» Tirò fuori il telefono e cercò tra i suoi contatti. «Ho paura di sapere la risposta.»
Compose un numero.
«Oui?»
«Madame Ménard, sono Katja.»
«Oh, Katja, ragazza mia, come stai?»
«Bene, grazie, e lei?»
«Oh, sempre lo stesso. L'artrite, la mia schiena...»

La donna voleva dare la stura alla consueta geremiade sui suoi problemi fisici e Katja la bloccò, gentilmente ma con fermezza.

«Per fortuna, madame, lei è una donna forte, me lo ricordo ancora.»

Dall'altra parte si sentì scrosciare una risata. «Sì, come quando le davo a Roger.» Roger era suo marito. Un impiegato smilzo, che beveva di nascosto e che un tempo aveva l'abitudine di stare a spiare Katja e Alice quando erano nella piscina.

«È passato qualcuno oggi?»

Ci fu un momento di silenzio. «Passa qualcuno tutti i giorni.»

«Voglio dire, qualcuno di olandese.»

«Ah, quel signore. Un uomo affascinante, parlava anche bene francese.»

«È venuto a prendere i dipinti?»

«Eh... sì. Per conto tuo, ha detto.»

Era ovvio.

«E io avevo ancora tutto l'arredamento nel magazzino, l'avevo detto a tuo padre... Oh, il tuo povero padre!» Di colpo tacque e poi finse di essere molto triste. «Come ho fatto a essere così stupida da dimenticarmene. Che hai perso tuo padre. E anche Alice, naturalmente. Una persona così per bene, tuo padre, un vero signore. Così affascinante.»

Sì, e anche lui parlava francese molto bene, pensò Katja, battendo nervosamente il piede. «La ringrazio. Per fortuna non ha sofferto.»

«Questo è un conforto, Katja, un grande conforto.»

«Quei dipinti, madame Ménard...»

«Suo padre, che Dio l'abbia in gloria, mi aveva detto che potevo tenere l'arredamento.»

«È vero, l'ha detto anche a me e a Alice, e glielo lasciamo con tutto il cuore. Ma i dipinti...»

«Per i tuoi studi, ha detto il signor...»
«Vreeman.»
«*Oui*, il signor Vraiment, una persona piacevole. Gli ho consegnato il quadro. In cambio di un piccolo risarcimento, capisci...»
Un piccolo risarcimento, come no...
«Erano dei vecchi dipinti che appartenevano ancora a mio nonno.»
«Certo. Ah, tuo nonno, anche lui era un uomo così affascinante. Me lo ricordo, ma naturalmente allora ero una ragazza...»
«Sì sì, ma a proposito dei dipinti... Ce n'erano due, di un uomo e di una donna.»
«Uno solo.»
«Pardon?»
«Un quadro solo. C'era solo un quadro che era appartenuto ancora a tuo nonno. Rappresentava un uomo, un vero olandese all'antica, un rigido protestante.» Dal suo tono si notava che non aveva apprezzato molto il dipinto.
«Ne è sicura?»
«Ma certo, ho una lista completa dell'arredamento e lì c'è scritto chiaramente...»
«La ringrazio, madame Ménard, la ringrazio. Purtroppo ora devo... vedo che... Ma la ringrazio.» Si lasciò cadere il telefono in grembo.
«Vreeman deve avere saputo che ero diretta a Crain, dove dovevano trovarsi le altre tele. Ha parlato con me, mi ha drogata, e poi è partito per Crain.»
«E ora ha lui i dipinti?»
«Ce n'era uno solo, secondo la signora Ménard, e gliel'ha venduto. Lui ha solo un quadro. L'altro è stato rubato, quindi la domanda è: dov'è allora il terzo?»
Arjen saltò su. «Non dovremmo tornare indietro?»

«Dove?»
«Nell'appartamento di Vreeman. Ad aspettarlo.»
«E poi? Lo mettiamo davanti alle sue responsabilità? Lo prendiamo a botte?»
Arjen rimase in silenzio. Leo svuotò il suo bicchiere. «È questo che intendo.»

Hubert Vreeman era seduto nel dehors all'angolo della piazzetta dove si trovava il suo appartamento e aveva ordinato una bottiglia d'acqua. Quando gliela misero davanti ordinò anche un whisky. La sera era ancora afosa e lui era contento di potersi sedere all'aperto. I suoi nervi gli giocavano strani scherzi. Sentiva una tensione che non provava da anni. Dai tempi della Siria, e in quel periodo gli era capitato di trovarsi in pericolo di vita. Era in pericolo di vita anche ora? Mazarov era un pazzo pericoloso, ma Vreeman non lo temeva. Il russo rivoleva i suoi soldi e se gli avesse fatto qualcosa non li avrebbe ripresi. Ciò malgrado, era teso. Non controllava il gioco che si stava giocando. Ora aveva due dipinti in suo possesso, uno dei quali sorvegliato da quella mina vagante di Müller. Ma dov'era il terzo? La sorella di Katja aveva parlato chiaramente di due dipinti che si trovavano nella casa estiva. Qualcuno l'aveva già portato via? E perché allora solo quello? E che fine aveva fatto Katja?
Aveva in testa troppe domande e non facevano altro che arrivarne altre, invece di risposte. Ricevette il suo bicchiere di whisky e lo bevve d'un fiato. Il liquido si fece strada bruciando verso il basso. Si rese conto che sapeva benissimo da dove veniva quel senso di tensione. Era impossibile che Katja si fosse liberata da sola. Non aveva una pinza in borsetta, e una fascetta come quella non si può aprire così come niente fosse. Qualcuno aveva liberato Katja dalla sua brutta situazione. Qualcuno che sapeva dove si trova-

va. Qualcuno che sapeva che lui affittava un appartamento a Parigi.

«Monsieur Vraiment!»

Vide che la portinaia del palazzo lo salutava con la mano. Era trascinata in avanti da un cagnolino peloso che evidentemente doveva essere portato fuori.

«Madame.» Le fece un cenno, sperando così di esserse-ne liberato, ma lei venne verso di lui a passo spedito.

«Ho detto ai suoi amici che non c'era.»

I miei amici?

«Per fortuna c'era la sua nipotina.»

Le elargì un sorriso. «Per fortuna.»

Lei gli fece un cenno con il capo, diede uno strattone al guinzaglio e se ne andò per la sua strada.

Amici che avevano liberato Katja e ora... Ora gli stavano alle calcagna? Non poteva continuare a stare lì, era evidente. Doveva tornare ad Amsterdam al più presto e parcheggiare i dipinti per un giorno o due da un conoscente che aveva una galleria d'arte nella capitale. Quello non era senz'altro un problema. Poi era tempo di mettere in ordine le cose.

Era troppo tardi per tornare all'Aia, quindi avevano deciso di trascorrere la notte a Parigi. Gli uomini si erano sistemati nello stesso hotel di Katja ed erano andati a bere un'altra birra; Katja aveva ancora bisogno di un po' di tempo per riprendersi ed era rimasta un quarto d'ora sotto la doccia per sciacquarsi via di dosso la sporcizia della giornata. E quando si sdraiò sul letto pulita, avvolta in un accappatoio dell'hotel, arrivarono le domande. Così tante domande, e ancora così poche risposte.

Prese il telefono – evviva i telefoni – scorse i messaggi che aveva ricevuto e chiamò sua sorella.

Alice aveva una vocina timida. «Ciao, Kat.»

«Oh, tesoro mio, ho sentito che hai avuto un incidente.»
«Stai tornando?»
«Torno domani. Sei ancora in Bezuidenhoutseweg?»
«No, ora sono a casa mia. Mi sentivo... Per me è... Be', ho...»
«Ti hanno sbattuto una porta in faccia, mi ha detto Arjen.»
«Sì.»
«E il quadro non c'è più.»
«Sì.»
Ci fu silenzio. Alice non diceva nulla, ma Katja sentiva il suo tacito rimprovero.
«E quell'uomo che è entrato, com'era fatto?»
«Non lo so. Non ho visto niente, Kat, mi è arrivata una porta in faccia.» Ora aveva un tono ribelle. Katja pensò che ne aveva tutto il diritto, ma ora non aveva nessuna voglia di una scenata.
«Lo capisco, tesoro. Domani sono di nuovo lì e allora ne parliamo. Ti saluto.»
Interruppe la conversazione e si sentì in colpa perché Alice era rimasta coinvolta in questa faccenda. Nemmeno lei aveva avuto intenzione di ritrovarsi in una storia come quella, figuriamoci Alice. La stanchezza iniziava a prendere il sopravvento su di lei e desiderava che tutto fosse finito.

50

La cameriera al piano aveva bussato due volte e aveva detto «Room service»; non ricevendo risposta, era entrata nella stanza 243. Si era spaventata a morte nel vedere che l'ospite era ancora a letto a dormire e voleva andarsene in fretta, ma nel silenzio della stanza c'era qualcosa che non andava. L'uomo nel letto non aveva avuto nessuna reazione al suo strillo. Fece un passo esitante verso di lui, guardò la testa dell'uomo, gridò di nuovo e si fece il segno della croce. Non era da tanto che lavorava nei Paesi Bassi, ma i morti li riconosceva dappertutto.

Un morto in un letto d'hotel capitava spesso. La gente moriva dappertutto, anche negli alberghi. Per un arresto cardiaco, o – e questo negli ultimi tempi capitava sempre più spesso – per un'overdose. Persino nel tanto rispettato Pulitzer. Ma l'omicidio, be', era tutta un'altra storia. La direzione era disperata, un omicidio portava cattiva pubblicità e un hotel non ci teneva certo a essere associato a un fatto del genere, andava spazzato via subito, nascosto sotto il tappeto. Ma i risultati dell'inchiesta non davano scampo. Un medico di base, chiamato in tutta fretta, aveva constatato l'avvenuto decesso, ma anche

che con ogni probabilità non si era trattato di morte naturale. Il medico legale, apparso non molto dopo, aveva dichiarato che la morte era avvenuta per strangolamento e che quindi si trattava di omicidio. La stanza d'albergo diventò una scena del crimine e a tutti fu chiesto di abbandonare la stanza. Fu fatto un rapido controllo sul background della vittima. Secondo il suo passaporto si chiamava Christiaan Müller, nato il 7 maggio 1980 a Sittard. Dai database risultò che era stato in marina e aveva combattuto tra l'altro in Afghanistan, guadagnandosi un Ordine Militare di Guglielmo di IV classe. Residente in Svizzera. Incensurato.

Secondo le valutazioni del medico la morte doveva essere avvenuta circa dodici ore prima della scoperta, cosicché l'investigatore di turno concluse che il colpevole doveva essere già fuggito da molto tempo e che con tutta probabilità questo assassinio sarebbe andato a finire nel cimitero degli omicidi irrisolti.

Nell'hotel era già tornata la quiete quando Vreeman domandò al banco informazioni se il signor Müller si trovasse nella sua stanza. La ragazza dietro il bancone, con tutta probabilità una stagista dell'alberghiero, lo guardò spaventata, evidentemente incapace di dargli una risposta, e poi se ne andò nel retro borbottando una giustificazione. Tornò con un uomo più vecchio, che indossava un abito impeccabile e che aveva l'aria di un direttore di hotel, cosa che poi si rivelò essere effettivamente.

«Ha chiesto del signor Müller?»

«Certo.»

«Allora non è ancora informato.»

«Di cosa?» Gli vennero in testa pensieri di ogni tipo. Aveva dato di matto? Aveva perso il controllo? L'ultima volta che l'aveva visto aveva un aspetto davvero pessimo.

«Della sua morte.»

La risposta gli si spiaccicò davanti ai piedi come una zolla di fango. Esplose e imbrattò tutto quanto intorno. Morto.

«Eliminato nella sua camera.»

Mazarov.

«Vuol dire…»

«Ucciso, sì. Un vero colpo per il nostro hotel, ma naturalmente ancora di più per il signore» si affrettò a dire. «E per la sua famiglia.» Guardò speranzoso Vreeman. «Lei è parente?»

«Lo chiede per i bagagli?»

«Be', no, perché non ne aveva. Ma… La situazione è dolorosa, certo, ma chiedevo per la questione del conto…»

Ovvio, siamo pur sempre olandesi.

«No, sono solo un conoscente di passaggio, diretto in America. Avevo sentito che anche lui soggiornava qui.»

«Eh sì. Prima di questa disgrazia…» La voce sembrava leggermente delusa.

«Ucciso... Be', una faccenda seria, quindi. La polizia ha già…?»

«Non ne ho idea. Capisce, non ci tengono al corrente.»

«Ma… non aveva nessun bagaglio, ha detto?»

«No, assolutamente niente. Solo gli abiti che indossava. Conosce la famiglia del signor Müller?» tentò ancora una volta il direttore.

«Singolare.»

«Prego?»

«Che non avesse proprio nessun bagaglio con sé.»

«Qui vediamo cose anche più strane. Ma per quanto riguarda la famiglia…»

«Mi informerò per lei.»

«Ci farebbe davvero un piacere. E ancora condoglianze per il suo amico.»

Gli porse una mano pallida e molle, che Vreeman strinse rapidamente per senso del dovere.

Christiaan Müller morto e niente quadro. Si sentiva soffocare, l'angoscia gli stringeva il torace. Andò più in fretta che poteva nella sua stanza e fece la valigia. Non poteva rimanere lì un minuto di più.

PARTE QUINTA

Il Grande Albero

51

Katja, sulla porta di quella che ancora per un po' sarebbe stata la casa dei suoi genitori, vide arrivare il corteo funebre. Davanti l'auto in cui era trasportata la cassa di suo padre e dietro le due auto del seguito. Una per lei e Alice e una per zia Ada, la sorella del nonno, e altri due lontani parenti.

Era tornata ad Amsterdam con la Mini di Nina. Arjen si era offerto di andare con lei, ma lei aveva preferito restare da sola un paio d'ore. Voleva mettere in fila le cose, per quanto in realtà le fosse chiaro: era scoppiata una battaglia attorno a una serie di dipinti che non erano più in suo possesso. Aveva chiamato Nina, ma avevano parlato soprattutto di suo padre e di che fortuna fosse stata per Katja avergli parlato il giorno prima che morisse e aver potuto prendere congedo da lui. Del dipinto non si era parlato, lei non ne aveva più voglia. La sua ricerca aveva dato inizio senza volere a una lotta spietata per un presunto Rembrandt, o meglio una parte di un Rembrandt. La *Ronda di notte*, nientemeno. Lei continuava a trovare l'idea bizzarra, in particolare perché si trovava al centro di tutto quell'interesse non richiesto e indesiderato. Era stanca. Avrebbe voluto tornare soprattutto nel suo studio, ai suoi libri, alla sua tesi. Le mancavano moltissimo i giorni in cui non pensava ad altro che alla ricerca in cui si era buttata anima e corpo. Per quanto ora dubitasse di riuscire mai a portarla a termine. Doveva andare a casa, da sua sorella, doveva seppellire suo padre e per un po' il resto del mondo avrebbe dovuto fare a meno di lei! Dopo aver parlato con Nina aveva spento il telefono.

Alice era quasi isterica. Si sentiva vittima di tutto e non aveva idea del perché. A parte che la colpa era di Katja, quello era evidente. Era davvero spaventoso per lei essere costretta a ricevere le condoglianze con la faccia malconcia e un occhio gonfio. Che figura ci faceva? Sembrava che l'avessero buttata fuori a calci dopo una rissa in un bar! Katja dovette mettercela tutta per riportare in riga la sorella e le assicurò che sarebbe bastato un po' di trucco per mascherare la ferita sul viso. Altrimenti poteva comprarsi un cappellino con una veletta nera. A quest'ultima proposta Alice riuscì di nuovo a ridere un po' e dopo due bicchieri di vino il litigio fu risolto.

Nina era arrivata prestissimo. Che Katja lo volesse o no, per lei era importante esserci quel giorno per la sua amica. Katja era contenta che fosse venuta e fu sollevata quando Nina le portò le scuse da parte di Michiel. Doveva lavorare. Meglio così. Nina andò in cucina a prendere una tazza di caffè e là incontrò Alice, piegata in avanti sul tavolo come una pianta appassita. «Cosa ti è successo?» chiese indicando il suo viso sfigurato.

«Lies è stata più o meno aggredita» rispose Katja, che era entrata in cucina dietro a Nina.

«No! Da chi?»

Alice alzò le spalle.

Katja fece un caffè per Nina. «Non ne abbiamo idea. È successo subito dopo che eravate venuti tu e Michiel.»

«Allora Alice te l'ha detto?»
«Si sono portati via il dipinto.»
«Eh?» Voleva saperne di più, ma in quel momento entrò in cucina Arjen, domandando: «Hanno portato un'altra composizione floreale, cosa ci facciamo?»
Katja si alzò e si guardò intorno senza sapere cosa fare. «Mettila con gli altri fiori. Tra poco li portiamo via in una delle auto del corteo. Non ti preoccupare. Andrà tutto bene.» Si rivolse a Nina e le sussurrò: «Del quadro parliamo dopo. Puoi dare una sistematina a Lies?».
Nina rovistò nella borsa e ne trasse un astuccio. «Ti do una mano a truccarti, Alice?»
Alice annuì con gratitudine. Suonò il campanello.
«Ancora fiori» sospirò Arjen.
«O zia Ada» disse Katja. «Aspetta, vado io.»

L'impresario della ditta di pompe funebri e l'autista del carro funebre sistemarono le corone e le composizioni floreali che erano state consegnate a casa sopra e accanto alla cassa del padre.
Zia Ada, che aveva preso un Uber per arrivare all'Aia, era in piedi accanto a Katja e si appoggiava pesantemente al suo deambulatore.
«Non vuole sedersi un momento?»
«No, bambina cara. Tra poco ci sarà parecchio da stare seduti in quella sala.»
Zia Ada era già sui novanta e benché il suo corpo mostrasse qualche acciacco, mentalmente era ancora in perfetta forma. Per Katja era sempre stata una tipa in gamba, non si era mai sposata e se l'era sempre cavata da sola.
Nina uscì dalla casa con Alice. Aveva cancellato meglio che poteva le tracce dell'aggressione e poi aveva scelto un fondotinta scuro che aveva reso praticamente invisibile la

ferita sopra al naso. Anche se ora Alice sembrava appena tornata da una settimana di vacanza al sole.

«Abbiamo tutto?» chiese Nina. «Mentine? Fazzoletti? Devo porgerle il braccio, o si porta dietro quella specie di mountain bike sull'auto?»

Offrì il braccio a zia Ada, ma quella non volle saperne, anche se le apparve un sorriso sul viso rugoso. «Me la cavo da sola, tesoro.» Spinse il deambulatore verso la seconda auto del corteo e si lasciò aiutare a salire dall'autista.

«La testardaggine di sicuro è una cosa di famiglia» sussurrò Nina.

Katja annuì in segno di assenso e guardò dietro di sé Arjen, che era sulla porta. Lui le fece un cenno d'incoraggiamento con il capo e chiuse la porta.

52

Hubert Vreeman era rimasto dall'altra parte della strada a guardare la casa dove aveva consegnato un mazzo di rose solo un paio di giorni prima. Una vecchia con un deambulatore fu aiutata con cautela a uscire da Katja. Per la circostanza la giovane donna indossava una gonnellina nera attillata che, secondo Vreeman, le donava moltissimo. Fu costretto a pensare a sua figlia, che la sera prima gli aveva telefonato e con cui aveva avuto una conversazione commovente a proposito di sua madre Molly. Tutto questo era ovviamente colpa sua e inoltre da un punto di vista oggettivo aveva completamente ragione lei. Ma come poteva spiegarle il caos in cui si era ritrovato? Sentiva che le stava perdendo, Molly e sua figlia. Doveva fare in fretta, sbrigarsi. Doveva uscire da questo nido di vipere, se possibile senza danni, prima di perdere per sempre sua moglie e la sua bambina.

In testa c'era il carro funebre, in cui poteva vedere la cassa sepolta dalle corone di fiori. Dalla casa erano uscite altre persone. C'era la sorella, la scema ingenua, e sulla porta c'era persino il professore. La vecchia arrancò verso la seconda auto del corteo, mentre Katja e sua sorella presero posto nella prima. Il professore aveva chiuso la porta di casa, pareva che rimanesse lì. Il corteo si mise in moto piano piano. Questo era il momento, doveva agire adesso.

Aspettò che il corteo funebre scomparisse alla vista e attraversò la strada.

Arjen sentì suonare il campanello e si affrettò verso la porta. Era probabile che quella lagna di una sorella si fosse dimenticata di nuovo qualcosa; aveva pianto per tutta la mattina, facendo colare di continuo il trucco, così che Nina, un po' disperata, le aveva gridato che se non la smetteva di frignare se ne sarebbe andata a casa.

Aprì la porta e voleva richiuderla subito, ma Vreeman ci si appoggiò contro con tutto il suo peso.

«Due parole, professore. Non chiedo altro.»

«Lei viene in un momento del tutto inopportuno. Oggi la famiglia seppellisce il signor Hiemstra.»

«Lo so, ho già porto le mie condoglianze un paio di giorni fa.» L'uomo fece un mezzo sorriso. «Vengo a metterla in guardia ancora una volta.»

«L'ha già fatto.»

«Ma quella volta lei non mi ha ascoltato.»

«Non ho tempo, buona giornata.»

«Non ci vorrà molto, l'ho già detto.» Vreeman appoggiò ancora una volta la spalla contro la porta e Arjen smise di resistere.

«Chiamo la polizia.»

«Lei deve ascoltarmi.»

«No! Mi ascolti lei e si tolga di torno.» Si guardò intorno per vedere se c'era qualcosa per potersi difendere.

«So che sembra strano, ma io vengo per aiutarvi, perché lei deve convincere la sua allieva Katja che è in pericolo.»

«Vaffanculo, amico, in questa casa l'unico pericolo sei tu!» Tentava di suonare convincente, ma era chiaro che questo non bastava a dissuadere l'uomo.

«Louis Post è morto, e non è l'unico. C'è stata un'altra vittima, un mio collaboratore.»

Si tolse dalla tasca una copia piegata del *Telegraaf* e gli mostrò un trafiletto. EROE DI GUERRA TROVATO MORTO, era il titolo.

«Il corpo di Christiaan Müller è stato ritrovato in una stanza dell'hotel Pulitzer. Ucciso, purtroppo.»

Il trafiletto confuse Arjen. «Ah, ma... perché?»

«Aveva un dipinto che voleva qualcun altro. Il dipinto di Katja.»

Arjen guardò ancora una volta il trafiletto sul giornale.

«Müller aveva già fatto dei tentativi per riuscire a prendere il dipinto.»

«Quindi quello è quel... quel... mostro pelato!»

«In effetti il signor Müller aveva pochi capelli.»

«E questo su incarico di... di...» Puntò un dito accusatorio contro il suo ospite non invitato.

«Su mio incarico, sì. Ho dovuto, perché non eravate disposti a fare affari con me. Siete stati piuttosto testardi e non avete voluto ascoltare quello che avevo da dirvi sui pericoli che correvate. E che continuate a correre, mi creda.»

«Come faccio a sapere che quell'uomo nell'hotel non l'ha ucciso lei?»

«In quel caso, mio caro, ora avrei il quadro.» Sorrise. «E io sono un mercante d'arte, non un assassino. Presumo che il dipinto che era nella disponibilità di Müller si trovi ora nelle mani del signor Mazarov.»

«Mazarov? Chi è Mazarov?»

«Ne ho parlato con Katja. È un collezionista russo che è venuto a sapere da Louis Post del sensazionale dipinto sottostante e che ora sta cercando le tre tele. E che non disdegna nessun mezzo per riuscire a metterci le mani.» Batté con la mano sul giornale. «Ora una l'ha lui e una io.»

Lo presentò in maniera semplice, come un fatto assodato, cosa che suscitò molta indignazione in Arjen.
«L'hai rubata.»
«Comprata! Per milleduecento euro da una vecchia signora francese.»
«Dopo aver legato Katja a un letto!»
«Non avevo scelta. Katja non voleva starmi a sentire. Subito dopo l'acquisto sono tornato, ma...»
«A quel punto non c'era più, già.» Lo disse con un certo orgoglio, ma Vreeman lo guardò stringendo gli occhi.
«Bravo.» Tirò fuori dalla tasca interna un biglietto e scrisse un numero sul retro. «Aleksej Mazarov è pericolosissimo. Nel giro di qualche giorno ci sono già stati due morti. Se Katja vuole uscirne incolume, farebbe bene ad avere il buonsenso di collaborare con me.»
«A te non importa di lei, t'importa solo dei quadri.»
«Non è vero, anche se i quadri costituiscono un bene di valore.»
«Questo tipo di arte appartiene a tutto il mondo.»
«Nobile, e sono sincero quando lo dico. So che Katja preferirebbe vedere i quadri in un museo e in sostanza sono del tutto d'accordo con voi, ma qui sono in gioco troppi soldi. E prestigio. Il possesso di una parte originale della *Ronda di notte* scatena forze che vanno al di sopra dei musei. E la prego di credermi, perché ne so qualcosa.»
«È assurdo. Davvero incredibilmente assurdo. Non è stato dimostrato che sotto quelle tele ci sia la *Ronda di notte*, sa.»
«La sua ricerca, o in ogni caso quella della sua studentessa, ha parzialmente svelato un segreto. E per quanto riguarda gli altri due quadri, uomini come Mazarov sono pronti a correre il rischio. Non voglio sembrare drammatico, professore, ma la sua unica salvezza è collaborare con me. Mazarov è stato coinvolto per primo, ma quando si

verrà a sapere avremo alle calcagna anche gli altri oligarchi, per non parlare dei cinesi e degli arabi. I soldi non contano, e tantomeno una vita umana.»

Diede ad Arjen il biglietto con il suo nuovo numero di telefono.

«Faccia un favore a Katja e insista perché collabori. Quando sono in gioco delle vite, le nobili considerazioni di carattere storico-culturale vengono meno. Non è che un quadro, professore, un pezzo di tela con qualche schizzo di colore. Una trappola per turisti su cui in fondo anche i musei vogliono solo guadagnare soldi.»

Andò verso la porta. «Anche lei personalmente ci guadagnerà un bel po' di soldi, che potrà destinare in toto a salvare il mondo. Sono sincero, non si tratta di cinismo da parte mia. Con quei soldi potrà fare davvero quello che è importante per lei, fare ricerca senza dipendere dai finanziamenti o essere alla mercé dell'una o dell'altra amministrazione. Ci pensi. Non aspetti troppo. Prima che se ne accorga, sarà già troppo tardi.»

Al funerale era venuta molta gente. Vecchi colleghi e amici che non facevano che blaterare di quanto Katja e Alice fossero cresciute e di quanto però, malgrado ciò, sarebbe stato terribile per loro vivere senza il papà da quel momento in poi.

Aveva parlato Rolf, il migliore amico del padre, con cui aveva fatto il militare, e un vecchio collega della Philips aveva raccontato una storia suggestiva. Per fortuna si era anche riso. Katja aveva parlato a nome della famiglia. Alice era davvero troppo nervosa per farlo, lei aveva soprattutto riempito di muco un fazzoletto dopo l'altro ascoltando la musica in sottofondo, che comprendeva molto Frank Sinatra. E quel fiume di lacrime aveva annientato tutto il lavoro di Nina. Avevano acceso ceri accanto alla bara e osservato un momento di silenzio, durante il quale si era ripensato a chi era stato Jan Hiemstra e a ciò che aveva significato per ognuno di loro. Quei minuti di silenzio erano stati i più commoventi di tutto l'incontro.

Per fortuna il tempo aveva collaborato. C'era un po' di vento, ma mentre il corteo procedeva lento e solenne dietro la bara il sole aveva fatto capolino attraverso i vecchi alberi del cimitero, dando al tutto un che di malinconico. A una certa distanza dagli invitati, Leo seguiva il funerale. Per tenere d'occhio la situazione, secondo gli accordi presi in precedenza.

Quando era finito, le auto del corteo li avevano riportati a casa e zia Ada aveva dichiarato di voler andare subito a casa. «Sono semplicemente distrutta, tesoro, quindi se vuoi chiamami un taxi.»

Ma Katja non voleva. «No, che assurdità, ci penso io.»

Mentre Alice entrava in casa con alcuni degli invitati rimasti, Katja andò a prendere la Mini e ci caricò su zia Ada e il suo deambulatore.

«Ce la facciamo? In una macchinetta così piccola?»

«Ce la facciamo benissimo.»

Zia Ada si godeva la gita, o almeno così disse. «Ormai non esco più di casa tanto spesso. Ma prima, quando guidavo ancora, ero in pista tutti i giorni.» Guardò fuori dal finestrino. «Pensi sempre che il paesaggio rimanga lo stesso, eppure non è vero, sono cambiate molte cose dall'ultima volta che sono passata di qui.»

E poi si addormentò.

Katja entrò nel viottolo che portava alla casetta tra le dune di zia Ada e scaricò il deambulatore. Svegliò la prozia. «Ci siamo.»

«Accipicchia, bimba, mi ero addormentata?»

«Direi proprio di sì. Ho bisogno solo delle chiavi.»

L'aiutò a scendere e aprì la porta di casa. Evidentemente i tre gatti di zia Ada erano lì che aspettavano la padrona, perché si slanciarono fuori, affollandosi attorno alle gambe della vecchia.

«Attenti, ora mi fate cadere.»

Alzò lo sguardo verso Katja e fece un sorriso di scusa. «Sono dei tesori. Hanno fame.»

Katja l'aiutò a entrare in casa, le appese il cappotto e mise il deambulatore nell'angolo del corridoio. Poi aprì la porta del soggiorno e… rimase di sasso.

«Cosa c'è, bimba?» chiese zia Ada, che aveva notato che il suo atteggiamento era cambiato.

Katja guardava incredula la parete davanti alla porta. C'era appeso il ritratto di una donna che un tempo, nel 1715, era stata immortalata con suo marito e due bambini sulla tela da un certo Isaac Pietersz.

53

Aleksej Mazarov non era contento. Certo, si rallegrava di avere finalmente il dipinto di Vreeman in suo possesso, ma il fatto che ci fosse stata una vittima lo irritava. Era un lavoro sciatto. Quel rozzo bifolco avrebbe potuto gestire la cosa con più discrezione.

«È entrato mentre ero nella stanza» si era giustificato Oleg. «O io o lui.»

Dopo la telefonata di Oleg, Mazarov era partito per Amsterdam e si era installato all'Hotel Amstel. Si erano dati appuntamento nel dehors di un caffè nei dintorni, dietro l'angolo dell'hotel. Era arrivato con una mezz'ora di ritardo, dopo essere rimasto a guardare se c'erano altre persone che tenevano d'occhio Oleg, già seduto nel dehors. Poi l'aveva chiamato e aveva spostato l'ìncontro in un caffè all'angolo della Utrechtsestraat.

«Hai fatto il check-out?»

«Naturalmente.»

«Hai parlato con la polizia?»

Oleg alzò le spalle e scosse la testa. «Sono venuti solo il giorno dopo.»

«Come fai a esserne così sicuro?»

«Ero lì a guardare dall'altra parte della strada.»

«Sei rimasto nei dintorni dell'hotel?»
«Prima ho portato al sicuro il quadro.»
«Dove?»
«Una stanza d'albergo.»
«Dove?»
Oleg tirò fuori un dépliant. Il Museum Hotel. La scelta riuscì a far ridere Mazarov.
«Hai consegnato il passaporto?»
«Una copia.»
«Lo stesso del Pulitzer?»
Oleg lo guardò come se gli avesse fatto una domanda strana. Il suo viso aveva un'espressione un po' sprezzante, ma doveva sforzarsi di non esagerare con la stizza. Certo che gli aveva mostrato lo stesso passaporto. Lui non ne aveva che uno, al contrario del suo capo, che se lo desiderava poteva disporre di più identità.
«Portiamo via la tela da là. Non so quanto sia zelante la polizia olandese, ma se ti tengono d'occhio è un gioco da ragazzi controllare i passaporti» disse infine Mazarov.
Oleg alzò un sopracciglio mostrando una leggera preoccupazione.
«Ci sono telecamere di sorveglianza?» chiese ancora Mazarov.
Oleg non reagì.
«Oggi ci sono telecamere di sorveglianza dappertutto, Oleg. Hai controllato?»
«Sei nervoso.»
Questa semplice constatazione fece quasi esplodere Mazarov, ma si rese conto in tempo che si trovavano in un luogo pubblico.
Si alzò di scatto e se ne andò dal caffè. Era evidente che quello stupido cane non capiva in che posizione li aveva messi. A San Pietroburgo l'avrebbe cacciato a calci dal locale, l'avrebbe rimandato allo stupido villaggio da cui

veniva. Furibondo, si mise a camminare avanti e indietro sul marciapiede e si rese conto che per incarichi delicati come questo aveva bisogno di altre persone. Persone come quel maledetto Vreeman, quello strozzino che non era più raggiungibile. Sua moglie però era a Londra e in fondo bastava questo, pensò torvo.

Oleg andò a prendere il dipinto all'hotel con un furgone preso a nolo. Parcheggiò nel garage del Museum Hotel, dove Mazarov lo caricò nella sua auto a noleggio. Poi la guidò fino all'Hotel Amstel.

Nella sua suite l'appoggiò davanti al letto e lo guardò. A dire il vero era un brutto quadro, una schifezza che non avrebbe voluto in nessuna delle sue case. Ma era proprio come un pacco regalo, pensò, bisognava scartarlo per vedere cosa c'era dentro!

Guardò l'orologio e rifletté su quanto tempo dare ancora a Vreeman.

54

Katja si sentiva stanca morta. Non solo per la giornata appena trascorsa, ma anche per quelle precedenti. I pigri giorni di primavera a Schiermonnikoog sembravano passati da un secolo.

Il funerale era stato un colpo più duro di quello che si aspettava per il suo stato d'animo. Durante le condoglianze Alice era del tutto rifiorita. Si era fermata a parlare con tutti, aveva rievocato ricordi, brillato come se fosse stata lei il centro della festa. Per Katja era stato diverso. Di colpo si era sentita di nuovo molto vicina a suo padre, con la sua voce bassa punteggiata di leggera ironia, mai critico, eppure capace di esprimere chiaramente quello che pensava. Si rese conto che le sarebbe mancato poter parlare con lui. Il bicchierino di sherry nel pomeriggio. Harveys Fino, sempre quello. Era stato distaccato, ma anche affettuoso, soprattutto negli ultimi anni. Ora il freddo dell'incolmabile distanza tra di loro si faceva sentire.

A parte Katja e Nina la casa della Bezuidenhoutseweg era vuota. Alice era andata a casa sua e quando Katja era tornata dopo aver accompagnato a casa zia Ada, Arjen era già andato via. Ora era nella vasca da bagno che le aveva riempito Nina. Aveva accanto un grosso bicchiere di borgogna bianco; un pensiero carino, ma non ne aveva nessun bisogno. Voleva avere la testa lucida ed era già abbastanza difficile senza alcol. Quando aveva scoperto il dipinto appeso a casa di zia Ada era rimasta sbalordita. Era stato suo padre a darglielo dopo l'ultima visita alla casa in Francia, come ricordo. Zia Ada aveva pensato che fosse un gesto gentile, anche se il quadro non le diceva molto. Aveva dunque dato generosamente a Katja il permesso di prenderlo, nell'ambito dei suoi studi.

Ora insomma aveva un quadro. E ne aveva uno anche quel Vreeman. Ma dov'era il terzo?

Nina si affacciò alla porta. «Il thailandese sarà davanti alla porta tra un quarto d'ora.»

«Vai pure a casa, Nina.»

«Bevi il tuo vino.» E chiuse la porta.

Katja non aveva detto a Nina della sua scoperta. Voleva gravarla il meno possibile del peso della sua situazione, le aveva già creato anche troppi problemi. Aveva deciso che il giorno dopo sarebbe andata ad Amsterdam la mattina presto per consegnare il dipinto al Rijksmuseum. Basta. E l'avrebbe detto anche a quel Vreeman e se lui voleva ancora qualcosa, poteva trattare con il museo. Non voleva più averci niente a che fare. All'inizio il pensiero di essere stata lei a scoprire il pezzo mancante della *Ronda di notte* era stato molto esaltante. Di avere aiutato il mondo ad acquisire un tesoro di valore storico-culturale. Era sembrato un sogno, ma ora si era decisamente trasformato in un incubo. Non si trattava più del valore culturale, di un patrimonio da proteggere. Si trattava di soldi. Tolse il tappo alla vasca da bagno e si alzò un po' a fatica.

Dieci minuti dopo erano sedute nella luce forte della cucina. Katja aveva ordinato «qualcosa con del pollo» e questo qualcosa era *kai phad kwantong*, pollo con verdure cinesi.

«Non ho acceso candele» dichiarò Nina. «Mi faceva troppo pensare al funerale.»
«Domani mattina vado a casa.»
«Benissimo, allora vengo con te.»
«Puoi andare a casa anche adesso, davvero. Sei molto gentile, ma...»
«Se vado a casa ora, domani mattina sei senza macchina. Partiamo insieme.» Si versò un altro bicchiere di vino.
«A proposito, c'era un'altra cosa che volevo chiederti, quel quadro che hanno fregato qui dal corridoio...»
Katja alzò in aria le mani. «Dimenticati di quel quadro, Nina. Dimenticatelo, è finita.»
«Ma sei stata proprio tu a dire che sotto c'era...»
«Nina, per favore! Non ne voglio più parlare. Mi sono pentita... di aver cominciato la ricerca.» Prese un boccone del suo pollo. «A proposito, come hai fatto a sapere dov'era quel quadro?»
Nina ci pensò su un momento. «Me l'ha detto Michiel.»
«Ah.»
«È passato dopo che l'hanno dimesso dall'ospedale.» Appoggiò la forchetta al bordo del piatto. «E poi, eh... Be', sì, si è fermato a dormire.»
«Ah sì?»
«Nella tua stanza.»
Fece un sospiro molto profondo e di colpo Katja scoppiò in una risata irrefrenabile. «L'avete fatto!»
Nina alzò gli occhi, presa alla sprovvista. «Sì.»
Katja si mise a tossire e fece uno sforzo per non strozzarsi con il cibo.
«Non c'è niente da ridere» disse Nina risentita.
«Si è fermato a dormire... Nina, tesoro mio, ma che zoccola tremenda che sei!»

55

Si era meravigliata di essere riuscita a passarci sopra così facilmente. Questo le confermava anche che il suo rapporto con Michiel era già defunto da un po', benché avesse voluto ignorarlo per tutto quel tempo. E invece non si era stupita affatto che fosse andato subito ad appiccicarsi alla sua migliore amica. Quando aveva lasciato l'ospedale, malconcio e bisognoso di aiuto, Nina c'era stata per lui, e gli aveva offerto l'aiuto di cui aveva avuto bisogno. Mentre Katja non c'era stata affatto, tutta presa a rincorrere un'illusione. Illusione a cui quel giorno avrebbe dato un taglio, aveva deciso. Questo la fece pensare al nonno, il cui lavoro aveva voluto portare a termine. Anche lui aveva abbandonato la ricerca perché le minacce erano diventate troppo grandi? Si era lasciato spaventare dalle cartoline del suo amico? E chi c'era dietro alle minacce all'epoca? Il Grande Albero? A chi si riferiva Jacques con questa espressione? Si riscosse dai suoi pensieri, non aveva più senso cercare risposte, figuriamoci agitarsi.

Camminava tra le dune di Bergen aan Zee, dove Arjen si era sistemato nella casetta per le vacanze di un amico. Aveva prenotato una stanza all'Hotel Blooming, un paio di centinaia di metri più avanti tra le dune. A Leo sembrava più sicuro cercare una sistemazione fuori da Amsterdam e Arjen approvò con entusiasmo. Leo, il detective del Rijksmuseum. Era sorprendente il mondo in cui si era ritrovata. In ogni caso era un mondo che voleva lasciare al più presto possibile. Avrebbe consegnato il suo quadro e poi sarebbe partita per tre mesi per Bali, per l'Australia o per Buenos Aires. Con l'eredità poteva tranquillamente permetterselo. Poi la tempesta si sarebbe placata e lei avrebbe potuto laurearsi. *Bye bye*, Rembrandt van Rijn.

Nella casetta c'era un odore di caffè che ricordò a Katja la nonna, che versava sempre a mano l'acqua per il caffè, molto tempo prima, quando lei e Alice erano ancora bimbe dolci e obbedienti. Arjen era andato in paese a prendere dei biscotti al panificio. C'era un'atmosfera quasi piacevole.

Erano seduti attorno al tavolo a bere in silenzio il loro caffè. Leo spezzò in due un biscotto e si diede qualche colpetto sulla pancia a mo' di giustificazione, prima di divorarne metà.

Katja ci mise un po' a prendere la parola. «Vi sono grata per la fatica che avete fatto per... be', per tirarmi fuori dalla situazione di merda in cui ero finita. Siete stati anche carini.» Strofinò per un momento il braccio di Arjen, che le sorrise riconoscente. «È stata un'avventura incredibile, ma oggi quell'avventura finisce.»

Leo alzò le sopracciglia.

«Consegno il dipinto a Robin Goedemond e poi passo la palla al Rijksmuseum. È quello il suo posto. Poi faccio la valigia e me ne vado.»

Nessuno parlava. Le mandibole di Leo finirono lentamente di masticare il resto del suo biscotto. «Non è possibile» disse poi quando ebbe finito di mangiare.

«Questo lo decido io.» Si era aspettata un po' di resistenza.

«Capisco come ti senti, Katja, ti sei ritrovata per caso a partecipare a un gioco pericoloso con una posta molto alta. E qui non si tratta solo di soldi. Anche se c'entrano anche i soldi, naturalmente, un sacco di soldi. Ma in gioco c'è dell'altro. La gloria, l'orgoglio di possedere il dipinto più importante del mondo. Va a toccare la nostra identità nazionale.»

Katja si alzò. «Piantala, Leo. Tutto questo è molto bello e altisonante, ma mi hanno narcotizzata, legata a un letto ed ero sicura che sarei morta lì. La mia amica è stata quasi violentata, il mio ragazzo ha preso un sacco di botte e ci sono stati dei morti. Mi dispiace, ma l'identità nazionale può andare a farsi fottere!»

«Katja...» Arjen cercò di calmarla.

«No, Arjen, sei stato tu il primo ad andartene. E a posteriori devo dire che avevi proprio ragione. Non avremmo dovuto proseguire con questa cosa.»

«Ieri c'è stato il funerale di tuo padre, Katja, sei agitata.»

«Ma per favore, Leo!»

«È normalissimo» continuò lui imperturbabile «ma non puoi lasciare che questo stravolga la tua visione della realtà. Sei una studiosa, proprio come Arjen. Sei sul punto di fare un'enorme scoperta scientifica. E ci sono dei rischi, sì, ma non si possono evitare. Anche Arjen è tornato. È una cosa troppo grossa, Katja, troppo grossa per dire: "fate come volete". Al Rijksmuseum non serve il tuo quadro, sono i tre dipinti insieme che determinano il valore storico. E abbiamo bisogno di te per poterci procurare gli altri due.»

«Vreeman vuole vedere i soldi.»

«Allora avrà i soldi.»

«Io non ce li ho, non cifre di quel tipo.»

«Di questo non ti preoccupare. Qui si tratta del terzo

dipinto, il ritratto dei bambini che è stato oggetto della tua ricerca.»

Arjen si schiarì la gola. «A sentire Vreeman, ora è nelle mani di un russo.»

Katja lo guardò stupita. «Hai parlato con Vreeman?»

Arjen annuì riluttante e voleva mettersi a spiegare, ma Leo riprese il controllo della conversazione. «Quel russo è Aleksej Mazarov. Oligarca e collezionista d'arte.»

«Questo lo so, me lo ha spiegato Vreeman. E tu lo conosci?»

«In questo mondo lo conoscono tutti e ha fatto anche guadagnare parecchi soldi a molta gente. Dobbiamo riuscire a riavere il terzo dipinto da lui.»

«In cambio di soldi?»

«Forse, o forse no. In ogni caso se abbiamo due dipinti la nostra posizione è più forte. Anche a lui avere un quadro solo non serve a niente. Rimuovere a uno a uno gli strati di colore dal dipinto è un'operazione molto costosa e, anche se dovesse risultare che ha in mano una parte della *Ronda di notte*, senza le altre ha ben poco valore. Al massimo come curiosità.»

«Piantala» protestò Katja. «Una parte della *Ronda di notte*, qualsiasi parte, è un bene prezioso.»

Leo alzò le spalle. «Al massimo potrebbe suscitare dell'emozione, una campagna mediatica di una o due settimane. Ma una volta finito il clamore e messa quella parte di quadro in cornice, cosa rimane? Soltanto una curiosità.»

Katja andò verso la porta. «Torno al mio hotel.»

«E poi?»

Si girò a guardare i volti tesi dei due uomini. «Poi ditemi voi come procedere.»

56

Dopo aver lasciato il Pulitzer Vreeman si sistemò in un hotel più anonimo, ma non scomodo, un po' più avanti sul canale. Quando gli chiesero il passaporto disse che doveva essere rimasto in auto e che sarebbe tornato più tardi perché potessero farne una copia. Nessun problema.

Era il giorno dopo il funerale e lui, sdraiato sul letto, faceva zapping tra i canali della tv a schermo piatto fissata al muro. Una replica di un talk show del giorno prima, un documentario sugli animali e poi un bel po' di pubblicità. Si sentiva in colpa. Nei confronti di Molly, che non aveva risposto alle sue ultime telefonate. Nei confronti di sua figlia, che rispondeva ma si trovava tra due fuochi. Anche nei confronti di Müller, che alle sue telefonate non poteva più rispondere. Avrebbe dovuto chiamarlo più spesso? E poi? Mazarov doveva averlo pedinato. Cosa avrebbe potuto fare dalla Francia? Cosa avrebbe potuto fare da Amsterdam? Niente. Müller era stato sconfitto, qualunque fosse stata la sua battaglia, e ora aspettava in una cella all'obitorio. Chi attendeva? Aveva parenti? In ogni caso non ne aveva mai parlato. *A poor, lonesome cowboy, far away from home.*

Vreeman si issò dal letto e andò al minibar, tra le proteste del suo fisico malandato. Aveva la mente ancora elastica, ma il corpo non ce la faceva più. Doveva succedere qualcosa, non avrebbe resistito ancora a lungo, e sperava che la sua conversazione con il professore sarebbe servita a qualcosa. Era Hageveld quello che avrebbe dovuto lavorarsi Katja, che però, cazzo, aveva appena sepolto suo padre. In questa storia di merda non c'era niente, ma proprio niente che andava come avrebbe dovuto.

Trovò una bottiglietta di birra fresca; l'aprì, se la portò alla bocca e la bevve tutta d'un fiato.

Si era addormentato sul letto e si era svegliato lentamente. Aveva sognato Molly. Vedeva il suo viso, il suo sguardo deluso. Era l'unica cosa che ricordava, la sua delusione. Poco prima di svegliarsi sapeva il sogno che aveva fatto, ma nei pochissimi secondi necessari ad aprire gli occhi le immagini si erano dileguate come etere nell'aria.

Sospirò e cercò a tentoni il telefono, che era sul comodino. Sopra non c'era nient'altro. Era irraggiungibile, quindi doveva essere lui a prendere l'iniziativa. Non poteva più aspettare il professore. Doveva chiamare lui.

«Signor Vreeman, ero proprio qui che pensavo a lei» si sentì la voce allegra dall'altra parte della linea.

Questo non prometteva molto bene.

«E ora lei mi chiama perché nel frattempo ha capito che sono venuto in possesso di un bruttissimo ritratto di bambini sotto cui deve trovarsi una delle meraviglie del mondo.»

Si sentì una risata limpida e chiara. La risata di un uomo che aveva tutto sotto controllo. O che pensava di averlo.

«Peccato che questo e altro non sia accaduto senza causare danni, Aleksej.»

«Cosa intende?»

«Avrei preferito che il mio collaboratore fosse ancora vivo.»

«Non so proprio di cosa stia parlando. Ma è stato lei a telefonarmi.»

Quel verme, pensò Vreeman. Era naturale che si rifiutasse di ammettere qualsiasi responsabilità. «Dobbiamo arrivare a un accordo.»

«Giusto.» Mazarov sembrava quasi entusiasta. «Ecco l'accordo: lei mi consegna gli altri due dipinti.»

«Non è quello che pensavo.»

«È quello che pensavo io. Lei voleva un accordo, ecco l'accordo.»

Sospirò. La trattativa era cominciata. «Io ho solo un dipinto.»

«È un problema suo.»

«Cerchiamo di essere ragionevoli, Aleksej.»

Per un po' ci fu silenzio dall'altra parte della linea. «Ragionevoli» poi si sentì. Il tono allegro era sparito.

«Volentieri.»

«È stato ragionevole, signor Vreeman, vendermi un falso De Hooch per un sacco di soldi?»

Santo cielo, amico, non ricominciamo con questa storia.

«È stato ragionevole?»

«Ascolti...»

«È stato ragionevole?» abbaiò poi lui attraverso il telefono. «Esigo una risposta.»

«No, non è stato ragionevole.»

Ci fu ancora silenzio, ma sentiva il respiro irregolare dall'altra parte. Il russo stava cercando di dominarsi. Urlare significava impotenza, perdita di controllo.

«No, esattamente. Quindi non stiamo qui a parlare di ragionevolezza. Parliamo del nostro accordo. Due dipinti.»

«Ne ho uno solo» tentò ancora una volta con decisione.

«È un problema suo.»

Mazarov aveva riattaccato.

Lasciò cadere il telefono, disilluso. Subito si sentì il bip che segnalava che aveva ricevuto un messaggio. Era una foto. Una foto di Molly che passava davanti a un negozio in Tottenham Court Road. Londra. Non aveva bisogno di guardare per sapere chi gliel'aveva mandato. Si sentì attraversare il corpo da una scossa, una fitta di dolore alla testa lo costrinse a chiudere gli occhi. Quando l'attacco fu passato si trascinò di nuovo verso il minibar e ne tolse le due mini di vodka, che tracannò una dietro l'altra.

57

La telefonata l'aveva svegliato. Quando Vreeman aveva risposto la sua voce aveva un suono pesante e rauco.

«Pronto?»

«Signor Vreeman, sono Arjen Hageveld.»

«Professore!» La voce era ancora rauca, ma ora aveva un che di vigile.

«Ho parlato con Katja.»

«Bene.» Arjen sentì che l'uomo tratteneva il respiro.

«Siamo d'accordo con lei che in questo momento collaborare sia l'opzione migliore.»

«Bene.»

«Vogliamo proporle di unire le nostre forze.»

«Certamente.» Vreeman si schiarì la gola. «E posso chiederle come vedete questa collaborazione?»

«Può chiederlo, ma per la risposta dovrà aspettare ancora un po'.»

«Cosa intende? Avrete pure un'idea di quello che volete. Alla cieca non accetto niente.»

«Vogliamo farle una proposta.»

«Che proposta? Voglio sapere di cosa si tratta.»

«È un mondo duro, un nido di vipere, l'ho capito bene nel frattempo. Non può prendersela con noi se prevediamo un margine per la nostra sicurezza.»

«Professore, mi ascolti…»

«Orario e luogo le verranno comunicati attraverso questo numero. E porti con sé il quadro.»

«Come?» La sua voce si alzò, senza più traccia di raucedine. «Mi prendete per pazzo?»

«No, al contrario. La mia stima nei suoi confronti è piuttosto alta. Katja vuole essere sicura che stiamo parlando del dipinto giusto.»

«Stiamo parlando del dipinto che ho preso nella loro casa delle vacanze!»

«Ce n'erano diversi.»

«Andiamo, non penserà mica che abbia pagato più di mille euro per la tela sbagliata?»

«Mille euro?»

«Quella donna ha voluto dei soldi.»

«Un affarone. Porti il dipinto.»

«No.»

«Il dipinto con il ritratto di un uomo, lo porti.»

«No.»

Arjen si guardò intorno con aria interrogativa nella stanza, dove Leo era intento ad ascoltare in viva voce. Leo si passò la mano sulla gola.

«Allora niente accordo.»

«In questo caso però non avete niente.»

«Neanche lei. Ci fermiamo qui. Buona giornata, signor Vreeman.»

«No, un momento!»

Era chiaro che Vreeman stava riflettendo in maniera quasi febbrile, ma evidentemente non riuscì a farsi venire in mente niente di meglio. «Immaginiamo che mi porti dietro il quadro, voi cosa portate allora?»

Arjen fece una breve pausa. Leo gli fece un cenno di assenso.

«Anche noi abbiamo un dipinto.»

Dall'altra parte della linea ci fu un breve silenzio significativo.

«Allora voglio che mi assicuriate...»

Arjen non riuscì a scoprire di cosa volesse essere assicurato Vreeman, perché Leo gli fece cenno di riattaccare.

«Ottimo lavoro, Arjen. Hai giocato duro.» Leo rise.

Arjen sentiva che le mani gli tremavano per l'agitazione.

Il professore non era solo. L'aveva sentito dal telefono, suonava più vuoto. C'era qualcuno che ascoltava in viva voce? Ne era quasi certo. Quel debole che di colpo si metteva a fare il duro nelle trattative? Certo, come no. Già gli era sembrato inverosimile quando il professore aveva sostenuto di aver liberato Katja. Come c'era riuscito? Come aveva fatto a scoprire dove si trovava? Stronzate. C'era qualcun altro. Doveva esserci qualcun altro. Stava correndo un rischio, ne era consapevole, ma non era questo il momento di dubitare. Guardò la foto di Molly sul telefono. Non aveva scelta.

Si alzò e andò alla finestra. Nel canale sotto stava passando una barchetta con dei ragazzi che si godevano la vita. Ridevano e si passavano una bottiglia di vino, bevendo avidamente. Spensierati. Tornò verso il letto e prese il telefono. Chiamò il numero di Molly, ma sapeva già che non avrebbe risposto.

58

Katja aveva passato il resto del weekend nel suo hotel. Aveva ascoltato musica, era stata a mollo nella vasca da bagno e aveva fatto lunghe passeggiate. Era andata a correre avanti e indietro dall'hotel al mare attraverso le dune. Le calmava la mente e le distendeva il corpo. Il telefono l'aveva spento; non aveva bisogno di contatti con il resto del mondo. Aspettava tranquilla gli ulteriori sviluppi. L'ultimo periodo le aveva insegnato che su questo aveva ben poca influenza. C'era stato un momento preciso in cui, girando per il paese di Bergen in cerca di un olio da bagno, aveva avuto la sensazione di essere seguita. Si era fermata davanti a una vetrina e aveva fatto finta di guardare dentro interessata, usando il riflesso nel vetro per perlustrare i dintorni, come aveva visto fare in qualche film. Ma non aveva notato niente di straordinario. Non era in un film, anche se negli ultimi tempi a volte aveva avuto la sensazione di sì. Aveva deciso di fregarsene.

La domenica sera Arjen e Leo erano passati da lei con il loro piano. In realtà era abbastanza semplice: l'indomani avrebbero incontrato Vreeman in un luogo scelto da loro e avrebbero cercato di convincerlo a farsi dare il dipinto in cambio di un ragionevole compenso.

«Quale sarebbe un ragionevole compenso?»

«Quello sarà il risultato delle trattative. Ho avuto mandato di trattare con lui.»

«Da chi?»

«Che differenza fa, Katja?» reagì Arjen stizzoso e bevve un sorso della sua birra. Aveva un'aria affaticata. «Leo è qui a nome del Rijksmuseum, quindi andrà tutto bene.»

«Il Rijksmuseum non è coinvolto» lo corresse Leo con fermezza.

«Ah no?»

«È uno spettatore interessato.» Lo disse con un sorriso. «La cosa più importante è riuscire ad avere in mano nostra il dipinto di Vreeman. Solo se ne possediamo due possiamo unire le nostre forze contro il proprietario del terzo dipinto.»

«Sono io la proprietaria del terzo dipinto, quel tizio lo ha rubato. Come fai a essere così sicuro che vogliano dare via quel quadro?»

«Di quell'unico pezzo non se ne fanno niente, come ho già detto. Penso che Vreeman gli avesse promesso di essere in grado di assicurargli tutta l'opera. Se non riesce, la cosa finisce lì.»

«E se Vreeman si rifiuta di cederci il *mio* dipinto?»

Leo ci pensò un po' su. «Il quadro di Vreeman non è più tuo. L'ha comprato da quella donna in Francia.»

«Faceva parte del nostro arredamento» rispose Katja in tono bellicoso.

«Che tuo padre le aveva regalato.»

«Dopo avermi sequestrata e incatenata!»

«Un magistrato potrebbe decidere in maniera diversa, ma fino a quel momento appartiene legalmente a lui.»

Katja pensò a quando giaceva ammanettata su quel letto a Parigi e sentì salirle dentro una rabbia gelida, ma non poteva negare che Leo avesse ragione. Anche se restava difficile digerire che lui ora definisse suo il dipinto del nonno. Grazie a madame Ménard.

«Dobbiamo correre questo rischio, Katja. Vreeman è la nostra unica speranza, e noi la sua. Da entrambe le parti c'è interesse a uscire da questa situazione.»

Katja non era ancora convinta. «Tra poco ci farà un altro scherzetto.»

«Leo ha ideato un piano, Katja, stiamolo a sentire un momento.» Era evidente che Arjen ne aveva avuto abbastanza della discussione.

«Okay, sentiamolo allora.»

«Conosco un capannone abbandonato su un terreno fuori mano nella parte nord di Amsterdam. Ci si arriva con una strada a doppia corsia ed è sull'acqua. Questo ci consente di tenere bene d'occhio chi arriva. Diremo il più tardi possibile a Vreeman dove deve trovarsi, per fare in modo che non possa piazzare dei rinforzi. Controlliamo completamente l'operazione.»

«Sei sicuro?»

«Sì.»

Katja sospirò. «Be', allora bene, beviamoci su qualcosa.»

59

Il capannone Romney in ferro laminato era arrugginito e abbandonato, proprio come il paesaggio che circondava la struttura. Un tempo il fabbricato in rovina era appartenuto a un concessionario che lo usava per aggiustare auto di sesta mano che sperava di rivendere a cifre decisamente troppo alte. Anni prima l'aveva comprato un imprenditore edile che avrebbe voluto costruire sul terreno delle villette a schiera, ma non aveva ottenuto i permessi. Nel frattempo l'imprenditore era fallito, c'era stata una controversia con il comune per il terreno e nessuno aveva più degnato di uno sguardo il vecchio capannone. Si trovava direttamente sull'IJ, al vecchio pontile di legno era ormeggiato un motoscafo.

Lì dentro il bel tempo primaverile non aveva ancora scacciato il freddo dell'inverno e questo, unito con la misera illuminazione di tubi al neon nella parte alta del capannone, aumentava il senso di desolazione. C'era un odore indefinibile di legno marcio e olio lubrificante.

«Che posto lugubre» osservò Katja.

«È adatto a circostanze come queste.» Arjen non sembrava molto a suo agio.

«Ti è mai capitato prima qualcosa del genere?»

«Mai. E spero anche che non mi capiti mai più.»

Avevano appoggiato il ritratto del padre settecentesco al banco di lavoro.

«Anche lui qui non diventa più allegro» disse cupa Katja indicando il dipinto.

«Ancora un momento, ci vorrà poco.» Arjen camminava nervoso avanti e indietro.

Il suono di un motore annunciò l'arrivo di un visitatore. Arjen guardò l'orologio.

«Potrebbe essere lui.» Andò alla porta del capannone.

Katja tremava.

«Sei nervosa?» Arjen la guardò con aria interrogativa.

«Questa cosa mi puzza.»

«Che intendi?»

«Tutto quanto. Questo capannone. Questo casino. Perché Leo non è qui?»

«Non avrebbe fatto altro che spaventare Vreeman.»

«Dice Leo.»

«Devi lasciar fare a lui.»

«Faccio molta fatica, Arjen.»

«Maniaca del controllo.»

La porta del capannone si spalancò e videro Hubert Vreeman portare dentro un dipinto con un po' di fatica. Lo appoggiò accanto a quello di Katja e poi si guardò intorno con aria circospetta, come cercando qualcosa che potesse preoccuparlo nel capannone che per il resto era vuoto.

«Va messo dall'altra parte.»

Vreeman alzò lo sguardo. «Come?»

«Il padre è a sinistra, nel mezzo i bambini e a destra la madre.»

Il dipinto fu spostato.

«Meglio così?» Vreeman la guardò con aria interrogativa, ma Katja non rispose.

«Ti devo ancora delle scuse per il mio comportamento a Parigi, naturalmente.»

«Non si disturbi.»

«Non vedevo nessun'altra soluzione. Onestamente, era impossibile parlarvi in maniera ragionevole.»

«Non sono obbligata a parlare con tutti.»

«E ti avevo avvisata in anticipo. E anche lei, professore.»

«La piantiamo con queste stronzate?» Arjen si passò una mano sul viso accaldato. «Prima andiamo al sodo, prima concludiamo.»

«È quello che vogliamo tutti.» Vreeman fece un sorriso bonario, che di colpo però gli scomparve dal viso. Alzò lo sguardo.

«Sta arrivando qualcuno.»

60

L'aveva fatto così tante volte. Al margine del deserto. In un parcheggio vuoto. In un capannone abbandonato in un aeroporto o in una zona portuale desolata. Una rapida transazione e ognuno andava per la sua strada. A volte aveva dovuto scappare per non farsi ammazzare, ma nella maggior parte dei casi attività del genere si svolgevano senza problemi, ognuna delle parti in causa aveva il suo interesse, dopotutto. In questo tipo di situazioni però gli mancava un Müller, era stato bello averlo nelle retrovie, per sicurezza. D'altra parte non si aspettava che il professore gli procurasse dei grossi problemi. La ragazza non l'aveva guardato quando era entrato nel capannone e si era scusato con tanto garbo. Non gli interessava, di quella donna non gli importava proprio niente. Erano bambini nel gioco da grandi a cui lui partecipava. Avrebbero dovuto rimanerne fuori. Li aveva avvisati. Era colpa loro.

Aveva appoggiato il dipinto a sinistra di quello di Katja. Lei gli aveva comunicato in tono altezzoso che il suo quadro era dalla parte sbagliata. Che andasse a farsi fottere. Voleva arrivare al più presto possibile a un accordo e andarsene. Aveva deciso di puntare sui soldi, perché voleva tirarsi fuori da tutta quella faccenda. Quindi niente gloria, ma comunque abbastanza soldi da poter saldare il conto di Mazarov. Voleva andare a casa, da sua moglie, via da questo fottuto casino. Era evidente che anche il professore ne aveva avuto abbastanza.

«La piantiamo con queste stronzate?» Aveva detto e poi si era strofinato il viso. Aveva la fronte sudata. «Prima andiamo al sodo, prima concludiamo.»

«È quello che vogliamo tutti» aveva risposto e a quel punto l'aveva sentito. Il rumore di un motore, vago in lontananza, ma si stava avvicinando.

Leo era in un'auto blindata parcheggiata a lato della strada e guardava il suo portatile. Aveva fatto preparare il capannone e grazie a una videocamera e a un potente microfono poteva godersi lo spettacolo di quello che avveniva all'interno. Aveva visto entrare Katja e Arjen e adesso anche Vreeman, ma quello che stava succedendo ora gli sfuggiva.

«Sta arrivando un'auto» sentì crepitare nella cuffia che aveva in testa.

«Dettagli?»

«Mercedes classe G. Grigio scuro.»

«Possiamo fermarla?»

«Temo di no.»

Cosa ci faceva lì quell'auto? La strada portava al capannone e da nessun'altra parte. Cos'era questa grana?

«Sta arrivando qualcuno.» Vreeman guardò gli altri. «Chi può essere?»

«E che ne so.» Il professore si inumidì le labbra e deglutì, nervoso. Katja ascoltava il suono che aumentava aggrottando la fronte.

«Aspettavate qualcuno?»

«No, certo che no.»

«Dov'è Leo?» chiese il professore.

«Leo? Chi è Leo?» Si mise a camminare all'indietro verso il muro del capannone, tenendo d'occhio la porta. Cazzo, stavano cercando di fotterlo? Sentì il rumore del motore diventare sempre più forte.

«Chi è Leo, professore!» urlò.

Hageveld non rispose, ma guardò spaventato le porte del capannone che venivano abbattute da un fuoristrada.

«Oh Cristo!» si sentì dire nella cuffia.

«Cosa? Cosa?»

«Sta puntando proprio lì...»

In quel momento vide sul portatile un'auto grossa come un carro armato che sfondava le porte del capannone. Si sentirono stridere i freni, il motore si spense e per un momento regnò un silenzio surreale. Poi dall'auto scese un uomo ben vestito.

«Mazarov» sussurrò Leo.

«*A very good day to you all.*»

Dall'auto scese un cinquantenne dall'aspetto giovanile con un sorriso allegro sul viso rasato, che metteva in mostra i suoi denti dal biancore innaturale. Il suo abbigliamento casual doveva essere costato un capitale. Sbatté la portiera e si avvicinò al banco di lavoro.

«Mazarov» borbottò Vreeman abbattuto.

«Cristo» sbottò Arjen.

«Come sei arrivato qui?»

L'uomo rise forte. «Che domanda, signor Vreeman. Lei è difficile da trovare come una puttana al bordello.»

Incrociò le braccia e osservò con attenzione i due dipinti. «Non proprio belli, lo ammetta. Saranno somiglianti, sì, ma non hanno quell'... extra... quel certo non so che... di geniale che aveva Rembrandt.»

Guardò sorridendo verso Katja. «Ma lasciate prima che

mi presenti come si deve. Il nome è Aleksej Mazarov.» Sul suo inglese non c'era niente da ridire.

«Lo sapeva, professore?» sussurrò Vreeman invelenito.

«Possiamo parlare in inglese?» chiese con garbo Mazarov. «Così possiamo tutti seguire la conversazione.» Girò intorno al banco di lavoro, continuando a tenerli tutti d'occhio. «E se vi state domandando perché sono qui, è per saldare un debito. Vale a dire che il nostro signor Vreeman mi è debitore di una somma di denaro piuttosto considerevole e mi ha fatto venire, per così dire, l'acquolina in bocca raccontandomi di tre dipinti che insieme formerebbero la parte di un capolavoro che era andata perduta. La *Ronda di notte*!» Guardò Katja con aria invitante, come se si aspettasse una reazione. Lei lo ignorò. «E per un appassionato come me è interessante. Una bella proprietà.»

«Non è proprietà di nessuno.» Il tono di Katja era astioso. «Appartiene al mondo. Deve stare esposta in un museo, come tutti gli altri tesori artistici.»

Mazarov fece scrosciare la sua limpida risata. «Che meraviglia, questa ingenuità. Lei dunque ritiene che tutti i tesori artistici si trovino esposti in un museo? Be', mi permetta di sfatare questa sua illusione. Il quaranta per cento di ciò che si trova nei musei di tutto il mondo è falso. O, per meglio dire, non è stato dipinto dalla persona di cui appare il nome. Non è arte, ma artificio. Buone riproduzioni o bei falsi. Esposti insieme per guadagnarci dei soldi. I musei sono trappole per turisti, né più né meno.» Guardò davanti a sé con aria trionfante. «Non è così, signor Vreeman? Chiedetelo a lui, lui lo sa, ha dato il suo contributo.»

Rise di nuovo.

«No, no, signora, la vera arte si trova da quelli come me. Gente ricca, che ama l'arte e a cui piace tenere lontane le orde di stupidi turisti che con il loro fiato marcio corrodono la pittura dei nostri preziosi tesori. Siamo noi i veri detentori della cultura.»

Lei fece un passo in avanti. «Cosa è venuto a fare qui?»

«L'ho già detto, Katja. Posso chiamarla Katja? Sono venuto a saldare un conto.»

«Con i miei quadri?»

«I suoi quadri? Ahia, questo diventa un problema semantico. I quadri sono suoi? Non appartengono al mondo?»

Lei sospirò.

«Era una battuta. Sono in possesso di un solo dipinto, Katja. Mi è arrivato grazie a una circostanza fortunata. E, secondo l'accordo con il signor Vreeman qui presente, vorrei prendere gli altri due.»

Si girò verso l'auto e fece un cenno con il capo, al che ne scese un altro uomo, che scoccò un'occhiata torva alla compagnia e poi s'infilò dentro di nuovo. Prese con cura qualcosa dal sedile posteriore. Il terzo dipinto.

«Accanto agli altri due, per favore.»

«Nel mezzo» disse Katja.

L'uomo mise il dipinto dei due bambini tra gli altri due e così il ritratto di famiglia fu di nuovo completo. Fu un momento strano e Katja si emozionò, nonostante la tensione.

Rudolf Tedingh era alla sua scrivania e seguiva quello che succedeva nel capannone sul portatile. Da una parte si era stupito di veder spuntare Aleksej Mazarov, ma in fondo doveva aspettarselo. La posta in gioco era alta. Aveva guardato con una certa ammirazione la spettacolare entrata in scena del russo. Una dimostrazione di forza, il primo punto era a suo favore.

«E ora?» si sentì la voce nervosa di Leo nella cuffia.

Tedingh esaminò il campo di battaglia. «Ora si comincia a fare sul serio. Lasciamoli continuare un pochino.»

Vreeman sentì il battito del cuore accelerare. Senza dubbio Mazarov e la sua guardia del corpo erano armati. Se le cose sfuggivano di mano, ci sarebbe stato un bagno di sangue. Dovevano pensare al business, era la cosa migliore. Katja non doveva mettersi di mezzo. Non doveva fare l'eroina. Non ora.

«Non so come lei sia venuto in possesso di quel dipinto, signor...?»

«Mazarov. Ma, per favore, mi chiami pure Aleksej... Katja.»

«Ma io non ho intenzione di cederle i miei dipinti. Sono un'eredità, un'eredità mia. Ho ereditato i dipinti da mio nonno e sono io a decidere cosa farne.»

Ma piantala, su! Niente lagne, bisogna parlare di affari!

Mazarov tentò di rimanere educato. «Lei non capisce niente di...»

«Capisco benissimo.»

«Niente!»

La parola suonò come una frustata e riecheggiò per tutto il capannone. La maschera amichevole era caduta e il russo fissava la giovane donna con occhi gelidi. «Glielo spiego ancora una volta. Signor Vreeman ha un debito con me, perché mi ha ingannato. Truffato. Per milioni. Mi ha reso ridicolo agli occhi del mondo intero. Per questo mi deve rimborsare. Mi ha promesso questi dipinti, quindi ora sono miei. Okay?»

«No. Sta dando via qualcosa che appartiene a me.»

«Il modo in cui lui li ottiene da lei non mi riguarda. Capito?» All'improvviso la sua mano scattò verso l'alto e afferrò Katja alla gola. Lei si lasciò sfuggire un grido e per un momento Vreeman si ritrovò sulla panchina lungo il lago, nel momento in cui Molly aveva alzato lo sguardo verso di lui con occhi spenti e lui le aveva visto i segni sul collo.

«Se non avrò i quadri, ci saranno dei morti. È chiaro?»
Il professore alzò le mani in aria con aria supplichevole. «Basta! Ma basta, così non va affatto bene.»

«Si tolga di mezzo, professore.» La voce di Vreeman aveva un suono imperioso e Arjen si affrettò a fare un passo di lato. «Lascia andare quella donna, Aleksej.»

Il russo intensificò la presa su Katja e guardò furibondo il mercante d'arte. «Chiudi il becco, idiota, e aiutami piuttosto a mettere i quadri nella mia macchina. I *miei* quadri.»

Arjen vide la mano di Vreeman andare verso la tasca del suo impermeabile ed estrarre una pistola.

La puntò sul russo. «Lasciala andare.»

Il russo rise, ma non era la risata limpida e allegra che si era sentita in precedenza. Veniva dal profondo e aveva un suono maligno. «Pessima idea, Hubert Vreeman.»

«La situazione sta degenerando, dobbiamo intervenire.»

Leo aveva visto l'escalation. Nessuno scenario aveva tenuto conto dell'arrivo di questo russo. Aleksej Mazarov. Era stata una cosa piuttosto stupida, ma come avrebbe potuto sapere che l'uomo si trovava nel Paese, comunque?

La voce di Tedingh era calma, come se tutto questo non lo riguardasse. «Vediamo ancora un po' come va.»

Arjen era come inchiodato a terra. Aveva il respiro affannoso e tentava di ignorare le immagini violente che gli tempestavano la mente. Non doveva pensare a Linda, non adesso. Doveva concentrarsi. Vreeman l'aveva avvisato. Quest'uomo era pericolosissimo. Sembrava rilassato quando era sceso dall'auto, come se non stesse succedendo niente di speciale, ma Arjen aveva sentito subito che sarebbe finita male.

Sentiva la paura gonfiarsi nel petto. Si passò la lingua

sulle labbra riarse. Vreeman aveva tirato fuori una pistola, ma il russo non aveva intenzione di lasciare Katja. Al contrario, rideva e ora le aveva passato un braccio attorno al torace, continuando a stringerle il collo con l'altra mano. Arjen vide che il viso di Katja diventava rosso. Sentiva l'impulso di andarsene, di nascondersi. Lontano dal pericolo. Il sudore gli colava negli occhi, lo strofinò via con la mano.

No, non di nuovo! Non un'altra volta. Non poteva restare a guardare.

Saltò addosso al russo da dietro e gli mise un braccio intorno al collo.

«Si tolga di mezzo!» urlò Vreeman.

Il russo ruzzolò all'indietro, ma non lasciò andare Katja. Ritrovò l'equilibrio, mentre Arjen tentava di buttarlo a terra. Inutilmente. L'uomo fece scattare la mano destra verso il basso e lo afferrò all'inguine. Un dolore intenso gli attraversò il corpo. Lasciò la presa e fece appena in tempo a vedere il gomito che partiva all'indietro per poi prenderlo in pieno sul naso. Sentì il sangue sprizzare fuori e poi vide nero davanti agli occhi.

«Oleg!» urlò Mazarov.

«Arjen!» urlò Katja, ma le uscì dalla gola come un sussurro rauco.

«Toglietevi di mezzo!» urlò Vreeman, agitando la pistola.

Il complice di Mazarov era davanti al muso della Mercedes, che malgrado l'entrata violenta praticamente non aveva nemmeno un graffio, e teneva la pistola con due mani. Aveva la canna puntata su Arjen.

Leo si strofinò la fronte sudata con la mano. «Cazzo, dobbiamo fare qualcosa.»

«Troppo tardi.»
«Ma...»
«Non voglio un bagno di sangue.»
«E questo cos'è?»
Leo vide Vreeman cadere in ginocchio, girarsi di novanta gradi e dirigere la pistola sull'uomo accanto all'auto. Ci fu un botto assordante che rimbombò per tutto il capannone di ferro laminato. Fu come se tutti si fermassero per un momento e la scena nel capannone rimanesse congelata.

Mancato. L'aveva mancato. Doveva sparare di nuovo, ma il botto era stato così forte che per un momento sembrò paralizzarlo. E a quel punto fu troppo tardi. Vide che Oleg si girava verso di lui, gli puntava addosso l'arma e sparava. Due volte.

Sentì un forte colpo al petto e lasciò cadere la pistola. Non provava dolore, ma quando portò la mano al torace il sangue sprizzava fuori come acqua da un ombrinale.

Dio santo.

Cadde in ginocchio e si accasciò su un fianco, cosa che gli fece più male del buco nel petto. Dov'era la barca? La barca non arrivava. Non c'era nessuna barca, solo un buco nero e un dolore bruciante all'altezza del cuore che piano piano aumentava.

Le ronzavano le orecchie. Il rumore dei colpi era stato insopportabile e aveva riecheggiato nello spazio vuoto per secondi interi. Vide Vreeman andare al tappeto al rallentatore. Il sangue gli colava sulla mano. Sentì la presa intorno alla gola che si allentava.

«Non era questo che volevo, Katja» le sussurrò all'orecchio il russo. «Volevo risolvere la cosa in maniera pragmatica, prendere ciò che mi spettava e andarmene. Se è morto è colpa tua.»

Le diede una spinta e lei incespicò in avanti. Riuscì a stento a tenersi in piedi aggrappandosi al banco di lavoro. Si girò e vide Arjen sdraiato a terra dietro il russo, la faccia piena di sangue. Lo vide anche Mazarov.

«E poi abbiamo questo eroe» disse in tono sprezzante. «Ci sono sempre dei dilettanti che pensano di dover salvare il mondo.»

«Stronzo» sibilò lei.

Lui la guardò per un momento e poi lanciò un'occhiata a Vreeman, che respirava irregolarmente e tremava con la parte superiore del corpo. «Voi pensate che sia io il colpevole di questo dramma, ma credetemi, l'unica cosa che mi interessa è l'arte. È gente come questa...» Sputò in direzione di Vreeman. «...gli avvoltoi come questi che sono la causa di tutti i mali. Mentono, truffano, rubano, ricattano. Se solo possono guadagnarci. Soldi!» Pronunciò la parola come se stesse parlando di merda. «*Umerët sobaka!*»

«L'hai ucciso tu!» Katja sapeva di trovarsi su un terreno pericoloso, ma non le importava. «Tu e nessun altro.»

Il russo la guardò. «Ti piacerebbe poterlo credere!»

«Tu non sai niente di cosa credo io. Ma io so che l'unica cosa in cui crede la gente come te sono i soldi.»

Mazarov non sembrò prenderla sul personale, perché rise di nuovo in quel suo modo affascinante. «Ah sì... Com'è quel modo di dire inglese così bello? *We agree to disagree*. Non siamo d'accordo, pazienza.»

Poi si girò verso il suo complice. «*Delaj čto on govorit*.»

Lei non sapeva cosa volesse dire, ma lo capì quando l'uomo mise via l'arma e aprì la portiera posteriore dell'auto.

«Spero che non le dispiaccia se ora carico i miei dipinti e scompaio dalle vostre vite.»

Lei non disse nulla. Non c'era più niente da dire. Il gioco era finito e loro avevano perso. Arjen si era tirato su e ora stava a quattro zampe come un cane bastonato con la testa penzoloni tra le spalle e il sangue che continuava a sgocciolargli dal naso. Una visione umiliante.

Fu colta da un grande senso di colpa, ma lo scacciò con decisione. Non era vero quello che aveva detto Mazarov. No, non era tutta colpa sua.

Leo sospirò di sollievo. Il russo aveva messo via la sua arma e i dipinti furono caricati. Avevano giocato con una posta dannatamente alta, troppo alta, le cose avrebbero davvero potuto andare per il verso sbagliato.

«*Stand-by*.» La voce di Tedingh suonava impassibile come all'inizio.

«*Everybody ready*.»

«Non rovinare tutto.»

Dio santo, se ci riusciamo, il successo della missione è servito su un piatto d'argento. Bene dunque. L'ultimo dipinto fu caricato e la portiera venne chiusa con delicatezza. I russi salirono e tentarono alla bell'e meglio di uscire dal capannone in retromarcia.

«Abbiamo la visuale?»

«Sta uscendo a marcia indietro dal capannone.»

«Aspetta che abbia fatto manovra e abbia ripreso velocità.»

«*Check*.»

Vide l'auto uscire dal capannone a marcia indietro, ma non provò alcun sollievo. Tristezza, ecco cosa sentiva. Guardò Arjen, che era ancora a quattro zampe. «Arjen...»

«Lasciami stare, non ti preoccupare di me. Dà piuttosto un'occhiata a lui.» Fece un gesto con la mano verso il corpo di Hubert Vreeman.

Ora aveva smesso di tremare e giaceva senza vita. Katja gli si inginocchiò accanto e gli mise una mano sulla gola. Non sentiva il battito del cuore, ma vedeva che il petto faceva su e giù in maniera irregolare. «Dobbiamo chiamare un'ambulanza.»

A quel punto sentì un forte schianto all'esterno, seguito da uno stridio di pneumatici che slittavano.

Leo chiuse con un colpo il portatile e scese più in fretta che poteva dall'auto blindata. Si guardò intorno. C'era stato un colpo solo e aveva colpito nel segno. Lo pneumatico anteriore della Mercedes era esploso e l'uomo alla guida aveva perso il controllo dell'auto. Per lo spavento aveva reagito frenando, facendo sbandare il pesante quattro per quattro che per via del suo stesso peso era finito nell'altra corsia, dove aveva sbattuto contro un albero e un palo di cemento prima di rovesciarsi di lato in un profondo fossato.

Si affrettò verso il rottame. Doveva sbrigarsi, ma era importante anche che stesse attento. Il motore era ancora acceso e quando guardò attraverso il finestrino laterale, vide il guidatore piegato sul volante e il passeggero mezzo scivolato fuori dal sedile con una grave ferita alla testa. Cercò di aprire la portiera posteriore e ci riuscì senza problemi. Prese di tasca un accendino e aspettò che lo straccio prendesse fuoco.

Katja uscì incespicando e vide più avanti lungo la strada un'auto in fiamme. Da dov'era non riusciva a vedere bene di che auto si trattava, ma poteva ben indovinarlo.

Il suo primo impulso fu di correre in quella direzione, ma Arjen la trattenne. «Non farlo. Ora sta solo bruciando, ma tra poco esploderà.»

Sentì il muggito del fuoco e fissò come paralizzata le fiamme che uscivano dall'auto. I dipinti...

61

Arjen aveva avuto ragione, l'esplosione doveva essersi sentita a distanza di chilometri e il fuoco non aveva divorato solo l'auto, ma anche le giovani frasche degli alberi lungo la strada erano intaccate o bruciate. Una volta che il fuoco si fu estinto, nel fossato rimase la carcassa annerita e fumante. Le faceva pensare ai reportage da lontane zone di guerra.

Di colpo il terreno intorno al capannone si era riempito di gente, tra cui alcune persone armate, che erano passate all'azione in maniera rapida ed efficiente. Si era domandata stupita da dove fossero arrivati tutt'a un tratto e quali istruzioni avessero ricevuto.

«È bruciato tutto?» Katja era in piedi accanto a Leo, che prese una boccata dalla sigaretta che si era acceso. Vide che gli tremava un po' la mano.

«Ho paura di sì. I russi non sono sopravvissuti e nemmeno i dipinti, temo.»

I dipinti. La sua ricerca e quella del nonno erano finite letteralmente con un colpo, trasformandosi in uno spettacolare ricordo con un finale aperto. E con troppi morti.

«Che cosa terribile» disse lei «quei due uomini.»

Leo annuì e schiacciò la cicca. «Ero più avanti lungo la

strada. Mi sembrava meglio che Vreeman non mi vedesse durante le vostre trattative, forse si sarebbe spaventato. Poi è arrivata quella Mercedes a tutto gas e ha sfondato le porte in quel modo!» Scosse la testa come se non riuscisse ancora a crederci. «Non sapevo cosa fare, o cosa succedeva dentro. Finché non ho sentito quegli spari.»

«Vreeman ha sparato per primo.»

«Quando stavo arrivando al capannone, l'auto è uscita di nuovo. Filava via a tutta birra quando è scoppiata la gomma. L'ho vista slittare e scivolare nel fossato e quando ha preso fuoco ho capito che era finita.» Tirò fuori un'altra sigaretta e l'accese.

Passò Hubert Vreeman su una lettiga. Pallido come un cadavere e con gli occhi chiusi.

Katja si rivolse all'uomo dell'ambulanza. «È morto?»

Lui scosse la testa. «Ma non so se ce la farà ad arrivare all'ospedale.»

Lei andò da Arjen, che era seduto su un paletto di legno e si tamponava il naso con un fazzolettino. Gli mise una mano sulla spalla e se l'attirò vicino. «Grazie.»

«Di cosa?» La sua voce aveva un suono nasale.

«Per avermi difeso.»

Arjen fece un gesto sprezzante e sbuffò, per quanto glielo permetteva il suo naso tappato. «È stata una cosa da poco.»

«Sei saltato al collo di quel tipo.»

«Avevo scelta?»

«Si ha sempre una scelta.» Si accovacciò. «Mi hanno insegnato che si può lottare o fuggire.»

Arjen ridacchiò. «Sì, certo, l'amigdala.» Guardò il fazzoletto e constatò che non sanguinava più. Lo appallottolò in una mano. «Forse ero scappato troppo spesso.» Ci pensò un po' su e poi ridacchiò di nuovo, benché fosse evidente che gli faceva male.

«Cosa?»

«Questo dialogo era proprio degno di un pessimo film.»

Katja sorrise e gli osservò il viso. Con le borse scure sotto gli occhi e il naso rosso sembrava un clown da film dell'orrore. «Ti farà male ancora per un po'.»

Lui alzò le spalle e mentre tutti si affaccendavano intorno a loro, restarono insieme in silenzio per un po', immersi nei loro pensieri.

«Ti dispiace che i dipinti siano bruciati?»

Katja si rialzò. «Non sono mai davvero piaciuti a nessuno. Be', tranne a mio nonno, ma nessuno ha mai capito cosa ci vedeva lui.»

«Sto parlando della *Ronda di notte*, Katja.»

Lei gli diede un'occhiata malinconica. «La *Ronda di notte* è al Rijksmuseum, Arjen.»

«Hai capito cosa intendo» insistette lui.

«Non lo sapremo mai di sicuro e quello che non sai, non esiste. O meglio… forse esiste davvero» precisò. «Ma non per te.»

«E neanche per te, quindi?»

«Proprio così.»

Poteva sembrare fuori luogo, ma in quel momento non provava altro che sollievo. Un enorme sollievo.

62

Rudolf Tedingh prese i fogli con gli appunti dalla cartellina rossa sbiadita e li passò uno alla volta al tritadocumenti. Aveva corso un rischio, un grosso rischio, non intervenendo nel capannone, ma l'occasione di mettere le mani su tutti e tre i dipinti in una volta sola era troppo ghiotta. Ora la faccenda era risolta, quasi trent'anni dopo che Jacques Verburg era passato da lui per dirgli che era entrato in possesso della parte perduta della *Ronda di notte*. Una storia inverosimile che dopo qualche ricerca era sembrata meno inverosimile. In ogni caso c'erano abbastanza prove indirette che puntavano in quella direzione. Ma all'epoca i rischi erano sembrati eccessivi, quindi lui aveva preso tempo, sminuito la faccenda, perché di casini non ne voleva nessuno.

Rilesse il rapporto su Verburg fatto dal BVD, i servizi di sicurezza dell'epoca. Membro attivo del CPN, il partito comunista, era comunque un personaggio sospetto. Se lo vedeva ancora davanti: un cane ringhioso che non sapeva quando era il caso di chiudere il becco. Che voleva soldi dallo Stato, ma non era pronto a spiegare com'era venuto in possesso dei dipinti. Un attaccabrighe, un tipo con cui comunque non era il caso di fare affari. All'epoca aveva minacciato di portare la sua scoperta all'estero. Tedingh ricordava la reazione che aveva avuto il premier. In nessun caso poteva trapelare all'estero una qualsiasi informazione in grado di danneggiare la reputazione della *Ronda di notte*. Il caso Verburg doveva essere risolto.

E ci aveva pensato lui.

Si aspettavano che si facesse vivo qualcun altro con i dipinti, ma non era successo niente. Tuttavia lui aveva sempre pensato che il fuoco sarebbe potuto divampare di nuovo. Non aveva mai buttato via la cartellina rossa. Fino a ora.

63

Lo shock era arrivato in seguito, dopo che aveva fatto una bella dormita. Di colpo, mentre stava davanti allo specchio a spazzolarsi i lunghi capelli neri. Cominciarono a tremarle le ginocchia e le si rivoltò lo stomaco. Aveva appena saputo che Hubert Vreeman era morto all'ospedale in conseguenza delle sue ferite. Quel giorno c'erano stati tre morti, tre morti per via di un dipinto che le apparteneva. «Se è morto è colpa tua» aveva detto il russo. Si appoggiò con tutte e due le mani al lavabo e fece fatica a non vomitare ancora. Non era vero. Non era vero. Non era vero e basta! Come aveva potuto andare tutto così storto? Avrebbero potuto fare qualcosa per impedire quella violenza? Forse non avrebbero dovuto darsi appuntamento in quel capannone? Avrebbe dovuto consegnare il dipinto al Rijksmuseum, come aveva pensato all'inizio? Ma Leo aveva avuto un'idea migliore. Leo...

Qual era stato in realtà il suo ruolo? Aveva organizzato lui l'incontro, ma poi era sparito. L'aveva visto per l'ultima volta accanto al capannone. Lei e Arjen erano stati interrogati dalla polizia, che però si era dimostrata decisamente poco interessata a ciò che era successo lì dentro. Erano tutti impegnati a ripulire il posto. I morti erano stati portati via, l'auto bruciata rimossa con il carro attrezzi e il capannone chiuso. Come se non fosse successo nulla. Inspiegabile, come parecchi altri aspetti di questa faccenda. Aveva provato molte volte a chiamare Leo, ma lui non rispondeva al telefono. Secondo il museo Robin Goedemond era in vacanza e non era raggiungibile. Aveva la sensazione che cercassero di evitarla. Non voleva più infastidire Arjen con questa storia. Lui avrebbe preferito dimenticare tutto al più presto e andare avanti con la sua vita. Non poteva dargli torto.

Di colpo le venne in mente il vecchio del Rijksmuseum, l'uomo con la testa da bulldog. Secondo Arjen era stato lui a metterlo in contatto con Leo. Doveva avere ancora il suo biglietto da visita da qualche parte, forse lui poteva aiutarla. Trovò il biglietto nella sua borsa. SIGNOR R.J.M. TEDINGH VAN EYCK,[7] c'era scritto. Iniziò a digitare il numero di telefono. Sicuramente lui poteva metterla in contatto con Leo... Le sue dita si bloccarono. Guardò ancora una volta il biglietto... e di colpo le fu tutto chiaro come il sole. Le cartoline...

Prese il pacchetto di cartoline che stava sulla sua scrivania, accanto al libretto dei dipinti del nonno, e rilesse gli allarmanti messaggi scritti sul retro in zampe di gallina. Jacques Verburg aveva paura di qualcosa, ma la domanda non era mai stata di cosa, ma di chi.

E lui stesso aveva dato la risposta.

Il Grande Albero.

[7] Eyck è una forma arcaica della parola *eik*, quercia [N.d.T.].

64

Lui e Katja si erano dati appuntamento su una panchina al Vondelpark. Lei gli aveva telefonato perché aveva qualche domanda e voleva sapere la verità. *La verità? Dimmi tu, Katja, che verità vuoi sentire.* Ma quello non gliel'aveva detto. Non si era neanche sorpreso che la giovane donna avesse delle domande, era estremamente intelligente e nelle ultime settimane aveva imparato molte cose.

Era andata a sedersi vicino a lui che, dopo un breve scambio di formalità, aveva iniziato a raccontare.

«Sapevamo del conflitto tra Hubert Vreeman e Aleksej Mazarov, le voci giravano già da un po'. Vreeman aveva venduto a Mazarov un falso Pieter de Hooch. Nel mondo dell'arte nessuno dava molto credito alla storiella della tela che era rimasta appesa per trecento anni in una dimora di campagna inglese, ma evidentemente il russo voleva crederci.»

Dimmi tu che verità vuoi sentire.

«Il vostro Isaac Pietersz era diventato il pomo della discordia tra quei due nel momento in cui Mazarov si era reso conto di cosa aveva dimostrato la tua ricerca. Leo ha dovuto tenere d'occhio la situazione quando ha visto sfuggire di mano il conflitto tra i due signori – con conseguenze pericolosissime, come si è visto presto – e ovviamente aveva anche dell'interesse personale. Non sapremo mai con certezza se si trattasse davvero della *Ronda di notte*, ma il Rijksmuseum si sarebbe occupato volentieri delle tre tele di Pietersz: nessuno voleva che finissero all'estero. Purtroppo Mazarov ci ha preceduto. Evidentemente sapeva dell'appuntamento che avevate con Vreeman nel capannone.»

«Deve aver seguito Vreeman.»

«Non mi sorprenderebbe.»

Nel silenzio che seguì si sentirono le voci dei bambini che giocavano nella sabbia un po' più avanti. Le madri stavano sedute lì accanto sulle panchine e guardavano il telefono.

«Quello che mi chiedo è perché abbiamo dovuto incontrarci in un capannone abbandonato.»

«Non ci si poteva fidare di Vreeman. Volevamo essere certi che la transazione avesse luogo senza problemi.»

«Be', ci siete riusciti in pieno.»

«Non potevamo sapere che qualcuno avrebbe sparato.»

Katja aprì la borsa e ne tirò fuori il libretto dei dipinti.

Lui alzò un sopracciglio. «Cos'è?»

«Il libretto dei dipinti di mio nonno. Aveva raccontato qui la sua ricerca sulle origini del dipinto di Pietersz.»

«Ah.»

«La ricerca si era fermata dopo la morte del suo amico.»

Jacques Verburg.

«E dopo tutti questi anni tu l'hai ripresa. Bello. Molto bello.» Lui cercava di pilotare la conversazione, ma Katja non si lasciò sviare.

«L'amico con cui aveva fatto la ricerca, Jacques Verburg, nelle ultime settimane della sua vita si sentiva pedinato e minacciato. A ragione, penso io. È morto non molto tempo dopo.»

Tedingh taceva. Katja, concentrata su sé stessa, aveva lo sguardo perso nel vuoto.

Rimasero in silenzio per un po', poi lei riprese a parlare. «Non è semplicemente stato il botto di una gomma... C'è stato un colpo di pistola, di fucile, o qualcosa del genere.»

Ecco, l'aveva detto. Lui sospirò e guardò l'orologio.

«Poco prima avevo sentito un colpo uguale quando Vreeman aveva sparato nel capannone. Voi avete fatto esplodere volutamente la gomma con uno sparo. È stato Leo? L'auto è finita fuori strada e a quanto pare si è sviluppato subito un incendio, che gli ha impedito di tirare fuori i dipinti dall'auto. Così ha detto. Io penso che non abbia voluto.» Lo guardò. «O potuto. Vero o no?»

Continuava a fissarlo con aria interrogativa. Una giovane donna coraggiosa, ma cosa ne sapeva del mondo? Non è importante cosa è vero o non è vero. Si tratta di cosa vogliamo credere che sia vero. O autentico. La *Ronda di notte* è autentica? Certo, la *Ronda di notte* è autentica, si può vedere, toccare e persino studiare. Rembrandt non è che un nome, niente di più di qualche lettera arricciata fatta di vernice. Noi crediamo che la *Ronda di notte* sia di Rembrandt e questo basta. Basta per il museo. Basta per i Paesi Bassi. Basta per più di due milioni di visitatori che ogni anno sfilano davanti alla tela.

«Vero o no?»

Lui si piegò un po' verso di lei. «Tutto il circo, Katja, gira intorno alla reputazione del dipinto. Quella reputazione, da tempo immemorabile, è appesa al posto d'onore nel museo e rimarrà lì ancora per molto tempo. Dopo la mia morte, persino dopo la tua. Qualsiasi cosa possa danneggiare quella reputazione dev'essere eliminato. È l'unica cosa che conta, ora e in futuro. Capisci?»

Katja rimise il libretto nella borsa e si alzò. «No, non capisco. Non capisco affatto.»

Si girò e se ne andò senza salutarlo.

Non doveva averla convinta con le sue risposte. Ma che differenza faceva? Alla fine sarebbe stata la sua storia a sopravvivere come verità, perché non c'erano più altre verità a contrastarla. Era così grave? La storia dell'umanità è fatta di bugie o di non detti. Di mezze verità; di scritti di un lontano passato falsificati, o semplicemente copiati in maniera sbagliata. Nessuno se ne scandalizza, purché questo non intralci le nostre piccole vite ordinate e non ostacoli la strada su cui abbiamo scelto di percorrere la nostra vita.

Si alzò a fatica dalla panchina. Si sarebbe potuto definire cinismo, ma per lui era la realtà di ogni giorno.

65

Il cimitero Oud Eik en Duinen si trova nel bel mezzo dell'Aia, ma, una volta attraversato il cancello di ghisa, il caos cittadino si nota ben poco. Nell'antico camposanto regna una pace benefica che contrasta nettamente con la tristezza dei passaggi che vi avvengono più volte al giorno.

La giovane donna dai lunghi capelli neri camminava sui sentieri frondosi e passò, sprofondata nei suoi pensieri, davanti ai ruderi della chiesetta dove, a partire dal tredicesimo secolo, cominciarono a essere sepolti i primi defunti medievali. Ora non era che un monumento alla caducità.

Il fulcro di tutto era stato Tedingh van Eyck. Ai tempi del nonno e anche adesso. Katja avrebbe voluto chiedergli di Jacques, cosa gli fosse successo di preciso, ma non avrebbe avuto senso. Aveva visto nei suoi occhi e nel suo atteggiamento inflessibile il tono cinico che lo pervadeva. Per lui non era successo quasi niente: a che scopo, dunque, insistere sui dettagli? L'incidente di Mazarov non era nemmeno apparso nei telegiornali. Vreeman era stato sepolto alla chetichella. I dipinti erano letteralmente andati in fumo. *Dettagli.*

Era stata un'enorme delusione, le cui conseguenze si erano fatte sentire su di lei con violenza. Certe notti dormiva a malapena, perché non osava sognare, temendo di risentire quel botto, di rivedere quelle scene srotolarsi davanti ai suoi occhi. Ma a poco a poco l'intensità del ricordo si era attenuata ed era stata sostituita dalla rabbia e dalla convinzione di essere stata coinvolta in un gioco in cui fin dal primo giorno era stata un oggetto passivo. Un fantoccio nelle mani di poteri e forze più grandi di lei. Di cui erano rimaste vittime le persone che aveva attorno. Questa era per lei la cosa più grave.

Passò accanto alla tomba dei suoi genitori, dove rimanevano ancora i resti avvizziti dei fiori del funerale di suo padre. Si fermò per un momento, ma i fiori che aveva portato non erano destinati a Jan e Marion Hiemstra, ma a suo nonno, che era sepolto accanto ai suoi genitori. Prima di andare al cimitero aveva guardato una foto che lo raffigurava e si era stampata il suo volto nella testa. Sentiva un legame sempre più forte con quell'uomo che le aveva trasmesso l'amore per l'arte. Doveva avere provato la stessa paura che aveva provato lei a causa del segreto che avevano condiviso, un segreto così grande da non poter essere svelato, che ora non era più un segreto perché non esisteva più.

Si inginocchiò e posò i fiori sulla tomba corrosa dal tempo. «È finita» sussurrò.

Qualche parola di ringraziamento

Voglio ringraziare prima di tutto il professor Joris Dik. Senza l'invenzione del suo scanner XRF portatile e senza la sua disponibilità a rispondere alle mie domande, non avrei mai potuto raccontare questa storia.

Sono stato felice delle acute osservazioni di chi ha letto il libro insieme a me: mia moglie Annet e il mio amico e collega belga Frank van Laecke.

Sono profondamente debitore nei confronti del mio editore, Steven Maat, per la sua fiducia incrollabile nel libro, per il suo sguardo critico e per i suoi preziosi commenti durante il processo di scrittura, e di Anne Marleen che nell'ultima fase si è occupata di sistemare tutti i dettagli rimasti in sospeso.

Ma la persona che devo ringraziare di più è mio figlio Thijs, che si è impegnato anima e corpo per ogni versione del libro con amorevole dedizione e che ha contribuito in maniera importante alla realizzazione di *Il capolavoro perduto*.

È giusto, infine, che io mi inchini profondamente a un uomo che con il suo lavoro ha saputo commuovere l'umanità per più di cinquecento anni: Rembrandt van Rijn.

Haarlem, novembre 2020

Finito di stampare nel mese di novembre 2024
su carta holmen
con fibra vergine proveniente da foreste sostenibili
holmen.com/paper
presso Grafica Veneta S.p.A.
Via Malcanton, 2 – Trebaseleghe (PD)
Printed in Italy

Certificato PEFC
Questo prodotto è realizzato con materia prima da foreste gestite in maniera sostenibile e da fonti controllate
PEFC
PEFC/18-31-226
www.pefc.it

GRAFICA VENETA
GV CARBON NEUTRAL

Questo libro è fabbricato da Grafica Veneta S.p.A.
con un processo di stampa e rilegatura certificato 100% carbon neutral
in accordo con PAS 2060 BSI